MW00721209

DU MÊME AUTEUR AUX ÉDITIONS ACTES SUD

Titre original :
The Book of Illusions
Editeur original :
Henry Holt Publishing, New York
© Paul Auster, 2002

© ACTES SUD, 2002
pour la traduction française
ISBN 2-7427-4369-3

PAUL AUSTER

LE LIVRE
DES ILLUSIONS

roman traduit de l'américain
par Christine Le Bœuf

L'homme n'a pas une seule et même vie ; il en a plusieurs mises bout à bout, et c'est sa misère.

CHATEAUBRIAND

1

Tout le monde le croyait mort. Quand mon livre consacré à ses films a été publié en 1988, il y avait près de soixante ans qu'on n'avait plus entendu parler d'Hector Mann. A part une poignée d'historiens et d'amoureux du cinéma primitif, peu de gens semblaient savoir qu'il avait existé. *Double or Nothing (Quitte ou double)**, la dernière des douze comédies brèves qu'il avait réalisées à la fin de l'époque du muet, est sorti le 23 novembre 1928. Deux mois plus tard, sans un au revoir à aucun de ses amis ou associés, sans laisser une lettre ni informer qui que ce fût de ses projets, il a quitté la maison qu'il louait North Orange Drive et nul ne l'a jamais revu. Sa DeSoto bleue était restée au fond du garage ; son bail avait encore trois mois à courir ; le loyer avait été payé intégralement. Il y avait des provisions dans la cuisine, du whisky dans l'armoire, et il ne manquait pas un seul des vêtements d'Hector dans les tiroirs de la chambre à coucher. Selon le *Los Angeles Herald Express* du 18 janvier 1929, *on eût dit qu'il était allé faire un petit tour et reviendrait d'un instant à l'autre.* Mais il n'est pas revenu, et dès lors ce fut comme si Hector Mann avait disparu de la surface du globe.

* Voir Note sur la traduction, 2, p. 379.

Après cette disparition, toutes sortes d'histoires et de rumeurs ont circulé pendant plusieurs années au sujet de ce qui lui était arrivé, mais aucune de ces conjectures ne correspondait jamais à rien. Les plus plausibles – il se serait suicidé, il aurait été victime d'un coup tordu – ne pouvaient être ni confirmées ni infirmées, puisqu'on n'avait jamais retrouvé le corps. D'autres versions du destin d'Hector faisaient preuve de plus d'imagination, de plus d'optimisme, et semblaient plus conformes aux implications romanesques de pareille affaire. Selon l'une, retourné dans son Argentine natale, il y était désormais propriétaire d'un petit cirque de province. Selon une autre, il était entré au parti communiste et travaillait sous un nom d'emprunt à organiser les ouvriers de l'industrie laitière à Utica, dans l'Etat de New York. Selon une autre encore, la Crise en avait fait un cheminot. Si Hector avait été une plus grande star, ces histoires auraient assurément persisté. Resté vivant par ce que l'on racontait sur lui, il se serait progressivement transformé en l'une de ces figures symboliques qui demeurent dans les zones profondes de la mémoire collective, représentant la jeunesse, l'espoir et les caprices diaboliques de la fortune. Mais il n'en fut rien, car en réalité Hector commençait à peine à se faire reconnaître de Hollywood quand sa carrière prit fin. Il était arrivé trop tard pour exploiter à fond ses talents et n'était pas resté assez longtemps pour laisser une impression durable de ce qu'il était ni de ce dont il était capable. Quelques années encore passèrent et, peu à peu, on cessa de penser à lui. Dès 1932 ou 1933, Hector appartenait à un univers disparu, et s'il restait de lui quelque trace, c'était comme une note en bas de page d'un ouvrage que plus personne ne se souciait de lire. Le cinéma était parlant, désormais, et les pantomimes tremblotantes de jadis étaient oubliées. Finis, les clowns, les mimes, les jolies filles délurées dansant au rythme d'orchestres inaudibles. Tout cela n'était mort que depuis quelques années et déjà cela paraissait préhistorique, telles les créatures qui erraient sur la terre quand l'homme habitait encore les cavernes.

Dans mon livre, je ne donnais guère d'informations sur la vie d'Hector. *Le Monde silencieux d'Hector Mann* était une étude de ses films, pas une biographie, et les quelques petites allusions que j'y faisais à ses activités non professionnelles provenaient tout droit des sources habituelles : encyclopédies du cinéma, mémoires, histoire des débuts de Hollywood. J'ai écrit ce livre parce que j'avais envie de faire partager l'enthousiasme que m'inspirait son œuvre. L'histoire de sa vie me semblait secondaire et, plutôt que de spéculer sur ce qui pouvait ou non lui être arrivé, je m'en suis tenu à une analyse serrée des films eux-mêmes. Etant donné qu'il était né en 1900 et qu'on ne l'avait jamais revu après 1929, l'idée ne me serait jamais venue de suggérer qu'Hector Mann pût être encore en vie. Les morts ne se relèvent pas de leurs tombes et, pour moi, seul un mort aurait pu rester caché aussi longtemps.

Il y a eu onze ans en mars dernier que ce livre a été publié par les Presses de l'université de Pennsylvanie. Trois mois plus tard, juste après que les premiers articles eurent commencé à paraître dans les bulletins trimestriels du cinéma et dans les journaux académiques, une lettre arriva dans ma boîte. L'enveloppe était plus grande et plus carrée que celles qu'on trouvait d'habitude dans le commerce et, parce qu'elle était faite d'un papier épais et coûteux, mon premier réflexe fut de penser qu'elle devait contenir une invitation à un mariage ou un faire-part de naissance. Mon nom et mon adresse y étaient tracés d'une main élégante et gracieuse. Si ce n'était pas la main d'un calligraphe professionnel, c'était en tout cas celle de quelqu'un qui croyait aux vertus d'une belle écriture, quelqu'un qui avait été formé selon les vieux principes de l'étiquette et du décorum. Le timbre avait été oblitéré à Albuquerque, dans le Nouveau-Mexique, mais l'adresse figurant au dos indiquait que la lettre avait été écrite ailleurs – à supposer qu'un tel lieu existât et que le nom de la ville fût réel. Deux lignes : en haut, Blue Stone Ranch – le ranch de la Pierre-Bleue ; en bas, Tierra del Sueño, New Mexico. J'ai peut-être souri en lisant ces mots, mais je ne m'en souviens plus. Il n'y avait pas de nom, et en ouvrant l'enveloppe pour lire le message sur la carte qui se trouvait à l'intérieur, je perçus une légère bouffée de parfum, un effluve subtil d'essence de lavande.

Cher professeur Zimmer, m'écrivait-on, *Hector a lu votre livre et souhaiterait vous rencontrer. Cela vous intéresserait-il de nous rendre visite ? Bien à vous, Frieda Spelling (Mrs Hector Mann).*

Je lus ce message six ou sept fois. Ensuite je le posai, je marchai jusqu'à l'autre bout de la pièce et je revins. Quand je repris la carte, je n'étais pas certain que les mots s'y trouveraient encore. Ni, s'ils s'y trouvaient, que ce seraient encore les mêmes. Je les relus six ou sept fois et puis, sans me sentir plus sûr de rien, je les rejetai comme un canular. L'instant d'après, j'étais pris de doute, et l'instant après celui-là, je me mis à douter de ce doute. Penser une chose signifiait penser son contraire, et cette deuxième pensée n'avait pas plus tôt détruit la première qu'une troisième surgissait pour détruire la deuxième. Ne sachant que faire d'autre, je pris ma voiture et me rendis à la poste. Toutes les adresses d'Amérique étaient inventoriées dans la liste officielle des codes postaux et si Tierra del Sueño n'y figurait pas, je pouvais jeter la carte et l'oublier. Mais c'était là. Je trouvai Tierra del Sueño à la page 1933 du volume I, entre Tierra Amarilla et Tijeras, c'était une vraie ville, avec son propre bureau de poste et son propre numéro à cinq chiffres. La lettre n'en était pas plus authentique, bien entendu, mais cela lui donnait une apparence de crédibilité et lorsque je rentrai chez moi, je savais qu'il me faudrait y répondre. Pareille lettre, on ne peut l'ignorer. Du moment qu'on l'a lue, on sait que si on ne se donne pas la peine d'y répondre, on va continuer à y penser pendant le restant de ses jours.

Je n'ai pas gardé copie de ma réponse, mais je me souviens de l'avoir écrite à la main en m'efforçant de la faire aussi brève que possible, en limitant ce que j'y disais à quelques phrases. Sans y avoir trop réfléchi, je me suis surpris à adopter le style plat et laconique de la lettre que j'avais reçue. Je me sentais ainsi moins exposé, moins susceptible d'être considéré comme un sot par la personne qui avait conçu le canular – si c'était bien un canular. A un ou deux mots près, ma réponse consistait en quelque chose comme : *Chère Frieda Spelling, il est évident que j'aimerais rencontrer Hector Mann. Mais comment puis-je être sûr qu'il est vivant ? A ma connaissance, il y a plus d'un demi-siècle que personne ne l'a vu. Merci de me donner des détails. Respectueusement vôtre, David Zimmer.*

Nous avons tous envie, je le suppose, de croire à l'impossible, de nous persuader que des miracles peuvent se produire. Etant donné que j'étais l'auteur du seul livre jamais écrit sur Hector Mann, il n'était sans doute pas absurde de penser que je sauterais sur l'occasion de croire celui-ci encore en vie. Je n'étais pourtant pas d'humeur à sauter. Ou, du moins, je ne pensais pas l'être. Mon livre était né d'un grand chagrin et, s'il se trouvait à présent derrière moi, le chagrin, lui, demeurait. Ecrire sur la comédie n'avait été qu'un prétexte, une forme bizarre de remède que j'avais avalé tous les jours pendant plus d'un an en pensant que, peut-être, il apaiserait la douleur qui m'habitait. Dans une certaine mesure, ç'avait été le cas. Mais Frieda Spelling (ou la personne qui disait s'appeler Frieda Spelling) ne pouvait pas savoir cela. Elle ne pouvait pas savoir que le 7 juin 1985, une semaine avant mon dixième anniversaire de mariage, ma femme et mes deux fils étaient morts dans un accident d'avion. Elle avait sans doute vu que le livre leur était dédié *(A Helen, Todd et Marco – en souvenir)*, mais ces noms ne pouvaient rien signifier à ses yeux et même si elle avait deviné leur importance à ceux de l'auteur, elle ne pouvait pas savoir que pour lui ces noms représentaient tout ce qui avait eu un sens dans la vie – ni que quand Helen était morte à trente-six ans, Todd à sept ans et Marco à quatre, lui-même était, autant dire, mort avec eux.

Ils étaient partis rendre visite aux parents de Helen à Milwaukee. J'étais resté dans le Vermont pour corriger des devoirs et établir les notes finales du semestre qui venait de se terminer. C'était mon travail – j'enseignais la littérature comparée au collège* de Hampton, Vermont – et je devais le faire. Normalement, nous serions partis tous ensemble le 24 ou le 25, mais le père de Helen venait d'être opéré d'une tumeur à la jambe et le consensus familial était qu'elle et les garçons devaient y aller le plus tôt possible. Il avait fallu quelques savantes négociations de dernière minute avec l'école de Todd pour qu'il fût autorisé à manquer les deux dernières semaines de sa deuxième année primaire. La directrice s'était montrée réticente mais compréhensive et, à la fin, elle avait cédé. C'était une des choses auxquelles je pensais sans cesse depuis l'accident. Si seulement elle avait refusé, Todd aurait été obligé de rester à la maison avec moi, et il ne serait pas mort. Au moins l'un d'entre eux aurait été ainsi épargné. Au moins l'un d'entre eux n'aurait pas fait cette chute de sept miles du haut du ciel, et je ne resterais pas seul dans une maison censée abriter quatre personnes. Il y avait d'autres choses, bien sûr, d'autres circonstances imprévisibles que je me torturais à ressasser, et je ne semblais jamais las de reprendre ces mêmes voies sans issue. Tout en faisait partie, chaque maillon dans la chaîne des causes et de leurs effets était une pièce essentielle de l'horreur – du cancer de mon beau-père au temps qu'il faisait à Milwaukee cette semaine-là ou au numéro de téléphone de l'agence de voyages qui avait réservé les billets d'avion. Surtout, il y avait ma propre insistance à les conduire moi-même à Boston afin qu'ils

* Voir Note sur la traduction, 1, p. 379.

soient sur un vol direct. Je n'avais pas voulu qu'ils partent de Burlington. Cela aurait signifié voler jusqu'à New York dans un avion à hélices à dix-huit passagers afin d'attraper une correspondance pour Milwaukee, et j'avais dit à Helen que je n'aimais pas les petits avions. Ils étaient trop dangereux, disais-je, et je ne supportais pas l'idée de les laisser, elle et les enfants, en prendre un sans moi. Ils ne l'ont donc pas fait – afin d'apaiser mes inquiétudes. Ils ont pris un plus gros avion et ce qu'il y a de terrible, c'est la hâte avec laquelle je les y ai amenés. Il y avait beaucoup de circulation ce matin-là, et quand, enfin arrivés à Springfield, nous avons emprunté l'autoroute du Massachusetts, j'ai dû, pour arriver à temps à Logan, rouler bien au-dessus de la vitesse autorisée.

J'ai très peu de souvenirs de ce qui m'est arrivé cet été-là. Pendant plusieurs mois, j'ai vécu dans un brouillard alcoolique de chagrin et d'apitoiement sur mon sort, en ne bougeant que rarement de la maison, en ne me donnant que rarement la peine de me raser ou de changer de vêtements. Pour la plupart, mes collègues étaient partis jusqu'à la mi-août et, par conséquent, je n'ai pas dû affronter trop de visites ni subir les déchirants protocoles du deuil partagé. Leurs intentions étaient bonnes, c'est sûr, et chaque fois que les uns ou les autres de mes amis arrivaient, je les invitais toujours à entrer, mais leurs étreintes larmoyantes et leurs longs silences embarrassés n'étaient d'aucun secours. Il valait mieux qu'on me laisse seul, découvris-je, qu'on me laisse endurer les jours dans les ténèbres de ma propre tête. Quand je n'étais ni saoul, ni étalé sur le canapé du salon devant la télévision, je passais mon temps à errer dans la maison.

Je rendais visite aux chambres des garçons et m'y asseyais par terre, entouré de leurs affaires. Il m'était impossible de penser à eux directement ou de les évoquer de façon consciente, mais quand je faisais leurs puzzles ou jouais à construire avec les pièces de leurs Lego des structures toujours plus complexes et plus baroques, j'avais l'impression de les habiter à nouveau momentanément – de poursuivre pour eux leurs petites vies fantômes en répétant les gestes qu'ils avaient faits lorsqu'ils avaient encore des corps. Je lisais les livres de contes de fées de Todd et j'organisais ses fiches de base-ball. Je classais les animaux en peluche de Marco selon l'espèce, la couleur et la taille, en changeant de système chaque fois que j'entrais dans la chambre. Les heures disparaissaient de cette façon, des jours entiers se fondaient en oubli, et quand je ne tenais plus le coup, j'allais au salon me servir encore un verre. Les rares nuits où je ne sombrais pas sur le canapé, je dormais d'habitude dans le lit de Todd. Dans mon propre lit, je rêvais toujours que Helen était près de moi et chaque fois que je tendais le bras pour la saisir, je me réveillais dans un violent soubresaut, les mains tremblantes, les poumons avides d'air, avec l'impression de me noyer. Je ne pouvais pas entrer dans notre chambre une fois la nuit tombée, mais j'y passais beaucoup de temps pendant la journée, debout dans le placard de Helen, à toucher ses vêtements, à ranger ses vestes et ses pull-overs, à ôter ses robes de leurs cintres pour les étaler sur le plancher. Une fois, je les ai revêtues, et une autre fois j'ai enfilé ses sous-vêtements et je me suis maquillé le visage avec ses fards. Ce fut une expérience profondément satisfaisante, mais après quelques expérimentations supplémentaires, je découvris que le parfum était encore plus efficace que le rouge à lèvres et le mascara. Il me semblait la rappeler avec plus de réalisme encore, évoquer sa présence pendant un temps plus long. Par un caprice du hasard, je lui avais offert en mars, pour son anniversaire, une nouvelle réserve de Chanel n° 5. En me limitant à de petites doses deux fois par jour, je pus faire durer le flacon jusqu'à la fin de l'été.

Je me fis mettre en congé pendant le semestre d'automne mais, au lieu de partir ou de chercher une aide psychologique, je restai à la maison et continuai à m'enfoncer. Fin septembre ou début octobre, je m'envoyais plus d'une demi-bouteille de whisky chaque soir. Cela m'empêchait de trop souffrir mais, en même temps, cela me privait du moindre sens de l'avenir, et quand un homme est dépourvu de toute perspective, il pourrait aussi bien être mort. Plus d'une fois, je me surpris plongé dans de longues rêveries où il était question de somnifères et de gaz carbonique. Je n'allai jamais assez loin pour passer à l'acte mais aujourd'hui, quand je repense à ce temps-là, je comprends à quel point j'en étais proche. Il y avait des somnifères dans l'armoire à pharmacie et j'avais déjà pris trois ou quatre fois le flacon sur l'étagère ; j'avais déjà tenu les comprimés au creux de ma main. Si la situation avait duré encore longtemps, je ne suis pas certain que j'aurais eu la force de résister.

Les choses en étaient là pour moi lorsque Hector Mann fit inopinément son entrée dans ma vie. Alors que j'ignorais tout de lui, que je n'avais même jamais rencontré la moindre allusion à son nom, il se trouva qu'un soir, juste avant le début de l'hiver, quand les arbres avaient enfin perdu leurs feuilles et que la première neige menaçait de tomber, je vis à la télévision un clip extrait d'un de ses vieux films et il me fit rire. Cela peut sembler sans importance, mais c'était la première fois depuis juin que je riais de quoi que ce fût et en sentant ce spasme inattendu monter dans ma poitrine et se mettre à chahuter dans mes poumons, je compris que je n'avais pas encore touché le fond, qu'il restait en moi quelque chose qui souhaitait continuer à vivre. Du début à la fin, cela ne peut avoir duré plus de quelques secondes. En tant que rire, celui-là n'était pas particulièrement fort ni soutenu, mais il m'avait pris par surprise et, du fait que je n'avais pas lutté contre lui, du fait que je ne me sentais pas honteux d'avoir oublié mon malheur pendant ces quelques instants où Hector Mann se trouvait sur l'écran, je me sentis forcé de conclure qu'il y avait en moi quelque chose que je n'avais pas encore imaginé, quelque chose d'autre que la mort seule. Je ne parle pas d'une vague intuition, ni d'une nostalgie sentimentale de ce qui aurait pu être. J'avais fait une découverte empirique, et elle avait tout le poids d'une preuve mathématique. Si j'avais en moi la capacité de rire, cela signifiait que je n'étais pas totalement insensible. Cela signifiait que je ne m'étais pas muré à l'écart du monde au point que plus rien ne pût m'atteindre.

Il devait être un peu plus de dix heures. Ancré à ma place habituelle sur le canapé, un verre de whisky dans une main et la commande à distance dans l'autre, je zappais distraitement. Je tombai sur cette émission quelques minutes après son début, mais il ne me fallut pas longtemps pour comprendre que c'était un documentaire consacré à des comédiens du cinéma muet.

Tous les visages connus s'y trouvaient – Chaplin, Keaton, Lloyd – mais il y avait aussi quelques séquences rares de comiques dont je n'avais jamais entendu parler, des gens moins célèbres tels que John Bunny, Larry Semon, Lupino Lane et Raymond Griffith. Je regardai les gags successifs avec une sorte de détachement mesuré, sans vraiment leur prêter attention, mais assez absorbé pour ne pas passer à autre chose. Hector Mann n'arriva que vers la fin du programme et quand vint son tour, il n'y eut qu'un seul clip, une séquence de deux minutes extraite de *The Teller's Tale (Le Conte du caissier)*, qui avait une banque pour décor et où Hector interprétait un commis laborieux. Je ne peux pas expliquer pourquoi je fus saisi, mais il était là, avec son complet tropical blanc et sa fine moustache noire, debout devant une table, en train de compter des piles d'argent, et il travaillait avec une si furieuse efficacité, tant de rapidité et une concentration si démente que je ne pouvais pas le quitter des yeux. A l'étage, des ouvriers installaient un nouveau plancher dans le bureau du directeur de la banque. A l'autre bout de la pièce, une jolie secrétaire, assise à sa table, se polissait les ongles derrière une grosse machine à écrire. A première vue, rien n'aurait pu détourner Hector d'accomplir sa tâche en un temps record. Et puis, très progressivement, de petits filets de sciure de bois commençaient à couler sur sa veste et, quelques instants après, il apercevait enfin la jeune femme. Un élément était soudain devenu trois éléments, et dès lors l'action rebondissait entre eux selon un rythme triangulaire de travail, vanité et désir : l'effort de continuer à compter l'argent, l'envie de protéger son complet bien-aimé et la tentation de croiser du regard celui de la jeune femme. De temps en temps, la moustache d'Hector se tordait de consternation, comme pour ponctuer l'action d'un faible gémissement ou d'un aparté marmonné. Il s'agissait moins de farce et d'anarchie que de caractère et de rythme, d'un mélange d'objets, de corps et d'esprits orchestré en douceur. Chaque fois qu'Hector perdait le compte, il devait recommencer, et cela ne l'incitait qu'à travailler deux fois plus vite encore. Chaque fois qu'il levait la tête pour repérer au plafond d'où venait la poussière, il le faisait une fraction de seconde après que les ouvriers avaient bouché le trou avec une planche neuve. Chaque fois qu'il tournait les yeux vers la jeune femme, elle regardait dans la mauvaise direction. Et pourtant, à travers tout cela, Hector réussissait à garder son calme, à refuser à toutes ces frustrations mesquines le pouvoir de le détourner de son but ou d'entamer sa bonne opinion de lui-même. Ce n'était peut-être pas le morceau de comédie le plus extraordinaire que j'eusse jamais vu, mais il me ravit au point de m'absorber complètement et au deuxième ou troisième tortillement de la moustache d'Hector je riais, je riais bel et bien aux éclats.

Un narrateur commentait l'action, mais j'étais trop immergé dans la scène pour entendre tout ce qu'il disait. Il était question, je crois, de la mystérieuse sortie d'Hector du monde du cinéma, et du fait qu'on le considérait comme le dernier des comédiens significatifs dans l'ordre du court métrage. Dans les années vingt, les clowns les plus appréciés et les plus novateurs étaient déjà passés au long métrage et la qualité des petits films comiques avait subi un déclin radical. Hector Mann n'avait rien apporté de nouveau au genre, disait le narrateur, mais il était reconnu comme un gagman de talent doué d'une exceptionnelle maîtrise de son corps, un nouveau venu qui aurait pu composer une œuvre importante si sa carrière n'avait pas pris fin de manière aussi abrupte. A ce moment, la scène s'acheva et je me mis à écouter avec plus d'attention les commentaires du narrateur. Une série de photos de plusieurs dizaines d'acteurs comiques défila sur l'écran tandis que la voix déplorait la perte de si nombreux films du temps du muet. Dès l'apparition du son dans le cinéma, les films muets avaient été abandonnés à la décomposition dans des caves, ils avaient été détruits par le feu, balancés aux ordures, et des centaines de réalisations avaient disparu à jamais. Mais tout espoir n'était pas perdu, ajoutait la voix. De vieux films réapparaissaient parfois, et on avait fait depuis quelques années un certain nombre de découvertes remarquables. Voyez le cas d'Hector Mann, disait-elle. Jusqu'en 1981, trois seulement de ses films étaient disponibles dans le monde entier. Des vestiges des neuf autres étaient enfouis parmi tout un tas de matériel secondaire – articles de presse, revues contemporaines, photographies de plateau, résumés – mais les films eux-mêmes étaient considérés comme perdus. Et puis, en décembre de cette année-là, un paquet anonyme était parvenu dans les bureaux de la Cinémathèque française, à Paris. Posté, semblait-il, quelque part dans le centre de Los Angeles, il contenait une copie pratiquement neuve de *Jumping Jacks (Les Pantins)*, le septième des douze films de Mann. A intervalles irréguliers, au cours des trois années suivantes, huit paquets similaires avaient été envoyés aux principales archives cinématographiques du monde : le Museum of Modern Art à New York, le British

Film Institute à Londres, Eastman House à Rochester, l'American Film Institute à Washington, Pacific Film Archive à Berkeley et, de nouveau, à la Cinémathèque de Paris. En 1984, la production entière d'Hector Mann avait été répartie entre ces six organismes. Chaque paquet provenait d'une ville différente, de lieux aussi éloignés les uns des autres que Cleveland et San Diego, Philadelphie et Austin, La Nouvelle-Orléans et Seattle, et parce qu'il n'y avait jamais ni lettre ni message joint aux films, il était impossible d'identifier le donateur ou même d'ébaucher une hypothèse quant à son identité et à l'endroit où il vivait. Un mystère de plus s'ajoutait à la vie et à la carrière de l'énigmatique Hector Mann, concluait le narrateur, mais un grand service avait été rendu et la communauté cinématographique en était reconnaissante.

Je ne me sentais pas attiré par les mystères ni par les énigmes mais, tandis que défilait devant moi le générique de fin de l'émission, l'idée me vint que je pourrais avoir envie de voir ces films. Il y en avait douze, éparpillés dans six villes différentes, en Europe et aux Etats-Unis, et quelqu'un qui voudrait les voir tous devrait y consacrer un sérieux bout de son temps. Au moins plusieurs semaines, imaginai-je, peut-être un mois à un mois et demi. A ce moment-là, la dernière chose que j'aurais prédite était que je finirais par écrire un livre sur Hector Mann. Je cherchais seulement quelque chose à faire, quelque chose à quoi m'occuper de façon inoffensive jusqu'à ce que je me sente prêt à reprendre le travail. J'avais passé six mois à me regarder m'enliser et je savais que si je me laissais aller plus longtemps, j'en mourrais. La nature du projet et ce que j'espérais en retirer ne comptaient guère. N'importe quel choix aurait alors été arbitraire mais, ce soir-là, une idée s'était offerte à moi et, en vertu de deux minutes de film et d'un bref éclat de rire, je choisis de m'en aller par le monde en quête de comédies sans paroles.

Je n'étais pas cinéphile. J'avais commencé à enseigner la littérature quand je faisais mon doctorat, vers vingt-cinq ans, et depuis lors tout mon travail avait été en relation avec les livres, la langue, l'écrit. J'avais traduit plusieurs poètes européens (Lorca, Eluard, Leopardi, Michaux), j'avais écrit des comptes rendus pour des magazines et des journaux et j'avais publié deux volumes de critiques. Le premier, *Voices in the War Zone (Voix dans la zone des hostilités)*, était une étude politique et littéraire qui analysait les œuvres de Hamsun, de Céline et de Pound en rapport avec leurs activités profascistes pendant la Seconde Guerre mondiale. Le second, *The Road to Abyssinia (La Route d'Abyssinie)*, était consacré aux écrivains qui avaient renoncé à écrire, une méditation sur le silence. Rimbaud, Dashiell Hammett, Laura Riding, J. D. Salinger et d'autres – poètes et romanciers d'un éclat exceptionnel qui, pour une raison ou une autre, s'étaient arrêtés. Quand Helen et les enfants étaient morts, je projetais d'écrire un nouveau livre sur Stendhal. Ce n'était pas que j'eusse quoi que ce fût contre le cinéma, mais il n'avait jamais vraiment compté pour moi et pas une fois en plus de quinze ans d'enseignement et d'écriture je n'avais éprouvé le besoin d'en parler. J'aimais le cinéma comme tout le monde l'aime – comme une distraction, du papier peint animé, une bagatelle. Quelles que fussent parfois la beauté ou la nature hypnotique des images, elles ne me satisfaisaient jamais aussi profondément que les mots. Trop de choses étaient données, me semblait-il, trop peu laissées à l'imagination du spectateur et, paradoxalement, plus le cinéma simulait de près la réalité, plus grave était son échec à représenter le monde – celui qui est en nous autant que celui qui nous entoure. C'était la raison pour laquelle j'avais toujours, d'instinct, préféré le noir et blanc à la couleur, les films muets aux films parlants. Le cinéma était un langage visuel, une façon de raconter des histoires en projetant des images sur un écran à deux dimensions. L'addition du son et de la couleur avait créé l'illusion d'une troisième dimension mais, en même temps, elle avait dérobé aux images leur pureté. Ce n'était plus à elles qu'incombait tout le travail et au lieu de faire du film le parfait médium hybride, le meilleur des mondes possibles, le son et la couleur avaient affaibli le langage qu'ils étaient censés améliorer. Ce soir-là, en voyant Hector et les autres comédiens accomplir leurs numéros dans mon living-room du Vermont, je fus frappé par l'idée que je regardais un art défunt, un genre tout à fait mort qui plus jamais ne serait pratiqué. Et pourtant, malgré toutes les transformations qui s'étaient produites entre-temps, leur travail était aussi frais et vivifiant que lors des premières projections. C'était dû au fait qu'ils avaient compris le langage qu'ils parlaient. Ils avaient inventé une syntaxe de l'œil, une grammaire de pure gestuelle et, à part les costumes, les voitures et les mobiliers désuets à l'arrière-plan, rien de tout cela ne pouvait vieillir. C'était de la pensée traduite en action, la volonté humaine s'exprimant par le truchement du corps humain et, par conséquent, c'était de tous les temps. Pour la plupart, les comédies muettes ne se souciaient même pas de raconter des histoires. Elles étaient comme des poèmes, comme des évocations de rêves, comme de complexes chorégraphies de l'âme et parce qu'elles étaient mortes, elles nous parlaient sans doute plus intimement qu'elles ne l'avaient fait au public de leur époque. Nous les regardions à travers une grande faille d'oubli, et c'était précisément ce qui les séparait de nous qui les rendait si attachantes : leur mutité, leur absence de couleur, leurs rythmes heurtés et accélérés. Autant d'obstacles qui nous rendaient la vision difficile, mais qui soulageaient aussi l'image du fardeau de la représentation. Ils se dressaient entre nous et le film et, de ce fait, nous n'avions plus à prétendre que nous regardions le monde réel. L'écran plat était l'univers, et il existait en deux dimensions. La troisième dimension naissait dans notre tête.

Rien ne m'empêchait de faire mes bagages et de partir le lendemain. J'étais en congé pour ce semestre et le suivant ne commencerait qu'à la mi-janvier. J'avais la liberté d'aller où je voulais, où que mes pas veuillent me porter et, à la vérité, s'il me fallait plus de temps, je pourrais continuer encore après janvier, après septembre, après tous les janviers et tous les septembres pendant aussi longtemps que je le désirerais. Telles étaient les ironies de mon existence absurde et malheureuse. Dès l'instant où Helen et les gamins étaient morts, j'étais devenu riche. Cela venait d'abord d'une assurance sur la vie à laquelle on nous avait persuadés de souscrire, Helen et moi, peu après que j'avais commencé à enseigner à Hampton – *pour la paix de l'esprit*, avait dit l'agent – et, parce qu'elle était rattachée au système d'assurance maladie du collège et ne coûtait pas grand-chose, nous avions payé sans trop y penser une petite somme tous les mois. Je ne me souvenais même plus que nous avions pris cette assurance quand l'avion s'était écrasé mais, moins d'un mois après, un homme s'était présenté chez moi et m'avait remis un chèque de plusieurs centaines de milliers de dollars. Peu de temps après, la compagnie d'aviation versa une compensation aux familles des victimes et, parce que j'avais perdu trois personnes dans l'accident, je me retrouvai gagnant du jackpot, du prix de consolation géant pour mort fortuite et fait de Dieu imprévisible. Nous avions toujours dû ramer, Helen et moi, afin de nous en tirer avec mon salaire universitaire et les honoraires qu'elle touchait à l'occasion pour des écrits en free-lance. A n'importe quel moment de notre parcours, mille dollars de plus auraient fait une différence énorme. A présent je possédais de multiples fois ces mille dollars, et ça n'avait aucun sens. Quand les chèques arrivèrent, j'envoyai la moitié de leurs montants aux parents de Helen, mais ils me renvoyèrent l'argent par retour du courrier en me remerciant pour le geste mais en m'assurant qu'ils n'en voulaient pas. J'achetai de nouveaux équipements pour la cour de récréation de l'école de Todd, je fis à la garderie de Marco une donation d'une valeur de deux mille dollars de livres ainsi que de ce qui se faisait de mieux en matière de bacs à sable, et je persuadai ma sœur et son mari, professeur de musique à Baltimore, d'accepter du Fonds Zimmer des trépassés une importante contribution en espèces. S'il y avait eu dans ma famille plus de monde à qui donner de l'argent, je l'aurais fait, mais mes parents ne vivaient plus et ils n'avaient pas eu d'autres enfants que Deborah et moi. Faute de mieux, je me déchargeai d'encore un paquet en créant une bourse au nom de Helen à Hampton College : la bourse de voyage Helen Markham. L'idée était très simple : chaque année, on donnerait à un élève de dernière année un prix en espèces pour excellence dans le domaine des humanités. L'argent devait être dépensé en voyages, mais à part cela il n'y avait aucune règle, aucune condition, nulle exigence à satisfaire. Le gagnant serait sélectionné par un comité tournant de professeurs de différents départements (histoire, philosophie, anglais et langues étrangères) et, du moment que la bourse servait à financer un voyage à l'étranger, son bénéficiaire pouvait faire de son montant tout ce qu'il ou elle jugeait bon, on ne s'en mêlait pas. La mise de fonds nécessaire était considérable mais, si importante que fût cette somme (l'équivalent de quatre années de salaire), elle n'entamait qu'à peine mon capital et, même après avoir déboursé ces divers montants des diverses manières qui avaient un sens à mes yeux, je possédais encore de l'argent à ne savoir qu'en faire. C'était une situation monstrueuse, un écœurant excès de richesse, dont chaque centime provenait du prix du sang. Sans un changement soudain de mes projets, j'aurais sans doute continué à distribuer ma fortune jusqu'à ce qu'il n'en reste rien. Mais par une froide soirée du début de novembre, je me suis mis en tête de voyager, moi aussi, et si je n'avais pas eu les moyens de me payer ces voyages, je n'aurais jamais pu donner suite à une décision aussi impulsive. Jusqu'à ce moment, cet argent n'avait représenté pour moi qu'un tourment. Je le voyais désormais comme un remède, un baume capable d'empêcher un effondrement spirituel définitif.

Loger dans des hôtels et manger dans des restaurants constituerait un mode de vie coûteux mais, pour une fois, je n'avais pas à me demander si je pouvais m'offrir ce que je voulais. Si désespéré et malheureux que je fusse, j'étais aussi un homme libre et, parce que j'avais de l'or dans mes poches, je pouvais dicter à ma convenance les conditions de cette liberté.

La moitié des films se trouvaient assez près de chez moi pour que je puisse faire le trajet en voiture : Rochester à six heures de route vers l'ouest, New York et Washington droit vers le sud – à cinq heures environ pour la première moitié du voyage et puis cinq autres pour la seconde. Je décidai de commencer par Rochester. L'hiver approchait et plus je retardais mon départ, plus je risquais de rencontrer des tempêtes et des routes verglacées, de me retrouver bloqué par les intempéries du Nord. Dès le lendemain matin, j'appelai Eastman House afin de m'informer de la possibilité de voir les films de leurs collections. Je n'avais aucune idée de la marche à suivre en ce domaine et, histoire de ne pas paraître trop ignorant lorsque je me présentai au téléphone, j'ajoutai que j'étais professeur à Hampton College. J'espérais que cela les impressionnerait assez pour qu'ils me prennent pour quelqu'un de sérieux – pas pour un original tombé des nues, ce que j'étais. Oh, fit une voix féminine à l'autre bout de la ligne, vous écrivez quelque chose sur Hector Mann ? A entendre la façon dont cette femme disait cela, il n'y avait qu'une réponse possible à sa question et, après une brève hésitation, je marmonnai les mots qu'elle attendait. Oui, déclarai-je, c'est ça, c'est tout à fait ça. J'écris un livre sur lui et j'ai besoin de voir ses films pour mes recherches.

C'est ainsi que le projet est né. C'est une bonne chose que ce soit arrivé si tôt, car dès que j'ai vu les films qui se trouvaient à Rochester – *The Jockey Club* et *The Snoop (Le Fouineur)* –, j'ai compris que je n'étais pas en train de perdre mon temps. Hector était en tous points aussi talentueux et accompli que je l'avais espéré et si les dix autres films étaient du niveau de ces deux-là, alors il méritait qu'un livre lui fût consacré, il méritait une chance d'être redécouvert. Dès le début, je ne me contentai donc pas de regarder les films d'Hector, je les étudiai. Sans ma conversation avec cette femme à Rochester, je n'aurais jamais eu l'idée de les aborder sous cet angle. Mon projet initial était beaucoup plus simple et je ne crois pas qu'il m'aurait occupé davantage que jusqu'à Noël ou au jour de l'an. En tout état de cause, je n'ai pas eu fini de visionner tous les films d'Hector avant la mi-février. Au début, je pensais voir chaque film une fois. Désormais, je les voyais plusieurs fois et au lieu de rendre une visite de quelques heures à chacune des cinémathèques, j'y restais pendant plusieurs jours à faire passer les films sur des visionneuses ou des moviolas, à observer Hector pendant des matinées et des après-midi d'affilée, à dérouler et rembobiner les bandes jusqu'à ne plus pouvoir garder les yeux ouverts. Je prenais des notes, je consultais des livres et je rédigeais des commentaires exhaustifs, en détaillant les plans, les angles de prise de vues et les positions des éclairages, en analysant tous les aspects de chaque scène jusqu'à ses éléments les plus périphériques, et je ne passais jamais d'un endroit à un autre avant de me sentir prêt, avant d'avoir vécu assez longtemps avec les séquences pour les connaître par cœur, image par image.

Je ne me demandais pas si cela en valait la peine. J'avais mon boulot, et la seule chose qui comptait, c'était de m'y appliquer et de veiller à ce qu'il soit fait. Je savais qu'Hector n'était qu'un personnage mineur, un nom de plus sur la liste des non-classés et des concurrents malchanceux, mais cela ne m'empêchait pas d'admirer son œuvre et de prendre plaisir à sa compagnie. Ses films avaient été tournés au rythme d'un par mois pendant un an et ils étaient réalisés avec des budgets si réduits, si inférieurs aux sommes généralement nécessaires à la mise en scène des cascades spectaculaires et des séquences palpitantes qu'on associe d'habitude au cinéma muet, qu'on pouvait s'étonner qu'il eût réussi à produire quoi que ce fût, sans même aller jusqu'à douze films parfaitement valables. D'après mes lectures, Hector avait commencé à Hollywood comme accessoiriste, peintre de décors et bouche-trou, il avait été promu à de petits rôles dans un certain nombre de comédies, et un individu dénommé Seymour Hunt lui avait donné la possibilité de mettre en scène et d'interpréter ses propres films. Hunt, un banquier de Cincinnati qui voulait se faire une place dans l'industrie du cinéma, était venu en Californie, au début de 1927, créer sa propre société de production, Kaleidoscope Pictures. Personnage fanfaron et douteux sous tous les rapports, Hunt ne connaissait rien au cinéma et moins encore à la gestion d'une affaire. (Kaleidoscope ferma boutique au bout d'un an et demi. Accusé de fraude et d'escroquerie, Hunt se pendit avant même que son affaire ne parvînt devant un tribunal.) Insuffisamment financé, manquant de personnel et empoisonné par les constantes interventions de Hunt, Hector saisit néanmoins sa chance et essaya d'en tirer le meilleur parti possible. Il n'y avait pas de scénarios, bien entendu, et rien n'était planifié. Hector travaillait seul avec deux gagmen, Andrew Murphy et Jules Blaustein, en improvisant au fur et à mesure et en tournant souvent la nuit sur des plateaux qu'on leur prêtait, avec des équipes épuisées et du matériel d'occasion. Ils ne pouvaient pas se payer le luxe de démolir une douzaine de voitures ni d'organiser la ruée d'un troupeau. Les maisons ne pouvaient pas s'effondrer, ni les immeubles exploser. Pas d'inondations, pas d'ouragans, pas d'extérieurs exotiques. Les extras se payaient à prix d'or et si une idée ne fonctionnait pas, ils n'avaient pas la ressource de tourner à nouveau une fois que le film était fini. Tout devait être produit dans les délais, le temps manquait pour les repentirs. Des gags sur commande ; trois rires à la minute, et puis remettez une pièce dans le compteur. Malgré tous les inconvénients de cette situation, il semble que les limitations qui lui étaient imposées aient été favorables à Hector. Son œuvre était de taille modeste, mais elle offrait un caractère d'intimité qui attirait l'attention et obligeait à réagir. Je comprenais pourquoi les cinéphiles respectaient son travail – et aussi pourquoi personne ne manifestait un grand enthousiasme. Ce n'était pas un novateur et, à présent que ses films étaient de nouveau disponibles, il était évident que l'histoire de cette période n'aurait pas à être récrite. Les films d'Hector étaient des contributions minimes au septième art, mais ils n'étaient pas négligeables et plus j'en voyais, plus je les aimais pour leur grâce et leur humour subtil, pour l'allure comique et touchante de leur interprète. Ainsi que je le découvris bientôt, personne n'avait encore vu tous les films d'Hector. Les derniers étaient réapparus depuis trop peu de temps et personne n'avait pris l'initiative de parcourir le circuit entier des archives et des musées dans le monde. Si je parvenais à réaliser mon projet, je serais le premier.

Avant de quitter Rochester, j'appelai Smits, le doyen de la faculté de Hampton, pour lui dire que je souhaitais prolonger mon absence pendant un semestre de plus. D'abord assez décontenancé, il protesta que mes cours étaient déjà annoncés dans le programme, mais quand je lui mentis en affirmant que je suivais un traitement psychiatrique, il s'excusa. C'était un vilain tour, j'en conviens, mais je luttais pour ma vie à ce moment-là et je n'avais pas la force d'expliquer pourquoi il était soudain devenu important pour moi de regarder des films muets. Nous finîmes par bavarder cordialement et à la fin il me souhaita bonne chance mais, bien que nous fassions tous deux semblant de croire que je reviendrais en automne, je pense qu'il sentait que j'étais déjà en train de m'éloigner, que mon cœur n'y était plus.

Je vis *Scandal* et *Country Weekend (Un week-end à la campagne)* à New York et puis je poursuivis ma route jusqu'à Washington pour *The Teller's Tale* et *Double or Nothing*. Je pris des réservations dans une agence de voyages pour le reste du circuit par Dupont Circle (Amtrak jusqu'en Californie, le *Queen Elizabeth II* vers l'Europe) et puis, le lendemain matin, dans un mouvement soudain d'héroïsme aveugle, j'annulai mes billets et décidai de prendre l'avion. C'était de la folie pure, mais dès lors que j'avais démarré de façon si prometteuse, je ne voulais pas perdre mon élan. Tant pis si j'allais devoir me persuader de faire la seule chose que j'avais résolu de ne plus jamais faire. Je ne pouvais pas réduire mon allure et si cela signifiait le recours à une solution pharmacologique du problème, j'étais prêt à avaler toutes les pilules qu'il faudrait pour m'assommer. Une employée de l'American Film Institute me donna l'adresse d'un médecin. J'imaginais que le rendez-vous ne durerait pas plus de cinq à dix minutes. Je lui dirais pourquoi j'avais besoin de ces pilules, il me ferait une ordonnance et ce serait tout. La peur de voler était une affection courante, après tout, et je n'aurais pas à lui parler de Helen et des enfants, ni à dénuder mon âme devant lui. Tout ce que je voulais, c'était mettre mon système nerveux hors d'état de nuire pendant quelques heures et puisqu'on ne peut pas acheter ce genre de choses au comptoir, la seule fonction du médecin consisterait à me remettre une feuille de papier portant sa signature. Mais il s'avéra que le Dr Singh était un homme consciencieux et, tout en mesurant ma tension artérielle et en écoutant mon cœur, il me posa assez de questions pour me garder trois quarts d'heure dans son cabinet. Il était trop intelligent pour ne pas avoir envie de me sonder et, peu à peu, la vérité sortit.

Nous allons tous mourir, Mr Zimmer, dit-il. Qu'est-ce qui vous fait penser que vous mourrez en avion ? Si vous en croyez les statistiques, vous avez plus de chances de mourir en restant assis chez vous.

Je n'ai pas dit que j'avais peur de mourir, répondis-je, j'ai dit que j'avais peur de prendre l'avion. C'est différent.

Mais du moment que l'avion ne va pas s'écraser, pourquoi vous faire du souci ?

Parce que je ne me fais plus confiance. J'ai peur de perdre mes moyens, et je ne veux pas me donner en spectacle.

Je ne suis pas certain de vous suivre.

Je m'imagine entrant dans l'avion et, avant même d'être arrivé à mon siège, je craque.

Vous craquez ? Dans quel sens ? Vous voulez dire, mentalement ?

Oui, je m'effondre devant quatre cents inconnus et je perds la tête. Je deviens cinglé.

Et qu'imaginez-vous que vous faites ?

Ça dépend. Parfois je crie. Parfois j'envoie des coups de poing à la figure des gens. Parfois je me précipite dans le cockpit et j'essaie d'étrangler le pilote.

Est-ce que quelqu'un vous en empêche ?

Bien sûr. Ils arrivent tous sur moi et ils me plaquent au sol. Ils me battent comme plâtre.

Quand vous êtes-vous battu pour la dernière fois, Mr Zimmer ?

Je ne me souviens pas. Quand j'étais gamin, je suppose. Onze ans, douze ans. Des trucs de cour d'école. Pour me défendre contre le méchant de la classe.

Et qu'est-ce qui vous fait croire que vous allez commencer à vous battre maintenant ?

Rien. Certitude viscérale, c'est tout. Si quelque chose me rebrousse le poil, je ne crois pas que je pourrai me retenir. N'importe quoi peut arriver.

Mais pourquoi les avions ? Pourquoi n'avez-vous pas peur de perdre vos moyens sur la terre ferme ?

Parce que les avions sont sûrs. Tout le monde le sait. Les avions sont sûrs, rapides et efficaces, et une fois que vous êtes en l'air, rien ne peut plus vous arriver. C'est pour ça que j'ai peur. Pas parce que je crois que je vais mourir – mais parce que je sais que je ne mourrai pas.

Avez-vous déjà tenté de vous suicider, Mr Zimmer ?

Non.

Y avez-vous pensé ?

Oui, bien sûr. Je ne serais pas humain, sinon.

Est-ce pour cela que vous êtes là, maintenant ? Afin de pouvoir vous en aller d'ici avec une ordonnance pour une bonne drogue bien puissante qui vous débarrassera de vous-même ?

Je recherche l'oubli, docteur, pas la mort. La drogue me fera dormir et, tant que je serai inconscient, je n'aurai pas à penser à ce que je fais. Je serai là et je n'y serai pas, et dans la mesure où je n'y serai pas, je serai protégé.

Protégé contre quoi ?

Contre moi-même. Contre l'horreur de savoir qu'il ne va rien m'arriver.

Vous vous attendez à un vol paisible et sans surprise. Je ne vois toujours pas en quoi cela vous effraie.

Parce qu'il n'y a pas de risque. Je vais décoller et atterrir sans problème et, arrivé à destination, je descendrai vivant de l'avion. Tant mieux pour moi, dites-vous, mais si je fais ça, je crache sur toutes mes convictions. J'insulte les morts, docteur. Je réduis une tragédie à une simple affaire de malchance. Vous me comprenez, maintenant ? Je dis aux morts qu'ils sont morts pour rien.

Il comprenait. Je n'avais pas tout dit, mais ce médecin avait une intelligence délicate et subtile, et il sut imaginer le reste. J. M. Singh, diplômé du Royal College of Physicians, interne à l'hôpital universitaire de Georgetown, avec son accent britannique précis et son début prématuré de calvitie, saisit soudain ce que j'avais tenté de lui dire dans ce petit cabinet aux éclairages fluorescents et aux surfaces métalliques étincelantes. Je me trouvais encore sur la table d'examen, en train de boutonner ma chemise en regardant par terre (je ne voulais pas le regarder, lui, je ne voulais pas risquer la gêne des larmes) et à ce moment, après ce qui me fit l'effet d'un long silence embarrassé, il me mit la main sur l'épaule. Je suis désolé, dit-il. Je suis vraiment désolé.

C'était la première fois depuis des mois que quelqu'un me touchait et je trouvai perturbant, presque dégoûtant d'être l'objet d'une telle compassion. Ce n'est pas votre sympathie que je veux, docteur, protestai-je, ce sont vos comprimés.

Il s'écarta avec une légère grimace et s'assit dans un coin sur un tabouret. Comme je finissais de rentrer ma chemise dans mon pantalon, je le vis prendre un bloc d'ordonnances dans la poche de sa blouse blanche. Je veux bien le faire, dit-il, mais avant que vous vous leviez pour partir, j'aimerais vous demander de reconsidérer votre décision. Je pense avoir une idée de ce que vous avez souffert, Mr Zimmer, et j'hésite à vous exposer à une situation qui pourrait devenir pour vous cause de tels tourments. Il y a d'autres façons de voyager, vous savez. Peut-être vaudrait-il mieux que vous évitiez l'avion en ce moment.

J'ai déjà envisagé ça, répliquai-je, et je me suis décidé contre. Les distances sont trop considérables. Ma prochaine étape est Berkeley, en Californie, et ensuite je dois me rendre à Londres et à Paris. Le train met trois jours pour atteindre la côte ouest. Multipliez ça par deux pour le trajet de retour, et puis ajoutez encore dix jours pour traverser l'Atlantique et revenir, et nous parlons d'un minimum de seize jours perdus. Je suis censé faire quoi pendant tout ce temps ? Regarder par la fenêtre et m'imbiber des paysages ?

Ralentir pourrait n'être pas une mauvaise chose. Cela contribuerait à réduire la tension.

Mais la tension, j'en ai besoin. Si je me relâchais maintenant, je m'effondrerais. Je m'éparpillerais en cent directions différentes et je ne réussirais plus jamais à me rassembler.

Il y avait une telle intensité dans ma façon de prononcer ces mots, une telle conviction et tant de folie dans le timbre de ma voix que le docteur sourit presque – en tout cas, il parut dissimuler un sourire. Et ce n'est pas ça que nous voulons, bien sûr, dit-il. Si vous tenez tellement à voler, allez-y, volez. Mais prenez garde à ne le faire que dans un sens. Et, avec ce commentaire saugrenu, il prit un stylo dans sa poche et traça sur son carnet quelques griffonnages illisibles. Voilà, dit-il en arrachant la feuille et en me la remettant. Votre billet pour Air Xanax.

Jamais entendu parler.

Xanax. Une drogue puissante, extrêmement dangereuse. Respectez strictement la dose indiquée, Mr Zimmer, et vous vous retrouverez transformé en zombie, en un être sans conscience, une masse de chair effacée. Vous pouvez voler d'un bout à l'autre de continents entiers avec ce truc-là, et je garantis que vous ne saurez même pas que vous avez quitté le sol.

Le lendemain, en milieu d'après-midi, je me trouvais en Californie. Moins de vingt-quatre heures plus tard, j'entrais dans une salle de projection privée chez Pacific Film Archive afin d'assister à deux autres comédies d'Hector Mann.

Tango Tangle (L'Embrouille du tango) se révéla l'une de ses créations les plus farfelues et les plus effervescentes ; *Hearth and Home (Le Foyer et la Maison)*, l'une de ses plus soignées. Je consacrai plus de deux semaines à ces films ; je me pointais là chaque matin à dix heures précises et les jours de fermeture (ceux de Noël et du nouvel an), je continuai à travailler dans ma chambre, à lire des livres et à revoir mes notes afin de préparer la prochaine étape de mon voyage. Le 7 janvier 1986, j'avalai de nouveau quelques-unes des pilules magiques du Dr Singh et effectuai un vol direct de San Francisco à Londres – six mille miles sans escale sur le Catatonia Express. Une dose plus importante était recommandée, cette fois, et pourtant, craignant que cela ne suffise pas, je pris juste avant d'embarquer un comprimé de plus. Je n'aurais pas dû faire la bêtise de désobéir aux instructions du médecin mais l'idée de me réveiller en plein vol me paraissait si terrifiante que j'ai failli me plonger dans un sommeil définitif. Bien que, sur mon vieux passeport, un tampon atteste que je suis entré en Grande-Bretagne le 8 janvier, je ne garde aucun souvenir de l'atterrissage, aucun souvenir du passage de la douane et aucun souvenir de la façon dont je suis arrivé à mon hôtel. Je me suis réveillé dans un lit inconnu le matin du 9 janvier et c'est à ce moment que ma vie a repris son cours. Jamais je n'avais à ce point perdu ma propre trace.

Il restait quatre films – *Cowpokes (Cow-boys)* et *Mr Nobody* à Londres, *Jumping Jacks* et *The Prop Man (L'Accessoiriste)* à Paris – et j'étais conscient que ceci serait ma seule chance de les voir. Les archives américaines, je pourrais toujours les consulter en cas de besoin ; il n'était pas question, par contre, de refaire le voyage que je venais de faire pour me rendre au British Film Institute et à la Cinémathèque. J'avais réussi à me transporter en Europe, mais je ne me sentais pas de taille à tenter plus d'une fois l'impossible. C'est la raison pour laquelle je passai finalement à Londres et à Paris beaucoup plus de temps que nécessaire – près de sept semaines en tout, la moitié de l'hiver, terré comme une sorte de bête fouisseuse démente. Si j'avais été, jusqu'alors, attentif et consciencieux, mon projet acquérait désormais une nouvelle intensité, une détermination qui frisait l'obsession. Mon but avoué consistait à étudier les films d'Hector Mann jusqu'à tout savoir sur eux, mais en réalité j'apprenais à me concentrer, je m'entraînais à penser à une chose et à elle seule. C'était une existence de monomane, mais c'était alors pour moi la seule façon de vivre sans m'écrouler en morceaux. Quand je finis par rentrer à Washington, en février, j'allai cuver les effets du Xanax dans un hôtel de l'aéroport et puis, dès le lendemain matin, je récupérai ma voiture dans le parking longue durée et je pris la route vers New York. Je ne me sentais pas prêt à retourner dans le Vermont. Si je voulais écrire ce livre, il me fallait un endroit où me retirer et, parmi toutes les villes du monde, New York me semblait la moins susceptible de me porter sur les nerfs. Je passai cinq jours à chercher un appartement à Manhattan, sans rien trouver. On était au plus haut du boom de Wall Street, vingt bons mois avant la crise de 1987, locations et sous-locations étaient rares. A la fin, je passai le pont vers Brooklyn Heights et pris le premier logement qu'on me présenta – un deux-pièces, Pierrepont Street, qui était arrivé sur le marché le matin même. C'était cher, moche et bizarrement agencé, mais je considérais que j'avais de la chance. J'achetai un matelas pour l'une des pièces, une table et une chaise pour l'autre, et j'emménageai. Le bail était valable un an. Il démarrait le 1er mars, et c'est ce jour-là que je commençai à écrire mon livre.

2

Avant le corps, il y a le visage, et avant le visage il y a la mince ligne noire entre le nez et la lèvre supérieure. Filament agité de tics angoissés, corde à sauter métaphysique, fil dansant la chaloupée des émotions, la moustache d'Hector est un sismographe de son état profond et elle ne vous fait pas seulement rire, elle vous indique aussi ce qu'Hector pense, elle vous donne accès à la machinerie de ses pensées. D'autres éléments participent – les yeux, la bouche, les embardées et les faux pas savamment calibrés – mais la moustache est l'instrument de communication et bien qu'elle parle un langage sans paroles, ses tortillements et ses palpitations sont aussi clairs et compréhensibles qu'un message épelé en morse.

Rien de tout cela ne serait possible sans l'intervention de la caméra. L'intimité avec la moustache parlante est une création de l'objectif. A diverses reprises, dans chacun des films d'Hector, l'angle change soudain et un plan général ou moyen est remplacé par un gros plan. Le visage d'Hector remplit l'écran et, toutes références à l'environnement étant éliminées, la moustache devient le centre du monde. Elle se met à remuer et, parce que le talent d'Hector est si grand qu'il contrôle les autres muscles de son visage, la moustache a l'air de bouger d'elle-même, tel un petit animal doué d'une conscience et d'une volonté indépendantes. Les commissures des lèvres se recourbent un rien, les narines s'écartent imperceptiblement mais, tandis que la moustache se livre à ses rotations fantaisistes, le visage est essentiellement immobile et dans cette immobilité on se voit comme dans un miroir, car c'est à ces moments-là qu'Hector fait preuve de l'humanité la plus complète et la plus convaincante, reflet de ce que nous sommes tous quand nous nous retrouvons seuls en nous-mêmes. Ces gros plans sont réservés aux passages critiques d'un récit, aux articulations où tension ou surprise sont très fortes, et ils ne durent jamais plus de quatre ou cinq secondes. Lorsqu'ils se produisent, tout le reste s'arrête. La moustache entame son soliloque et, pendant ces quelques précieux instants, l'action cède la place à la pensée. Nous pouvons lire ce qui se passe dans la tête d'Hector comme si c'était écrit en toutes lettres sur l'écran et, avant qu'elles ne disparaissent, ces lettres ne sont pas moins visibles qu'un immeuble, un piano ou une tarte à la crème.

En mouvement, la moustache est un outil capable d'exprimer les pensées de tout homme. Au repos, elle n'est guère qu'un ornement. Elle désigne la place d'Hector dans le monde, établit le type de personnage qu'il est censé représenter et définit ce qu'il est aux yeux des autres – mais elle n'appartient qu'à un seul et dans la mesure où c'est une absurde petite moustache mince et graisseuse, il ne peut jamais y avoir de doute quant à la personnalité de celui-là : c'est le dandy sud-américain, le *latin lover*, le mâle basané au sang chaud. Ajoutez les cheveux gominés et l'éternel complet blanc, et, on ne peut s'y tromper, le résultat est un mélange de brio et de décorum. Tel est le code des images. On comprend du premier coup d'œil ce que cela signifie et, parce qu'il se passe inévitablement une chose après l'autre dans cet univers de chausse-trapes où les bouches d'égout n'ont pas de couvercle et où les cigares explosent, du moment qu'on voit un homme marcher dans la rue en complet blanc, on sait que ce complet va lui attirer des ennuis.

Après la moustache, le complet est l'élément le plus important du répertoire d'Hector. La moustache constitue le lien avec son moi profond, l'expression métonymique d'impulsions, de cogitations et d'orages mentaux. Le complet incarne sa relation au monde social, et avec sa blancheur éclatante tranchant telle une bille de billard sur les gris et les noirs environnants, il attire l'œil à la façon d'un aimant. Hector porte ce complet dans tous les films, et dans chacun des films il y a au moins un long gag qui tourne autour des périls opposés à la tentative de le garder propre. Boue et huile de vidange, sauce bolognaise et mélasse, suie et éclaboussures d'eau stagnante – à un moment ou à un autre, tout liquide sombre, toute substance noirâtre menace de souiller la dignité virginale du complet d'Hector. Ce complet est son bien le plus cher et il le porte avec l'allure fringante et cosmopolite d'un homme résolu à impressionner le monde. En le revêtant, chaque matin, tel un chevalier revêtant son armure, il se prépare aux combats que la société lui réserve ce jour-là, et pas une fois il ne prend le temps de réfléchir au fait qu'il n'obtient jamais que le résultat opposé à celui qu'il visait. Il ne se protège pas contre des coups éventuels, il se transforme en cible, en point de mire de toutes les mésaventures qui peuvent se produire dans un rayon de cent mètres autour de sa personne. Le complet blanc est signe de la vulnérabilité d'Hector et prête un certain pathos aux blagues que lui joue le monde. Obstiné dans son élégance, accroché à la conviction que le complet fait de lui le plus séduisant et le plus désirable des hommes, Hector élève sa vanité personnelle au niveau d'une cause avec laquelle le public peut sympathiser. Voyez-le chasser d'une chiquenaude sur son veston d'imaginaires grains de poussière au moment où il sonne à la porte de sa belle dans *Double or Nothing* : ce n'est plus d'une démonstration d'amour-propre que vous êtes témoin, mais des tourments de la timidité. Le complet blanc transforme Hector en pauvre type. Il lui gagne la sympathie du public et dès lors qu'un acteur a réussi cela, il peut se permettre n'importe quoi.

Il était trop grand pour jouer simplement un clown, trop beau pour tenir, à l'instar d'autres comiques, le rôle du gaffeur innocent. Avec ses yeux noirs et expressifs et son nez élégant, Hector avait l'allure d'un jeune premier de deuxième catégorie, d'un héros romantique surdoué, égaré sur un plateau pour s'être trompé de film. Il était adulte, et la seule présence d'un homme comme lui paraissait contraire aux règles établies de la comédie. Les comiques étaient censément petits, difformes ou gros. C'étaient des lutins et des bouffons, des cancres et des parias, des enfants se faisant passer pour des adultes ou des adultes à la mentalité d'enfants. Pensez aux rondeurs juvéniles d'Arbuckle, à sa timidité pleine d'affectation et à ses lèvres peintes, féminines. Rappelez-vous l'index qu'il se fiche dans la bouche chaque fois qu'une fille le regarde. Et puis parcourez la liste des accessoires et accoutrements qui ont façonné les carrières des maîtres incontestés : les chaussures avachies et les vêtements dépenaillés du vagabond de Chaplin, le vaillant Milquetoast* de Lloyd, aux lunettes cerclées d'écaille ; l'ahuri de Keaton, avec son chapeau plat et son visage figé ; le naïf à la peau blafarde de Langdon. Tous sont des exclus et, parce que ces personnages ne peuvent ni nous menacer ni nous inspirer de l'envie, nous les encourageons à triompher de leurs ennemis et à gagner le cœur de l'héroïne. Le seul ennui, c'est que nous ne sommes pas trop sûrs qu'ils sauront comment se comporter envers l'héroïne une fois qu'ils seront seuls avec elle. Dans le cas d'Hector, pareil doute ne nous effleure même pas. S'il fait de l'œil à une femme, il y a de fortes chances pour qu'elle lui rende la pareille. Et, alors, il est évident que ni l'un ni l'autre ne pense au mariage.

Le rire n'est pas garanti, toutefois. Hector n'est pas ce qu'on appellerait un personnage attachant, et ce n'est pas non plus quelqu'un qui inspire nécessairement de la pitié. S'il réussit à susciter la sympathie du spectateur, c'est parce qu'il ne sait jamais quand renoncer. Dur au travail et sociable, parfaite incarnation de *l'homme moyen sensuel***, il est moins décalé par rapport au monde que victime des circonstances, homme infiniment doué pour la malchance. Hector a toujours un projet en tête, une raison de faire ce qu'il fait et, pourtant, quelque chose

---

* Milquetoast est un personnage du cinéma muet dont le nom est passé dans le langage courant, aux Etats-Unis, pour désigner un type très timide et empoté. *(Toutes les notes sont de la traductrice.)*
** En français dans le texte.

semble toujours se produire pour l'empêcher d'atteindre son but. Ses films sont pleins d'incidents matériels bizarres, de catastrophes mécaniques extravagantes, d'objets qui refusent de se comporter comme il faudrait. Un homme moins sûr de lui s'avouerait vaincu devant ces obstacles mais, à part un sursaut d'exaspération occasionnel (et toujours limité aux monologues de la moustache), Hector ne se plaint jamais. Des portes lui claquent sur les doigts, des abeilles le piquent dans le cou, des statues lui tombent sur les orteils ; inlassablement, il balaie ces malheurs d'un haussement d'épaules et poursuit son chemin. On se prend à l'admirer pour sa ténacité, pour le calme d'esprit dont il fait preuve face à l'adversité, mais ce qui retient l'attention, c'est sa façon de se mouvoir. Hector peut charmer grâce à n'importe lequel d'un millier de gestes variés. Agile et leste, nonchalant jusqu'à l'indifférence, il se faufile au travers du parcours d'obstacles de l'existence sans la moindre trace de maladresse ni de peur, en nous éblouissant par ses marches arrière et ses dérobades, ses voltes soudaines et ses pavanes plongeantes, ses changements de pied, ses entrechats et ses pirouettes de danseur de rumba. Observez les pianotages et les impatiences de ses doigts, ses soupirs adroitement synchronisés, le léger sursaut de sa tête quand son regard tombe sur quelque chose d'inattendu. Ces acrobaties miniatures sont une fonction du personnage mais elles procurent aussi du plaisir par elles-mêmes. Il peut avoir du papier à mouches collé sous ses semelles et avoir été pris au lasso par le petit garçon de la maison (la corde lui maintient les bras serrés contre le corps), Hector se déplace encore avec une grâce et un sang-froid rares, sans jamais douter de sa capacité à se sortir bientôt de ce mauvais pas – quel que puisse être celui qui l'attend dans la pièce à côté. Pas de chance pour Hector, bien sûr, mais c'est comme ça. L'important, ce n'est pas l'habileté avec laquelle on évite les ennuis, c'est la manière dont on les affronte quand ils se présentent.

Le plus souvent, Hector se trouve au bas de l'échelle sociale. Il n'est marié que dans deux de ses films (*Hearth and Home* et *Mr Nobody*) et à part le détective privé qu'il incarne dans *The Snoop* et son rôle de magicien ambulant dans *Cowpokes*, c'est un travailleur qui peine pour le compte d'autrui dans des emplois humbles et mal rémunérés. Serveur dans *The Jockey Club*, chauffeur dans *Country Weekend*, vendeur au porte-à-porte dans *Jumping Jacks*, moniteur de danse dans *Tango Tangle*, employé de banque dans *The Teller's Tale*, Hector est présenté en général comme un jeune homme débutant dans la vie. Ses perspectives ne sont rien moins qu'encourageantes, mais il ne donne jamais l'impression d'être un loser. Il y a trop de fierté pour cela dans son comportement, et à le voir vaquer à ses affaires avec la compétence assurée de quelqu'un qui a confiance en ses capacités, on comprend que c'est un individu destiné à réussir. Par conséquent, ses films ont pour la plupart l'un de ces deux dénouements : soit il obtient l'amour de la belle, soit il accomplit une action héroïque qui attire l'attention de son patron. Et si le patron est trop borné pour le remarquer (les riches et les puissants sont en majorité dépeints comme des sots), la belle verra ce qui s'est passé et cela constituera une récompense suffisante. Chaque fois qu'un choix s'offre entre l'amour et l'argent, l'amour a toujours le dernier mot. Serveur dans *The Jockey Club*, par exemple, Hector réussit à coincer un voleur de bijoux tout en servant plusieurs tables de dîneurs avinés lors d'un banquet en l'honneur d'une championne de l'aviation, Wanda McNoon. De la main gauche, il assomme le voleur d'un coup d'une bouteille de champagne ; de la droite, simultanément, il présente le dessert aux convives et, parce que le bouchon saute de la bouteille et que le maître d'hôtel est arrosé par un litre de Veuve Clicquot, Hector perd son emploi. Peu importe. La fougueuse Wanda a été témoin de son exploit. Elle lui glisse son numéro de téléphone, et dans la dernière scène ils montent ensemble dans l'avion de la belle et s'envolent vers les nuages.

Imprévisible dans son comportement, plein d'élans et de désirs contradictoires, le personnage d'Hector est esquissé avec trop de complexité pour que nous nous sentions tout à fait à l'aise en sa présence. Ce n'est ni une figure archétypale ni un personnage familier, et pour chacune de ses actions qui nous paraît sensée, il y en a une autre qui nous confond et nous déstabilise. Il fait preuve de toute l'ardeur ambitieuse d'un immigrant dur à la peine, d'un homme décidé à surmonter les difficultés et à se faire une place dans la jungle américaine, et pourtant une belle femme à peine entraperçue suffit à le dérouter, à éparpiller à tous les vents ses projets soigneusement conçus. Hector a la même personnalité dans tous ses films, mais il n'y a pas de hiérarchie fixe dans ses préférences, pas moyen de savoir quelle sera sa prochaine fantaisie. Il est à la fois populaire et aristocratique, sensuel et romantique, homme aux manières précises et pointilleuses qui n'hésite jamais devant une action spectaculaire. Il donnera son dernier sou à un mendiant dans la rue, mais il sera moins motivé par la pitié ou la compassion que par la poésie du geste. Quelle que soit son ardeur au travail, quelle que soit la diligence avec laquelle il s'applique aux tâches subalternes et souvent absurdes qui lui sont imposées, Hector donne une impression de détachement, comme s'il était en train de se moquer un peu de lui-même et de se féliciter en même temps. Il paraît vivre dans un état de stupeur ironique, à la fois engagé dans le monde et l'observant à grande distance. Dans ce qui est sans doute le plus drôle de ses films, *The Prop Man*, il transforme ces points de vue opposés en un principe unifié d'anarchie. C'était le neuvième court métrage de la série, et Hector y joue le rôle du régisseur d'une petite troupe théâtrale désargentée. La troupe s'arrête dans un patelin du nom de Wishbone Falls pour trois jours de représentation de *Beggars Can't Be Choosers*, d'après *Les mendiants n'ont pas le choix*, une comédie de boulevard de Jean-Pierre Saint-Jean de la Pierre, dramaturge français renommé. Lorsqu'on ouvre le camion pour décharger les décors et accessoires et les porter dans le théâtre, on s'aperçoit qu'ils n'y sont pas. Que faire ? La représentation ne peut avoir lieu sans eux. Il y a tout un salon à meubler, sans parler de plusieurs accessoires importants à remplacer : un revolver, un collier de diamants et un cochon rôti. Le rideau est censé se lever à huit heures le lendemain soir et, à moins qu'on ne puisse improviser tout le décor à partir de rien, la troupe se retrouvera sans travail. Le directeur, un vantard pompeux qui arbore un foulard en guise de cravate et un monocle à l'œil gauche, jette un coup d'œil à l'arrière du camion et tombe raide évanoui. Tout repose entre les mains d'Hector. Après quelques brefs mais incisifs commentaires de la moustache, il apprécie la situation avec calme, lisse le devant de sa chemise blanche immaculée et se met à l'ouvrage. Pendant neuf minutes et demie, le film va devenir une illustration du dicton anarchiste bien connu de Proudhon : *La propriété, c'est le vol*. Dans une série de brefs épisodes frénétiques, Hector court en tous sens dans la ville et dérobe les accessoires. On le voit intercepter une livraison de mobilier dans l'entrepôt d'un grand magasin et s'en aller avec des tables, des fauteuils et des lampes – qu'il enfourne dans son propre camion et emporte aussitôt au théâtre. Dans la cuisine d'un hôtel, il chaparde de l'argenterie, des verres et tout un service en porcelaine. Il se fait donner accès dans l'arrière-boutique d'un boucher grâce à une fausse commande d'un restaurant de la ville et en ressort à pas lourds, une carcasse de porc sur l'épaule. Le soir, à une réception privée en l'honneur des comédiens à laquelle assistent les notables de la cité, il réussit à extraire de sa gaine le pistolet du shérif. Un peu plus tard, il dégrafe adroitement le fermoir du collier que porte une matrone aux formes rebondies qui se pâme sous l'effet de son charme séducteur. Jamais Hector ne s'est montré plus suave que dans cette scène. Méprisable pour ses simulations, haïssable pour l'hypocrisie de son ardeur, il s'impose aussi comme un outlaw héroïque, idéaliste prêt à se sacrifier pour le bien de sa cause. Nous désapprouvons sa tactique, mais en même temps nous prions pour qu'il réussisse son coup. Le spectacle doit continuer, et si Hector ne parvient pas à empocher le bijou, il n'y aura pas de spectacle. Pour compliquer encore l'intrigue, Hector vient d'apercevoir la beauté locale (qui se trouve être la fille du shérif) et sans interrompre l'assaut amoureux qu'il livre à la virago vieillissante, il se met à faire furtivement de l'œil à la jeune personne. Heureusement, Hector et sa victime sont debout derrière une tenture de velours. Celle-ci occupe la moitié d'une baie séparant le vestibule du salon et, parce qu'il est placé d'un côté de la femme et non de l'autre, Hector peut regarder dans le salon en inclinant légèrement la tête à gauche. La femme, elle, reste dissimulée et, bien qu'Hector puisse voir la jeune fille et la jeune fille voir Hector, la seconde ne se doute pas de la présence de la première. Hector peut donc poursuivre ses deux objectifs à la fois – la fausse séduction et la vraie séduction – et parce qu'il fait jouer ces deux éléments l'un contre l'autre en un savant mélange de coupures et d'angles de prise de vues, chacun rend l'autre plus comique qu'il ne l'aurait été à lui seul. C'est là l'essence du style d'Hector. Une blague ne lui suffit jamais. Dès qu'une situation est établie, il faut y ajouter une autre affaire, et puis une troisième et, si possible, une quatrième. Les gags d'Hector se déploient à la manière de compositions musicales, confluences de lignes et de voix contrastées, et plus forte est l'interaction de ces voix, plus précaire et instable devient le monde. Dans *The Prop Man*, Hector chatouille la nuque de la femme derrière la tenture, échange des œillades avec la jeune fille dans l'autre pièce et finit par escamoter le collier quand un serveur, en passant, glisse sur l'ourlet de la robe de la femme et lui renverse dans le dos tout un plateau de boissons – ce qui donne à Hector juste le temps de détacher le fermoir. Il a atteint son but – mais par accident, sauvé une fois de plus par la séditieuse imprévisibilité des choses.

Le rideau se lève le lendemain soir, et la représentation est un formidable succès. Le boucher, le propriétaire du grand magasin, le shérif et la grosse dame sont tous présents dans le public, néanmoins, et alors même que les acteurs saluent et envoient des baisers à la foule enthousiaste, un agent de police passe les menottes à Hector et l'emmène en prison. Mais Hector est heureux, il ne manifeste pas une once de remords. Il a sauvé la situation et même la menace de perdre sa liberté ne peut diminuer son triomphe. Pour quiconque est au courant des difficultés auxquelles Hector dut faire face pendant qu'il tournait ses films, il est impossible de ne pas voir dans *The Prop Man* une parabole de sa vie sous contrat avec Seymour Hunt et des batailles nécessitées par son travail pour Kaleidoscope Pictures. Quand toutes les cartes du jeu sont contre vous, la seule façon de gagner une manche est d'enfreindre les règles. Vous mendiez, vous empruntez, vous volez, comme dit le vieil adage, et si vous êtes pris sur le fait, au moins vous êtes tombé en vous battant pour la bonne cause.

Ce joyeux mépris des conséquences prend un tour plus sombre dans le onzième film d'Hector, *Mr Nobody*. Le temps commençait à lui manquer et il devait savoir qu'une fois le contrat rempli, ce serait la fin de sa carrière. Le son arrivait. C'était une réalité inévitable, une innovation qui ne pourrait qu'être fatale à tout ce qui l'avait précédée, et l'art qu'Hector avait maîtrisé grâce à un travail si considérable cesserait d'exister. Même s'il pouvait remanier ses idées afin de les adapter aux formes nouvelles, cela ne servirait à rien. Hector parlait avec un accent espagnol prononcé et, dès l'instant où il ouvrirait la bouche sur l'écran, le public américain le rejetterait. Dans *Mr Nobody*, il s'autorise une certaine amertume. L'avenir était sombre et le présent obscurci par les difficultés financières croissantes de Hunt. De mois en mois, les dégâts s'étaient étendus aux moindres aspects des activités de Kaleidoscope. Les budgets étaient réduits, les salaires impayés et les taux d'intérêt élevés sur les emprunts à court terme laissaient Hunt en manque perpétuel d'argent liquide. Il empruntait à ses distributeurs sur la foi de recettes à venir, et quand il renia plusieurs de ces accords, les directeurs de salles commencèrent à refuser de projeter ses films. Hector créait alors le meilleur de son œuvre mais la triste vérité, c'est que de moins en moins de gens pouvaient la voir.

Mr Nobody constitue une réaction à cette frustration grandissante. Le méchant de la farce s'appelle C. Lester Chase et dès lors qu'on a compris l'origine du nom bizarre et artificiel de ce personnage, il devient difficile de ne pas voir en lui la doublure métaphorique de Hunt. Hunt, en français, c'est *chasse* ; si on laisse tomber le second *s* de *chasse*, reste *chase* ; si l'on considère en outre que Seymour peut être lu *see more* (voir plus) et qu'on peut abréger Lester en *Les*, faisant de C. Lester *C. Les* – ou *see less* (voir moins) –, l'évidence devient assez indiscutable. Chase est le personnage le plus malveillant de tous les films d'Hector. Il est résolu à détruire Hector et à le dépouiller de son identité, et ce n'est pas en lui tirant une balle dans le dos ni en lui plongeant un poignard dans le cœur qu'il va réaliser son plan, mais en l'amenant par ruse à avaler une potion magique qui le rend invisible. En réalité, c'est exactement ce que Hunt a fait à la carrière cinématographique d'Hector. Il lui a donné accès à l'écran et puis il s'est arrangé pour qu'il soit pratiquement impossible de le voir. Hector ne disparaît pas dans *Mr Nobody* mais, dès lors qu'il a bu la potion, plus personne ne l'aperçoit. Il est toujours là, sous nos yeux, mais les autres personnages du film sont aveugles à sa présence. Il saute sur place, agite les bras, se déshabille au coin d'une rue pleine de monde, mais nul ne le remarque. Quand il crie sous le nez des gens, on n'entend pas sa voix. C'est un spectre en chair et en os, un homme qui n'est plus un homme. Il vit encore dans le monde, et pourtant le monde n'a plus de place pour lui. On l'a assassiné, mais personne n'a eu la courtoisie ni la prévenance de le tuer. On l'a simplement effacé.

C'est la première et la seule fois qu'Hector se présente comme un homme riche. Dans *Mr Nobody*, il a tout ce qu'il est possible de désirer : une femme ravissante, deux jeunes enfants et une énorme maison avec personnel domestique complet. Dans la première scène, Hector prend son petit-déjeuner en famille. Il y a quelques passages de *slapstick* éblouissant autour d'un toast beurré et d'une guêpe qui atterrit dans un pot de confitures, mais l'intention narrative de la scène consiste à nous offrir une image du bonheur. Nous sommes mis en condition pour les pertes qui vont se produire et, sans cet aperçu de la vie privée d'Hector (mariage parfait, enfants parfaits, harmonie domestique sous sa forme la plus idyllique), le mauvais tour qui le menace n'aurait pas le même impact. Les choses étant ce qu'elles sont, nous sommes profondément affectés par ce qui lui arrive. Il embrasse sa femme et, dès l'instant où il se détourne d'elle pour sortir de chez lui, il plonge la tête la première dans un cauchemar.

Hector est le président-fondateur d'une société prospère qui fabrique des boissons non alcoolisées, la Fizzy Pop Beverage Corporation. Chase est son vice-président et son conseiller, son soi-disant meilleur ami. Mais Chase a accumulé des dettes de jeu importantes et il est harcelé par des usuriers qui lui intiment l'ordre de payer, sinon gare… Au moment où Hector arrive à son bureau ce matin-là et salue ses employés, Chase se trouve dans une autre pièce, en conversation avec deux gaillards à mine patibulaire. Ne vous en faites pas, dit-il. Vous aurez votre argent à la fin de la semaine. Je serai alors à la tête de la société et le fonds vaut des millions. Ses interlocuteurs acceptent de lui accorder un délai. Mais c'est ta dernière chance, préviennent-ils. Si tu tardes encore, tu nageras avec les poissons au fond du fleuve. Ils partent à grands pas. Chase essuie la sueur qui lui coule sur le front et pousse un grand soupir. Ensuite il sort une lettre du tiroir supérieur de son bureau. Il la parcourt des yeux pendant quelques instants et sa satisfaction paraît intense. Avec un méchant rictus, il la plie et la glisse dans sa poche intérieure. Des engrenages se sont manifestement mis à tourner, mais nous n'avons aucune idée de la direction où on nous entraîne.

Scène suivante : le bureau d'Hector. Entrée de Chase, porteur d'un objet qui ressemble à un gros thermos ; il demande à Hector s'il veut goûter le dernier arôme. Comment l'appelle-t-on ? demande Hector. Jazzmatazz, répond Chase, et Hector approuve d'un hochement de tête, impressionné par la sonorité attrayante du mot. Sans soupçon, il laisse Chase lui servir un généreux échantillon de la nouvelle préparation. Au moment où il saisit le verre, Chase le regarde d'un œil allumé, avec une attention extrême, guettant l'effet du breuvage empoisonné. Plan moyen d'Hector portant le verre à ses lèvres et prenant une petite gorgée prudente. Désapprobateur, il fronce le nez ; il écarquille les yeux ; sa moustache s'agite. La tonalité est entièrement comique et pourtant, lorsque, sur l'insistance de Chase, Hector porte le verre à ses lèvres pour la seconde fois, les implications sinistres du Jazzmatazz apparaissent de plus en plus. Hector avale une partie du contenu du verre. Il claque des lèvres, sourit à Chase et puis fait de la tête un signe de dénégation, comme pour suggérer que l'arôme ne lui plaît guère. Ignorant la critique de son patron, Chase regarde sa montre, écarte les doigts de sa main droite et se met à décompter les secondes de un à cinq. Hector est intrigué. Avant qu'il ait pu dire un mot, Chase arrive à la cinquième et dernière seconde et, juste comme ça, sans aucun signe avant-coureur, Hector s'écroule en avant sur son siège et heurte son bureau de la tête. On suppose que le breuvage l'a assommé, qu'il est momentanément inconscient mais, sous le regard froid et impitoyable de Chase, Hector commence à disparaître. D'abord ses bras, qui pâlissent lentement et s'effacent de l'écran, et puis son torse et, enfin, sa tête. Morceau par morceau, son corps entier finit par s'anéantir. Chase sort de la pièce et ferme la porte derrière lui. Faisant halte dans le corridor pour savourer son triomphe, il s'adosse à la porte et sourit. On peut lire, en intertitre : *Adieu, Hector, ravi de t'avoir connu.*

Chase sort. Dès qu'il est hors du champ, la caméra fixe la porte pendant une seconde ou deux et puis, très lentement, s'approche du trou de serrure. C'est un très beau plan, plein de mystère et d'attente ; l'ouverture s'agrandit, occupant une part de plus en plus importante de l'écran, et nous permet d'apercevoir l'intérieur du bureau d'Hector. Un instant après, nous nous retrouvons dans ce bureau et, parce que nous nous attendons à le trouver vide, nous ne sommes pas du tout préparés à ce que la caméra nous révèle. Nous voyons Hector écroulé sur son bureau. Bien qu'encore inconscient, il est de nouveau visible et, tandis que nous nous efforçons d'absorber ce revirement soudain et miraculeux, nous ne pouvons en conclure qu'une chose : les effets de la potion doivent s'être dissipés. Nous venons d'assister à la disparition d'Hector et si à présent nous le voyons, c'est que le breuvage était moins puissant que nous ne l'avions cru.

Hector semble se réveiller. Rassurés par ce signe de vie, nous nous sentons revenus sur la terre ferme. Nous supposons que l'ordre s'est rétabli dans l'univers et qu'Hector va maintenant entreprendre de se venger de Chase et de révéler sa scélératesse. Pendant quelque vingt secondes, il exécute l'un de ses numéros comiques les plus piquants et les plus caustiques. Tel un homme qui tente de se débarrasser d'une gueule de bois, il se lève, tout vaseux et désorienté, et commence à tituber d'un bout à l'autre de la pièce. Nous rions. Nous croyons ce que nous disent nos yeux et, confiants dans le retour d'Hector à son état normal, nous pouvons nous amuser de ce spectacle de genoux flageolants et d'effondrements éméchés. Alors

Hector se dirige vers le miroir accroché au mur, et tout change à nouveau. Il veut se regarder. Il veut se recoiffer et réajuster sa cravate, mais lorsqu'il scrute l'ovale lisse et brillant de la glace, son visage ne s'y trouve pas. Il n'a pas de reflet. Il se tâte pour s'assurer qu'il est réel, pour confirmer que son corps est palpable, mais quand il reporte les yeux vers le miroir, il ne se voit toujours pas. Hector est perplexe, mais il ne panique pas. C'est peut-être le miroir qui a un défaut.

Il sort dans le couloir. Une secrétaire passe, les bras chargés d'une liasse de papiers. Hector lui sourit et la salue d'un geste amical, mais elle ne paraît pas le remarquer. Hector hausse les épaules. A cet instant, deux jeunes employés arrivent en sens opposé. Hector leur fait la grimace. Il gronde. Il tire la langue. L'un des employés désigne du doigt la porte du bureau d'Hector. Le patron est arrivé ? demande-t-il. Je ne sais pas, répond l'autre. Je ne l'ai pas vu. Au moment où il prononce ces paroles, Hector se trouve bien entendu juste devant lui, à moins de vingt centimètres de son visage.

La scène suivante se passe dans le salon de la maison d'Hector. Son épouse marche de long en large et, tour à tour, se tord les mains et pleure dans un mouchoir. Il n'y a aucun doute qu'elle a déjà appris la nouvelle de la disparition d'Hector. Arrive Chase, l'ignoble C. Lester Chase, auteur du complot diabolique destiné à dépouiller Hector de son empire de limonade. Prétendant consoler l'infortunée, il lui tapote l'épaule et hoche la tête avec un désespoir feint. Il extrait de sa poche intérieure la lettre mystérieuse et la donne à la jeune femme, en expliquant qu'il l'a trouvée le matin sur le bureau d'Hector. On voit sur l'écran un très gros plan de la lettre : *Ma bien-aimée,* lit-on, *je te supplie de me pardonner. Le toubib dit que je suis atteint d'un mal incurable et que je n'ai plus que deux mois à vivre. Pour t'épargner cette agonie, j'ai décidé d'en finir maintenant. Ne t'en fais pas pour nos affaires. Avec Chase, la société est en bonnes mains. Je t'aimerai toujours, Hector.* L'effet de ces mensonges et tromperies ne se fait pas attendre. Dès le plan suivant, on voit la lettre glisser des doigts de l'épouse et voleter jusqu'au sol. Tout cela est trop pour elle. Son univers est bouleversé, tout ce qu'il contenait est brisé. En moins d'une seconde, elle s'évanouit.

La caméra suit sa chute et puis l'image de son corps étendu par terre, inerte, se fond en un plan général : Hector, sorti de son bureau, erre dans les rues en essayant de se faire à l'idée de ce qui vient de lui arriver d'étrange et de terrible. Afin de vérifier que tout espoir est réellement perdu, il s'arrête à un carrefour, en pleine foule, et se déshabille, ne gardant que ses sous-vêtements. Il esquisse quelques pas de danse, marche sur ses mains, montre ses fesses aux automobilistes et puis, comme personne ne lui prête la moindre attention, il se rhabille tristement et s'en va d'un pas traînant. Dès lors, Hector paraît résigné à son sort. Il s'efforce moins de lutter contre sa situation que de la comprendre et, au lieu de chercher un moyen de se rendre à nouveau visible (en affrontant Chase, par exemple, ou en se mettant en quête d'un antidote capable d'annuler les effets de la potion), il se lance dans une série d'expériences folles et impulsives, une investigation de ce qu'il est et de ce qu'il est devenu. Subitement – d'un geste de la main soudain et rapide comme l'éclair –, il fait tomber le chapeau d'un passant. Ah, c'est comme ça, maintenant, semble-t-il se dire. Un homme peut être invisible à tous ceux qui l'entourent, mais son corps peut encore agir sur la réalité. Un autre piéton s'approche. Hector avance le pied et le fait trébucher. Oui, son hypothèse est sûrement juste, mais cela ne signifie pas qu'il ne faut pas poursuivre la recherche. S'échauffant à sa tâche, il soulève l'ourlet de la robe d'une femme pour examiner ses jambes. Il embrasse une autre passante sur la joue, et puis une troisième sur la bouche. Il barre l'inscription d'un panneau STOP et un instant plus tard une moto s'écrase contre un trolleybus. Il se glisse derrière deux hommes et, en assénant à chacun une tape sur l'épaule et un coup de pied dans les tibias, il déclenche une bagarre. Ces facéties ont quelque chose de cruel et d'infantile, mais elles font aussi plaisir à voir et chacune ajoute un élément à l'édifice croissant des preuves. Alors, ayant ramassé une balle de base-ball qui roulait à l'aventure vers lui sur le trottoir, Hector fait sa deuxième découverte importante. Lorsqu'un homme invisible saisit un objet, celui-ci devient, lui aussi, invisible. Il ne flotte pas en l'air ; il est aspiré dans le vide, dans ce même néant qui enferme l'homme et, dès l'instant où il est entré dans cette sphère fatidique, il disparaît. Le gamin qui a perdu la balle court vers l'endroit où il pense qu'elle doit avoir atterri. Les lois de la physique indiquent que la balle devrait se trouver là, mais elle n'y est pas. Le gamin n'y comprend rien. Voyant cela, Hector pose la balle par terre et s'en va. L'enfant baisse les yeux et, ça alors ! la balle se retrouve là, à ses pieds. Qu'est-ce qui a bien pu se passer ? Le bref épisode s'achève par un gros plan de la mine ébahie du garçon.

Hector tourne le coin et se met à marcher sur le boulevard voisin. Presque aussitôt, le voilà confronté à un spectacle répugnant, de quoi vous faire bouillir le sang. Un gros monsieur bien habillé est en train de voler un exemplaire du *Morning Chronicle* à un petit marchand de journaux aveugle. L'homme n'a pas de monnaie et, parce qu'il est pressé, trop impatient pour se donner la peine de changer un billet, il se contente de prendre un journal et de s'éloigner. Scandalisé, Hector lui court après et quand l'homme s'arrête à un carrefour pour attendre que le feu passe au rouge, Hector lui fait les poches. C'est à la fois drôle et déconcertant. On ne plaint pas la victime le moins du monde, mais on est stupéfait de l'allégresse avec laquelle Hector s'est institué justicier. Même quand il revient au kiosque et remet l'argent au petit aveugle, on n'est pas tout à fait rasséréné. Dans les premiers instants après le vol, on a pu croire qu'Hector allait garder l'argent pour lui, et pendant ce bref et sombre intervalle, on comprend qu'il n'a pas volé le portefeuille du gros monsieur dans le but de réparer une injustice mais simplement parce qu'il savait pouvoir le faire impunément. Sa générosité n'est guère qu'un effet secondaire. Tout est devenu possible pour lui désormais, il n'a plus à obéir aux règles. Il peut faire le bien s'il en a envie, mais il peut aussi faire le mal et, en cette conjoncture, nous n'avons aucune idée de la décision qu'il va prendre.

Dans la maison d'Hector, son épouse a pris le lit.

Au siège de la société, Chase ouvre un coffre-fort et en sort un gros paquet d'actions. Il s'assied à son bureau et entreprend de les compter.

Pendant ce temps, Hector est sur le point de commettre son premier délit majeur. Il entre dans une bijouterie et, devant une demi-douzaine de témoins aveugles, notre héros enténébré et effacé débarrasse une vitrine de son contenu et se remplit calmement les poches de montres, de colliers et de bagues par poignées. Il a l'air à la fois de s'amuser et de savoir ce qu'il fait, et il accomplit son forfait avec un très perceptible petit sourire aux commissures des lèvres. Son acte paraît relever à la fois du sang-froid et du caprice et, si nous en croyons nos yeux et l'évidence, nous ne pouvons qu'en conclure qu'Hector a mal tourné.

Il sort de la boutique. Aussitôt, inexplicablement, il se dirige droit vers une poubelle plantée au bord du trottoir. Plongeant le bras dans les ordures, il en sort un sac en papier. Il est manifeste que c'est lui qui l'a mis là-dedans mais, bien que le sac soit rempli de quelque chose, nous ne savons pas de quoi. Quand Hector revient devant la boutique, ouvre le sac et se met à répandre sur le trottoir une substance poudreuse, nous sommes tout à fait confondus. Ce pourrait être de la terre ; ce pourrait être de la cendre ; ce pourrait être de la poudre à canon ; mais, quoi que ce soit, il paraît incompréhensible qu'Hector le répande par terre. En quelques instants, une mince ligne sombre s'étend du seuil de la bijouterie au bord du trottoir. Ayant couvert toute la largeur de celui-ci, Hector s'avance à présent dans la rue. En évitant les voitures, en esquivant les trolleybus, avec des bonds qui lui font alternativement frôler le danger et lui échapper, il continue à vider son sac au travers de la chaussée, et il a de plus en plus l'air d'un fermier fou en train d'essayer d'ensemencer un sillon. La traînée s'étend à présent d'un bord à l'autre de l'avenue. Comme Hector pose le pied sur le trottoir d'en face et continue à tirer sa ligne, nous comprenons soudain. Il trace une piste. Nous ne savons toujours pas où elle conduit, mais quand il ouvre la porte de l'immeuble devant lequel il est arrivé et disparaît à l'intérieur, nous nous doutons qu'on va encore se jouer de nous. La porte se referme derrière lui, et l'angle change tout à coup. Nous voyons un plan général de l'immeuble dans lequel Hector vient de pénétrer : le siège de la Fizzy Pop Beverage Corporation.

Après cela, l'action s'accélère. Dans une rafale de brèves scènes narratives, le gérant de la bijouterie s'aperçoit qu'il a été cambriolé, se rue sur le trottoir et fait signe à un agent de police auquel, dans la panique et avec des gestes précipités, il explique ce qui s'est passé. L'agent baisse les yeux, remarque la ligne sombre sur le trottoir et la suit des yeux jusqu'à l'immeuble Fizzy Pop, de l'autre côté de la rue. Ça ressemble à un indice, dit-il. Voyons où ça mène, renchérit le gérant, et tous deux s'élancent vers l'immeuble.

La caméra revient sur Hector. Il s'avance à présent dans un corridor, où il achève soigneusement de fignoler sa piste. Il arrive à la porte d'un bureau et, tandis qu'il vide le reste de la poudre sur la moitié extérieure du seuil, la caméra nous fait voir ce qui est écrit sur cette porte : C. LESTER CHASE, VICE-PRÉSIDENT. A cet instant, alors qu'Hector est encore en position accroupie, la porte s'ouvre à la volée et Chase en personne apparaît. Hector réussit à reculer d'un bond à la dernière minute – avant que Chase ne trébuche sur lui – et puis, pendant que le battant se referme, il se glisse par l'ouverture et entre dans le bureau en marchant comme un canard. Alors même que le mélodrame va atteindre son point culminant, Hector continue à accumuler les gags. Seul dans la pièce, il voit les actions étalées sur le bureau de Chase. Il les ramasse, égalise les bords de la liasse avec un geste méticuleux et les glisse dans sa veste. Et puis, en une succession de mouvements rapides et heurtés, il plonge les mains dans ses poches, en retire les bijoux et empile sur le buvard de Chase une montagne d'objets volés. A la dernière bague qu'il ajoute à la collection, Chase revient en se frottant les mains, l'air immodérément satisfait de lui-même. Hector fait un pas en arrière. Sa besogne est accomplie et il ne lui reste plus qu'à regarder son ennemi subir ce qui lui arrive.

Cela se passe dans un tourbillon d'étonnement et de méprises, de justice rendue et de justice trahie. Dans un premier temps, distrait par les bijoux, Chase ne s'aperçoit pas de la disparition des actions. Il perd du temps et quand, enfin, il enfonce la main sous la pile étincelante et constate qu'elles ne sont plus là, il est trop tard. La porte s'ouvre brusquement, l'agent de police et le gérant de la bijouterie entrent en trombe. Les bijoux sont identifiés, l'enquête est résolue et le voleur est arrêté. Peu importe l'innocence de Chase. La piste menait à sa porte, et ils l'ont surpris la main dans le sac. Il proteste, bien entendu, tente de s'échapper par la fenêtre, se met à lancer sur ses adversaires des bouteilles de Fizzy Pop, mais après quelques scènes débridées où interviennent une matraque et une baïonnette, on parvient à le maîtriser. Hector assiste à tout cela avec une sombre insouciance. Même quand on emmène Chase, les menottes aux poignets, il ne se réjouit pas de sa victoire. Son plan a fonctionné à la perfection, mais en quoi cela lui profite-t-il ? La fin du jour est proche et il est toujours invisible.

Il ressort et recommence à marcher dans les rues. Les boulevards du centre-ville sont déserts et Hector semble la seule personne restant encore dans le quartier. Qu'est-il arrivé aux foules et à l'agitation qui l'entouraient auparavant ? Où sont les voitures et les trolleybus, les masses de gens encombrant les trottoirs ? Pendant un moment, nous nous demandons si le maléfice n'a pas été inversé. Peut-être qu'Hector est à nouveau visible, nous disons-nous, et que tout le reste a disparu. Et puis, tout à coup, un camion passe à grande vitesse et roule dans une flaque. L'eau gicle de la chaussée, aspergeant tout alentour. Hector est trempé mais, quand la caméra se tourne vers lui pour nous montrer les dégâts, son costume est immaculé. Ce devrait être un instant comique, mais ce ne l'est pas et, dans la mesure où Hector, délibérément, ne le rend *pas* comique (un long coup d'œil dolent à son costume ; l'expression déçue de ses yeux quand il constate que la boue ne l'a pas éclaboussé), cette simple astuce modifie l'humeur du film. La nuit tombe, et nous le voyons retourner chez lui. Il entre, monte à l'étage et pénètre dans la chambre de ses enfants. La petite fille et le petit garçon dorment, chacun dans son lit. Il s'assied à côté de la fillette, examine un moment son visage et puis tend la main comme pour lui caresser les cheveux. A l'instant où il va la toucher, il s'arrête néanmoins en se rendant compte que sa main risque de la réveiller et que, si elle s'éveillait dans la pénombre et ne voyait personne, elle aurait peur. C'est une séquence émouvante et Hector la joue avec retenue et simplicité. Il a perdu le droit de toucher sa propre fille et en le voyant hésiter et puis, finalement, retirer sa main, nous ressentons toute l'intensité de la malédiction qui l'afflige. Par ce simple petit geste – la main suspendue en l'air, la paume à quelques centimètres à peine de la tête de l'enfant –, nous comprenons qu'Hector a été réduit à rien.

Tel un fantôme, il se lève et sort de la chambre. Il fait quelques pas dans le couloir, ouvre une porte et entre dans une chambre. C'est la sienne, et voilà son épouse, sa bien-aimée, endormie dans leur lit. Hector s'arrête. Elle est agitée, elle se tourne d'un côté et de l'autre en repoussant ses couvertures à coups de pied, sous l'emprise de quelque rêve terrifiant. Hector s'approche du lit et arrange délicatement les couvertures, tapote les oreillers et éteint la lampe de chevet. Les mouvements convulsifs de la jeune femme se calment et elle paraît bientôt plongée dans un sommeil profond et paisible. Hector recule, lui envoie un petit baiser du bout des doigts et puis s'installe dans un fauteuil au pied du lit. Il semble avoir l'intention d'y passer la nuit à veiller sur elle, tel un esprit bienveillant. Même s'il ne peut ni la toucher ni lui parler, il peut la protéger et se nourrir de sa présence. Mais les hommes invisibles ne sont pas inaccessibles à l'épuisement. Ils ont des corps, comme tout le monde, et, comme tout le monde, ils doivent dormir. Les paupières d'Hector s'alourdissent. Elles papillotent et tombent, elles se ferment et se rouvrent et bien qu'il se réveille une ou deux fois d'un sursaut, la bataille est manifestement perdue d'avance. Au bout d'un moment, il succombe.

L'écran devient noir. Quand l'image revient, c'est le matin et la lumière du jour transperce les rideaux. On voit l'épouse d'Hector, encore endormie dans son lit. Et puis on voit Hector, endormi dans le fauteuil. Son corps est contorsionné dans une posture impossible, un imbroglio comique de membres gauchis et d'articulations faussées et, parce que nous ne sommes pas préparés à la vision de cet homme-bretzel assoupi, nous rions, et avec ce rire l'humeur du film change une fois de plus. La bien-aimée s'éveille la première et dès l'instant où elle ouvre les yeux et s'assied dans son lit, son visage nous dit tout – passant rapidement de la joie à l'incrédulité puis à un optimisme prudent. Elle saute du lit et se précipite vers Hector. Elle touche son visage (renversé en arrière par-dessus un bras du fauteuil) et le corps d'Hector, saisi d'un spasme de choc à haute tension, saute en l'air dans une déflagration de bras et de jambes qui finit par le ramener en position assise. Il ouvre alors les yeux. Involontairement, oubliant apparemment qu'il est en principe invisible, il sourit à sa femme. Ils s'embrassent mais, à l'instant où leurs lèvres se touchent, il a, confus, un mouvement de recul. Se trouve-t-il vraiment là ? La malédiction est-elle levée, ou bien n'est-ce qu'un rêve ? Il se tâte le visage, promène ses mains sur son torse et puis regarde sa femme dans les yeux. Tu me vois ? demande-t-il. Bien sûr, je te vois, répond-elle et, les larmes aux yeux, elle se penche pour l'embrasser à nouveau. Pourtant, Hector n'est pas convaincu. Il quitte son fauteuil et s'approche d'un miroir fixé au mur. La preuve viendra du miroir : s'il peut y voir son reflet, il saura que le cauchemar a pris fin. Qu'il va s'y voir, on le sait d'avance, mais ce que cet instant a de merveilleux, c'est la lenteur de sa réaction. Pendant une seconde ou deux, l'expression de son visage reste la même et, face à l'homme qui, sur le mur, le fixe, les yeux dans les yeux, on dirait qu'il contemple un inconnu, qu'il rencontre le visage d'un homme qu'il n'a jamais vu. Et puis, tandis que la caméra se rapproche, Hector commence à sourire. Arrivant sur les talons de cette glaçante inexpressivité, ce sourire suggère davantage que la simple redécouverte de soi. Ce n'est plus l'ancien Hector qu'Hector regarde. Il est désormais quelqu'un d'autre et, quelle que puisse être sa ressemblance avec celui qu'il était avant, il a été réinventé, retourné et remis au monde, un homme nouveau. Le sourire s'épanouit, devient plus radieux et plus satisfait du visage découvert dans le miroir. Un cercle se referme autour de celui-ci et, bientôt, nous ne voyons plus que cette bouche souriante, cette bouche et la moustache qui la surmonte. La moustache se tortille pendant quelques secondes et puis le cercle rétrécit, rétrécit encore. Quand finalement il se ferme, c'est la fin du film.

En vérité, la carrière d'Hector s'achève avec ce sourire. Conformément aux termes de son contrat, il en a réalisé un de plus mais on ne peut pas considérer *Double or Nothing* comme une œuvre nouvelle. Kaleidoscope était alors en quasi-banqueroute et il ne restait pas assez d'argent pour monter une production à part entière. Hector dut se contenter de récupérer des séquences inutilisées de films antérieurs et de bricoler avec elles une anthologie de gags, chutes sur le derrière et autres improvisations dans le style tarte à la crème. Une opération de sauvetage ingénieuse qui, cependant, ne nous apprend rien en dehors de ce qu'elle nous révèle des talents de monteur d'Hector. Pour une juste estimation de son œuvre, il faut considérer *Mr Nobody* comme son dernier film. C'est une méditation sur sa propre disparition et, dans toute son ambiguïté et sa suggestivité furtive, avec toutes les questions morales qu'il pose sans vouloir y répondre, c'est essentiellement un film sur l'angoisse identitaire. Hector cherche la façon de nous dire au revoir, de faire ses adieux au monde et, dans ce but, il lui faut s'effacer à ses propres yeux. Il devient invisible et quand enfin la magie se dissipe et qu'il redevient visible, il ne reconnaît pas son propre visage. Nous le regardons se regardant, et dans ce troublant doublement de perspective, nous le voyons affronter la réalité de son propre anéantissement. Quitte ou double. Telle était l'expression qu'il avait choisie comme titre pour son dernier film. Ces mots n'ont aucun rapport avec le moindre des numéros présentés en dix-huit minutes dans ce pot-pourri de cascades et de cabrioles. Ils renvoient à la scène du miroir dans *Mr Nobody*, et l'instant où ce sourire extraordinaire envahit le visage d'Hector nous donne un bref aperçu de ce que l'avenir lui réserve. Avec ce sourire, il se laisse renaître, mais ce n'est plus le même individu, ce n'est plus l'Hector Mann qui nous a amusés et divertis pendant toute une année. Nous le voyons transformé en quelqu'un que nous ne reconnaissons plus et avant que nous ayons pu comprendre qui pourrait être ce nouvel Hector, il a disparu. Un cercle se ferme autour de son visage et il est avalé par l'obscurité. Un instant plus tard, pour la première et seule fois dans l'ensemble de ses films, le mot FIN s'inscrit sur l'écran et c'est la dernière chose qu'on ait jamais vue de lui.

3

J'ai écrit le livre en moins de neuf mois. Le manuscrit terminé comptait plus de trois cents pages dactylographiées, et chacune de ces pages avait représenté pour moi un combat. Si j'ai réussi à l'achever, c'est seulement parce que je ne faisais rien d'autre. Je travaillais sept jours sur sept, assis à ma table de dix à douze heures par jour et, à part mes petites excursions à Montague Street pour m'approvisionner en nourriture et en papier, encre et rubans de machine à écrire, je sortais rarement de chez moi. Je n'avais pas le téléphone, je n'avais ni radio, ni télévision, aucune vie sociale de quelque espèce que ce fût. Une fois en avril et une autre en août, j'ai pris le métro pour Manhattan afin de consulter certains ouvrages à la bibliothèque publique et, en dehors de cela, je n'ai pas bougé de Brooklyn. Je ne me trouvais pas non plus vraiment à Brooklyn, toutefois. J'étais dans le livre, et le livre était dans ma tête et, du moment que je demeurais à l'intérieur de ma tête, je pouvais continuer à écrire le livre. C'était comme de vivre dans une cellule capitonnée, mais de toutes les vies que j'aurais pu vivre à ce moment-là, c'était la seule qui eût un sens pour moi. Je n'étais pas capable d'affronter le monde et je savais que si j'y retournais avant de me sentir prêt, je serais écrasé. Je passais donc mes journées, terré dans ce petit appartement, à écrire sur Hector Mann. C'était un travail lent, peut-être même dépourvu d'intérêt, mais il a exigé toute mon attention pendant neuf mois d'affilée et, parce que j'étais trop occupé pour penser à quoi que ce fût d'autre, il m'a probablement empêché de devenir fou.

Fin avril, j'écrivis à Smits et lui demandai d'étendre mon congé au semestre d'automne. Je n'avais pas encore pris de décision quant à mes projets à long terme, expliquai-je, mais à moins d'un changement radical de ma situation dans les prochains mois, j'avais sans doute fini d'enseigner – sinon à jamais, en tout cas pour longtemps. J'espérais qu'il me pardonnerait. Ce n'était pas que mon intérêt eût disparu. Simplement, je n'étais pas certain que mes jambes me porteraient si je me mettais debout pour tenter de parler devant des étudiants.

Je m'accoutumais lentement à l'existence sans Helen et les gamins, mais cela ne signifiait pas que j'eusse fait le moindre progrès. Je ne savais toujours pas qui j'étais, je ne savais pas ce que je voulais et, jusqu'à ce que je trouve un moyen de vivre à nouveau en compagnie d'autrui, je continuerais à n'être qu'une chose à moitié humaine. Du début à la fin de la rédaction du livre, j'avais délibérément remis à plus tard toute considération du lendemain. La perspective de bon sens eût consisté à rester à New York, à acheter quelques meubles pour l'appartement que j'avais loué et à commencer là une nouvelle vie mais quand le moment arriva où j'aurais dû franchir ce pas, je me décidai contre et repartis dans le Vermont. Je me trouvais dans les affres de la dernière révision du manuscrit avant d'en taper la version définitive et de soumettre le livre à un éditeur, quand il m'apparut soudain que New York était le livre et qu'une fois le livre terminé, je devais quitter New York et m'en aller ailleurs. Le Vermont était sans doute le pire choix que je pouvais faire, mais c'était un terrain familier et je savais qu'une fois retourné là-bas, je me sentirais de nouveau près de Helen, je pourrais respirer le même air que nous avions respiré ensemble quand elle vivait encore. Cette idée avait quelque chose de consolant. Revenir à la vieille maison de Hampton était impossible ; il y avait d'autres maisons, toutefois, dans d'autres villes, et du moment que je restais dans la même région, je pouvais poursuivre ma vie absurde et solitaire sans avoir besoin de tourner le dos au passé. Je ne me sentais pas encore prêt à lâcher. Il ne s'était écoulé qu'un an et demi, et je voulais que mon chagrin dure encore. Tout ce qu'il me fallait, c'était un autre projet auquel travailler, un autre océan dans lequel me noyer.

Je finis par acheter une maison à West T., à quelque vingt-cinq miles au sud de Hampton. C'était une maisonnette ridicule, une sorte de chalet de sports d'hiver préfabriqué aux sols garnis de moquette et avec un feu électrique dans la cheminée, mais sa laideur était si extrême qu'elle frôlait la beauté. Elle n'avait ni charme, ni caractère, aucun détail élaboré avec amour, capable de susciter l'illusion qu'on pourrait un jour s'y sentir chez soi. C'était un hôpital pour morts-vivants, une halte pour cerveaux affligés, et habiter cet intérieur impersonnel revenait à comprendre que le monde n'était qu'une chimère à réinventer jour après jour. Malgré tous les défauts de sa conception, cette maison me parut idéale par ses dimensions. Elle n'était pas si grande qu'on s'y sentît perdu, ni si petite qu'on s'y sentît confiné. Il y avait une cuisine avec des tabatières au plafond, un living-room en contrebas avec une fenêtre panoramique et deux murs nus assez hauts pour accueillir des étagères pour mes livres, une mezzanine surplombant le living et trois chambres aux proportions identiques : une pour dormir, une pour travailler, et une où ranger tout ce que je n'avais plus le cœur d'avoir sous les yeux mais dont je ne pouvais pas me décider à me débarrasser. Par ses dimensions et son plan, la maison convenait à un homme résolu à vivre seul, et elle offrait en outre l'avantage d'un isolement total. Située à mi-hauteur de la montagne et entourée d'épaisses futaies de bouleaux, de sapins et d'érables, elle n'était accessible que par un chemin de terre battue. Si je n'avais envie de voir personne, rien ne m'y obligerait. Mieux encore, personne n'aurait besoin de me voir.

J'emménageai juste après le 1er janvier 1987 et passai les six premières semaines occupé à des tâches pratiques : construction de bibliothèques, installation d'un poêle à bois, vente de ma voiture, que je remplaçai par un gros 4x4. La montagne était traîtresse par temps de neige, et comme il neigeait presque tout le temps, j'avais besoin d'un véhicule qui me permît de monter et descendre sans transformer chaque déplacement en aventure. J'embauchai un plombier et un électricien pour réparer tuyauteries et câbles, je peignis des murs, je rentrai assez de bois de chauffage pour un hiver et je m'achetai un ordinateur, une radio et un combiné téléphone-fax. Pendant ce temps, *Le Monde silencieux d'Hector Mann* circulait lentement dans le réseau complexe des publications universitaires. A la différence des autres livres, les ouvrages savants ne sont pas acceptés ou refusés par un seul lecteur appartenant à une maison d'édition en particulier. Des copies du manuscrit sont envoyées à différents spécialistes de la question et rien ne se passe tant que ces gens n'ont pas lu l'ouvrage qui leur est soumis et envoyé leur rapport de lecture. C'est un travail très mal payé (deux cents dollars dans le meilleur des cas) et comme ces lecteurs sont en général des professeurs occupés à enseigner et à écrire leurs propres livres, le processus est souvent lent. En ce qui me concerne, j'ai attendu de la mi-novembre à la fin de mars avant d'avoir une réponse. A ce moment-là, j'étais absorbé par autre chose au point d'avoir presque oublié que je leur avais envoyé le manuscrit. J'étais content qu'ils en veuillent, bien sûr, content que mes efforts eussent abouti à un résultat, mais je ne peux pas dire que cela signifiait encore grand-chose pour moi. C'était, sans doute, une bonne nouvelle pour Hector Mann, une bonne nouvelle pour les chasseurs de vieux films et les connaisseurs en moustaches noires, mais à présent que j'avais laissé cette expérience derrière moi, je n'y pensais plus que rarement.

Au début de février, je reçus une lettre d'un ancien camarade d'université, Alex Kronenberg, qui enseignait désormais à Columbia. Je l'avais vu pour la dernière fois au service célébré à la mémoire de Helen et des garçons et, bien que nous ne nous fussions plus parlé depuis, je le considérais toujours comme un ami solide (sa lettre de condoléances avait été un modèle d'éloquence et de compassion, c'était la plus belle de toutes celles que j'avais reçues). Il commençait cette nouvelle lettre en s'excusant de ne pas avoir repris contact plus tôt. Il avait beaucoup pensé à moi, écrivait-il, et il avait appris par la rumeur que je m'étais fait mettre en congé de Hampton et que j'avais passé plusieurs mois à New York. Il regrettait que je n'aie pas fait signe. S'il avait su que j'étais là, il aurait éprouvé un plaisir infini à me voir. Tels étaient ses mots exacts : un plaisir infini, une expression caractéristique d'Alex. Quoi qu'il en soit, commençait le paragraphe suivant, il avait été chargé récemment par les presses de Columbia University de prendre en main l'édition d'une nouvelle collection, les Classiques de la bibliothèque universelle. Un homme portant le nom incongru de Dexter Feinbaum, diplômé en 1927 de l'Ecole d'ingénieurs de Columbia, avait légué quatre millions et demi de dollars dans le but de lancer cette collection. L'idée consistait à rassembler les chefs-d'œuvre incontestés de la littérature mondiale en une seule série de livres. Tout devait y être inclus, de Maître Eckhart à Fernando Pessõa, et lorsque les traductions existantes seraient jugées inadéquates, de nouvelles traductions seraient commandées. *C'est une entreprise folle, écrivait Alex, mais on m'en a confié la responsabilité en tant que directeur éditorial et, malgré tout le travail supplémentaire (je ne dors plus), je dois reconnaître que je m'amuse. Dans son testament, Feinbaum a dressé la liste des cent premiers titres qu'il souhaitait voir publier. Il s'est enrichi en fabriquant des revêtements en aluminium, mais il est sans reproche quant à ses goûts en littérature. Parmi les œuvres citées figurent les* Mémoires d'outre-tombe*, de Chateaubriand. Je n'ai pas encore lu les deux mille pages de ce sacré bouquin, mais je me rappelle ce que tu m'as dit un soir de 1971, quelque part sur le campus de Yale – peut-être près de*

cette petite place juste devant la Beineke – et je
vais te le répéter maintenant : Ceci, déclarais-tu
(en brandissant le premier volume de l'édition
française et en l'agitant en l'air), est la meilleure
autobiographie jamais écrite ! Je ne sais pas si
tu es toujours de cet avis, mais je n'ai sans
doute pas à t'apprendre qu'il n'y a eu que deux
traductions complètes depuis que le livre a été
publié en 1848. L'une en 1849 et l'autre en 1902.
Il est grand temps que quelqu'un en fasse une
nouvelle, ne crois-tu pas ? Je ne sais pas du tout
si la traduction de livres t'intéresse encore mais, si
oui, je serais ravi que tu acceptes de faire celle-ci
pour nous.

J'avais désormais un téléphone. Ce n'était pas
que j'espérais qu'on m'appelle, mais je m'étais
dit qu'il me fallait en faire installer un au cas où
il arriverait quelque chose. Je n'avais pas de
voisins là-haut et si le toit s'effondrait ou si la
maison prenait feu, je voulais pouvoir demander
du secours. C'était l'une de mes rares concessions à la réalité, l'admission réticente du fait
que je ne restais pas seul au monde. Normalement, j'aurais répondu à Alex par écrit, mais je
me trouvais dans la cuisine lorsque je dépouillai
le courrier ce jour-là et le téléphone était juste à
côté de moi, sur le comptoir, à moins d'un mètre
de ma main. Alex venait de déménager et sa
nouvelle adresse ainsi que son numéro de téléphone figuraient au-dessous de sa signature.
L'occasion était trop tentante pour ne pas en
profiter et, décrochant le combiné, je composai
donc le numéro.

La sonnerie retentit quatre fois à l'autre bout
et puis un répondeur prit le relais. Je ne m'attendais pas à un message prononcé par un enfant.
Après trois ou quatre mots, je reconnus la voix

du fils d'Alex. Jacob devait avoir environ dix ans à cette époque, à peu près un an et demi de plus que Todd – un an et demi de plus que l'âge qu'aurait eu Todd s'il avait vécu. Le petit garçon disait : On est dans la neuvième. Les bases sont occupées, et deux joueurs sont retirés. Le score est de quatre à trois, mon équipe perd, et c'est à moi. Si je réussis, nous gagnons la partie. Voilà la balle. Je frappe. C'est une balle roulante. Je lâche la batte et je commence à courir. Le deuxième base cueille la roulante et la lance au première base, et je suis dehors. C'est ça, les gars, Jacob est dehors. Et mon père Alex, ma mère Barbara et ma sœur Julie sont dehors aussi. Toute la famille est sortie en ce moment. Laissez un message après le bip, et on vous rappellera dès qu'on aura fait le tour du circuit et qu'on sera rentré à la maison.

C'était d'une absurdité charmante, mais ça me prit à rebrousse-poil. Quand le bip retentit après la fin du message, je ne trouvai rien à dire et, plutôt que de laisser la bande se dérouler en silence, je raccrochai. Je n'avais jamais aimé parler à ces machines. Ça me rendait nerveux et mal à l'aise, mais la voix de Jacob m'avait bouleversé et m'avait fait perdre les pédales, plongé dans un état proche du désespoir. Il y avait trop de bonheur dans cette voix, trop de rire fusant des mots. Todd avait été un petit garçon brillant et intelligent, lui aussi, mais il n'avait pas huit ans et demi à présent, il avait sept ans, et il continuerait à avoir sept ans même lorsque Jacob serait adulte.

Je me donnai quelques minutes et puis je réessayai. Je savais à quoi m'attendre, cette fois, et lorsque le message se déroula pour la deuxième fois, je tins le combiné à distance afin de ne pas devoir l'écouter. Les mots semblaient se succéder sans trêve, mais quand enfin le bip les interrompit, je ramenai le combiné contre mon oreille et me mis à parler. Alex, dis-je, je viens de lire ta lettre et je voudrais que tu saches que je suis prêt à faire cette traduction. Etant donné la longueur du livre, tu ne peux pas espérer voir un manuscrit terminé avant deux ou trois ans. Mais ça, je suppose que tu en es déjà conscient. Je suis encore en pleine installation, mais dès que j'aurai appris à me servir de l'ordinateur que j'ai acheté la semaine dernière, je m'y mettrai. Merci pour cette proposition. J'étais à la recherche de quelque chose à faire, et je crois que ça va me plaire. Amitiés à Barbara et aux enfants. A bientôt, j'espère.

Il me rappela le soir même, surpris et heureux à la fois de mon accord. C'était un coup à l'aveugle, me confia-t-il, mais je ne me serais pas senti bien si je ne t'avais pas pressenti en premier. Je ne peux pas te dire le plaisir que ça me fait.

Content que tu sois content, répliquai-je.

Je vais te faire envoyer un contrat dès demain. Juste pour officialiser les choses.

Comme tu veux. A vrai dire, j'ai déjà une idée de la façon de traduire le titre.

Mémoires d'outre-tombe. Memoirs from Beyond the Grave.

Ça me paraît lourd. Trop littéral, sans doute, et en même temps difficile à comprendre.

C'est quoi, ton idée ?

Memoirs of a Dead Man*.

Intéressant.

Pas mal, hein ?

---

* La traduction suggérée par Alex est littérale ; celle-ci signifie "Mémoires d'un mort".

Non, pas mal du tout. J'aime beaucoup.

L'important, c'est que ça a un sens. Chateaubriand a mis trente-cinq ans pour écrire ce livre, et il souhaitait qu'on ne le publie que cinquante ans après sa mort. C'est littéralement la voix d'un mort.

Mais on n'a pas attendu cinquante ans. Le livre a paru en 1848, l'année même de son décès.

Il a eu des problèmes d'argent. Après la révolution de 1830, sa carrière politique était terminée et il s'est endetté. Mme Récamier, sa maîtresse depuis une douzaine d'années – oui, cette Mme Récamier-là –, le persuada de donner des lectures privées des *Mémoires* dans son salon, devant un petit public choisi. Son idée consistait à trouver un éditeur disposé à payer une avance à Chateaubriand, à lui donner de l'argent pour une œuvre qui ne paraîtrait pas avant des années. Ça ne marcha pas, mais la réaction suscitée par ces lectures fut extraordinairement favorable. Les *Mémoires* devinrent le livre inachevé, inédit et sans lecteurs le plus célèbre de l'histoire. Mais Chateaubriand était toujours à court d'argent. Mme Récamier inventa donc une nouvelle combine, et celle-ci fonctionna – plus ou moins. On créa une société par actions et les gens achetaient des parts du manuscrit. L'avenir du verbe, si tu veux, de la même façon qu'à Wall Street on spécule sur les prix du soja et du blé. Pratiquement, Chateaubriand a hypothéqué son autobiographie afin de financer ses vieux jours. On lui versa d'abord une somme rondelette qui lui permit de rembourser ses créanciers, et puis on lui garantit une annuité pour le restant de ses jours. C'était un arrangement génial. Le seul problème, c'est que Chateaubriand restait en vie. La société avait été constituée quand il était dans la soixantaine, et à quatre-vingts ans il vivait toujours. A ce moment-là, les actions avaient changé de main plusieurs fois et les amis et admirateurs qui avaient été les premiers à investir avaient disparu depuis longtemps. Chateaubriand était devenu la propriété d'une bande d'inconnus. La seule chose qui intéressait ceux-ci, c'était le bénéfice à réaliser, et plus il restait en vie, plus ils souhaitaient sa mort. Ces dernières années ont dû être sinistres pour lui. Un vieillard fragile perclus de rhumatismes, Mme Récamier quasiment aveugle, et tous ses amis morts et enterrés. Mais il a continué jusqu'à la fin à peaufiner son manuscrit.

Quelle histoire réjouissante !

Pas tellement drôle, j'en conviens, mais, crois-moi, le vieux vicomte savait sacrément bien comment tourner une phrase. C'est un livre extraordinaire, Alex.

Donc, tu dis que tu ne vois pas d'inconvénient à passer les deux ou trois prochaines années de ta vie en compagnie d'un Français morose ?

Je viens de passer un an en compagnie d'un acteur du cinéma muet, et je crois que je suis prêt à passer à autre chose.

Cinéma muet ? Je ne suis pas au courant.

Un certain Hector Mann. J'ai fini à l'automne d'écrire un livre sur lui.

Tu as été occupé, alors. C'est bon, ça.

Fallait que je fasse quelque chose. J'ai décidé de faire ça.

Pourquoi je n'ai pas entendu parler de cet acteur ? Ce n'est pas que je m'y connaisse en cinéma, mais son nom ne me dit rien.

Personne n'a entendu parler de lui. C'est mon comique à moi, mon fou personnel, qui ne se produit que pour moi. Pendant douze à treize mois, j'ai passé avec lui tous les instants où je ne dormais pas.

Tu veux dire que tu étais effectivement avec lui ? Ou c'est juste une façon de parler ?

Personne n'a fréquenté Hector Mann depuis 1929. Il est mort. Aussi mort que Chateaubriand ou Mme Récamier. Aussi mort que ton Dexter Machin.

Feinbaum.

Aussi mort que Dexter Feinbaum.

Alors tu as passé un an à regarder des vieux films.

Pas exactement. J'ai passé trois mois à regarder des vieux films, et puis je me suis enfermé dans une pièce et j'ai passé neuf mois à écrire à leur sujet. C'est sans doute la chose la plus étrange que j'aie jamais faite. J'écrivais à propos de trucs que je ne pouvais plus voir, et il fallait que je les présente de façon purement visuelle. Toute cette expérience a ressemblé à une hallucination.

Et les vivants, David ? Tu passes beaucoup de temps avec eux ?

Aussi peu que possible.

Je me doutais que tu allais dire ça.

J'ai eu une conversation l'an dernier à Washington avec un certain Singh. Le Dr J. M. Singh. Un type très bien, et j'ai apprécié le moment que j'ai passé avec lui. Il m'a rendu un grand service.

Et maintenant, tu vois un médecin ?

Non, bien sûr. Notre bavardage d'aujourd'hui est le plus long échange que j'aie eu avec qui que ce soit depuis lors.

Tu aurais dû m'appeler quand tu étais à New York.

Je n'aurais pas pu.

Tu n'as même pas quarante ans, David. La vie n'est pas finie, tu sais.

Justement, j'aurai quarante ans le mois prochain. Il y aura un grand raout le 15 au Madison Square Garden, et j'espère que vous viendrez, Barbara et toi. Je suis étonné que vous n'ayez pas encore reçu votre invitation.

Tout le monde s'en fait pour toi, c'est tout. Je ne veux pas être indiscret, mais quand quelqu'un qu'on aime se conduit comme tu le fais, il est difficile de rester simple spectateur. Si seulement tu me donnais une chance de t'aider.

Tu m'as aidé. Tu m'as proposé un nouveau travail et je t'en suis reconnaissant.

Ça, c'est professionnel. Je te parle de la vie.

Il y a une différence ?

Tu es une foutue tête de mule, hein ?

Dis-m'en plus sur Dexter Feinbaum. Ce type est mon bienfaiteur, après tout, et je ne sais rien de lui.

Tu ne veux pas en parler, c'est ça ?

Comme disait notre vieil ami au bureau des lettres mortes : je préférerais pas*.

Personne ne peut vivre sans les autres, David. Ce n'est tout simplement pas possible.

Peut-être que non. Mais personne n'a encore été moi. Peut-être que je suis le premier.

Extrait de l'avant-propos des *Mémoires d'outre-tombe* (Paris, le 14 avril 1846 ; revu le 28 juillet)** :

Comme il m'est impossible de prévoir le moment de ma fin, comme à mon âge les jours accordés à l'homme ne sont que des jours de grâce ou plutôt de rigueur, je vais m'expliquer.

* Bartleby (*Bartleby the Scrivener*, de Herman Melville).
** Voir Note sur la traduction, 3, p. 379 et suiv.

Le 4 septembre prochain, j'aurai atteint ma soixante-dix-huitième année : il est bien temps que je quitte un monde qui me quitte et que je ne regrette pas.

La triste nécessité qui m'a toujours tenu le pied sur la gorge, m'a forcé de vendre mes Mémoires. Personne ne peut savoir ce que j'ai souffert d'avoir été obligé d'hypothéquer ma tombe ; mais je devais ce dernier sacrifice à mes serments et à l'unité de ma conduite. […] Mon dessein était de les laisser à Mme de Chateaubriand ; elle les eût fait connaître à sa volonté, ou les aurait supprimés, ce que je désirerais plus que jamais aujourd'hui. […]

Ces Mémoires ont été composés à différentes dates et en différents pays. De là, des prologues obligés qui peignent les lieux que j'avais sous les yeux, les sentiments qui m'occupaient au moment où se renoue le fil de ma narration. Les formes changeantes de ma vie sont ainsi entrées les unes dans les autres : il m'est arrivé que, dans mes instants de prospérité, j'ai eu à parler de mes temps de misère ; dans mes jours de tribulation, à retracer mes jours de bonheur. Ma jeunesse pénétrant dans ma vieillesse, la gravité de mes années d'expérience attristant mes années légères, les rayons de mon soleil, depuis son aurore jusqu'à son couchant, se croisant et se confondant, ont produit dans mes récits une sorte de confusion, ou, si l'on veut, une sorte d'unité indéfinissable ; mon berceau a de ma tombe, ma tombe a de mon berceau : mes souffrances deviennent des plaisirs, mes plaisirs des douleurs, et je ne sais plus, en achevant de lire ces Mémoires, s'ils sont d'une tête brune ou chenue.

J'ignore si ce mélange, auquel je ne puis apporter remède, plaira ou déplaira ; il est le fruit des inconstances de mon sort : les tempêtes ne m'ont laissé souvent de table pour écrire que l'écueil de mon naufrage.

On m'a pressé de faire paraître de mon vivant quelques morceaux de ces Mémoires ; je préfère parler du fond de mon cercueil ; ma narration sera alors accompagnée de ces voix qui ont quelque chose de sacré, parce qu'elles sortent du sépulcre. Si j'ai assez souffert en ce monde pour être dans l'autre une ombre heureuse, un rayon échappé des champs Elysées répandra sur mes derniers tableaux une lumière protectrice : la vie me sied mal ; la mort m'ira peut-être mieux.

Ces Mémoires ont été l'objet de ma prédilection : saint Bonaventure obtint du ciel la permission de continuer les siens après sa mort ; je n'espère pas une telle faveur, mais je désirerais ressusciter à l'heure des fantômes, pour corriger au moins les épreuves. [...]

Si telle partie de ce travail m'a plus attaché que telle autre, c'est ce qui regarde ma jeunesse, le coin le plus ignoré de ma vie. Là, j'ai eu à réveiller un monde qui n'était connu que de moi ; je n'ai rencontré, en errant dans cette société évanouie, que des souvenirs et le silence ; de toutes les personnes que j'ai connues, combien en existe-t-il aujourd'hui ?

[...] Si je décède hors de France, je souhaite que mon corps ne soit rapporté dans ma patrie qu'après cinquante ans révolus d'une première inhumation. Qu'on sauve mes restes d'une sacrilège autopsie ; qu'on s'épargne le soin de chercher dans mon cerveau glacé et dans mon cœur éteint le mystère de mon être. La mort ne révèle point les secrets de la vie. Un cadavre courant la poste me fait horreur ; des os blanchis

*et légers se transportent facilement : ils seront
moins fatigués dans ce dernier voyage que quand
je les traînais çà et là chargés de mes ennuis.*

Je me mis au travail sur ces pages dès le lendemain de ma conversation avec Alex. Cela me
fut possible parce que je possédais un exemplaire du livre (deux volumes dans la Pléiade,
édités sous la direction de Levaillant et Mouli-
nier, avec variantes, notes et appendices) et je
l'avais eu entre les mains trois jours à peine
avant l'arrivée de la lettre d'Alex. Au début de
la semaine, j'avais fini d'installer mes bibliothèques. Durant plusieurs heures chaque jour,
j'avais déballé des livres pour les ranger sur les
étagères et en plein milieu de cette opération
fastidieuse, j'étais tombé sur le Chateaubriand.
Il y avait des années que je n'avais plus jeté un
coup d'œil aux *Mémoires* et, ce matin-là, dans
le chaos de mon living, entouré d'un pêle-mêle
de caisses vides et de hautes tours de livres non
classés, je les avais rouverts, impulsivement. La
première chose qui m'avait arrêté le regard était
un bref passage dans le premier volume. Chateaubriand y raconte une visite à Versailles en
compagnie d'un poète breton en juin 1789.
C'était moins d'un mois avant la prise de la Bas-
tille ; à la moitié de leur visite, ils avaient aperçu
Marie-Antoinette qui passait avec ses deux
enfants. *Elle me fit, en me jetant un regard avec
un sourire, ce salut gracieux qu'elle m'avait déjà
fait le jour de ma présentation. Je n'oublierai
jamais ce regard qui devait s'éteindre sitôt.
Marie-Antoinette, en souriant, dessina si bien la
forme de sa bouche, que le souvenir de ce sourire (chose effroyable !) me fit reconnaître la*

mâchoire de la fille des rois, quand on décou-
vrit la tête de l'infortunée dans les exhumations
de 1815.

L'image était d'une audace stupéfiante, et je
continuai d'y penser longtemps après avoir
refermé le livre et l'avoir rangé sur l'étagère. La
tête coupée de Marie-Antoinette, exhumée d'une
fosse de restes humains. En trois phrases brèves,
Chateaubriand couvre vingt-six ans. Il va de la
chair à l'os, du piquant de la vie à l'anonymat
de la mort, et dans le gouffre entre les deux gît
l'expérience d'une génération entière, ces années
innommées de terreur, de brutalité et de folie.
J'avais été bouleversé par ce passage, ému
comme je ne l'avais plus été par des mots depuis
un an et demi. Et puis, trois jours à peine après
ma rencontre accidentelle avec ces quelques
lignes, j'avais reçu la lettre d'Alex me demandant de traduire ce livre. Coïncidence ? Oui, bien
sûr, mais au moment même j'avais l'impression
que mon désir l'avait provoquée – comme si la
lettre d'Alex avait en quelque sorte complété une
pensée que j'étais incapable de mener moi-
même à son terme. Dans le passé, je ne m'étais
jamais senti disposé à croire à ce genre de fari-
boles mystiques. Mais quand on vit comme je
vivais alors, tout refermé sur soi-même, sans
jamais se soucier de regarder autour de soi, la
perspective change. Car il est avéré que la lettre
d'Alex était datée du lundi 9 et que je l'avais
reçue le jeudi 12, trois jours après. Ce qui signifie qu'au moment où lui, à New York, était en
train de m'écrire à propos de ce livre, moi, dans
le Vermont, j'avais le livre entre les mains. Je ne
veux pas exagérer l'importance de ce concours
de circonstances, mais je n'ai pas pu m'empêcher d'y voir un signe. C'était comme si j'avais

demandé quelque chose sans le savoir et si, tout à coup, mon souhait avait été exaucé.

Je me remis donc au travail. Oubliant Hector Mann, ne pensant plus qu'à Chateaubriand, je m'enterrai dans la volumineuse chronique d'une existence qui n'avait rien à voir avec la mienne. C'était ce qui me plaisait le mieux, dans cette besogne : la distance, la simple distance entre moi et ce que je faisais. Ça m'avait plu de camper pendant un an dans l'Amérique des années vingt ; passer mes journées dans la France des XVIIIe et XIXe siècles me plaisait plus encore. Il neigeait sur ma petite montagne du Vermont, mais je le remarquais à peine. Je me trouvais à Saint-Malo et à Paris, dans l'Ohio et en Floride, en Angleterre, à Rome et à Berlin. Pour une bonne part, c'était un travail mécanique et, parce que j'étais le serviteur du texte et non son créateur, cela demandait une énergie différente de celle que j'avais consacrée à la rédaction du *Monde silencieux*. Traduire, c'est un peu comme pelleter du charbon. Vous le ramassez, et vous le lancez dans la fournaise. Chaque morceau de charbon est un mot ; chaque pelletée une nouvelle phrase, et si vous avez le dos assez solide et une vitalité suffisante pour vous y tenir huit ou dix heures durant, vous pouvez entretenir un feu ronflant. Avec près d'un million de mots devant moi, je me sentais prêt à travailler aussi longtemps et aussi dur qu'il le faudrait, même si cela impliquait l'incendie de la maison.

Pendant la plus grande partie de ce premier hiver, je n'allai nulle part. Une fois tous les dix jours, je me rendais au Grand Union de Brattleboro pour acheter à manger, mais c'était la seule chose que j'autorisais à interrompre mon train-train. Brattleboro était assez loin de chez moi mais cette vingtaine de miles supplémentaire me mettait, pensais-je, à l'abri des rencontres avec des gens que je connaissais. Ceux de Hampton faisaient en général leurs courses dans un autre Grand Union, immédiatement au nord du collège, et il y avait peu de chances d'en voir apparaître l'un ou l'autre à Brattleboro. Cela ne signifiait pas, néanmoins, que cela ne pût pas se produire et, en dépit de mes précautions, ma stratégie se retourna contre moi. Un après-midi du mois de mars, alors que je chargeais mon caddie de papier-toilette dans l'allée 6, je me retrouvai coincé par Greg et Mary Tellefson. Une invitation à dîner s'ensuivit et j'eus beau tenter d'y échapper, Mary ne cessa de modifier les dates que lorsque je fus à court d'excuses imaginaires. Une dizaine de jours plus tard, je garais ma voiture devant chez eux, aux confins du campus de Hampton, à moins d'un mile de la maison que j'avais habitée avec Helen et les gamins. S'ils avaient été seuls, la soirée n'aurait peut-être pas représenté pour moi une telle épreuve, mais Greg et Mary avaient pris l'initiative d'inviter vingt autres personnes, et je n'étais pas prêt à affronter une telle foule. Tous se montraient amicaux, bien sûr, et, pour la plupart, ils étaient sans doute contents de me voir, mais je me sentais mal à l'aise, hors de mon élément, et chaque fois que j'ouvrais la bouche pour dire quelque chose, je me surprenais à dire ce qu'il ne fallait pas. Je n'étais plus dans le coup des potins de Hampton. Tous supposaient que je ne demandais qu'à être mis au courant des dernières intrigues et complications, des divorces et aventures extraconjugales, des promotions et des querelles au sein des départements mais, à la vérité, tout cela me paraissait d'un ennui insupportable. J'esquivais une conversation et, l'instant d'après, je me retrouvais entouré d'un autre groupe engagé dans une conversation différente mais similaire. Personne ne manquait de tact au point d'évoquer Helen (les universitaires sont trop polis pour cela) et tous s'en tenaient par conséquent à des sujets considérés comme neutres : informations récentes, politique, sport. Je n'avais aucune idée de ce dont ils parlaient. Je n'avais plus lu un journal depuis plus d'un an et, en ce qui me concernait, ils auraient aussi bien pu commenter des événements qui se seraient produits dans un autre univers.

En début de soirée, tout le monde circulait au rez-de-chaussée, allant et venant entre les différentes pièces, s'agglutinant pendant quelques minutes et puis se séparant pour former d'autres essaims dans d'autres pièces. Je passai du salon à la salle à manger, puis à la cuisine, puis au cabinet de travail et, à un moment donné, Greg me rattrapa et me mit entre les mains un grand verre de whisky à l'eau. Je le pris sans y penser et, parce que j'étais inquiet et mal à l'aise, je le descendis en vingt-quatre secondes environ. C'était la première goutte d'alcool que j'absorbais depuis plus d'un an. J'avais succombé aux tentations de plusieurs mini-bars d'hôtel pendant que je faisais mes recherches sur Hector Mann mais, après mon installation à Brooklyn, quand j'avais commencé à écrire mon livre, je m'étais juré de ne plus boire. L'alcool ne me manquait pas spécialement quand je n'en avais pas sous la main, mais je savais que je n'étais qu'à quelques instants de faiblesse de me créer un problème grave. Mon comportement après l'accident m'en avait convaincu et si je ne m'étais pas repris en main, si je n'étais pas parti du Vermont quand je l'avais fait, je n'aurais sans doute pas vécu assez longtemps pour assister à la soirée de Greg et Mary – ni, à plus forte raison, pour être en situation de me demander pourquoi diable j'étais revenu.

Après avoir vidé mon verre, j'allai le remplir au bar, et cette fois je me dispensai de l'eau gazeuse et me contentai d'un glaçon. Pour le troisième, j'oubliai la glace et me le servis sec.

Quand le dîner fut prêt, les invités s'assemblèrent autour de la table de la salle à manger, remplirent leurs assiettes et puis s'éparpillèrent dans les autres pièces en quête de sièges. J'aboutis sur un canapé dans le cabinet de travail, coincé entre l'accoudoir et Karin Müller, qui était maître assistante au département d'allemand. Ma coordination était déjà un peu floue et quand, avec une assiette pleine de salade et de ragoût de bœuf en équilibre précaire sur mes genoux, je me retournai pour prendre mon verre sur le dossier du siège (où je l'avais déposé avant de m'asseoir), je l'avais à peine saisi qu'il m'échappa de la main. Une quadruple dose de Johnny Walker éclaboussa la nuque de Karin et, un instant plus tard, le verre tintait contre ses vertèbres. Elle sursauta – comment aurait-elle pu ne pas sursauter ? – et, ce faisant, elle renversa sa propre assiette de ragoût et de salade qui non seulement envoya la mienne s'écraser sur le sol, mais encore atterrit à l'envers sur mes genoux.

Ce n'était vraiment pas une catastrophe majeure ; j'avais trop bu, toutefois, pour le comprendre et, voyant mon pantalon soudain trempé d'huile d'olive et ma chemise aspergée de sauce, je choisis de me sentir offensé. Je m'écriai je ne sais plus quoi, quelque chose de cruel et d'injurieux, une expression tout à fait inexcusable : *La vache ! Espèce d'idiote !* Je crois que c'était ça. Ce pouvait être aussi *grosse maladroite* ou bien *grosse vache maladroite*. Quels que fussent les mots, ils témoignaient d'une de ces colères auxquelles on ne devrait jamais donner libre cours en aucune circonstance, et surtout pas quand on peut être entendu par une pleine assemblée d'universitaires nerveux et susceptibles. Nul besoin, sans doute, d'ajouter que Karin n'était ni idiote, ni maladroite et que, loin de ressembler à une vache, c'était une femme mince et charmante d'une trentaine d'années, qui faisait cours sur Goethe et Hölderlin et ne m'avait jamais manifesté que le plus grand respect et beaucoup de gentillesse. Quelques instants avant cet incident, elle m'avait invité à venir parler devant l'une de ses classes, et j'étais en train de me racler la gorge et de m'apprêter à lui dire qu'il fallait que j'y réfléchisse quand le verre m'avait échappé. C'était entièrement de ma faute, et pourtant je retournai aussitôt la situation pour la lui reprocher. C'était un éclat révoltant, une preuve de plus que je n'étais pas encore prêt à sortir de ma cage. Karin m'avait fait une ouverture amicale, elle m'avait en vérité lancé des signaux discrets, d'une grande subtilité, suggérant qu'elle serait disposée à des conversations plus intimes sur toutes sortes de sujets et moi, qui n'avais pas touché une femme depuis près de deux ans, je m'étais surpris à réagir à ces signes à peine perceptibles en imaginant, à la manière grossière et vulgaire d'un homme qui a trop d'alcool dans le sang, l'allure qu'elle aurait déshabillée. Est-ce la raison pour laquelle je l'ai invectivée avec tant de méchanceté ? Ma haine de moi-même était-elle si grande qu'il me fallût punir cette femme d'avoir éveillé en moi un frémissement sexuel ? Ou est-ce que je savais en secret qu'elle ne faisait rien de tel et que tout ce petit drame était de mon invention, un instant de désir éveillé par la proximité de son corps tiède et parfumé ?

Pis encore, je n'éprouvai pas le moindre regret quand elle se mit à pleurer. Nous nous étions levés tous les deux, et quand je vis que la lèvre inférieure de Karin commençait à trembler et que les coins de ses yeux se remplissaient de larmes, je me sentis content, jubilant presque de la consternation que j'avais provoquée. Il y avait six ou sept autres personnes dans la pièce à ce moment-là et toutes s'étaient tournées vers nous au premier cri de surprise de Karin. Le fracas des assiettes renversées avait attiré plusieurs invités de plus sur le seuil, et quand je fis cette sortie odieuse, au moins douze témoins l'entendirent. Tout devint silencieux, après cela. C'était un instant de choc collectif et pendant quelques secondes, personne ne sut que faire ni que dire. Durant ce bref intervalle de stupéfaction et d'incertitude, Karin passa de la peine à la colère.

Vous n'avez aucun droit de me parler comme ça, David, dit-elle. Pour qui vous prenez-vous ?

Heureusement, Mary se trouvait parmi les gens qui étaient venus sur le seuil et avant que je puisse faire plus de mal encore, elle se précipita dans la pièce et me saisit le bras.

David ne pensait pas ce qu'il a dit, protesta-t-elle. N'est-ce pas, David ? C'était juste un de ces trucs qui vous viennent, comme ça, sur le coup.

J'avais envie de la contredire avec âpreté, de lancer une réplique qui prouverait que j'avais pensé exactement ce que je disais ; je retins ma langue, cependant. Il me fallut pour cela faire appel à toute ma capacité de me maîtriser, mais Mary s'était donné la peine d'agir en pacificatrice et une partie de moi savait que si je lui causais encore des ennuis, je le regretterais. Néanmoins, je ne m'excusai pas et je n'essayai pas d'être aimable. Au lieu de dire ce que j'avais envie de dire, je libérai mon bras de son étreinte, sortis de la pièce et traversai le salon sous le regard silencieux de mes anciens collègues.

Je montai directement dans la chambre de Greg et Mary. J'avais l'intention d'attraper mes affaires et de partir, mais ma parka était enterrée sous une grosse pile de manteaux sur le lit et je ne la trouvai pas. Après avoir pioché çà et là pendant un petit moment, je me mis à lancer les manteaux par terre, éliminant les possibilités afin de simplifier ma recherche. Alors que j'en étais à la moitié – plus de manteaux sur le sol que sur le lit –, Mary entra dans la chambre. C'était une petite femme au visage rond, avec des cheveux blonds frisés et des joues rouges, et en la voyant debout sur le seuil, les mains aux hanches, je compris aussitôt qu'elle était excédée. Je me sentis comme un enfant sur le point de se faire tancer par sa mère.

Qu'est-ce que tu fabriques ? demanda-t-elle.

Cherche mon manteau.

Il est en bas, dans le placard. Tu te souviens pas ?

Je croyais qu'il était ici.

Il est en bas. Greg l'a rangé dans le placard quand tu es arrivé. C'est toi qui as trouvé le cintre.

Ah, bon, je vais le chercher en bas.

Mais Mary n'était pas disposée à me permettre de m'en tirer aussi facilement. Elle fit quelques pas dans la chambre, se baissa vers un manteau et le lança sur le lit d'un geste coléreux. Ensuite elle en ramassa un autre et le lança aussi sur le lit. Elle continua à rassembler les manteaux, et chaque fois qu'elle en jetait un autre sur le lit, elle s'interrompait au milieu de la phrase qu'elle était en train de prononcer. Les manteaux étaient comme des signes de ponctuation – tirets soudains, ellipses hâtives, violents points d'exclamation – et chacun coupait ses paroles à la façon d'une hache.

Quand tu descendras, me dit-elle, je veux que tu... te réconcilies avec Karin... M'en fous si tu dois te mettre à genoux... pour la supplier de te pardonner... Ils sont tous en train d'en parler... et si tu ne fais pas ça pour moi, David... je ne t'inviterai plus jamais dans cette maison.

Je ne voulais pas venir, d'abord, répliquai-je. Si tu ne m'avais pas forcé la main, je ne me serais jamais trouvé ici à insulter tes invités. Tu aurais pu avoir la même soirée ennuyeuse et insipide que vous avez toujours.

T'as besoin d'aide, David... Je n'oublie pas ce qui t'est arrivé... mais la patience a des limites... Va voir un médecin avant de foutre ta vie en l'air.

Je vis la vie que je peux. Ça n'inclut pas d'être invité à tes soirées.

Mary lança le dernier des manteaux sur le lit et puis, sans raison évidente, elle s'assit tout d'un coup et fondit en larmes.

Ecoute, tête de nœud, dit-elle. Moi aussi, je l'aimais. Tu étais peut-être marié avec elle, mais Helen était ma meilleure amie.

C'est faux. Elle était *ma* meilleure amie. Et j'étais son meilleur ami. Tu n'as rien à voir là-dedans, Mary.

Cela mit un terme à la conversation. Je m'étais montré si dur envers elle, si absolu dans mon refus de considérer ses sentiments qu'elle ne trouva plus rien à dire. Quand je sortis de la chambre, elle me tournait le dos et, assise sur le lit, elle contemplait les manteaux en hochant la tête.

Deux jours après, les Presses de l'université de Pennsylvanie m'avisèrent de leur intention de publier mon livre. J'avais déjà traduit près de cent pages du Chateaubriand, à ce moment-là, et quand *Le Monde silencieux d'Hector Mann* sortit, un an plus tard, j'en avais encore douze cents de plus derrière moi. Si je continuais à travailler à cette cadence, j'aurais terminé le premier jet au bout de sept ou huit mois. En comptant le temps des révisions et changements d'avis, dans moins d'une année je remettrais à Alex un manuscrit achevé.

En réalité, cette année ne dura que trois mois. Je progressai encore de deux cent cinquante pages, parvenant aux derniers chapitres du vingt-troisième livre, ceux où il est question de la chute de Napoléon, et c'est alors, par un après-midi humide et venteux du début de l'été, que je trouvai dans ma boîte aux lettres le message de Frieda Spelling. J'admets en avoir été d'abord très secoué ; après avoir expédié ma réponse et réfléchi un peu à la question, je réussis toutefois à me persuader que c'était un canular. Cela ne signifiait pas que j'avais eu tort de lui répondre mais, à présent que je m'étais couvert, je tenais pour acquis que notre correspondance s'arrêterait là.

Neuf jours plus tard, je reçus un nouveau message. Elle écrivait cette fois sur une pleine page,

avec son nom et son adresse imprimés en relief
en haut de la feuille. J'étais conscient de la faci-
lité avec laquelle on peut fabriquer du faux
papier à lettres à en-tête, mais qui diable irait se
donner la peine d'essayer de se faire passer
pour quelqu'un dont je n'avais jamais entendu
parler ? Le nom de Frieda Spelling ne me disait
rien. Ce pouvait être l'épouse d'Hector Mann,
ce pouvait être une cinglée vivant seule dans
une cabane en plein désert ; quoi qu'il en fût,
nier sa réalité n'avait plus aucun sens.

*Cher monsieur, écrivait-elle, vos doutes sont
très compréhensibles et je ne suis pas du tout
surprise que vous hésitiez à me croire. La seule
façon pour vous d'apprendre la vérité est d'accepter l'invitation que je vous faisais dans ma
première lettre. Prenez l'avion jusqu'à Tierra
del Sueño et venez voir Hector. Si je vous dis
qu'il a écrit et réalisé toute une série de longs
métrages après être parti de Hollywood en 1929
– et qu'il est disposé à les projeter pour vous ici,
au ranch –, cela vous donnera peut-être envie
d'accepter. Hector a presque quatre-vingt-dix ans
et sa santé s'altère. Son testament m'impose de
détruire les films et leurs négatifs dans les vingt-
quatre heures qui suivront sa mort, et je ne sais
pas combien de temps il vivra encore. Je vous en
prie, prenez contact avec moi sans tarder. Dans
l'attente de votre réponse, je vous prie de croire
à mes sentiments les meilleurs, Frieda Spelling
(Mrs Hector Mann).*

Cette fois encore, je ne me laissai pas emporter. Ma réponse fut concise, froide, peut-être
même un peu grossière : avant de m'embarquer dans quoi que ce fût, je devais être sûr de
pouvoir lui faire confiance. *J'aimerais vous croire,*
écrivis-je, *mais j'ai besoin d'une preuve. Si vous*

attendez de moi que je fasse le voyage du Ver-
mont au Nouveau-Mexique, il me faut la certitude
que vos affirmations sont crédibles et qu'Hector
Mann vit réellement. Dès que mes doutes seront
levés, je viendrai au ranch. Je dois toutefois vous
prévenir que je ne prends pas l'avion. Bien à
vous, D. Z.

Il me paraissait évident qu'elle referait signe
– sauf si je l'avais découragée. Si tel était le cas,
ce serait de sa part l'aveu tacite qu'elle m'avait
trompé, et l'affaire en resterait là. Je ne pensais
pas qu'il en fût ainsi, néanmoins, et quoi qu'elle
eût en tête, il ne me faudrait pas longtemps
pour découvrir la vérité. Le ton de sa deuxième
lettre était pressant, presque suppliant, et si elle
était bien ce qu'elle prétendait être, elle allait
m'écrire à nouveau sans perdre de temps. Son
silence signifierait que je l'avais démasquée ; si
elle répondait – et j'étais tout à fait certain qu'elle
allait me répondre –, sa lettre arriverait rapidement. La dernière avait mis neuf jours pour
m'atteindre. Dans les mêmes conditions (pas de
retard, pas d'embrouille à la poste), je comptais
recevoir la prochaine encore plus vite.

Je fis de mon mieux pour garder mon calme,
pour rester fidèle à mes habitudes et continuer
d'avancer dans les *Mémoires*, mais sans succès.
J'étais trop distrait, trop tendu pour leur consacrer l'attention nécessaire et, après m'être efforcé
en vain pendant plusieurs jours successifs de
respecter mes quotas, je finis par m'accorder un
moratoire sur ce travail. Le lendemain au petit
jour, je rampai dans le placard de la chambre
de réserve pour en retirer mes vieux dossiers
sur Hector, que j'avais rangés dans des cartons
après avoir terminé le livre. Il y avait six cartons.
Cinq contenaient les notes, esquisses et projets

de mon manuscrit et le sixième était bourré de toutes sortes de documents précieux : coupures de presse, photos, microfilms, photocopies d'articles, potins extraits de vieux journaux, les moindres fragments d'imprimés concernant Hector Mann sur lesquels j'avais pu mettre la main. Il y avait longtemps que je n'avais plus regardé ces papiers et puisque je n'avais plus rien à faire à présent qu'attendre un signe de Frieda Spelling, je transportai cette caisse dans mon bureau et, pendant le reste de la semaine, je passai son contenu en revue. Je ne crois pas que j'espérais apprendre quelque chose que je ne savais pas encore, mais je n'avais plus qu'une idée un peu floue du contenu de ces dossiers et il me semblait mériter un coup d'œil. Les renseignements que j'avais rassemblés étaient en grande partie peu fiables : articles provenant de la presse à sensation ou de magazines spécialisés, bouts de reportages cinématographiques débordants d'hyperboles, de suppositions erronées et de contre-vérités flagrantes. Pourtant, à condition de prendre garde à ne pas croire tout ce que je lisais, je ne voyais pas quel mal il pouvait y avoir à me livrer à cet exercice.

Hector était le sujet de quatre articles rédigés entre août 1927 et octobre 1928. Le premier avait paru dans le *Kaleidoscope Bulletin* – l'organe mensuel de publicité de la société de production récemment créée par Hunt. Il consistait pour l'essentiel en une information destinée à la presse concernant le contrat signé avec Hector et, comme celui-ci n'était guère connu encore, les rédacteurs s'étaient sentis libres d'inventer n'importe quelle histoire favorable à leurs desseins. C'étaient les derniers temps du *latin lover* à Hollywood, la période suivant immédiatement la mort de Valentino, quand les étrangers ténébreux et exotiques attiraient encore les foules, et Kaleidoscope avait essayé de profiter de ce phénomène en annonçant Hector comme le *señor Slapstick, le séducteur sud-américain au génie comique.* Afin d'appuyer cette assertion, on lui avait fabriqué de fascinants antécédents, toute une carrière censée précéder son arrivée en Californie : numéros de music-hall à Buenos Aires, longues tournées de vaudevilles à travers l'Argentine et le Brésil, une série de films à succès produits au Mexique. En présentant Hector comme une star déjà reconnue, Hunt pouvait se créer une réputation de découvreur de talents. Il n'était pas qu'un nouveau venu dans la profession, il était un patron de studio avisé et entreprenant, qui avait raflé à ses concurrents le droit d'importer un amuseur étranger bien connu et de l'offrir au public américain. Le mensonge était facile à assumer. Personne ne prêtait attention à ce qui se passait dans les autres pays, après tout, et puisqu'on avait le choix entre tant de possibilités imaginaires, pourquoi se laisser entraver par la réalité ?

Six mois plus tard, un article dans le numéro de février de *Photoplay* présentait une version plus sobre du passé d'Hector. Plusieurs de ses films étaient alors sortis et son œuvre suscitait dans le pays un intérêt croissant ; il n'était certes plus aussi nécessaire de déformer son passé. Ce récit était rédigé par une journaliste appartenant à la revue, une certaine Brigid O'Fallon, et dès le premier paragraphe, à ses commentaires sur le *regard perçant* d'Hector et sa *musculature élancée*, on comprend qu'elle n'a l'intention de dire sur lui que des choses flatteuses. Charmée par l'accent espagnol prononcé du

comédien et le félicitant néanmoins pour l'excellence de son anglais, elle lui demande pourquoi il a un nom allemand. *C'est très simple,*
répond Hector. *Mes parents sont vénous d'Allé-
magne, et moi aussi. Nous avons tous émigré en
Argentine quand y'étais oun pétit bébé. Yé parle
allemand avec eux à la maison, espagnol à
l'école. Anglais c'est plous tard, quand yé viens
en Amérique. Pas encore fameux.* Miss O'Fallon
lui demande alors depuis combien de temps
il est là, et Hector dit : Trois ans. Cette réponse
contredit, bien entendu, la version publiée par
le *Kaleidoscope Bulletin*, et quand Hector évoque
ensuite certains des petits boulots qu'il a connus
après son arrivée en Californie (groom, vendeur
d'aspirateurs, terrassier), il ne fait aucune allusion à une activité antérieure dans le domaine
du spectacle. Envolée, la glorieuse carrière
latino-américaine qui avait fait de lui un personnage familier.

On peut sans difficulté déceler les exagéra-
tions publicitaires de Hunt mais leur mépris de
la vérité n'implique pas que l'histoire parue dans
Photoplay était plus exacte ou plus vraisemblable. Dans le numéro de mars du *Picturegoer*, un journaliste du nom de Randall Simms
raconte qu'il est allé voir Hector sur le plateau
de *Tango Tangle* et qu'il a été très surpris de
constater que *cette machine à rire argentine
parle un anglais impeccable, pratiquement sans
accent. Si on ne savait pas d'où il vient, on jure-
rait qu'il a été élevé à Sandusky, Ohio.* Simms
écrit cela comme un compliment, mais cette
observation soulève des questions troublantes
quant aux origines d'Hector. Même si l'on
accepte de considérer l'Argentine comme le
pays où il a passé son enfance, il semble l'avoir

quittée pour l'Amérique bien plus tôt que ne le suggèrent les autres articles. Au paragraphe suivant, Simms rapporte ces mots d'Hector : *J'étais un mauvais sujet. Mes parents m'ont mis à la porte de la maison quand j'avais seize ans, et je n'y suis jamais retourné. J'ai fini par monter vers le nord et aboutir en Amérique. Dès le début, je n'avais qu'une idée en tête : réussir dans le cinéma.* L'homme qui dit cela ne ressemble nullement à celui qui parlait à Brigid O'Fallon un mois plus tôt. Avait-il, par plaisanterie, exagéré son accent pour *Photoplay*, ou Simms déformait-il délibérément la vérité, insistant sur le fait qu'Hector parlait couramment l'anglais afin de convaincre les producteurs de ses possibilités en tant qu'acteur du cinéma parlant dans les mois et les années à venir ? Peut-être s'étaient-ils concertés tous les deux pour faire cet article, ou peut-être un troisième larron avait-il acheté Simms – pourquoi pas Hunt, qui avait alors de graves problèmes financiers ? Se pouvait-il que Hunt tentât d'augmenter la valeur marchande d'Hector dans l'intention de vendre ses services à une autre société de production ? Il est impossible de le savoir, mais quels que fussent les motifs de Simms, et si mal qu'O'Fallon pût avoir transcrit les déclarations d'Hector, ces deux articles restent inconciliables, quelque indulgence qu'on veuille accorder aux journalistes.

Le dernier entretien avec Hector qu'on ait publié a paru dans le numéro d'octobre de *Picture Play*. Si l'on se fie à ce qu'il a confié à B. T. Barker – ou du moins à ce que Barker souhaite nous faire croire qu'il lui a confié –, il paraît probable que notre homme a mis du sien dans la création de ce désordre. Cette fois, ses parents sont originaires de la ville de Stanislav, à la frontière orientale de l'Empire austro-hongrois, et la langue maternelle d'Hector est le polonais, pas l'allemand. Ils partent pour Vienne quand il a deux ans, y demeurent six mois et puis s'en vont en Amérique, où ils passent trois ans à New York et un an dans le Middle West avant de lever le camp une fois de plus et de s'installer à Buenos Aires. Barker l'interrompt pour lui demander où ils habitaient dans le Middle West et Hector répond, très calme : Sandusky, Ohio. Il y a à peine six mois que Simms a évoqué Sandusky dans son article pour *The Picturegoer* – non comme un endroit réel, mais comme une métaphore, une ville américaine représentative. A présent, Hector s'approprie cette ville et la fait figurer dans son histoire, sans autre raison peut-être qu'une attirance pour la musique rude et chantante des mots. *Sandusky, Ohio*, la sonorité est plaisante et l'élégante triple syncope possède toute la force et la précision d'une phrase poétique bien tournée. Son père, raconte-t-il, était un ingénieur civil spécialisé dans la construction de ponts. Sa mère, *la plus belle femme au monde*, était danseuse, chanteuse et peintre. Hector les adorait l'un et l'autre, en petit garçon bien élevé et pieux (par contraste avec le mauvais sujet de la version Simms) et, jusqu'à leur mort tragique dans un accident de bateau quand il avait quatorze ans, il avait eu l'intention de suivre les traces de son père et de devenir ingénieur. La perte soudaine de ses parents avait tout changé. Dès l'instant où il s'était retrouvé orphelin, déclarait-il, il n'avait eu d'autre rêve que de retourner en Amérique et d'y commencer une nouvelle vie. Il avait fallu une longue série de miracles avant que cela fût possible mais, à présent qu'il était revenu, il avait la certitude que ce pays était celui auquel il était destiné.

Certaines de ces allégations peuvent avoir été véridiques, mais pas beaucoup d'entre elles, peut-être pas une seule. Cette version qu'il donne de son passé est la quatrième et, si toutes ont en commun certains éléments (parents parlant l'allemand ou le polonais, temps passé en Argentine, émigration du Vieux vers le Nouveau Monde), tout le reste est sujet à variations. Hector est dur et pratique dans l'une, pusillanime et sentimental dans une autre. C'est un vaurien pour un journaliste, un gamin obéissant et pieux pour un autre. Il est né riche, il est né pauvre ; il parle avec un accent prononcé, il parle sans le moindre accent. Assemblez toutes ces contradictions, vous n'arrivez à rien : au portrait d'un homme aux personnalités et antécédents familiaux si multiples qu'il en est réduit à un tas de fragments, un puzzle dont les morceaux ne correspondent plus depuis longtemps. Chaque fois qu'on lui pose une question, sa réponse est différente. Il parle avec volubilité, mais il se garde bien de dire deux fois la même chose. Il semble dissimuler quelque chose, protéger un secret et, pourtant, s'il s'applique à obscurcir les choses, c'est avec tant de bonne grâce et un humour si étincelant que personne ne paraît s'en apercevoir. Les journalistes ne lui résistent pas. Il les fait rire, il les amuse par ses petits tours de magie et, au bout d'un moment, ils cessent de lui demander la vérité et s'abandonnent au spectacle. Hector continue à improviser, louvoyant sans scrupules des boulevards pavés de Vienne aux plaines harmonieusement nommées de l'Ohio, tant et si bien que vous finissez par vous demander si c'est un jeu destiné à vous abuser ou simplement une tentative échevelée de lutte contre l'ennui. Il se pourrait que ses mensonges soient innocents. Il essaie peut-être moins de tromper son monde que de trouver une façon de s'amuser. Se faire interviewer peut devenir lassant, après tout. Si tout le monde s'obstine à vous poser les mêmes questions, il faut sans doute inventer de nouvelles réponses afin de rester éveillé.

Rien ne paraissait sûr et pourtant, après avoir examiné ce fouillis de souvenirs factices et d'anecdotes spécieuses, il m'a semblé que j'avais découvert un élément mineur. Dans les trois premiers entretiens, Hector évite de préciser où il est né ; interrogé par O'Fallon, il nomme l'Allemagne, par Simms, l'Autriche ; mais il ne donne de détails ni à l'une, ni à l'autre : ni village, ni ville, ni région. Ce n'est que lorsqu'il parle à Barker qu'il s'ouvre un peu et comble des vides. Si Stanislav a bien fait partie autrefois de l'Autriche-Hongrie, la ville est devenue polonaise après la chute de l'Empire. La Pologne est pour les Américains un pays lointain, bien plus lointain que l'Allemagne, et on peut s'étonner qu'Hector, qui faisait tout ce qu'il pouvait pour estomper ses origines étrangères, ait admis y être né. La seule raison valable qu'il avait de dire cela, à mon avis, c'est que c'était vrai. Rien ne me permettait de confirmer cette supposition, mais Hector n'avait aucune raison de mentir là-dessus. Il n'avait pas intérêt à citer la Pologne et, puisqu'il s'acharnait à se fabriquer un passé fictif, pourquoi diable en parler ? C'était une erreur, un instant d'inattention et Barker n'a pas plus tôt entendu ce lapsus qu'Hector tente de réparer les dégâts. Il vient de se révéler trop étranger, il va maintenant contrecarrer son erreur en insistant sur ses références américaines. Il se pose à New York, la ville des immigrants, et puis enfonce le clou en gagnant le cœur du pays. C'est là que Sandusky, Ohio, arrive dans le tableau. Il saisit le nom au vol, souvenir d'un portrait de lui rédigé six mois plus tôt, et puis l'assène au crédule B. T. Barker. Cela sert bien son but. Le journaliste est dérouté et, au lieu de poser d'autres questions sur la Pologne, il se laisse aller contre le dossier de son siège et se met à évoquer avec Hector les champs de luzerne du Middle West.

Stanislav se trouve un peu au sud du Dniestr, entre Lvov et Tchernivtsi, dans la province de Galicie. Si telle était la terre natale d'Hector, il y a toutes les raisons de supposer qu'il était né juif. Le fait que cette région était densément peuplée de juifs n'aurait pas suffi à me convaincre, mais la combinaison de l'existence de cette population juive avec le fait que sa famille avait quitté le pays rendait l'argument convaincant. C'étaient les juifs qui avaient émigré de cette partie du monde et, à partir des pogroms russes, dans les années 1880, des centaines de milliers d'immigrants dont la langue était le yiddish s'étaient éparpillés à travers l'Europe occidentale et les Etats-Unis. Beaucoup d'entre eux gagnèrent également l'Amérique du Sud. Rien qu'en Argentine, la population juive passa de six mille à plus de cent mille âmes entre le début du siècle et le déclenchement de la Première Guerre mondiale. Sans aucun doute, la famille d'Hector avait contribué à ces statistiques. Sinon, il ne me paraissait guère possible qu'ils eussent atterri en Argentine. A ce moment de l'histoire, les seuls à faire le voyage de Stanislav à Buenos Aires étaient des juifs.

J'étais fier de ma petite découverte, mais je ne la croyais pas, pour autant, très significative. Si Hector dissimulait en effet quelque chose, et s'il s'avérait que ce quelque chose était la religion dans laquelle il avait été élevé, alors tout ce que j'avais découvert, c'était une forme très ordinaire d'hypocrisie sociale. Ce n'était pas un crime à cette époque que d'être juif. C'était simplement une chose dont on préférait ne pas parler. Jolson avait déjà fait *Le Chanteur de jazz* et les salles de Broadway ne désemplissaient pas de public qui payait pour voir Eddie Cantor et Fanny Brice, pour écouter Erving Berlin et les Gershwin, pour applaudir les Marx Brothers. Sa qualité de juif pouvait représenter un fardeau pour Hector. Il pouvait en avoir souffert, il pouvait en avoir eu honte, mais j'avais de la peine à imaginer qu'on l'avait tué à cause de cela. Il y a toujours quelque part un bigot assez haineux pour assassiner un juif, bien sûr, mais quelqu'un qui commet un tel crime veut que son crime soit connu, il veut, par l'exemple, effrayer les autres et, quel que puisse avoir été le destin d'Hector, une chose est certaine, c'est qu'on n'a jamais retrouvé son corps.

Du jour où il a signé son contrat avec Kaleidoscope au jour de sa disparition, la carrière d'Hector n'a duré que dix-sept mois. En dépit de cette brièveté, il était parvenu à se faire connaître dans une certaine mesure et, au début de 1928, son nom commençait déjà à figurer dans le carnet mondain de Hollywood. J'avais réussi, au cours de mes voyages, à me procurer une vingtaine de ces occurrences dans différentes archives sur microfilm. Il devait en exister d'autres qui m'ont échappé, sans parler d'autres encore qui avaient été détruites, mais si rares et si insuffisantes qu'elles fussent, elles prouvaient qu'Hector n'était pas quelqu'un qui aimait rester tranquillement chez lui à la nuit tombée. On le voyait dans des restaurants et dans des boîtes de nuit, à des soirées et à des premières de film, et presque chaque fois que son nom était imprimé, il était accompagné d'une allusion à son *magnétisme brûlant*, à son *regard irrésistible* ou à son visage *d'une bouleversante beauté*. C'était surtout vrai quand l'auteur était une femme, mais il y avait aussi des hommes qui succombaient à son charme. L'un d'entre eux, qui travaillait sous le pseudonyme de Gordon Fly (le titre de sa rubrique était *Fly on the Wall – La Mouche sur le mur*), alla jusqu'à soutenir qu'Hector gaspillait son talent dans la comédie et aurait dû passer au drame. *Avec un profil comme le sien, écrivait-il, c'est une offense au sentiment des proportions esthétiques de voir l'élégant señor Mann mettre son nez en danger à force de se heurter aux murs et aux réverbères. Le public serait mieux servi s'il laissait tomber ces facéties et se contentait d'embrasser les jolies femmes. Il ne manque sûrement pas dans cette ville de jeunes actrices qui seraient ravies de se charger de ce rôle. Je tiens de sources privées qu'Irene Flowers a déjà passé plusieurs auditions, mais il semblerait que le bel hidalgo a maintenant des vues sur Constance Hart, la très populaire* Vim and Vigor Girl* en personne. Nous attendons avec impatience les résultats de ce bout d'essai.*

Le plus souvent, Hector ne faisait toutefois l'objet que d'une brève mention de la part des

---

* Formée de deux mots latins signifiant "force" et "vigueur", cette expression est couramment employée pour désigner une personne débordante d'énergie.

journalistes. Il ne faisait pas encore sensation, pas plus qu'un nouveau venu prometteur parmi tant d'autres, et dans plus de la moitié des articles que j'avais sous la main, il ne figure que comme un nom – généralement en compagnie d'une femme, un simple nom, elle aussi. On a aperçu Hector Mann au Feathered Nest avec Sylvia Noonan. Hector Mann est descendu hier soir sur la piste de danse du Gibraltar Club aux côtés de Mildred Swain. Hector Mann a partagé un fou rire avec Alice Dwyers, a mangé des huîtres en compagnie de Polly McCracken, a été vu main dans la main avec Dolores Saint John, s'est introduit dans une boîte à gin avec Fiona Maar. En tout, j'ai compté les noms de huit femmes différentes, mais qui sait combien il en a fréquenté d'autres cette année-là ? Mes renseignements se limitaient aux articles que j'avais réussi à dénicher, et ces huit-là pouvaient aussi bien avoir été vingt, voire davantage.

Quand éclata, en janvier, la nouvelle de la disparition d'Hector, on n'accorda guère d'attention à sa vie amoureuse. Seymour Hunt s'était pendu trois jours avant dans sa chambre à coucher et au lieu de tenter de dénicher des indices d'une amourette qui aurait mal tourné ou d'une aventure secrète, la police concentrait ses efforts sur les relations difficiles d'Hector avec le banquier corrompu de Cincinnati. La tentation d'établir un lien entre les deux scandales était sans doute irrésistible. Après l'arrestation de Hunt, Hector aurait déclaré, prétendait-on, qu'il était soulagé de constater que les Américains avaient encore le sens de la justice. Le rapporteur anonyme, présenté comme l'un des amis les plus intimes d'Hector, affirmait que celui-ci avait dit devant une demi-douzaine de témoins : *Ce type est une crapule. Il m'a escroqué de mille dollars et a tenté de ruiner ma carrière. Je suis content qu'on l'enferme. Il n'a que ce qu'il mérite, et il ne m'inspire aucune pitié.* Des rumeurs commencèrent à circuler dans la presse, selon lesquelles c'était Hector qui avait attiré sur Hunt l'attention des autorités. Les défenseurs de cette théorie soutenaient qu'à présent que Hunt était mort, ses associés avaient éliminé Hector dans le but d'éviter que d'autres révélations ne parvinssent au public. Certaines versions allaient jusqu'à suggérer que la mort de Hunt n'était pas un suicide mais un meurtre arrangé de manière à ressembler à un suicide – premier acte d'une conspiration élaborée par ses amis du milieu afin d'effacer les traces de leurs méfaits.

Une telle lecture des événements était celle d'une société sous l'emprise des gangs. Elle pouvait paraître plausible dans l'Amérique des années vingt mais, faute d'un cadavre pour étayer l'hypothèse, l'enquête policière commença à patauger. La presse joua d'abord le jeu pendant quelques semaines, en publiant des articles sur les pratiques professionnelles de Hunt et sur la montée de l'élément criminel dans l'industrie du cinéma ; ensuite, comme on ne pouvait établir aucun lien précis entre la disparition d'Hector et la mort de son ex-producteur, on se mit à chercher d'autres motifs, d'autres explications. Tout le monde avait été obnubilé par la proximité des deux événements, mais il n'était pas logiquement fondé de supposer que l'un avait été la cause de l'autre. Des faits contigus ne sont pas nécessairement liés, même si leur proximité semble le suggérer. A ce moment, comme les enquêteurs s'engageaient sur d'autres pistes, il s'avéra que beaucoup d'entre elles s'étaient refroidies. Dolores Saint John, citée dans plusieurs des premiers articles comme la fiancée d'Hector, quitta discrètement la ville pour se réfugier chez ses parents, au Kansas. Un mois s'écoula encore avant que les journalistes ne la retrouvent, et alors elle refusa de leur parler, se disant encore trop bouleversée par la disparition d'Hector pour commenter l'événement. Sa seule déclaration fut : *J'ai le cœur brisé*, après quoi on n'entendit plus jamais parler d'elle. Sur un coup de tête, cette charmante jeune actrice qu'on avait vue dans une demi-douzaine de films (dont *The Prop Man* et *Mr Nobody*, dans lesquels elle avait joué la fille du shérif et l'épouse d'Hector) renonça à sa carrière et disparut du monde du cinéma.

Jules Blaustein, le gagman qui avait travaillé avec Hector aux douze films produits par Kaleidoscope, confia à un reporter de *Variety* qu'Hector et lui avaient collaboré à la création d'une série de scénarios de films parlants et que son collègue rédacteur avait *un excellent moral*. Ils s'étaient vus tous les jours depuis la mi-décembre et, à la différence de toutes les autres personnes interrogées à propos d'Hector, il continuait à parler de lui au présent. *C'est vrai que les choses se sont assez mal passées avec Hunt*, reconnaissait Blaustein, *mais Hector n'est pas le seul qui ait eu maille à partir avec Kaleidoscope. Nous avons tous pris des coups, et même si c'est lui qui a encaissé le plus gros, il n'est pas homme à garder rancune. Il a tout son avenir à préparer et, dès la fin de son contrat avec Hunt, il a eu d'autres choses en tête. Il a travaillé dur avec moi, aussi dur que jamais, et son cerveau bouillonnait d'idées nouvelles. Quand je l'ai perdu de vue, notre premier scénario était presque terminé – un burlesque intitulé* Dot et Dash *– et nous étions sur le point de signer avec Harry Cohn, chez Columbia. On devait commencer le tournage en mars. Hector allait assurer la mise en scène et jouer un rôle muet court mais hilarant, et si ça vous fait penser à quelqu'un qui a l'intention de se suicider, eh bien, vous ne connaissez pas du tout Hector. C'est absurde d'imaginer qu'il aurait pu vouloir se tuer. Quelqu'un l'a peut-être voulu pour lui, mais ça signifierait qu'il avait des ennemis, et depuis le temps que je le connais, je ne l'ai jamais vu prendre qui que ce soit à rebrousse-poil. Ce type est un prince, et j'adore travailler avec lui. On peut rester assis toute la journée à se demander où il est passé, mais je parie qu'il est quelque part, bien vivant, qu'il a été pris d'une de ses folles inspirations au milieu de la nuit et qu'il s'est tiré pour être seul quelque temps, c'est tout. Tout le monde dit tout le temps qu'il est mort, mais je ne serais pas surpris si Hector passait cette porte, là, maintenant, jetait son chapeau sur la chaise et disait : "OK, Jules, au boulot."*

Columbia confirma qu'Harry Cohn avait négocié avec Hector et Blaustein un contrat pour trois films comprenant *Dot et Dash* ainsi que deux autres longs métrages. Rien n'avait encore été signé, disait le porte-parole de la société, mais sitôt les termes du contrat fixés à la satisfaction des deux parties, le studio se réjouissait *d'accueillir Hector dans la famille.* Couplées à celles de Columbia, les déclarations de Blaustein firent taire ceux qui affirmaient que la carrière d'Hector était arrivée à un point mort, idée que certains tabloïdes avaient avancée comme un motif possible de suicide. La réalité démontrait que ses perspectives étaient tout sauf sombres. La situation confuse de Kaleidoscope ne lui avait pas *sapé le moral*, comme le prétendait le *Los Angeles Record* du 18 février 1929, et puisqu'on n'avait découvert ni lettre ni message accréditant la thèse du suicide, celle-ci commença à s'effacer devant une horde de spéculations débridées et de conjectures farfelues : kidnappages loupés, accidents insolites, événements surnaturels. Pendant ce temps, la police n'avançait pas dans l'affaire Hunt et, bien qu'elle affirmât *suivre plusieurs pistes prometteuses* (*The Los Angeles Daily News*, 7 mars 1929), aucun nouveau suspect ne fut jamais découvert. Si Hector avait été assassiné, on manquait d'indices permettant d'inculper quelqu'un. S'il s'était suicidé, ce n'était pas pour une raison compréhensible. Quelques cyniques suggérèrent que sa disparition n'était qu'un coup publicitaire, un truc de mauvais goût orchestré par Harry Cohn, de Columbia, pour attirer l'attention sur sa nouvelle star, et qu'on pouvait s'attendre à une réapparition miraculeuse d'un jour à l'autre. Cela ne manquait pas d'une sorte de logique absurde, mais le temps passa, Hector ne revenait pas, et cette théorie se révéla aussi fausse que toutes les autres. Si tout le monde avait son opinion quant à ce qui lui était arrivé, personne, en vérité, ne savait rien. Si quelqu'un le savait, celui-là ne disait rien.

L'affaire fit les gros titres pendant un mois et demi environ, et puis l'intérêt faiblit. Il n'y avait pas de nouvelles révélations à rapporter, aucune nouvelle possibilité à envisager, et l'attention de la presse finit par se tourner vers d'autres sujets. A la fin du printemps, le *Los Angeles Examiner* publia le premier de plusieurs récits qui parurent de façon intermittente au cours des deux années suivantes, et selon lesquels Hector aurait été vu en un endroit vague et improbable – ce qu'on a appelé les apparitions d'Hector – mais ce n'étaient guère plus que des faits divers, de petits pavés de remplissage calés au bas de la page des horoscopes, une sorte de plaisanterie d'usage entre familiers de Hollywood. Hector syndicaliste à Utica, dans l'Etat de New York. Hector parcourant les pampas avec son cirque itinérant. Hector clochard. En mars 1933, Randall Simms, le journaliste qui avait interviewé l'acteur pour *The Picturegoer* cinq ans plus tôt, publia dans le supplément du dimanche du *Herald Express* un article intitulé : *Qu'est-il donc arrivé à Hector Mann ?* Il promettait des détails nouveaux sur l'affaire mais, à part une allusion à un triangle amoureux compliqué et désespéré où Hector pouvait ou non avoir été impliqué, c'était pour l'essentiel une resucée des articles parus dans les journaux de Los Angeles en 1929. Un article du même genre, rédigé par un certain Dabney Strayhorn, sortit en 1941 dans un numéro de *Collier's* et, en 1957, un livre à sensation intitulé *Scandales et mystères de Hollywood*, de Frank C. Klebald, consacrait à la disparition d'Hector un bref chapitre dont un examen attentif révélait qu'il avait été copié presque mot à mot sur l'article de Strayhorn. D'autres articles, d'autres chapitres peuvent avoir été écrits à propos d'Hector au cours des années, mais je n'en ai pas eu connaissance. Je ne possédais que ce qui se trouvait dans le carton, et ce qui se trouvait dans le carton, c'était tout ce que j'avais pu découvrir.

4

Deux semaines plus tard, j'étais toujours sans nouvelles de Frieda Spelling. Je m'étais attendu à des coups de téléphone en pleine nuit, à des courriers exprès, à des télégrammes, des fax, des messages désespérés m'implorant d'accourir au chevet d'Hector ; après quinze jours de silence, je cessai de lui accorder le bénéfice du doute. Mon scepticisme renforcé, je revins peu à peu où j'en étais auparavant. Le carton retourna dans le placard et, après avoir traînaillé pendant encore une bonne semaine, je repris le manuscrit du Chateaubriand et m'y attaquai de nouveau. J'en avais été détourné pendant près d'un mois mais, à part une légère sensation résiduelle de déception et de dégoût, je parvins à chasser Tierra del Sueño de mes pensées. Hector était mort, cette fois encore. Il était mort en 1929, ou bien il était mort avanthier. Peu m'importait laquelle de ses morts était réelle. Il n'était plus de ce monde et je n'aurais jamais l'occasion de le rencontrer.

Je me refermai sur moi-même. Le temps était changeant, avec des alternances de bonnes et de mauvaises périodes. Un jour ou deux de lumière éblouissante, suivis de furieux orages ; des averses diluviennes, et puis des cieux d'un bleu limpide ; du vent et pas de vent ; du chaud et puis du froid ; des brouillards se dissipant en éclaircies. Il y avait toujours cinq degrés de moins sur ma montagne qu'en bas, au village, mais certains après-midi je pouvais me balader vêtu seulement d'un short et d'un t-shirt. D'autres jours, je devais allumer un feu et m'emmitoufler dans trois pull-overs. Juin céda la place à juillet. Depuis une dizaine de jours, je travaillais avec régularité, retrouvant progressivement mon ancienne cadence, m'enfonçant dans ce que je prenais pour la dernière ligne droite. Un jour, juste après le week-end de la fête nationale, je cessai le travail plus tôt que d'habitude et descendis à Brattleboro pour faire mes courses. Je passai une quarantaine de minutes au Grand Union et puis, après avoir chargé mes paquets à l'arrière du 4x4, je décidai de rester un peu en ville et de m'offrir un cinéma. C'était une envie subite, un caprice qui m'avait saisi alors que je me trouvais dans le parking en train de cligner des yeux et de transpirer sous le soleil déclinant. Mon travail de la journée était terminé et je n'avais aucune raison de ne pas changer mes projets, aucune raison de me hâter de rentrer si je ne le désirais pas. J'arrivai au cinéma Latches, dans la rue principale, au moment où les attractions précédant la séance de six heures allaient commencer. J'achetai un coca et un sac de pop-corn, trouvai un siège au milieu de la dernière rangée et assistai à l'un des films de la série *Retour vers le futur*. Celui-ci me parut à la fois ridicule et amusant. Après la fin du film, je décidai de prolonger ma soirée en dînant au restaurant coréen, de l'autre côté de la rue. J'y avais déjà pris un repas et, selon les critères du Vermont, on y mangeait plutôt bien.

J'étais resté pendant deux heures assis dans l'obscurité et lorsque je sortis du cinéma, le temps avait de nouveau changé. Encore une de ces variations soudaines : des nuages arrivaient, la température dégringolait, le vent se mettait à souffler. Après une journée de soleil vif et brillant, le ciel aurait dû être encore lumineux à cette heure-là, mais le soleil avait disparu avant le crépuscule et la longue journée d'été s'était transformée en une soirée humide et froide. Il pleuvait déjà quand je traversai la rue pour entrer dans le restaurant, et après m'être assis à l'une des tables devant la fenêtre et avoir passé ma commande, je regardai grossir l'orage audehors. Un sac en papier s'envola du sol et se plaqua sur la vitrine de Sam's Army-Navy Store ; une boîte en fer-blanc vide parcourut la rue en brinquebalant jusqu'à la rivière ; des gouttes d'eau grosses comme des balles mitraillaient les trottoirs. J'avais pris pour entrée un ravier de *kimchi*, dont je faisais descendre une bouchée sur deux avec une gorgée de bière. C'était fort et ça brûlait la langue, et quand je passai au plat principal, je continuai à tremper la viande dans la sauce piquante, ce qui veut dire que je continuai à boire de la bière. Je dois avoir bu trois bouteilles en tout, peut-être quatre, et lorsque enfin je réglai l'addition, je devais être un peu plus bourré qu'il n'eût fallu. Encore capable de marcher sur la ligne blanche, je crois, capable de penser avec lucidité à ma traduction, mais sans doute pas capable de conduire.

Quoi qu'il en soit, je ne vais pas rejeter sur la bière la responsabilité de ce qui est arrivé. Mes réflexes étaient sans doute un peu amortis, mais d'autres éléments sont intervenus et je ne suis pas sûr que le résultat eût été différent si l'on avait ôté la bière de l'équation. Il pleuvait toujours à torrents quand je sortis du restaurant et après avoir couru quelques centaines de mètres jusqu'au parking municipal, j'étais trempé jusqu'à l'os. Ce qui n'arrangea rien, c'est que je tâtonnai maladroitement en tentant d'extraire mes clefs de ma poche mouillée et, pire encore, qu'étant enfin parvenu à les saisir, je les laissai aussitôt tomber dans une flaque. D'où encore du temps perdu à les chercher, accroupi dans l'obscurité, et quand je finis par me relever et monter en voiture, j'étais aussi mouillé que si j'avais pris une douche tout habillé. La faute à la bière, oui, mais aussi la faute à ces vêtements trempés et à l'eau qui me dégoulinait dans les yeux. Je devais sans cesse lâcher le volant d'une main pour m'essuyer le front, et si vous ajoutez à cette distraction l'inconvénient d'un mauvais système de dégivrage (ce qui signifie que si je ne m'essuyais pas le front, je me servais de la même main pour essuyer le pare-brise embué) et corsez le problème en y ajoutant encore des essuie-glaces défectueux (quand ne sont-ils pas défectueux ?), les conditions n'étaient pas, ce soir-là, de celles qui garantissent un bon retour chez soi.

L'ironie, c'est que je m'en rendais compte. Grelottant dans mes vêtements mouillés, impatient de rentrer, de me changer et de me réchauffer, je faisais néanmoins un effort conscient pour conduire aussi lentement que je pouvais. C'est ce qui m'a sauvé, je suppose, mais ce peut être aussi ce qui a été cause de l'accident. Si j'avais conduit plus vite, j'aurais sans doute été plus en alerte, plus attentif aux caprices de la route ; après quelque temps, mon cerveau se mit à divaguer et je tombai dans l'une de ces longues méditations sans objet qui semblent ne se produire que lorsqu'on roule seul en voiture. Cette fois, si je me souviens bien, il s'agissait de recenser les gestes éphémères de la vie quotidienne. Combien de temps avais-je passé en quarante ans à lacer mes chaussures ? Combien de portes avais-je ouvertes et fermées ? Combien de fois avais-je éternué ? Combien de fois m'étais-je cogné le gros orteil, ou la tête, ou avais-je cligné de l'œil afin d'en chasser quelque chose qui s'y était glissé ? Je trouvais l'exercice assez plaisant et je ne cessais d'allonger la liste tout en naviguant dans les ténèbres. A une vingtaine de miles de Brattleboro, sur un tronçon dégagé de la route entre les agglomérations de T. et de West T., à peine trois miles avant l'embranchement du chemin de terre montant vers chez moi, je vis briller dans la lumière des phares les yeux d'un animal. L'instant d'après, je reconnaissais un chien. A vingt ou trente mètres devant moi, une créature détrempée et misérable trébuchait dans la nuit : contrairement à ce que font la plupart des chiens perdus, il ne se tenait pas sur le bas-côté mais trottait au centre de la route – un peu à gauche du centre, c'est-à-dire en plein milieu de mon chemin. Je donnai un coup de volant pour l'éviter et, en même temps, j'enfonçai le frein. Je n'aurais sans doute pas dû faire ça, mais je l'avais fait avant de pouvoir m'en empêcher et sur la surface mouillée, huileuse, de la route sous la pluie, mes pneus dérapèrent. Je franchis la ligne jaune et, avant que j'aie pu braquer dans l'autre sens, le 4x4 donna du nez contre un poteau.

J'avais mis ma ceinture mais, sous le choc, mon bras gauche heurta le volant, tous mes achats volèrent hors de leurs sacs et une boîte de jus de tomate, en rebondissant, me frappa au menton. J'avais un mal de gueux au visage et des élancements dans l'avant-bras ; je pouvais encore remuer la main, toutefois, je pouvais ouvrir et fermer la bouche, et j'en conclus que je n'avais rien de cassé. J'aurais dû me sentir soulagé de m'en être tiré sans grand dommage, mais je n'étais pas d'humeur à apprécier ma chance ni à me dire que ç'aurait pu être plus grave. Ce l'était déjà bien assez, et j'étais furieux contre moi-même d'avoir bousillé ma voiture. Un des phares était démoli ; le pare-chocs était tordu ; l'avant était enfoncé. Le moteur tournait encore, néanmoins, mais quand je tentai de faire marche arrière pour repartir, je m'aperçus que les roues avant étaient enfoncées jusqu'aux moyeux dans la boue. Il me fallut pelleter la gadoue sous la pluie pendant vingt minutes pour me désembourber, et après ça j'étais trop mouillé et trop épuisé pour me donner la peine de ranger les provisions éparpillées à l'intérieur de la cabine. Je m'assis au volant, reculai et repris la route. Je devais me rendre compte plus tard que j'avais terminé le voyage avec un paquet de petits pois surgelés coincé au creux des reins.

Il était plus de onze heures quand je m'arrêtai devant ma porte. Je grelottais, j'avais mal à la mâchoire et au bras et j'étais d'une humeur massacrante. Attendez-vous à l'inattendu, dit-on ; mais une fois que l'inattendu s'est produit, la dernière chose qu'on attend, c'est qu'il se produise à nouveau. J'avais baissé ma garde et, parce que je pensais encore au chien et au poteau, parce que je ruminais encore les détails de l'accident en sortant de ma voiture, je ne vis pas celle qui était garée à gauche de la maison. Mon phare n'avait pas éclairé ce côté-là, et lorsque j'avais coupé moteur et phare, tout était devenu sombre autour de moi. La pluie était moins

120

forte mais n'avait pas cessé, et il n'y avait aucune lumière dans la maison. Pensant rentrer avant le coucher du soleil, je n'avais pas pris la peine d'allumer au-dessus de la porte d'entrée. Le ciel était noir. Le sol était noir. Je me dirigeai à tâtons vers la maison en me fiant à ma mémoire, mais je n'y voyais rien.

C'était une pratique courante, dans le sud du Vermont, que de laisser sa maison ouverte, mais ce n'était pas mon habitude. Je verrouillais tout chaque fois que je sortais. C'était un rituel obstiné auquel je refusais de manquer, même si je ne devais m'absenter que cinq minutes. A présent, en manipulant mes clefs pour la deuxième fois ce soir-là, je compris la stupidité de ces précautions. Je m'étais bel et bien fermé ma propre porte au nez. J'avais déjà les clefs à la main, mais il y en avait six sur la chaînette et je ne savais pas du tout laquelle était la bonne. Je palpai la porte à l'aveuglette pour essayer de localiser la serrure. L'ayant trouvée, je choisis une des clefs au hasard et l'introduisis dans le trou. Elle y entra à moitié et puis se bloqua. Il faudrait que j'en essaie une autre, mais d'abord, je devais retirer la première. Cela exigea beaucoup plus de tortillements que je ne l'avais prévu. Au dernier instant, comme je finissais de la dégager de la serrure, la clef fit un petit bond et tout le trousseau me fila de la main. Il tomba à grand bruit sur l'escalier de bois et puis rebondit Dieu sait où dans la nuit. Ainsi, le voyage s'achevait comme il avait commencé : avec moi, à quatre pattes et grommelant des jurons, cherchant un invisible trousseau de clefs.

Je ne pouvais pas avoir passé plus de deux ou trois secondes dans cette position quand une lumière s'alluma dans le jardin. Je levai les yeux, tournant instinctivement la tête vers la lumière, et avant que j'aie pu avoir peur, avant même que j'aie pu enregistrer ce qui se passait, je vis qu'une voiture était garée là – une voiture qui n'avait rien à foutre chez moi – et qu'une femme en descendait. Elle déploya un grand parapluie rouge et claqua la portière derrière elle ; la lumière disparut. Vous avez besoin d'aide ? cria-t-elle. Je me remis sur mes pieds et à cet instant une autre lumière s'alluma. La femme dirigeait une lampe de poche vers mon visage.

Qui êtes-vous, nom de Dieu ? demandai-je.

Vous ne me connaissez pas, répondit-elle, mais vous connaissez la personne qui m'envoie.

Ça ne suffit pas. Dites-moi qui vous êtes ou j'appelle les flics.

Je m'appelle Alma Grund. Il y a cinq heures que je vous attends ici, Mr Zimmer. Il faut que je vous parle.

Et qui est-ce qui vous envoie ?

Frieda Spelling. Hector ne va pas bien. Elle veut que vous le sachiez, et elle voulait que je vous dise qu'il ne reste guère de temps.

Nous retrouvâmes la clef grâce à sa torche, j'ouvris la porte, rentrai dans la maison et allumai les lampes du living. Alma Grund me suivait : une petite femme d'une bonne trentaine d'années, vêtue d'un chemisier de soie bleue et d'un pantalon gris. Cheveux bruns mi-longs, talons hauts, rouge à lèvres écarlate, un grand sac de cuir à l'épaule. Dès qu'elle fut dans la lumière, je remarquai qu'elle avait une tache de naissance sur le côté gauche du visage. Une tache de vin, à peu près grosse comme un poing d'homme, assez longue et assez large pour ressembler à la carte d'un pays imaginaire : une masse dense de teinte soutenue qui lui couvrait plus de la moitié de la joue, du coin de l'œil à la mâchoire. Sa coupe de cheveux en dissimulait une grande partie et elle tenait la tête un peu inclinée comme pour empêcher ses cheveux de bouger. Un geste invétéré, supposai-je, une habitude acquise en toute une vie de gêne, qui lui donnait un air un peu gauche, vulnérable, l'attitude d'une timide qui préfère regarder le tapis à croiser votre regard.

N'importe quel autre soir, j'aurais sans doute volontiers parlé avec elle – mais pas ce soir-là. Je me sentais trop contrarié, trop perturbé par ce qui m'était déjà arrivé et je n'avais qu'une envie, c'était de me débarrasser de mes vêtements mouillés, prendre un bain chaud et me mettre au lit. J'avais fermé la porte derrière moi après avoir allumé dans le living. A présent, je la rouvris et priai poliment la jeune femme de partir.

Donnez-moi cinq minutes, implora-t-elle, pas plus. Je peux tout expliquer.

Je n'aime pas qu'on entre chez moi sans y être invité, répliquai-je, et je n'aime pas qu'on me saute dessus au milieu de la nuit. Vous n'allez pas me forcer à vous jeter dehors, tout de même ?

Elle leva les yeux vers moi, étonnée de ma véhémence, effrayée par la rage qui sous-tendait ma voix. Je pensais que vous aviez envie de voir Hector, dit-elle, et en prononçant ces mots elle fit quelques pas de plus vers l'intérieur de la maison, en s'écartant de la porte, au cas où j'aurais l'intention de mettre ma menace à exécution. Quand elle se retourna vers moi, je ne voyais plus que son profil droit. Elle était différente sous cet angle, et je remarquai qu'elle avait un visage arrondi et délicat, à la peau très lisse. Pas vilaine, tout compte fait ; peut-être même assez jolie. Elle avait les yeux d'un bleu profond, avec une expression d'intelligence vive et nerveuse qui me fit un peu penser à Helen.

Ce que Frieda Spelling peut avoir à dire ne m'intéresse plus, déclarai-je. Elle m'a fait attendre trop longtemps, et il m'a fallu un trop gros effort pour m'en remettre. Je ne refais pas ce chemin. Trop d'espoir. Trop de déception. Je n'ai plus l'énergie. En ce qui me concerne, cette histoire est finie.

Sans lui laisser le temps de me répondre, je conclus ma petite harangue par une dernière salve : Je vais prendre un bain, dis-je. Quand j'aurai fini, je compte que vous serez partie. Ayez l'obligeance de fermer la porte en sortant.

Je lui tournai le dos et me dirigeai vers l'escalier, bien décidé à l'ignorer désormais et à me laver les mains de toute l'affaire. J'avais monté la moitié des marches quand j'entendis qu'elle disait : Vous avez écrit un livre magnifique, Mr Zimmer. Vous avez le droit de connaître la vérité, et moi j'ai besoin de votre aide. Si vous ne m'écoutez pas, il va se passer des choses terribles. Ecoutez-moi pendant cinq minutes. C'est tout ce que je demande.

Elle plaidait sa cause en des termes aussi mélodramatiques que possible, mais je n'allais pas me laisser impressionner. Arrivé en haut de l'escalier, je me retournai pour m'adresser à elle du haut de la mezzanine. Je ne vous donnerai pas cinq secondes, dis-je. Si vous voulez me parler, appelez-moi demain. Mieux, écrivez-moi. Je ne suis pas trop bon au téléphone. Et puis, sans attendre sa réaction, j'entrai dans la salle de bains et fermai la porte à clef derrière moi.

Je traînai dans la baignoire pendant un quart d'heure, vingt minutes. Plus trois ou quatre minutes pour me sécher, deux pour examiner mon menton dans le miroir et puis encore six ou sept pour enfiler des vêtements secs, je dois être resté en haut au moins une demi-heure. Je ne me pressais pas. Je savais qu'elle serait encore là quand je redescendrais, et j'étais toujours d'une humeur de chien, toujours bouillonnant d'agressivité et d'animosité rentrées. Je n'avais pas peur d'Alma Grund mais ma propre colère m'effrayait, je n'avais plus aucune idée de ce que j'avais en moi. Il y avait eu cette scène chez les Tellefson au printemps précédent, et depuis je m'étais tenu à l'écart et j'avais perdu l'habitude de parler à des inconnus. La seule personne avec qui je savais encore comment me comporter, c'était moi-même – mais je n'étais plus vraiment quelqu'un, je n'étais plus vraiment vivant. J'étais juste un type qui faisait semblant de vivre, un mort qui passait ses journées à traduire le livre d'un mort.

Elle commença par un flot d'excuses, les yeux levés vers moi quand je réapparus sur la mezzanine, en me demandant de lui pardonner son impolitesse et en m'expliquant combien elle était désolée de s'être imposée à moi sans prévenir. Ce n'était pas son genre de guetter les gens devant leur maison en pleine nuit, poursuivit-elle, et elle n'avait pas eu l'intention de m'effrayer. Quand elle avait frappé à ma porte, vers six heures, le soleil brillait. Elle avait supposé, à tort, que je serais chez moi, et si elle avait fini par attendre tout ce temps dans le jardin, ce n'était que parce qu'elle pensait que j'allais rentrer d'un instant à l'autre.

En descendant l'escalier pour gagner le living, je remarquai qu'elle s'était brossé les cheveux et s'était remis du rouge à lèvres. Elle semblait s'être ressaisie – elle avait l'air moins déjetée, plus sûre d'elle – et tandis que je m'avançais vers elle et l'invitais à s'asseoir, je sentis qu'elle n'était pas vraiment aussi faible et intimidée que je l'avais cru.

Je ne vous écouterai pas tant que vous n'aurez pas répondu à quelques questions, déclarai-je. Si je suis satisfait de ce que vous me direz, je vous donnerai une chance de me parler. Sinon, je vous demanderai de partir et je ne veux plus vous voir. Compris ?

Vous voulez des réponses longues ou courtes ?

Courtes. Aussi courtes que possible.

Dites-moi par où commencer. Je ferai de mon mieux.

La première chose que je veux savoir, c'est pourquoi Frieda Spelling n'a pas répondu à ma deuxième lettre.

Elle l'a reçue, mais au moment où elle allait vous répondre, il s'est passé quelque chose qui l'a empêchée de continuer.

Pendant un mois entier ?

Hector est tombé dans l'escalier. Dans une partie de la maison, Frieda s'installait devant son bureau, un stylo à la main, et dans une autre partie Hector se dirigeait vers l'escalier. C'est sidérant, la proximité de ces deux événements : Frieda a écrit trois mots – *Cher professeur Zimmer* – et au même instant Hector a trébuché. Il est tombé et s'est cassé la jambe en deux endroits. Il a eu quelques côtes fêlées. Il avait une vilaine bosse sur une tempe. Un hélicoptère est venu le chercher au ranch et l'a emmené à l'hôpital à Albuquerque. Pendant qu'on lui opérait la jambe, il a fait une crise cardiaque. On l'a transféré au service de cardiologie et là, juste quand il paraissait aller mieux, il a attrapé une pneumonie. Il est resté entre la vie et la mort pendant deux semaines. Trois ou quatre fois, nous avons pensé le perdre. Ecrire n'était tout simplement pas possible, Mr Zimmer. Il se passait trop de choses, et Frieda ne pouvait penser à rien d'autre.

Il est encore à l'hôpital ?

Il est rentré hier. J'ai pris le premier avion, ce matin, je suis arrivée à Boston vers deux heures et demie et j'ai loué une voiture pour venir ici. C'est plus rapide que d'écrire une lettre, non ? Un jour au lieu de trois ou quatre, peut-être même cinq. Dans cinq jours, Hector pourrait être mort.

Pourquoi ne m'avez-vous pas simplement téléphoné ?

Je ne voulais pas prendre ce risque. Il vous aurait été trop facile de me raccrocher au nez.

Et qu'est-ce que ça peut vous faire ? Ça, c'est ma deuxième question. Qui êtes-vous, et en quoi ceci vous concerne-t-il ?

Je les ai connus toute ma vie. Ils me sont très proches.

Vous n'êtes pas en train de me dire que vous êtes leur fille ?

Je suis la fille de Charlie Grund. Vous ne vous rappelez peut-être pas ce nom, mais je suis sûre que vous l'avez rencontré. Vous devez l'avoir vu des quantités de fois.

Le caméraman.

C'est ça. C'est lui qui a filmé tout ce qu'Hector a fait chez Kaleidoscope. Quand Hector et Frieda ont décidé de se remettre au cinéma, il a quitté la Californie et il est venu vivre au ranch. C'était en 1940. Il a épousé ma mère en 1946. Je suis née là, j'y ai été élevée. Cet endroit est important pour moi, Mr Zimmer. Tout ce que je suis en vient.

Et vous n'en êtes jamais partie ?

A quinze ans, je suis allée en pension. Et puis au collège. Ensuite j'ai vécu dans des villes. New York, Londres, Los Angeles. J'ai été mariée, j'ai divorcé, j'ai travaillé, j'ai fait plein de choses.

Mais, maintenant, vous vivez au ranch.

J'y suis retournée il y a sept ans environ. Ma mère est morte, et je suis rentrée pour les funérailles. Après ça, j'ai décidé de rester. Charlie est mort quelques années plus tard, mais je suis restée.

Vous faites quoi ?

J'écris la biographie d'Hector. Ça m'a pris six ans et demi ; j'ai presque fini, à présent.

Petit à petit, ça devient plausible.

Bien sûr que c'est plausible. Je n'aurais pas fait deux mille quatre cents miles pour vous cacher des choses !

Et voilà la question suivante : Pourquoi moi ? Pourquoi, entre tous les gens possibles, m'avoir choisi, moi ?

Parce que j'ai besoin d'un témoin. Je parle dans ce livre de choses que personne n'a vues, et mes affirmations ne seront crédibles que si j'ai quelqu'un pour les confirmer.

Mais ça n'a pas besoin d'être moi. Ça pourrait être n'importe qui. A votre façon prudente et détournée, vous venez de me dire que ces derniers films existent. S'il y a de nouvelles œuvres d'Hector à découvrir, vous devriez vous adresser à un spécialiste du cinéma et lui demander de venir les voir. Il vous faut une autorité qui se porte garante pour vous, quelqu'un qui ait une réputation dans ce domaine. Je ne suis qu'un amateur.

Vous n'êtes peut-être pas critique professionnel, mais vous êtes un expert en ce qui concerne les comédies d'Hector Mann. Vous avez écrit un livre extraordinaire, Mr Zimmer. Personne ne parlera jamais mieux de ces films. C'est l'ouvrage définitif.

Jusqu'à cet instant, elle m'avait prêté toute son attention. Elle était assise sur le canapé et j'allais et venais devant elle, tel un avocat général en train de soumettre un témoin à un contre-interrogatoire. J'avais l'avantage, et elle me regardait droit dans les yeux en répondant à mes questions. A présent, tout à coup, elle regarda sa montre et se mit à s'agiter ; je sentis que le climat avait changé.

Il est tard, dit-elle.

J'interprétai à tort sa réflexion comme un aveu de fatigue. Cela me parut ridicule, une déclaration tout à fait absurde étant donné les circonstances. C'est vous qui avez provoqué ceci, dis-je. Vous n'allez pas me lâcher maintenant, j'espère ? Vous commencez à peine à m'intéresser.

Il est une heure et demie. L'avion décolle de Boston à sept heures quinze. Si nous partons dans l'heure, nous y arriverons probablement.

De quoi parlez-vous ?

Vous n'imaginez tout de même pas que je suis venue dans le Vermont rien que pour bavarder ? Je vous emmène avec moi au Nouveau-Mexique. Je pensais que vous l'aviez compris.

Vous vous foutez de moi.

C'est un long voyage. Si vous avez d'autres questions à me poser, j'y répondrai volontiers en chemin. Le temps d'arriver là-bas, vous saurez tout ce que je sais. Je vous le promets.

Vous êtes trop intelligente pour imaginer que je vais accepter de faire ça. Pas maintenant. Pas au beau milieu de la nuit.

Il le faut. Vingt-quatre heures après la mort d'Hector, ces films seront détruits. Et il est peut-être mort, maintenant. Il est peut-être mort aujourd'hui pendant que je voyageais. Vous ne saisissez pas, Mr Zimmer ? Si nous ne partons pas tout de suite, le temps risque de manquer.

Vous oubliez ce que j'ai dit à Frieda dans ma dernière lettre. Je ne prends pas l'avion. C'est contraire à ma religion.

Sans un mot, Alma Grund enfonça la main dans son sac et en retira un sachet de papier blanc. Un logo bleu et vert y était imprimé avec, sous l'illustration, quelques lignes de texte. D'où je me tenais, je ne pouvais déchiffrer qu'un mot, mais c'était le seul mot dont j'avais besoin pour deviner ce qu'il y avait dedans. Pharmacie.

Je n'ai pas oublié, dit-elle. J'ai apporté du Xanax afin de vous faciliter les choses. C'est ça que vous utilisez, n'est-ce pas ?

Comment savez-vous ça ?

Vous avez écrit un livre magnifique, mais ça ne voulait pas dire que nous pouvions vous faire confiance. J'ai dû creuser un peu et me renseigner sur vous. J'ai donné quelques coups de fil, j'ai écrit quelques lettres, j'ai lu vos autres livres. Je sais ce que vous avez subi, et je suis désolée – tout à fait désolée de ce qui est arrivé à votre femme et à vos fils. Ça a dû être terrible pour vous.

Vous n'aviez pas le droit. C'est ignoble de fouiller dans la vie des gens comme ça. Vous vous pointez ici pour m'appeler à l'aide, et puis vous avez le culot de me dire ça ? Pourquoi je vous aiderais ? Vous me rendez malade.

Frieda et Hector ne m'auraient pas autorisée à vous inviter sans savoir qui vous étiez. J'ai dû faire ça pour eux.

Je n'accepte pas. Je n'accepte pas un foutu mot de ce que vous dites.

Nous sommes dans le même camp, Mr Zimmer. Nous ne devrions pas nous disputer. Nous devrions travailler ensemble, en amis.

Je ne suis pas votre ami. Je ne suis rien pour vous. Vous êtes un fantôme surgi de la nuit, et maintenant je veux que vous y retourniez et que vous me foutiez la paix.

Je ne peux pas faire ça. Je dois vous ramener avec moi, et nous devons partir tout de suite. Je vous en prie, ne m'obligez pas à vous menacer. C'est une façon tellement stupide de s'y prendre.

Je n'avais aucune idée de ce qu'elle voulait dire. Je mesurais huit pouces de plus qu'elle et je pesais au moins cinquante livres de plus – un homme de bonne taille sur le point de céder à la colère, un facteur inconnu susceptible d'exploser violemment d'un instant à l'autre – et voilà qu'elle me parlait de menaces. Je restai où j'étais, debout près du poêle à bois, à la surveiller. Nous étions à trois ou quatre mètres l'un de l'autre et, comme elle se levait du canapé, une nouvelle averse vint s'écraser sur le toit en crépitant sur les ardoises comme un bombardement de pierres. Le bruit la fit sursauter, elle jeta autour d'elle un regard ombrageux et perplexe et, dans l'instant, je devinai ce qui allait se passer ensuite. Je ne peux pas expliquer d'où venait cette certitude, mais quelles que fussent la prémonition ou la conscience extrasensorielle qui m'envahirent quand je vis cette expression dans ses yeux, je sus qu'elle avait une arme dans son sac et je sus qu'elle allait, dans les trois ou quatre secondes, enfoncer sa main droite dans ce sac et en sortir l'arme.

Ce fut l'un des instants les plus sublimes, les plus grisants de ma vie. Je me trouvais un demi-pas en avant de la réalité, un ou deux pouces au-delà des confins de mon propre corps et, quand la chose se produisit, exactement telle que je l'avais prévue, j'eus l'impression que ma peau était devenue perméable. Je n'occupais plus l'espace, je m'y fondais. Ce qui était autour de moi était aussi en moi, et je n'avais qu'à regarder en moi pour voir l'univers.

Elle avait l'arme à la main. C'était un petit revolver plaqué argent avec une crosse de nacre, moitié moins gros que les pistolets à amorces avec lesquels j'avais joué quand j'étais gamin. Comme elle se tournait vers moi, le bras tendu, je vis que la main au bout de ce bras tremblait.

Ce n'est pas moi, dit-elle. Je ne fais pas des trucs pareils. Demandez-moi de le ranger, et je le ferai. Mais il faut que nous partions, tout de suite.

C'était la première fois qu'on me visait avec un revolver et je m'émerveillai de la sensation de confort que j'éprouvais et de l'aisance avec laquelle j'acceptais les possibilités de l'instant. Un faux mouvement, un mot de travers, et je pouvais mourir sans la moindre raison. Cette idée aurait dû me faire peur. Elle aurait dû me donner envie de m'enfuir, mais je n'en ressentais aucun désir, je n'étais pas tenté d'arrêter ce qui était en train de se produire. Une immense et horrifiante beauté s'épanouissait devant moi et je ne voulais que continuer à la regarder, continuer à regarder dans les yeux cette femme à l'étrange visage double, dans cette pièce où, debout l'un devant l'autre, nous entendions la pluie tambouriner au-dessus de nous comme dix mille tambours chargés d'effrayer les démons de la nuit.

Allez-y, tirez, dis-je. Vous me rendrez un grand service.

Ces mots m'étaient sortis de la bouche avant que j'aie su que j'allais les prononcer. Ils me parurent durs et terribles, du genre que seul prononcerait un aliéné, mais lorsque je les entendis, je compris que je n'avais aucune intention de les retirer. Ils me plaisaient. J'étais satisfait de leur franchise et de leur candeur, de leur façon décisive et pragmatique d'aborder la situation à laquelle j'étais confronté. Malgré tout le courage qu'ils me donnèrent, je ne sais toujours pas, toutefois, ce qu'ils signifiaient. Lui demandais-je réellement de me tuer, ou étais-je en train d'essayer de l'en dissuader, de m'éviter la mort ? Est-ce que je voulais vraiment qu'elle appuie sur la détente, ou est-ce que je tentais de lui forcer la main et de lui faire par ruse lâcher son arme ? Je me suis posé ces questions bien des fois depuis onze ans, et je n'ai jamais réussi à leur donner une réponse concluante. Tout ce que je sais, c'est que je n'avais pas peur. Quand Alma Grund brandit ce revolver et le pointa sur mon cœur, cela suscita moins en moi de la peur que de la fascination. Je compris que les balles de ce revolver contenaient une pensée qui ne m'était encore jamais venue. L'univers était plein de trous, de petites ouvertures de non-sens, failles microscopiques que l'esprit pouvait franchir et, une fois qu'on était de l'autre côté d'un de ces trous, on était libéré de soi-même, libéré de sa vie, libéré de sa mort, libéré de tout ce qu'on possédait. J'étais tombé par hasard sur l'un d'eux, cette nuit-là, dans mon living. Il était apparu sous la forme d'une arme, et à présent que je me trouvais à l'intérieur de cette arme, ça m'était égal d'en sortir ou non. Je me sentais parfaitement calme et parfaitement fou, parfaitement prêt à accepter ce que m'offrait l'instant. Une indifférence d'une telle magnitude est rare et, parce qu'elle n'est accessible qu'à un individu qui est prêt à renoncer à ce qu'il est, elle commande le respect. Elle inspire à ceux qui la contemplent une sorte d'admiration stupéfiée.

Je me souviens de tout jusqu'à ce moment-là, de tout jusqu'à l'instant où j'ai prononcé ces mots et un petit peu plus tard, et puis la suite des événements me devient obscure. Je sais que j'ai crié en me frappant la poitrine et en la mettant au défi de tirer, mais ai-je fait cela avant qu'elle se soit mise à pleurer ou après, je ne sais plus. Je ne me rappelle pas non plus si elle a dit quelque chose. Cela doit signifier que c'était moi qui parlais ; les mots jaillissaient alors de ma bouche à une telle cadence que je savais à peine ce que je disais. L'important, c'est qu'elle avait peur. Elle ne s'attendait pas à ce que je retourne ainsi la situation, et quand je relevai les yeux de l'arme à son visage, je vis qu'elle n'aurait pas le cran de me tuer. Elle n'était que bluff et désespoir enfantin, et dès que je fis un pas vers elle, elle laissa retomber le bras. Un bruit mystérieux s'échappa de sa gorge – un souffle amorti, étouffé, un son non identifiable qui se situait quelque part entre gémissement et sanglot – et tout en continuant à l'assaillir de sarcasmes et d'insultes provocantes, en lui criant de se dépêcher d'en finir, je pris conscience – une conscience absolue, sans place pour l'ombre d'un doute – que le revolver n'était pas chargé. Ici encore, je ne prétends pas savoir d'où me venait cette certitude, mais à l'instant où je la vis baisser le bras, je sus qu'il ne m'arriverait rien et je voulus la punir pour cela, la faire payer pour avoir fait semblant d'être ce qu'elle n'était pas.

C'est d'une question de secondes que je parle, d'une existence entière réduite à une question de secondes. J'avançai d'un pas, puis d'un autre et, soudain, j'étais sur elle, je lui tordais le bras et lui arrachais l'arme de la main. Elle n'était plus l'ange de la mort, mais je connaissais désormais le goût de la mort et dans l'égarement des secondes suivantes, je fis ce qui était sûrement la chose la plus folle et la plus extravagante que j'aie jamais faite. Simple démonstration. Juste pour lui prouver que j'étais plus fort qu'elle. Lui ayant pris l'arme, je reculai de quelques pas et puis la dirigeai vers ma tête. Il n'y avait pas de balles dedans, bien entendu, mais elle ne savait pas que je le savais et je voulais me servir de ce savoir pour l'humilier, pour lui offrir l'image d'un homme qui n'avait pas peur de mourir. Elle avait déclenché tout ça et, à présent, j'allais le terminer. Elle hurlait, je m'en souviens, je l'entends encore hurler et me supplier de ne pas faire ça, mais rien n'aurait pu m'arrêter désormais.

Je m'attendais à entendre un déclic, suivi peut-être d'un bref écho de percussion dans le chargeur vide. J'entourai la détente de mon doigt, adressai à Alma Grund ce qui devait être un sourire grotesque et abject, et commençai à appuyer. Oh, mon Dieu, criait-elle, oh, mon Dieu, ne faites pas ça ! J'appuyai, mais la détente ne bougea pas. J'essayai encore, et de nouveau il ne se passa rien. Je supposai que le déclencheur était bloqué mais, quand j'abaissai l'arme pour l'examiner, je vis enfin quel était le problème. La sûreté était mise. Il y avait des balles dans le chargeur, et la sûreté était mise. Elle n'avait pas pensé à l'enlever. Sans cette erreur, une de ces balles se serait logée dans ma tête.

Elle se rassit sur le canapé et continua à pleurer entre ses mains. Je ne savais pas combien de temps cela allait durer mais je supposais que dès qu'elle se serait reprise, elle se lèverait et s'en irait. Que pouvait-elle faire d'autre ? J'avais failli me brûler la cervelle à cause d'elle et à présent qu'elle avait eu le dessous dans notre écœurant conflit de volontés, je ne pouvais imaginer qu'elle eût encore le front de me dire quoi que ce fût.

Je glissai l'arme dans ma poche. Dès l'instant où je cessai de la toucher, je sentis que la folie commençait à s'écouler de mon corps. Seule restait l'horreur – une sorte de séquelle tactile, brûlante, le souvenir de ma main droite tentant de pousser sur la détente, appuyant le métal dur contre mon crâne. S'il n'y avait pas de trou maintenant dans ce crâne, ce n'était que parce que j'étais un idiot et un veinard, parce que, pour une fois dans ma vie, ma chance l'avait emporté sur ma stupidité. Je m'étais trouvé à un cheveu de me tuer. Des hasards successifs m'avaient volé ma vie et puis me l'avaient rendue et, dans l'intervalle, dans le vide minuscule entre ces deux instants, ma vie était devenue une autre vie.

Quand Alma releva enfin la tête, elle avait encore les joues inondées de larmes. Son maquillage avait coulé, traçant en plein milieu de sa tache de naissance un zigzag de lignes noires, et elle paraissait si échevelée, si défaite par la catastrophe qu'elle-même s'était attirée que j'eus presque pitié d'elle.

Allez vous débarbouiller, lui dis-je. Vous êtes dans un état affreux.

Je fus ému qu'elle ne réplique pas. Voilà une femme qui croyait au pouvoir des mots, qui se fiait à sa capacité de se tirer par la parole des situations embarrassantes, et pourtant, quand je lui donnai cet ordre, elle se leva en silence pour faire ce que je lui disais. A peine l'ombre d'un sourire, un imperceptible haussement d'épaules. Comme elle se dirigeait vers la salle de bains, j'eus l'intuition de la profondeur de sa défaite, de la honte qu'elle éprouvait de ce qu'elle avait fait. Inexplicablement, quand je la vis sortir de la pièce, quelque chose en moi fut touché. Cette vision me retourna, en quelque sorte, et cette première petite lueur de sympathie et de camaraderie me fit prendre une décision soudaine et complètement inattendue. Dans la mesure où on peut évaluer ce genre de chose, je crois que cette décision a été le début de l'histoire que j'essaie à présent de raconter.

Pendant qu'elle était occupée, j'allai dans la cuisine chercher une cachette pour le revolver. Après avoir ouvert et fermé les armoires au-dessus de l'évier et puis farfouillé dans plusieurs tiroirs et boîtes en fer-blanc, j'optai pour le compartiment à glace du réfrigérateur. Je n'avais aucune expérience des armes et je n'étais pas sûr de pouvoir décharger celle-ci sans provoquer d'autres dégâts, et je la déposai donc telle quelle dans le freezer, balles comprises, calée sous un paquet de morceaux de poulet et une boîte de raviolis. Tout ce que je voulais, c'était la mettre hors de vue. Après avoir refermé le frigo, je me rendis compte, néanmoins, que je n'étais pas spécialement pressé de m'en débarrasser. Ce n'était pas que j'envisageais de m'en servir à nouveau, mais j'aimais l'idée de l'avoir à portée de main et, jusqu'à ce que je lui trouve une meilleure place, elle resterait dans le freezer. Chaque fois que j'ouvrirais la porte, je me rappellerais ce qui m'était arrivé cette nuit. Ce serait mon mémorial secret, un monument à mon flirt avec la mort.

Elle prenait son temps, là-dedans. Il ne pleuvait plus et, plutôt que de rester assis à l'attendre, je décidai de nettoyer ma voiture et de rentrer mes achats. Cela me prit un peu moins de dix minutes. Lorsque j'eus fini de ranger mes provisions, Alma se trouvait encore dans la salle de bains. Je vins écouter près de la porte ; je commençais à éprouver une légère inquiétude et je me demandais si elle n'était pas entrée là pour y commettre un geste impulsif et idiot. Avant que je sorte de la maison, l'eau coulait dans le lavabo ; j'avais entendu que les robinets étaient ouverts à fond et, au moment où je passais la porte vers l'extérieur, j'avais entendu, sous ce bruit, celui de ses sanglots. A présent, l'eau ne coulait plus et je n'entendais plus rien. Cela pouvait signifier que sa crise de larmes s'était apaisée et qu'elle était en train de se brosser les cheveux et de se remaquiller. Cela pouvait signifier aussi qu'elle gisait sur le sol, glacée et recroquevillée, avec vingt comprimés de Xanax dans le ventre.

Je frappai. Comme elle ne répondait pas, je frappai de nouveau et demandai si tout allait bien. Elle répondit qu'elle arrivait, qu'elle allait sortir dans une minute, et puis, après un long silence, d'une voix étranglée, elle ajouta qu'elle était désolée, désolée de toute cette scène lamentable. Qu'elle préférait mourir à devoir partir de chez moi avant que je lui aie pardonné, qu'elle me suppliait de lui pardonner mais que, même si je ne le pouvais pas, elle s'en allait maintenant, de toute façon elle s'en allait, et elle ne m'importunerait plus.

J'attendis, debout devant la porte. Quand elle sortit, elle avait ces yeux bouffis et congestionnés qui suivent un long accès de larmes, mais elle s'était recoiffée, et poudre et rouge à lèvres parvenaient presque à dissimuler les dégâts. Elle avait l'intention de passer devant moi sans s'arrêter, mais je tendis le bras.

Il est près de deux heures, dis-je. Nous sommes morts de fatigue, tous les deux, nous avons besoin de dormir. Prenez mon lit. Je dormirai en bas, sur le canapé.

Elle était tellement honteuse qu'elle n'eut pas le courage de relever la tête pour me regarder. Je ne comprends pas, dit-elle, en adressant ces mots au plancher, et comme je ne répondais pas immédiatement, elle répéta : Je ne comprends pas.

Personne ne va nulle part cette nuit, dis-je. Ni moi, ni vous. On pourra en parler demain matin mais, maintenant, on reste où on est, tous les deux.

Qu'est-ce que ça veut dire ?

Ça veut dire que le Nouveau-Mexique, c'est loin. Il vaut mieux partir reposés demain matin. Je sais que vous êtes pressée, mais quelques heures ne feront pas une telle différence.

Je pensais que vous vouliez que je parte.

C'était vrai. Mais j'ai changé d'avis.

Elle redressa un peu la tête, et je pus voir à quel point elle était troublée. Vous n'avez pas besoin d'être gentil avec moi, dit-elle. Ce n'est pas ça que je vous demande.

Ne vous en faites pas. C'est à moi que je pense d'abord, pas à vous. Nous avons une rude journée devant nous demain, et si je ne me mets pas au lit maintenant, je ne pourrai pas garder les yeux ouverts. Faut que je sois éveillé pour entendre ce que vous avez à me dire, non ?

Vous ne dites pas que vous comptez venir avec moi. Vous ne pouvez pas dire ça. Ce n'est pas possible que vous disiez ça.

Je ne vois pas ce que je pourrais avoir d'autre à faire demain. Pourquoi je ne viendrais pas ?

Ne mentez pas. Si vous me mentez maintenant, je crois que je ne pourrai pas le supporter. Ce serait m'arracher le cœur.

Il me fallut plusieurs minutes pour la persuader que j'avais l'intention de l'accompagner. Un tel retournement lui paraissait trop stupéfiant pour être compréhensible, et je dus me répéter plusieurs fois avant qu'elle accepte de me croire. Je ne lui dis pas tout, bien sûr. Je n'essayai pas de lui parler des trous microscopiques dans l'univers, ni des pouvoirs rédempteurs d'une folie momentanée. Ç'aurait été trop difficile, et je me bornai à lui affirmer que ma décision était personnelle et n'avait rien à voir avec elle. Nous nous étions tous les deux mal conduits, ajoutai-je, et j'étais aussi responsable qu'elle de ce qui s'était passé. Pas de reproche, pas de pardon, pas de bilan de qui a fait quoi à qui. Des mots en ce sens, des mots qui finirent par la persuader que j'avais mes raisons à moi de vouloir rencontrer Hector et que je n'y allais que pour moi-même.

Des négociations ardues s'ensuivirent. Alma ne pouvait accepter que je lui cède mon lit. Elle m'avait assez embêté et, par-dessus le marché, j'étais encore sous le choc de l'accident de la route que j'avais eu le soir. J'avais besoin de repos, et je ne me reposerais pas en me tournant et me retournant sur le canapé. Je l'assurai que je serais très bien, mais elle ne voulait pas en entendre parler, et ainsi de suite, chacun s'efforçant de faire plaisir à l'autre, en une absurde comédie de bonnes manières moins d'une heure après que je lui avais arraché son arme des mains et que j'avais failli me tirer une balle dans la tête. J'étais trop épuisé pour insister beaucoup, néanmoins, et à la fin je m'inclinai. J'allai lui chercher des draps, des couvertures et un oreiller, les posai sur le canapé et puis je lui montrai où se trouvaient les interrupteurs. C'est tout. Elle m'affirma que ça ne l'ennuyait pas de faire son lit et, comme elle me remerciait pour la septième fois en trois minutes, je montai dans ma chambre.

Il est hors de doute que j'étais fatigué et pourtant, lorsque je me fus glissé sous la couette, j'eus du mal à m'endormir. Couché sur le dos, je contemplai les ombres au plafond et, quand cela ne me parut plus intéressant, je me tournai sur le côté et écoutai les bruits légers que faisait Alma en bougeant un étage plus bas. Alma, le féminin d'*almus*, qui signifie nourrissant, généreux. Finalement, la lumière disparut de sous ma porte et j'entendis remuer les ressorts du canapé quand elle s'installa pour la nuit. Après cela, je dois avoir somnolé quelque temps, car je ne me rappelle rien d'autre jusqu'au moment où j'ouvris les yeux à trois heures et demie. Je vis l'heure à la pendulette électrique, à côté du lit, et, parce que je me sentais sonné, en suspens dans cet état second entre sommeil et veille, je ne compris que vaguement que j'avais ouvert les yeux parce qu'Alma était en train de se glisser dans le lit près de moi et posait la tête sur mon épaule. Je me sens seule, là, en bas, dit-elle, je ne peux pas dormir. Ça me parut tout à fait logique. Ne pas pouvoir dormir, je connaissais ; avant d'être assez réveillé pour lui demander ce qu'elle foutait dans mon lit, je l'avais entourée de mes bras et je l'embrassais sur la bouche.

Nous nous mîmes en route le lendemain peu avant midi. Alma voulut prendre le volant et je m'installai donc à côté d'elle et me chargeai de la navigation, de lui dire quand tourner et quelles autoroutes emprunter pendant qu'elle conduisait vers Boston la Dodge bleue qu'elle avait louée. On voyait encore certains vestiges de la tempête – branches tombées, feuilles mouillées collées aux toits des voitures, le mât d'un drapeau gisant sur une pelouse – mais le ciel était redevenu clair et nous fîmes sous le soleil tout le trajet jusqu'à l'aéroport.

Nous ne parlions pas, ni l'un ni l'autre, de ce qui s'était passé dans ma chambre cette nuit-là. Cela se trouvait dans la voiture avec nous comme un secret, comme une chose relevant d'un domaine de petites chambres et de pensées nocturnes, et qui ne devait pas être exposée à la lumière du jour. La nommer eût été risquer de la détruire et nous n'allions donc guère au-delà d'un bref coup d'œil de temps à autre, un sourire furtif, une main posée avec prudence sur le genou de l'autre. Comment aurais-je pu savoir ce que pensait Alma ? J'étais content qu'elle soit venue dans mon lit, j'étais content que nous ayons passé ensemble ces quelques heures dans l'obscurité. Mais c'était une seule nuit et je n'avais aucune idée de ce qui nous arriverait ensuite.

La dernière fois que j'étais allé à Logan Airport, c'était avec Helen, Todd et Marco dans la voiture. La dernière matinée de leurs vies, ils l'avaient passée sur ces mêmes routes où nous roulions à présent, Alma et moi. Virage après virage, ils avaient fait le même trajet ; mile après mile, ils avaient couvert les mêmes distances. La route 30 jusqu'à l'Interstate 91 ; la 91 jusqu'à l'autoroute du Massachusetts ; l'autoroute du Massachusetts jusqu'à la 93 ; la 93 jusqu'au tunnel. Quelque chose en moi trouvait bienvenue cette reconstitution monstrueuse. Cela me faisait l'effet d'une sorte de châtiment astucieusement combiné, comme si les dieux avaient décidé qu'il ne me serait pas permis d'avoir un avenir avant d'être retourné au passé. La justice dictait donc que je vive ma première matinée avec Alma de la même façon que j'avais vécu ma dernière matinée avec Helen. Il fallait que je monte en voiture pour aller à l'aéroport, il fallait que je roule à dix ou vingt miles au-dessus des vitesses autorisées afin de ne pas manquer un avion.

Les gamins se chamaillaient sur le siège arrière, je m'en souvenais, et à un moment donné Todd s'était penché pour asséner un coup de poing sur le bras de son petit frère. Helen s'était retournée et lui avait rappelé qu'on ne s'en prend pas à un gamin de quatre ans, et notre fils aîné avait protesté avec véhémence que c'était Marco qui avait commencé et que par conséquent il n'avait que ce qu'il méritait. Quand on vous frappe, disait-il, on a le droit de rendre les coups. A quoi j'avais répliqué, prononçant ce qui devait être ma dernière déclaration paternelle, que personne n'a le droit de frapper un plus petit que soi. Mais Marco sera toujours plus petit que moi, avait objecté Todd. Ça veut dire que je ne pourrai jamais le frapper. Eh bien, fis-je, impressionné par la logique de son argument, la vie n'est pas toujours juste. C'était d'une belle crétinerie, et je me souviens que Helen a éclaté de rire quand j'ai proféré cet épouvantable truisme. C'était sa façon de me dire que des quatre personnes assises dans la voiture ce matin-là, Todd avait le plus de cervelle. J'étais de son avis, bien sûr. Ils étaient tous plus intelligents que moi, et pas une seconde je ne croyais pouvoir leur en remontrer.

Alma conduisait bien. Je l'observai tandis qu'elle louvoyait entre la voie du milieu et celle de gauche et dépassait tout ce qui se présentait ; je lui dis qu'elle était belle.

C'est parce que tu vois mon bon profil, dit-elle. Si tu étais assis de l'autre côté, tu ne dirais sans doute pas la même chose.

C'est pour ça que tu as voulu conduire ?

La voiture est louée à mon nom. Je suis seule autorisée à la conduire.

Et la vanité n'a rien à voir là-dedans.

Ça prendra du temps, David. Pas la peine d'en faire plus qu'il ne faut.

Ça ne me gêne pas, tu sais. J'y suis déjà habitué.

Ce n'est pas possible. Pas encore, du moins. Tu ne m'as pas regardée suffisamment pour savoir ce que tu ressens.

Tu m'as dit que tu as été mariée. Manifestement, ça n'a pas empêché des hommes de te trouver belle.

J'aime les hommes. Au bout de quelque temps, ils arrivent à m'aimer. Je n'ai peut-être pas connu autant d'aventures que certaines femmes, mais j'ai eu ma part d'expériences. Reste assez longtemps avec moi, et tu ne la verras plus.

Mais j'aime la voir. Elle te rend différente, tu ne ressembles à personne. Tu es la seule personne que j'aie jamais rencontrée qui ne ressemble qu'à elle-même.

C'est ce que disait mon père. Il disait que c'était un cadeau spécial du bon Dieu et que ça me rendait plus belle que toutes les autres filles.

Tu le croyais ?

144

Parfois. Et parfois j'avais l'impression d'être maudite. C'est laid, après tout, et ça fait d'un enfant une cible facile. Je me répétais qu'un jour j'arriverais à m'en débarrasser, qu'un médecin pratiquerait une opération qui me rendrait normale. Quand je rêvais de moi, la nuit, les deux côtés de mon visage étaient pareils. Lisses et blancs, parfaitement symétriques. Ça ne s'est arrêté que quand j'avais près de quatorze ans.

Tu apprenais à vivre avec.

Possible, je ne sais pas. Mais il m'est arrivé quelque chose, à ce moment-là, et j'ai commencé à penser autrement. Ç'a été une expérience importante pour moi, un tournant dans ma vie.

Quelqu'un est tombé amoureux de toi.

Non, quelqu'un m'a offert un livre. Pour Noël, cette année-là, ma mère m'a acheté une anthologie de nouvelles américaines. *Classic American Tales*, un grand volume cartonné, relié en toile verte ; à la page quarante-six, il y avait un récit de Nathaniel Hawthorne, *La Marque sur le visage*. Tu connais ?

Vaguement. Je crois que je ne l'ai pas relu depuis l'école.

Je l'ai lu tous les jours pendant six mois. Hawthorne avait écrit ça pour moi. C'était mon histoire.

Un savant et sa jeune épouse. C'est ça, n'est-ce pas ? Il essaie de la débarrasser de la tache de naissance qu'elle a sur le visage.

Une tache rouge. Du côté gauche du visage.

Pas étonnant que ça t'ait plu.

C'est peu dire. J'étais obsédée par ce récit. Il me dévorait vive.

La tache a la forme d'une main, c'est ça ? Je commence à me rappeler. Hawthorne dit que ça ressemble à la trace d'une main pressée contre sa joue.

Mais petite. La taille d'une main de pygmée, la main d'un bébé.

Elle n'a que ce petit défaut et, à part cela, un visage parfait. Elle est renommée pour sa beauté extraordinaire.

Georgiana. Jusqu'à son mariage avec Aylmer, elle n'y pense même pas comme à un défaut. C'est lui qui lui apprend à la détester, qui la tourne contre elle-même et lui insuffle le désir de se la faire enlever. Pour lui, ce n'est pas seulement un défaut, pas seulement quelque chose qui détruit sa beauté physique. C'est l'indice d'une corruption cachée, une tache sur l'âme de Georgiana, un signe de péché, de mort et de corruption.

Le sceau de notre nature mortelle.

Ou simplement de ce que nous considérons comme humain. C'est ce qui rend l'histoire si tragique. Aylmer va dans son laboratoire et se lance dans des expériences avec des élixirs et des potions, il essaie de mettre au point la formule capable d'effacer la tache redoutée, et l'innocente Georgiana se laisse entraîner. C'est ça qui est si terrible. Elle désire qu'il l'aime. C'est tout ce qui compte, pour elle, et si l'élimination de sa tache de naissance est le prix dont elle doit payer son amour, elle est prête à risquer sa vie dans ce but.

Et il finit par la tuer.

Mais pas avant que la tache n'ait disparu. C'est très important. A la dernière minute, juste avant qu'elle ne meure, la marque s'atténue sur sa joue. Elle disparaît, elle disparaît complètement, et ce n'est qu'alors, à cet instant précis, que la pauvre Georgiana meurt.

La tache de naissance, c'est elle. La tache disparue, elle disparaît aussi.

Tu ne peux pas savoir l'effet que m'a fait cette histoire. Je la lisais et la relisais, j'y pensais sans cesse et, peu à peu, j'ai commencé à me voir telle que j'étais. Les autres portaient leur humanité à l'intérieur d'eux-mêmes, mais j'arborais la mienne sur mon visage. C'était la différence entre moi et tous les autres. Il ne m'était pas permis de dissimuler qui j'étais. Chaque fois que des gens me regardaient, ils regardaient mon âme. Je n'étais pas vilaine – je savais ça – mais je savais aussi que je serais toujours définie par cette plaque rouge sur mon visage. Ça ne servait à rien d'essayer de m'en débarrasser. C'était la réalité centrale de ma vie et vouloir l'ôter, c'était comme demander de me détruire tout entière. Je n'aurais jamais une vie de bonheur ordinaire mais, après avoir lu cette histoire, j'ai compris que j'avais quelque chose de presque aussi bien. Je savais ce que les gens pensaient. Je n'avais qu'à les observer, noter leur réaction quand ils voyaient le côté gauche de mon visage, et je savais si je pouvais ou non leur faire confiance. La tache de naissance était un test de leur humanité. Elle mesurait la valeur de leurs âmes, et si je m'y appliquais, je pouvais voir en eux et savoir qui ils étaient. Dès seize ou dix-sept ans, j'avais la fiabilité d'un diapason. Ça ne veut pas dire que je ne me suis jamais trompée sur les gens, mais la plupart du temps je voyais juste. Je ne pouvais tout simplement pas m'en empêcher.

Comme hier soir.

Non, pas comme hier soir. Je ne me suis pas trompée.

On a failli s'entretuer.

Ça devait être comme ça. Quand on n'a pas le temps, tout se bouscule. On ne pouvait pas se payer le luxe de présentations, de poignées de main, de conversations polies autour d'un verre. Ça devait être violent. Comme la collision de deux planètes aux confins de l'espace.

Ne me dis pas que tu n'avais pas peur.

J'étais morte de peur. Mais je ne suis pas arrivée les yeux fermés, tu sais. Je devais être prête à tout.

On t'avait dit que j'étais cinglé, c'est ça ?

Personne n'a jamais prononcé ce mot. Le plus fort qu'on ait employé, c'est dépression nerveuse.

Qu'est-ce que ton diapason t'a dit quand tu es arrivée ici ?

Tu connais déjà la réponse à cette question.

Tu avais les jetons, hein ? Je t'ai foutu des jetons d'enfer.

Il y avait plus que ça. J'avais peur, mais en même temps j'étais excitée, je tremblais presque de bonheur. Je t'ai regardé, et pendant quelques instants c'était comme si je m'étais regardée, moi. Ça ne m'était encore jamais arrivé.

Ça t'a plu.

J'ai adoré ça. J'étais tellement perdue que j'ai cru que j'allais me briser en morceaux.

Et maintenant tu me fais confiance.

Tu ne me laisseras pas tomber. Et je ne te laisserai pas tomber. Nous savons ça, tous les deux.

Qu'est-ce que nous savons d'autre ?

Rien. C'est pour ça que nous sommes assis ensemble dans cette voiture, en ce moment. Parce que nous sommes pareils, et parce que nous ne savons strictement rien d'autre.

Nous arrivâmes à l'aéroport avec vingt minutes d'avance sur le vol pour Albuquerque. Idéalement, j'aurais dû avoir pris le Xanax quand nous étions passés à Holyoke ou à Springfield, au plus tard à Worcester, mais j'étais trop absorbé par notre conversation pour l'interrompre, et je repoussais sans cesse le moment de le faire. Comme nous passions devant les pancartes annonçant la sortie 495, je me rendis compte que ce n'était plus la peine de le prendre. Les cachets se trouvaient dans le sac d'Alma, mais celle-ci n'avait pas lu le mode d'emploi sur l'étiquette. Elle ignorait que pour qu'ils soient efficaces, il fallait les prendre une heure ou deux à l'avance.

Je fus d'abord content de ne pas avoir cédé. Tout infirme tremble à l'idée d'abandonner ses béquilles, mais si je pouvais tenir le coup pendant ce vol sans me désintégrer en larmes ou en délires frénétiques, je ne m'en porterais sans doute que mieux, tout compte fait. Cette pensée me soutint pendant encore vingt à trente minutes. Et puis, en approchant des faubourgs de Boston, je compris que je n'avais plus le choix. Il y avait plus de trois heures que nous roulions et nous n'avions pas encore parlé d'Hector. J'avais supposé que nous le ferions dans la voiture, mais nous avions parlé d'autres choses, des choses dont sans nul doute nous devions parler d'abord, qui n'étaient pas moins importantes que ce qui nous attendait au Nouveau-Mexique et, avant que j'en eusse pris conscience, nous étions presque au bout de la première étape du voyage. Je ne pouvais pas, maintenant, lui faire le coup de m'endormir. Il fallait que je reste éveillé pour écouter l'histoire qu'elle avait promis de me raconter.

Nous nous assîmes dans la zone proche de la porte d'embarquement. Alma me demanda si je voulais prendre un comprimé et c'est alors que je lui déclarai que j'allais me passer du Xanax. Tu n'auras qu'à me tenir la main, dis-je, et ça ira. Je me sens bien.

Elle m'a tenu la main, et pendant un petit moment nous nous sommes bécotés devant les autres passagers. C'était de l'abandon adolescent à l'état pur – pas de mon adolescence, sans doute, mais de celle que j'aurais toujours aimé avoir – et c'était une expérience si neuve d'embrasser une femme en public que je n'eus pas le temps de m'appesantir sur la torture qui m'attendait. Quand nous avons embarqué, Alma me frottait la joue pour en effacer le rouge à lèvres et je remarquai à peine que nous passions la porte et entrions dans l'avion. Parcourir le couloir central ne me posa pas de problème, pas plus que m'asseoir à ma place. Je ne me sentis même pas perturbé quand il fallut attacher ma ceinture de sécurité et moins encore quand les moteurs ronflèrent à plein régime et que je sentis dans ma peau les vibrations de l'appareil. Nous étions en première classe. Le menu annonçait qu'on nous servirait du poulet pour le déjeuner. Alma, qui était assise près de la fenêtre, à ma gauche – donc de nouveau avec son profil droit de mon côté –, prit ma main dans la sienne, l'approcha de ses lèvres et l'embrassa.

Ma seule erreur fut de fermer les yeux. Quand l'avion s'écarta du terminal en marche arrière et commença à rouler sur la piste, je ne voulus pas nous voir décoller. C'était le moment le plus dangereux, me semblait-il, et si je pouvais survivre à la transition entre la terre et le ciel, ignorer tout simplement le fait que nous n'étions plus en contact avec le sol, je pensais que je pourrais avoir une chance de survivre à tout le reste. Mais j'avais tort de vouloir refouler mes sensations, tort de me couper de l'événement en train de se dérouler dans la réalité de l'instant. L'expérience m'eût été douloureuse, mais ce le fut plus encore de m'extraire de cette douleur et de me retirer dans la carapace de mes pensées. Le présent avait disparu. Il n'y avait rien à voir, rien qui pût me distraire de ma peur et plus je gardais les yeux fermés, plus terriblement je voyais ce que ma peur voulait que je voie. J'avais toujours regretté de n'être pas mort avec Helen et les gamins, mais je ne m'étais jamais laissé aller à imaginer en détail ce qu'ils avaient vécu pendant les derniers instants avant que l'avion ne s'écrase. A présent, les yeux fermés, j'entendais les gamins hurler et je voyais Helen les tenir dans ses bras en leur disant qu'elle les aimait, en chuchotant à travers les clameurs des cent quarante-huit autres passagers sur le point de mourir qu'elle les aimerait toujours, et en la voyant là avec les gamins dans ses bras, je craquai, je fondis en larmes. Exactement comme je l'avais toujours imaginé, je craquai et je fondis en larmes.

Je m'enfouis le visage dans les mains et pendant très longtemps je continuai à pleurer dans mes mains salées et dégoûtantes, incapable de relever la tête, incapable d'ouvrir les yeux et d'arrêter. Finalement, je sentis la main d'Alma sur ma nuque. Je ne savais pas du tout depuis combien de temps elle était là, mais un moment vint où je commençai à la sentir et peu après je me rendis compte que son autre main me caressait le bras gauche, de haut en bas, très doucement, avec les mouvements doux et rythmés d'une mère consolant un enfant malheureux. Chose étrange, à l'instant où je pris conscience de cette pensée, conscience d'avoir ainsi pensé à une mère et à son enfant, j'imaginai que je m'étais glissé dans le corps de Todd, mon fils, et que c'était Helen qui me consolait et non Alma. Cette impression dura quelques secondes, mais elle était extrêmement forte, elle tenait moins de l'imagination que de la réalité, c'était une véritable métamorphose qui me transformait en quelqu'un d'autre et, lorsqu'elle commença à s'évanouir, le pire de ce qui m'était arrivé fut soudain passé.

5

Une demi-heure après, Alma se mit à parler. Nous volions alors à sept miles d'altitude, quelque part au-dessus d'une région non identifiée, Pennsylvanie ou Ohio, et elle parla sans trêve jusqu'à Albuquerque. Il y eut une brève pause au moment de l'atterrissage et puis le récit reprit son cours après que nous fûmes montés dans sa voiture pour faire les deux heures et demie de trajet jusqu'à Tierra del Sueño. Pendant que nous roulions sur une succession de grands-routes au milieu du désert, l'après-midi déclinant céda la place au crépuscule, et le crépuscule à la nuit. Dans mon souvenir, l'histoire ne prit fin que lorsque nous arrivâmes à la barrière du ranch – et même alors elle n'était pas tout à fait terminée. Alma avait parlé pendant près de sept heures, mais elle n'avait pas eu le temps de tout dire.

Au début, elle procédait par sauts, avec des allers et retours entre le passé et le présent, et il me fallut un certain temps pour m'y retrouver et rétablir la chronologie des événements. Tout se trouvait dans son livre, me dit-elle, tous les noms, toutes les dates, tous les faits essentiels, et il n'était pas nécessaire de ressasser les détails de l'existence d'Hector avant sa disparition – pas cet après-midi-là dans l'avion, en tout cas, pas du moment que j'allais pouvoir lire le livre par moi-même dans les jours et les semaines à venir. Ce qui importait, c'était ce qui avait déterminé la vie cachée d'Hector et les années qu'il avait passées dans le désert à concevoir et diriger des films qui n'avaient jamais été montrés au public. Ces films étaient la raison pour laquelle je l'accompagnais à présent au Nouveau-Mexique et, si intéressant qu'il pût être de savoir qu'Hector était né Chaïm Mandelbaum – sur un vapeur hollandais au beau milieu de l'Atlantique –, ce n'était pas capital. Peu importait de savoir que sa mère était morte quand il avait douze ans ou que son père, un menuisier qui ne s'intéressait pas à la politique, avait été battu presque à mort par une bande d'antibolcheviques antisémites au cours de la *Semana trágica*, à Buenos Aires, en 1919. Cela provoqua le départ d'Hector pour les Etats-Unis mais il y avait déjà quelque temps que son père le pressait de s'en aller et la situation en Argentine ne fit qu'accélérer la décision. Il était sans intérêt d'énumérer les multiples petits métiers qu'il avait exercés après avoir débarqué à New York, et plus encore d'évoquer ce qui lui était arrivé après qu'il avait gagné Hollywood en 1925. J'en savais assez sur ses premiers boulots en tant qu'extra, constructeur de décors et détenteur occasionnel de petits rôles dans d'innombrables films perdus et oubliés pour que nous sautions ces années, assez sur ses relations embrouillées avec Hunt pour que nous n'ayons pas besoin de nous y attarder. L'expérience avait rendu Hector amer à l'égard de l'industrie du cinéma, disait Alma, mais il n'était pas prêt à renoncer et, jusqu'au soir du 14 janvier 1929, la dernière chose qu'il eût pensée était qu'il dût jamais quitter la Californie.

Un an avant sa disparition, il avait été interviewé par Brigid O'Fallon pour *Photoplay*. Elle était venue chez lui, North Orange Drive, un dimanche à trois heures de l'après-midi, et à cinq heures ils étaient par terre ensemble, à se rouler sur le tapis en cherchant les creux et les fentes de leurs corps. Hector avait tendance à se conduire comme ça avec les femmes, disait Alma, et ce n'était pas la première fois qu'il mettait ses pouvoirs de séduction au service d'une conquête rapide et décisive. O'Fallon venait d'avoir vingt-trois ans ; c'était une brillante catholique de Spokane, diplômée de Smith College, qui était revenue dans l'Ouest pour faire carrière dans le journalisme. Il se trouve qu'Alma aussi avait fait ses études à Smith, et, grâce aux relations qu'elle y avait gardées, elle avait retrouvé un exemplaire de l'annuaire de 1926. La photo d'O'Fallon n'avait rien de frappant. Elle avait les yeux trop rapprochés, disait Alma, le menton trop large, et ses cheveux coupés au carré ne la flattaient pas. Malgré tout, elle avait quelque chose d'effervescent, une étincelle de malice ou d'humour au fond de l'œil, un vif élan intérieur. Une photographie prise pendant une représentation de *La Tempête*, mise en scène par la Société dramatique, montrait O'Fallon en Miranda, vêtue d'une légère robe blanche, avec une seule fleur blanche dans les cheveux, et Alma disait qu'elle était ravissante dans cette pose, petite et menue et pétillante de vie et d'énergie – la bouche ouverte, un bras tendu en avant, en train de déclamer une réplique. Journaliste, O'Fallon écrivait dans le style du temps. Ses phrases étaient cinglantes, incisives, et elle parsemait ses articles d'apartés spirituels et de jeux de mots subtils avec un talent qui contribua à son ascension rapide dans les rangs du magazine. L'article sur Hector fut une exception : bien plus sérieux et ouvertement admiratif de son sujet que tous les autres textes d'elle qu'Alma avait lus. Quant au fort accent d'Hector, ce n'était qu'une légère exagération. O'Fallon l'avait un peu chargé afin d'en tirer un effet comique, mais c'était sensiblement comme ça qu'Hector parlait à l'époque. Si son anglais s'était amélioré avec le temps, dans les années vingt il parlait encore comme quelqu'un qui vient de débarquer. Il pouvait bien avoir atterri sur ses pieds à Hollywood – la veille encore, il n'était qu'un étranger de plus debout, perplexe, sur le quai, avec tout ce qu'il possédait au monde tassé dans une valise en carton.

Dans les mois qui suivirent l'interview, Hector continua à prendre du bon temps avec toutes sortes d'actrices jeunes et belles. Il aimait être vu en public avec elles, il aimait coucher avec elles, mais aucune de ces passades ne durait. O'Fallon était plus intelligente que les autres femmes qu'il connaissait et chaque fois qu'il était fatigué de sa dernière fantaisie, il ne manquait pas d'appeler Brigid pour demander à la revoir. Entre le début de février et la fin de juin, il alla la voir chez elle une ou deux fois par semaine en moyenne et, vers le milieu de cette période, il y était au moins tous les deux ou trois soirs. Il n'y a aucun doute qu'il l'aimait bien. Les mois passant, une confortable intimité s'était établie entre eux mais alors que Brigid, moins expérimentée, voyait là un signe d'amour éternel, Hector n'eut jamais l'illusion qu'ils étaient davantage que de bons amis. Il voyait en elle sa camarade, sa partenaire sexuelle et son alliée fidèle, mais cela ne signifiait pas qu'il eût la moindre intention de lui proposer le mariage.

Elle était journaliste, elle aurait dû savoir où Hector était fourré les soirs où il ne dormait pas dans son lit. Elle n'avait qu'à ouvrir les journaux du matin pour suivre ses exploits, pour humer toutes les insinuations concernant ses derniers béguins et badinages. Même si presque toutes les histoires qu'elle lisait à son sujet étaient fausses, il y avait plus qu'assez de preuves pour susciter sa jalousie. Pourtant, Brigid n'était pas jalouse – ou du moins elle ne paraissait pas jalouse. Chaque fois qu'Hector lui faisait signe, elle l'accueillait à bras ouverts. Elle ne parlait jamais des autres femmes et, parce qu'elle ne l'accusait pas, ne lui faisait aucun reproche et ne lui demandait pas de changer de vie, l'affection qu'il éprouvait pour elle ne faisait qu'augmenter. C'était ça, le plan de Brigid. Son cœur appartenait à Hector et, plutôt que de forcer celui-ci à prendre une décision prématurée quant à leur vie commune, elle avait décidé d'être patiente. Le donjuanisme frénétique perdrait de son attrait pour lui. Il s'en lasserait ; il s'en guérirait ; il verrait la lumière. Et, ce jour-là, elle serait là pour lui.

Ainsi complotait Brigid O'Fallon la lucide, l'ingénieuse, et il sembla pendant quelque temps qu'elle allait avoir son homme. En plein imbroglio de ses disputes avec Hunt, luttant contre la fatigue et la tension dues à l'obligation de produire un nouveau film chaque mois, Hector perdit le goût de gaspiller ses nuits dans des clubs de jazz ou des speakeasys, de dépenser son énergie en séductions sans suite. L'appartement d'O'Fallon devint pour lui un refuge et les soirées paisibles qu'ils y passaient ensemble l'aidaient à maintenir l'équilibre entre sa tête et ses reins. Brigid avait un sens critique aiguisé et, parce qu'elle était plus calée que lui en ce qui concernait l'industrie du cinéma, il finit par compter de plus en plus sur son jugement. C'est elle, en vérité, qui suggéra l'audition de Dolores Saint John pour le rôle de la fille du shérif dans *The Prop Man*, la comédie qu'il préparait. Il y avait plusieurs mois que Brigid étudiait la carrière de Saint John et, à son avis, cette actrice âgée de vingt et un ans avait ce qu'il fallait pour devenir la prochaine grande, une nouvelle Mabel Normand ou Gloria Swanson, une nouvelle Norma Talmadge.

Hector suivit son conseil. Quand Saint John entra dans son bureau, trois jours plus tard, il avait déjà visionné deux de ses films et était décidé à lui offrir le rôle. Brigid avait eu raison quant au talent de Dolores Saint John mais rien de ce qu'elle avait dit ni rien de ce qu'il avait vu des films de la jeune actrice n'avait préparé Hector à l'effet irrésistible que lui ferait sa présence. Voir quelqu'un jouer dans un film muet, c'était une chose ; c'en était une tout autre de serrer la main à cette personne et de la regarder dans les yeux. Certaines actrices étaient plus impressionnantes sur la pellicule, sans doute, mais dans le monde réel du bruit et de la couleur, dans le monde en chair, en os et en trois dimensions des cinq sens, des quatre éléments et des deux sexes, il n'avait jamais rencontré créature comparable à celle-ci. Ce n'était pas que Saint John fût plus belle que les autres femmes, ni qu'elle lui tînt des propos remarquables au cours des vingt-cinq minutes qu'ils passèrent ensemble cet après-midi-là. Pour être tout à fait honnête, elle ne paraissait pas très maligne, d'une intelligence pas supérieure à la moyenne, mais elle avait quelque chose de sauvage, une énergie animale qui lui courait sous la peau et irradiait de ses gestes, et Hector se sentait incapable de cesser de la regarder. Les yeux qui lui retournaient son regard étaient d'un bleu très pâle, sibérien. Elle avait la peau blanche et les cheveux d'un roux très sombre, un roux tirant sur l'acajou. Contrairement à ceux de la plupart des Américaines en juin 1928, ils étaient longs et lui pendaient sur les épaules. Ils bavardèrent quelque temps de tout et de rien et puis, sans préambule, Hector lui annonça que le rôle était à elle si elle le voulait, et elle accepta. Elle n'avait encore jamais joué de rôle burlesque, lui dit-elle, et le défi la stimulait. Alors elle se leva, lui serra la main et sortit du bureau. Dix minutes plus tard, la tête encore pleine du souvenir flamboyant de son visage, Hector décida que Dolores Saint John était la femme qu'il allait épouser. C'était la femme de sa vie, et s'il s'avérait qu'elle ne voulait pas de lui, il n'épouserait jamais personne.

Elle joua bien son rôle dans *The Prop Man*, fit tout ce qu'Hector lui demandait et ajouta même quelques contributions personnelles bienvenues, mais quand il voulut l'engager pour son prochain film, elle se montra réticente. On lui avait offert le rôle principal dans un film d'Allan Dwan et, une occasion pareille, elle ne pouvait tout simplement pas la refuser. Hector, qui était censé ensorceler les femmes, n'arrivait à rien avec elle. Il ne trouvait pas les mots pour s'exprimer en anglais et, chaque fois qu'il était sur le point de lui déclarer ses intentions, il renonçait à la dernière minute. S'il se trompait de mots, il craignait de lui faire peur et de détruire ses chances à jamais. En attendant, il continuait à passer plusieurs nuits par semaine chez Brigid et, parce qu'il ne lui avait rien promis, parce qu'il était libre d'aimer qui il voulait, il ne lui parlait pas de Saint John. Quand *The Prop Man* fut dans la boîte, en juin, Saint John partit tourner en extérieur dans les monts Tehachapi. Elle travailla pour Dwan pendant quatre semaines et, pendant ce temps, Hector lui écrivit soixante-sept lettres. Ce qu'il n'avait pas réussi à lui dire en direct, il trouva enfin le courage de le coucher sur le papier. Il le dit et le répéta et, bien qu'il le formulât autrement chaque fois qu'il écrivait, le message était toujours le même. Saint John fut d'abord intriguée. Ensuite, flattée. Et puis elle commença à attendre les lettres et, à la fin, elle se rendit compte qu'elle ne pouvait plus s'en passer. A son retour à Los Angeles, au début du mois d'août, elle dit à Hector que sa réponse était oui. Oui, elle l'aimait. Oui, elle deviendrait sa femme.

La date du mariage ne fut pas fixée, mais il était question de janvier ou février – le temps, pour Hector, de remplir son contrat envers Hunt et de prévoir ce qu'il ferait ensuite. Le moment était venu de parler à Brigid, mais il le remettait sans cesse à plus tard, ne parvenait pas à se décider. Il travaillait tard avec Blaustein et Murphy, disait-il, il se trouvait dans la salle de montage, il cherchait des décors naturels, il n'était pas dans son assiette. Du début août à la mi-octobre, il inventa mille excuses pour ne pas la voir, sans se déterminer toutefois à la rupture complète. Au plus fort de ses amours avec Dolores, il continuait à rendre visite à Brigid une ou deux fois par semaine et, chaque fois qu'il passait la porte de son appartement, il retombait dans la si confortable ornière. On pourrait l'accuser de lâcheté, bien sûr, mais on pourrait tout aussi bien le décrire comme un homme en plein conflit. Peut-être n'était-il pas tout à fait sûr de vouloir épouser Saint John. Peut-être n'était-il pas prêt à renoncer à O'Fallon. Peut-être se sentait-il déchiré entre les deux femmes, ayant besoin de l'une et de l'autre. Le remords peut entraîner quelqu'un à agir contre son intérêt, mais le désir aussi peut faire cela, et quand remords et désir se mêlent à parts égales dans le cœur d'un homme, celui-ci est susceptible de se conduire de façon étrange.

O'Fallon ne se doutait de rien. En septembre, quand Hector engagea Saint John pour jouer le rôle de son épouse dans *Mr Nobody*, elle le félicita pour l'intelligence de son choix. Même lorsque filtrèrent en provenance du plateau des rumeurs faisant état d'une *intimité* particulière entre Hector et sa star, elle n'en fut pas autrement alarmée. Hector aimait flirter. Il s'éprenait toujours des actrices avec qui il travaillait mais, sitôt le tournage achevé et chacun rentré chez soi, il les oubliait rapidement. Cette fois, néanmoins, les rumeurs persistaient. Hector était déjà passé à *Double or Nothing*, son dernier film pour Kaleidoscope, et Gordon Fly chuchotait dans sa rubrique que les cloches nuptiales étaient sur le point de sonner pour certaine sirène aux longs cheveux et son comique de galant. On était alors à la mi-octobre et O'Fallon, sans nouvelles d'Hector depuis cinq ou six jours, téléphona à la salle de montage pour lui demander de venir chez elle ce soir-là. Elle ne lui avait encore jamais rien demandé de pareil et il annula donc ses projets de dîner avec Dolores afin de se rendre chez Brigid. Et là, confronté à la question à laquelle depuis deux mois il remettait la réponse à plus tard, il finit par lui révéler la vérité.

Hector avait espéré quelque chose de décisif, une éruption de fureur féminine qui l'eût renvoyé titubant dans la rue et eût mis fin une fois pour toutes à la situation mais Brigid se contenta de le regarder quand il lui apprit la nouvelle, de respirer profondément et de lui assurer qu'il n'était pas possible qu'il aimât Dolores Saint John. Ce n'était pas possible parce qu'il l'aimait, elle. Oui, reconnut Hector, il l'aimait, il l'aimerait toujours, mais le fait était qu'il allait épouser Saint John. Brigid se mit alors à pleurer, et pourtant elle ne l'accusait toujours pas de trahison, elle ne se défendait pas, ne criait pas de colère qu'il l'eût si terriblement abusée. Il s'abusait lui-même, dit-elle, et dès qu'il se rendrait compte que personne ne l'aimerait jamais comme elle l'aimait, il lui reviendrait. Dolores Saint John était un objet, ajouta-t-elle, pas une personne. C'était un objet lumineux et enivrant mais, sous sa peau, elle était grossière, sans profondeur, stupide, et elle ne méritait pas qu'il l'épouse. Hector aurait dû répliquer à ce moment-là. L'occasion exigeait qu'il lançât quelques mots brutaux et acérés qui la priveraient à jamais d'espoir, mais le chagrin de Brigid était trop fort pour lui, son attachement était trop fort pour lui et à l'écouter prononcer ces phrases brèves et étranglées, il ne parvenait pas à dire ces mots. Tu as raison, répondit-il. Ça ne durera sans doute qu'un an ou deux. Mais il faut que j'aille jusqu'au bout. Il faut qu'elle soit à moi et, ensuite, tout s'arrangera de soi-même.

Il finit par passer la nuit chez Brigid. Non parce qu'il pensait que ça leur ferait le moindre bien, à l'un ou à l'autre, mais parce qu'elle le supplia de rester une dernière fois et qu'il ne put refuser. Le lendemain matin, il s'éclipsa pendant qu'elle dormait encore et, dès cet instant, les choses commencèrent à changer pour lui. Son contrat avec Hunt prit fin ; il commença à travailler avec Blaustein sur *Dot et Dash* ; ses projets de mariage se précisèrent. Au bout de deux mois et demi, il était toujours sans nouvelles de Brigid. Il trouvait son silence un peu ennuyeux mais en vérité il était trop préoccupé de Saint John pour y penser beaucoup. Si Brigid avait disparu, ce ne pouvait être que parce qu'elle était femme de parole et trop fière pour s'imposer à lui. Dès lors qu'il lui avait fait part de ses intentions, elle s'était retirée, le laissant se noyer ou nager sans elle. S'il nageait, il ne la verrait sans doute plus jamais. S'il se noyait, elle réapparaîtrait sans doute à la dernière minute pour tenter de le tirer de l'eau.

Cela devait apaiser la conscience d'Hector de penser à O'Fallon en ces termes, de faire d'elle une sorte d'être supérieur qui ne ressentait aucune douleur quand on lui enfonçait des couteaux dans le corps, qui ne saignait pas quand elle était blessée. Mais en l'absence de faits vérifiables, pourquoi ne pas se laisser aller à des imaginations conformes à ses désirs ? Il voulait croire qu'elle allait bien, qu'elle continuait bravement sa vie. Il remarqua que ses articles avaient cessé de paraître dans *Photoplay*, mais cela pouvait signifier qu'elle avait quitté la ville ou qu'elle avait trouvé un nouveau travail quelque part et, en ce moment, il refusait d'envisager de plus sombres éventualités. Ce ne fut que lorsqu'elle refit enfin surface (en glissant une lettre sous la porte d'Hector la veille du nouvel an) qu'il découvrit combien il s'était affreusement trompé. Deux jours après qu'il l'avait quittée en octobre, elle s'était ouvert les poignets dans sa baignoire. Sans l'eau qui avait coulé dans l'appartement du dessous, la propriétaire n'aurait jamais ouvert la porte, et on n'aurait trouvé Brigid que trop tard. Une ambulance l'avait emmenée à l'hôpital. Elle s'en était tirée au bout de quarante-huit heures mais mentalement elle était effondrée, écrivait-elle, elle était incohérente et pleurait tout le temps, et les médecins avaient décidé de la garder en observation. Suivit un séjour de deux mois en salle psychiatrique. Elle se sentait prête à y passer le restant de ses jours, simplement parce que son seul but dans la vie était désormais de trouver un moyen de se tuer, et peu lui importait le lieu où elle se trouvait. Et puis, alors qu'elle se préparait à une nouvelle tentative, un miracle se produisit. Ou plutôt, elle découvrit qu'un miracle s'était produit et qu'elle vivait depuis deux mois sous son charme. Lorsque les médecins lui eurent confirmé que c'était un événement réel et non le fruit de son imagination, elle cessa de vouloir mourir. Elle avait perdu la foi depuis des années, poursuivait-elle. Elle n'était plus allée à confesse depuis l'école secondaire mais, quand l'infirmière était venue ce matin-là lui donner les résultats des examens, elle eut l'impression que Dieu lui avait fait du bouche-à-bouche et lui avait réinsufflé la vie. Elle était enceinte. C'était arrivé en automne, lors de cette dernière nuit qu'ils avaient passée ensemble, et à présent elle portait en elle l'enfant d'Hector.

Après être sortie de l'hôpital, elle avait renoncé à son appartement. Elle avait quelques économies, pas assez toutefois pour continuer à payer son loyer sans reprendre son travail – et cela, elle ne le pouvait plus, car elle avait déjà quitté son emploi au magazine. Elle avait trouvé quelque part une chambre pas chère, avec un lit de fer, une croix de bois au mur et une colonie de souris sous le plancher, et elle ne lui dirait ni le nom de l'hôtel ni même celui de la ville où il se trouvait. Il ne lui servirait à rien de partir à sa recherche. Elle s'était inscrite sous un faux nom et avait l'intention de se tenir coite jusqu'à ce que sa grossesse soit un peu plus avancée, quand il ne serait plus possible de la persuader de se faire avorter. Elle avait fait ce choix de laisser le bébé vivre et, qu'Hector fût ou non disposé à l'épouser, elle était bien décidée à devenir la mère de son enfant. Sa lettre concluait : *Le destin nous a réunis, mon amour, et où que je sois désormais, tu seras avec moi.*

Et puis, silence, de nouveau. Deux semaines passèrent encore et Brigid, fidèle à sa promesse, restait cachée. Hector n'avait pas parlé à Saint John de la lettre d'O'Fallon, mais il savait que ses chances de l'épouser étaient sans doute évanouies. Il ne pouvait penser à leur avenir ensemble sans penser aussi à Brigid, sans être tourmenté par des images de son ex-amante enceinte, terrée dans un hôtel minable au fond d'un quartier déshérité, en train de s'enfoncer lentement dans la folie tandis que son enfant grandissait en elle. Il ne voulait pas renoncer à Saint John. Il ne voulait pas renoncer à ce rêve de se glisser tous les soirs dans le lit de Dolores et de sentir contre sa peau nue ce corps lisse et électrique, mais l'homme est responsable de ses actes et, si un enfant devait naître, il ne pouvait échapper à ce qu'il avait fait. Hunt se tua le 11 janvier, mais Hector ne se souciait plus de Hunt et quand il apprit la nouvelle, le 12 janvier, il ne ressentit rien. Le passé n'avait plus d'importance. Seul l'avenir comptait pour lui et l'avenir, soudain, semblait douteux. Il allait être obligé de rompre ses fiançailles avec Dolores mais il ne pouvait le faire tant que Brigid ne réapparaissait pas et, parce qu'il ne savait pas où la trouver, il ne pouvait agir, ne pouvait bouger de l'endroit où le présent l'avait laissé en rade. Plus le temps passait, plus il se sentait comme un homme dont les pieds auraient été cloués au sol.

Le soir du 14 janvier, il cessa le travail avec Blaustein à sept heures. Saint John l'attendait pour dîner à huit heures chez elle, à Topanga Canyon. Hector aurait été là bien plus tôt, mais il eut des ennuis de voiture en chemin et, le temps de changer la roue de sa DeSoto bleue, il avait perdu trois quarts d'heure. Sans ce pneu crevé, l'événement qui a modifié le cours de son existence aurait pu ne jamais se produire, car ce fut précisément à ce moment, au moment où il s'accroupissait dans l'obscurité juste après La Cienega Boulevard et commençait à hisser l'avant de sa voiture sur le cric, que Brigid O'Fallon frappa à la porte de la maison de Dolores Saint John, et lorsqu'il en eut fini de cette petite tâche et se remit au volant, Saint John avait tiré accidentellement une balle de calibre 32 dans l'œil gauche d'O'Fallon.

C'est ce qu'elle raconta, en tout cas, et à en juger d'après l'expression stupéfaite et horrifiée qui l'accueillit dès qu'il passa le seuil, Hector ne vit pas de raisons d'en douter. Elle ignorait que l'arme était chargée, affirmait-elle. Son agent la lui avait donnée quand elle s'était installée, trois mois plus tôt, dans cette maison isolée dans le canyon. C'était en principe pour sa protection, et après que Brigid s'était mise à lui débiter toutes ces folies, déblatérant à propos du bébé d'Hector, de ses poignets coupés, des barreaux aux fenêtres des asiles de fous et du sang des plaies du Christ, Dolores avait pris peur et lui avait demandé de partir. Mais Brigid ne voulait pas partir et, quelques minutes plus tard, elle accusait Dolores de lui avoir volé son homme, lui lançait des ultimatums menaçants et la traitait de démon, de coureuse, de sale pute vulgaire. Six mois auparavant, Brigid avait été cette charmante journaliste de *Photoplay* au joli sourire et au sens de l'humour aigu, mais elle était à présent hors d'elle, elle était dangereuse, elle allait et venait sauvagement dans la pièce en pleurant à gros sanglots, et Dolores ne voulait plus de sa présence. C'est alors qu'elle avait pensé au revolver. Il se trouvait dans le tiroir du milieu du bureau à cylindre du salon, à quelques pas de là où elle était, et elle avait donc fait ces quelques pas et ouvert le tiroir du milieu. Elle n'avait pas l'intention d'appuyer sur la détente. Sa seule idée, c'était que la vue de l'arme suffirait peut-être à faire peur à Brigid et à la persuader de partir. Mais lorsqu'elle l'eut sorti du tiroir et brandi devant elle, le revolver se déclencha dans sa main. Ça n'avait pas fait beaucoup de bruit. Juste une sorte de petit *pop*, disait-elle, et puis Brigid avait laissé échapper un mystérieux grognement et était tombée à terre.

Dolores ne voulait pas entrer dans le salon avec lui (c'est trop horrible, protestait-elle, je ne pourrais pas la regarder) et il y alla donc seul. Brigid était couchée face contre terre devant le canapé. Son corps était tiède, et du sang coulait encore de l'arrière de son crâne. Hector la retourna et lorsqu'il vit son visage ravagé et le vide à la place où s'était trouvé son œil gauche, il en eut le souffle coupé. Il ne pouvait en même temps la regarder et respirer. Afin de retrouver son souffle, il dut détourner les yeux et, une fois qu'il eut fait cela, il ne put se contraindre à la regarder de nouveau. Tout avait disparu. Tout était écrasé, en morceaux. Et le bébé qu'elle portait, mort, disparu, lui aussi. Finalement, il se leva et alla dans le couloir, où il trouva une couverture dans un placard. Revenu dans le salon, il la regarda une dernière fois, sentit le souffle lui manquer à nouveau, et puis déploya la couverture et l'étendit sur ce petit corps tragique.

Son premier réflexe avait été de s'adresser à la police, mais Dolores avait peur. De quoi son histoire aurait-elle l'air quand on l'interrogerait à propos du revolver, demandait-elle, quand on la forcerait à repasser pour la douzième fois par l'invraisemblable succession des événements et qu'on lui ferait expliquer pourquoi une femme enceinte âgée de vingt-quatre ans gisait, morte, sur le plancher du salon ? Même si on la croyait, même si on voulait bien accepter que le coup était parti par accident, le scandale causerait sa perte. Ce serait la fin de sa carrière, et la fin de celle d'Hector aussi, d'ailleurs, et pourquoi devraient-ils supporter les conséquences d'une chose dont ils n'étaient pas coupables ? Il fallait appeler Reggie, disait-elle – c'est-à-dire Reginald Dawes, son agent, cet imbécile qui lui avait donné l'arme –, et le laisser prendre les choses en main. Reggie était malin, il connaissait toutes les astuces. S'ils écoutaient Reggie, celui-ci trouverait un moyen de sauver leurs peaux.

Mais Hector savait qu'il n'y avait déjà plus de salut pour lui. Ce serait le scandale et l'humiliation publique s'ils parlaient ; ce serait pis encore s'ils ne parlaient pas. Ils risquaient d'être accusés de meurtre et une fois l'affaire présentée devant un tribunal, pas une âme sur terre ne croirait que la mort de Brigid avait été accidentelle. Ils avaient le choix entre deux maux. C'était à Hector de décider. C'était à lui de décider pour eux deux, et il n'y avait pas de bonne décision possible. Pas question de Reggie, dit-il à Dolores. Si Dawes apprenait ce qu'elle avait fait, il la posséderait. Elle se traînerait devant lui sur des genoux ensanglantés pendant le restant de sa vie. Il ne pouvait y avoir personne d'autre. Ou bien ils décrochaient le téléphone et parlaient aux flics, ou bien ils ne parlaient à personne. Et s'ils ne parlaient à personne, alors ils devaient s'occuper eux-mêmes du corps.

Il savait qu'il brûlerait en enfer pour avoir dit ça, et aussi qu'il ne reverrait jamais plus Dolores, mais il l'avait dit néanmoins et, en conséquence, ils le firent. Ce n'était plus une question de bien ou de mal. Il s'agissait de faire le moins de dégâts possible étant donné les circonstances, de ne pas détruire en vain une autre vie. Ils prirent la Chrysler de Dolores et partirent dans la montagne, à une heure environ au nord de Malibu, avec le corps de Brigid dans la malle. Le cadavre était encore entouré de la couverture qui, à son tour, était emballée dans un tapis, et il y avait aussi une bêche dans la malle. Hector l'avait dénichée dans l'abri de jardin derrière la maison de Dolores et il s'en servit pour creuser le trou. A tout le moins, pensait-il, il lui devait bien ça. Il l'avait trahie, après tout, et ce qu'il y avait de remarquable, c'est qu'elle avait continué à lui faire confiance. Les histoires de Brigid étaient restées sans effet sur elle. Elle les avait écartées comme délires, comme mensonges déments racontés par une femme jalouse et déséquilibrée, et même après que l'évidence lui avait été imposée juste sous son joli nez, elle avait refusé de l'accepter. Ce pouvait être de la vanité, bien sûr, une vanité monstrueuse qui ne voyait du monde que ce qu'elle voulait voir, mais en même temps, ce pouvait être un amour véritable, un amour si aveugle qu'Hector ne pouvait guère imaginer ce qu'il était sur le point de perdre. Inutile de dire qu'il ne sut jamais ce que c'était. Après qu'ils furent revenus de leur hideuse expédition dans les montagnes, cette nuit-là, il rentra chez lui dans sa propre voiture, et il ne revit jamais Dolores.

C'est alors qu'il disparut. A part les vêtements qu'il avait sur le dos et l'argent que contenait son portefeuille, il abandonna tout et à dix heures, le lendemain matin, il roulait vers le nord dans un train à destination de Seattle. Il s'attendait tout à fait à être arrêté. Dès que Brigid serait portée disparue, il ne se passerait pas longtemps avant que quelqu'un ne fasse le lien entre leurs deux disparitions. La police voudrait l'interroger et, à ce moment-là, on commencerait à le chercher sérieusement. Mais Hector se trompait en cela, comme il s'était trompé pour tout le reste. C'était lui qui était porté disparu et, pour l'instant, personne ne savait même que Brigid était introuvable. Elle n'avait plus de boulot, pas d'adresse permanente et comme, à la fin de cette semaine du début de 1929, elle n'avait pas réintégré sa chambre aux Fitzwilliam Arms, au centre de Los Angeles, le concierge descendit ses affaires à la cave et loua la chambre à quelqu'un d'autre. Il n'y avait là rien d'inhabituel. Des gens disparaissaient tout le temps, et on ne pouvait pas garder une chambre vide alors qu'un nouveau locataire était prêt à payer pour l'occuper. Même si le concierge s'était senti assez concerné pour s'adresser à la police, celle-ci n'aurait de toute façon rien pu faire. Brigid s'était inscrite sous un faux nom, et comment rechercher quelqu'un qui n'existe pas ?

Deux mois plus tard, son père téléphona de Spokane à un inspecteur de police de Los Angeles, un certain Reynolds, qui continua à s'occuper de cette affaire jusqu'à sa retraite, en 1936.

Vingt-quatre années plus tard, les ossements de la fille de Mr O'Fallon furent enfin exhumés. Un bulldozer les déterra sur le chantier d'un nouveau lotissement en bordure des Simi Hills. On les envoya au laboratoire de médecine légale de Los Angeles, mais les dossiers de Reynolds se trouvaient alors au fond d'un stock d'archives et il ne fut plus possible d'identifier la personne à qui ils avaient appartenu.

Alma savait cela parce qu'elle s'était fait une obligation de le savoir. Hector lui avait dit où les os avaient été enterrés, et quand elle visita le lotissement au début des années quatre-vingt, elle parla à suffisamment de personnes pour avoir la confirmation qu'ils avaient été découverts à cet endroit.

A cette époque, Dolores Saint John était morte depuis longtemps, elle aussi. Revenue chez ses parents après la disparition d'Hector, elle avait fait sa déclaration à la presse et puis s'était retirée du monde. Un an et demi plus tard, elle épousait un banquier de la ville, un certain George T. Brinkerhoff. Ils eurent deux enfants, Willa et George junior. En 1934, alors que l'aîné de ses enfants n'avait pas encore trois ans, Dolores perdit le contrôle de sa voiture en rentrant chez elle, un soir, sous une forte pluie de novembre. Elle heurta un poteau téléphonique, l'impact de la collision la projeta à travers le pare-brise et elle eut la carotide sectionnée. D'après le rapport d'autopsie de la police, elle se vida de son sang sans avoir repris connaissance.

Deux ans après, Brinkerhoff se remaria. Quand Alma lui écrivit en 1983 pour lui demander un entretien, sa veuve lui répondit qu'il était mort l'automne précédent d'une insuffisance rénale. Les enfants, eux, étaient vivants et Alma leur parla à tous deux – l'un à Dallas, Texas, et l'autre à Orlando, Floride. Ils n'avaient ni l'un ni l'autre grand-chose à lui apporter. Ils étaient si jeunes à l'époque, dirent-ils. Ils connaissaient leur mère grâce à des photographies, mais ils n'avaient d'elle aucun souvenir.

Quand Hector arriva à la gare centrale, le matin du 15 janvier, sa moustache avait déjà disparu. Il s'était déguisé en supprimant son trait le plus reconnaissable, transformant son visage en un autre au moyen d'une simple soustraction. Les yeux et les sourcils, le front et les cheveux gominés auraient également rappelé quelque chose à un amateur de ses films mais, peu après avoir acheté son billet, Hector trouva aussi la solution de ce problème. Par la même occasion, racontait Alma, il s'était trouvé un nouveau nom.

Le train de neuf heures vingt et une pour Seattle ne serait pas à quai avant une heure encore. Hector décida de tuer le temps en allant prendre un café au buffet de la gare, mais à peine était-il assis au comptoir dans les odeurs d'œufs au bacon en train de frire sur le gril qu'une vague de nausée le submergea. Il se retrouva aux toilettes, enfermé, à quatre pattes, dans l'une des cabines, en train de vomir dans la cuvette le contenu de son estomac. Tout se déversait de lui, en misérables fluides verdâtres et parcelles brunâtres d'aliments non digérés, en une purge tremblante de honte, de peur et d'écœurement, et quand la crise fut passée il s'effondra sur le sol et y resta allongé un long moment, en luttant pour reprendre son souffle. Il avait la tête appuyée contre le mur du fond et, dans cette position, il apercevait quelque chose que, sinon, il n'aurait pas remarqué. Dans l'angle du tuyau coudé, juste derrière la cuvette, quelqu'un avait laissé une casquette. Hector la retira de sa cachette et découvrit que c'était une casquette d'ouvrier, une solide coiffure de tweed avec une courte visière sur le devant – guère différente de la casquette qu'il avait portée lui-même, à l'époque où il était nouveau venu en Amérique. Hector la retourna pour s'assurer qu'il n'y avait rien à l'intérieur, qu'elle n'était pas trop sale, pas trop dégoûtante pour qu'il la porte. C'est alors qu'il vit le nom de son propriétaire écrit à l'encre à l'intérieur, au dos de la bande de cuir : Herman Loesser. Le nom lui parut bon, peut-être même excellent, en tout cas un nom pas pire qu'un autre. N'était-il pas Herr Mann, après tout ? S'il décidait de s'appeler Herman, il pourrait changer d'identité sans renoncer complètement à ce qu'il était. C'était ça, l'important : se débarrasser de lui-même pour les autres mais, pour lui-même, se rappeler qui il était. Non qu'il en eût envie mais, précisément, parce qu'il n'en avait aucune envie.

Herman Loesser. D'aucuns prononceraient ça *Lesser* (moindre), et d'autres diraient *Loser* (perdant). Dans un cas comme dans l'autre, Hector se disait qu'il avait trouvé le nom qu'il méritait.

La casquette lui allait on ne peut mieux. Ni trop lâche, ni trop serrée, avec juste assez de mou pour qu'il puisse rabattre la visière sur son front et dissimuler la courbure caractéristique de ses sourcils, assombrir la clarté sauvage de ses yeux. Après la soustraction, donc, une addition. Hector moins la moustache, ensuite Hector plus la casquette. Les deux opérations l'annulaient et quand il sortit des toilettes ce matin-là, il ressemblait à n'importe qui, à personne, c'était Mr Nobody tout craché.

Il vécut à Seattle pendant six mois, et puis pendant un an à Portland, après quoi il remonta vers le nord de l'Etat de Washington, où il demeura jusqu'au printemps de 1931. Au début, il était mû par la terreur pure. Hector avait l'impression que sa vie dépendait de sa fuite et dans les premiers temps après sa disparition, ses ambitions ne différaient pas de celles de n'importe quel criminel : du moment qu'il échappait un jour de plus à la capture, il considérait que c'était un jour de gagné. Chaque matin, chaque après-midi, il lisait dans les journaux ce qui le concernait, suivant les développements de l'affaire afin de savoir si on était près de le retrouver. Ce qu'il lisait le rendait perplexe, consterné de constater le peu d'efforts qu'on avait fait pour le connaître. Hunt n'avait qu'une importance minime, et pourtant tous les articles commençaient et finissaient par lui : manipulations de fonds, investissements bidon, les affaires de Hollywood dans toute leur gloire vermoulue. Le nom de Brigid n'était jamais cité et, jusqu'à ce qu'elle retourne au Kansas, personne ne s'était soucié de parler à Dolores. Jour après jour, la pression diminuait et comme, au bout de quatre semaines sans découverte importante, les journaux lui consacraient de moins en moins de place, sa panique commença à s'apaiser. Nul ne le soupçonnait de rien. Il aurait pu rentrer chez lui, s'il l'avait voulu. Il n'avait qu'à prendre le train pour Los Angeles, et il aurait pu reprendre sa vie exactement où il l'avait laissée.

Mais Hector n'alla nulle part. Il n'y avait rien dont il eût plus envie que de se retrouver chez lui, North Orange Drive, assis sur la véranda en compagnie de Blaustein à boire du thé glacé en mettant la touche finale à *Dot et Dash*. Faire des films, c'était vivre dans le délire. C'était le travail le plus dur, le plus exigeant qu'on eût jamais inventé, et plus cela devenait difficile, plus il le trouvait exaltant. Il apprenait les ficelles, acquérait peu à peu la maîtrise des finesses du métier et, avec encore un peu de temps, il était certain qu'il serait devenu l'un des bons. C'était tout ce qu'il avait toujours voulu pour lui-même : être bon à cela seulement. Il n'avait voulu que cela, et c'est pourquoi c'était précisément ce qu'il ne s'autoriserait plus jamais. On ne pousse pas une jeune femme innocente à la folie, on ne la met pas enceinte et on n'enterre pas son cadavre à huit pieds sous terre avec l'espoir de se remettre à vivre comme auparavant. Un homme qui avait fait ce qu'il avait fait méritait d'être puni. Puisque le monde ne le punissait pas, il lui fallait s'en charger lui-même.

Il loua une chambre dans une pension près du marché de Pike Place et quand l'argent finit par manquer dans son portefeuille, il trouva un emploi chez l'un des poissonniers du coin. Levé à quatre heures chaque matin, il déchargeait des camions dans le brouillard précédant l'aube, soulevait des caisses et des barils, les doigts raidis et transi jusqu'aux os par l'humidité du Puget Sound. Ensuite, après une brève pause-cigarette, il étalait des crabes et des huîtres sur des lits de glace pilée, et puis suivaient les diverses occupations répétitives de la journée : le bruit sonore des coquillages sur le plateau de la balance, les sacs en papier brun, les huîtres qu'il ouvrait avec son court cimeterre meurtrier. Quand il ne travaillait pas, Herman Loesser lisait des livres de la bibliothèque publique, tenait un journal et ne parlait à personne sans obligation absolue. Son but, disait Alma, était de se débattre sous les rigueurs qu'il s'était imposées, de se créer tout l'inconfort possible. Quand le travail devint trop facile, il partit à Portland, où il trouva un emploi de gardien de nuit dans une fabrique de tonneaux. Après le vacarme du marché couvert, le silence de ses pensées. Ses choix n'avaient rien de définitif, expliquait Alma. Sa pénitence était une œuvre perpétuellement en chantier et les châtiments qu'il s'infligeait changeaient en fonction de ce qu'il considérait comme ses carences les plus graves à un moment donné. Il était assoiffé de compagnie, dévoré d'envie de se retrouver auprès d'une femme, il avait envie de corps et de voix autour de lui, et c'est pourquoi il s'emmurait dans cette usine vide et s'efforçait de s'enseigner les aspects les plus subtils de l'abnégation.

La Bourse s'effondra pendant qu'il vivait à Portland et, quand la Comstock Barrel Company cessa son activité vers le milieu de l'année 1930, Hector se retrouva sans travail. A ce moment-là, il avait dévoré plusieurs centaines de livres, en commençant par les romans classiques du XIXe siècle dont tout le monde parlait toujours mais qu'il n'avait jamais pris la peine de lire (Dickens, Flaubert, Stendhal, Tolstoï) et puis, dès qu'il avait eu l'impression de s'y retrouver peu ou prou, en repartant de zéro, ayant décidé de se faire son éducation de façon systématique. Hector ne savait à peu près rien. Il avait quitté l'école à seize ans et personne ne s'était jamais soucié de lui dire que Socrate et Sophocle n'étaient pas un seul individu, que George Eliot était une femme ou que *La Divine Comédie* était un poème sur l'au-delà et pas une comédie de boulevard dans laquelle chacun finissait par épouser sa chacune. Les circonstances l'avaient toujours poussé en avant, et il n'avait pas eu le temps de se soucier de telles choses. A présent, soudain, il avait tout le temps. Emprisonné dans son Alcatraz personnel, il passa ses années de captivité à acquérir un nouveau langage afin de réfléchir aux conditions de sa survie, d'interpréter sa constante et impitoyable douleur à l'âme. Selon Alma, la rigueur de cet entraînement intellectuel le transforma peu à peu en quelqu'un d'autre. Il apprit à prendre de la distance vis-à-vis de lui-même, à se considérer d'abord comme un homme parmi les hommes, et puis comme un ensemble aléatoire de particules de matière, et enfin comme un simple grain de poussière – et plus il s'éloignait de son point de départ, disait-elle, plus il approchait de la grandeur. Il lui avait montré ses carnets de l'époque et, cinquante ans après l'événement, Alma y avait vu le témoignage direct des tourments de sa conscience. *Jamais plus perdu qu'à présent,* récitait-elle de mémoire, *jamais plus seul et plus inquiet – et pourtant jamais plus vivant.* Il avait écrit ces mots moins d'une heure avant de quitter Portland. Et puis, comme une pensée de dernière minute, il avait ajouté ce paragraphe au bas de la page : *Je ne parle qu'aux morts désormais. Ils sont les seuls en qui j'ai confiance, les seuls qui me comprennent. Comme eux, je vis sans avenir.*

Le bruit courait qu'on trouvait du travail à Spokane. Les scieries cherchaient du monde, disait-on, et plusieurs camps de bûcherons à l'est et au nord embauchaient. De tels emplois n'intéressaient pas Hector, mais un après-midi, peu après la fermeture de la fabrique, il entendit deux hommes parler des possibilités qui se présentaient là-haut, cela lui donna une idée et cette idée, sitôt qu'il se mit à y réfléchir, il ne put plus y résister. Brigid était née à Spokane. Sa mère était morte, mais son père était toujours là et il y avait aussi deux jeunes sœurs dans la famille. De toutes les tortures qu'Hector pouvait imaginer, de toutes les souffrances qu'il lui était possible de s'infliger, aucune n'était pire que la perspective de se rendre dans la ville où ils vivaient. S'il apercevait Mr O'Fallon et les deux jeunes filles, s'il les connaissait de vue, il aurait leurs visages à l'esprit chaque fois qu'il penserait au mal qu'il leur avait fait. Il méritait de souffrir ainsi, pensait-il. Il avait l'obligation de leur prêter cette réalité, une réalité aussi vive dans sa conscience que celle de Brigid.

Encore réputé pour la couleur de ses cheveux de jeune homme, Patrick O'Fallon possédait et gérait depuis vingt ans au centre de Spokane un commerce d'articles de sport à l'enseigne de *Red's Sporting Goods*. Le matin de son arrivée, Hector trouva un hôtel bon marché deux rues à l'ouest de la gare, paya une nuit d'avance et partit à la recherche du magasin. Il le trouva en moins de cinq minutes. Il n'avait pas réfléchi à ce qu'il ferait une fois sur place et, par prudence, il se dit que le mieux serait de rester dehors et d'essayer d'apercevoir O'Fallon par la fenêtre. Hector ne savait pas du tout si Brigid avait parlé de lui dans les lettres qu'elle écrivait chez elle. Si oui, les siens devaient savoir qu'il parlait avec un fort accent espagnol. Plus important, ils devaient avoir été particulièrement attentifs à sa disparition en 1929 et, la disparition de Brigid remontant alors à près de deux ans, ils pouvaient bien être les seuls en Amérique à s'être doutés du lien existant entre les deux. Il n'avait qu'à entrer dans le magasin et ouvrir la bouche. Si O'Fallon savait qui était Hector, il y avait de fortes chances pour que des soupçons lui viennent après trois ou quatre phrases.

O'Fallon n'était nulle part en vue, cependant. Le nez contre la vitre, comme s'il était en train d'examiner un lot de clubs de golf exposé dans la vitrine, Hector avait une vision claire de l'intérieur du magasin et, dans la mesure où il pouvait s'en assurer sous cet angle, il n'y avait personne. Ni clients, ni employé debout derrière le comptoir. Il était encore tôt – à peine plus de dix heures – mais la pancarte sur la porte disait OUVERT et, plutôt que de rester dans la rue pleine de monde en courant le risque d'attirer l'attention, Hector abandonna son plan et décida d'entrer. Si on découvrait qui il était, se dit-il, arriverait ce qui arriverait.

La porte s'ouvrit avec un bruit de carillon et le plancher de bois nu craqua sous ses pas quand il se dirigea vers le comptoir au fond de la boutique. Celle-ci n'était pas grande, mais les étagères débordaient de marchandises et il semblait y avoir tout ce qu'un sportif pouvait désirer : cannes à pêche et moulinets, palmes de caoutchouc et lunettes de natation, fusils de chasse et carabines, raquettes de tennis, gants de baseball, ballons de foot ou de basket-ball, genouillères et casques, chaussures à crampons ou chaussures cloutées, tees de toutes sortes, poids, haltères et médecine-balls. Deux rangées de colonnes régulièrement espacées soutenaient le plafond sur toute la longueur du magasin et sur chacune se trouvait une photographie encadrée d'O'Fallon. Il était jeune quand on avait pris ces photos, et toutes le montraient engagé dans l'une ou l'autre activité athlétique. Vêtu d'une tenue de base-ball sur l'une, d'une tenue de football sur une autre, et le plus souvent en train de participer à une course dans le simple appareil d'un coureur de fond. Sur l'une des photos, il avait été saisi en plein élan, les deux pieds suspendus en l'air, avec deux mètres d'avance sur son concurrent le plus proche. Sur une autre, il échangeait une poignée de main avec un personnage en habit et chapeau haut-de-forme qui lui remettait une médaille de bronze aux Jeux olympiques de Saint Louis, en 1904.

Comme Hector approchait du comptoir, une jeune femme émergea de l'arrière-boutique en s'essuyant les mains avec une serviette. Elle avait les yeux baissés et la tête penchée de côté mais, bien que son visage lui fût en grande partie dissimulé, Hector eut l'impression, à cause de quelque chose dans sa démarche, quelque chose dans la courbe de ses épaules, quelque chose dans sa façon de se frotter les doigts avec la serviette, de se trouver devant Brigid. Pendant plusieurs secondes, ce fut comme si ces dix-neuf derniers mois n'avaient jamais existé. Brigid n'était plus morte. Elle s'était désenterrée, elle s'était frayé un chemin avec ses ongles à travers la terre qu'il avait amassée sur son corps et à présent elle était là, intacte, respirant de nouveau, sans balle dans le cerveau, sans trou à l'emplacement de l'œil, et elle travaillait comme assistante dans la boutique de son père à Spokane, dans l'Etat de Washington.

La jeune femme s'avançait vers lui, ne s'arrêtant que pour déposer la serviette sur un carton non ouvert, et ce qu'il y eut de troublant ensuite, c'est que même quand elle releva la tête et le regarda dans les yeux, l'illusion demeura. Elle avait aussi le visage de Brigid. C'étaient la même mâchoire et la même bouche, le même front et le même menton. Quand elle lui sourit, l'instant d'après, il vit que c'était aussi le même sourire. Ce ne fut que lorsqu'elle se trouva à moins de deux mètres de lui qu'il commença à remarquer des différences. Elle avait le visage couvert de taches de rousseur, ce qui n'était pas le cas de Brigid, et les yeux d'un vert plus profond. Ils étaient aussi plus écartés, un rien plus éloignés de la naissance du nez, et cette minuscule altération des traits mettait en valeur l'harmonie générale de son visage, la rendant tant soit peu plus jolie que ne l'avait été sa sœur. Hector lui rendit son sourire et, le temps qu'elle arrive près du comptoir et s'adresse à lui avec la voix de Brigid pour lui demander s'il avait besoin de quelque chose, il n'avait plus l'impression qu'il allait tomber raide, évanoui sur le sol.

Il cherchait Mr O'Fallon, dit-il, et il se demandait s'il serait possible de lui parler. Il ne faisait aucun effort pour dissimuler son accent et prononça le mot *mister* en roulant exagérément le *r*, et puis il se pencha vers elle en guettant sur son visage le signe d'une réaction. Rien ne se passa, ou plutôt la conversation continua comme si rien ne s'était passé, et Hector sut dès lors que Brigid avait gardé le secret en ce qui le concernait. Elevée dans une famille catholique, elle devait avoir reculé devant l'idée d'apprendre à son père et à ses sœurs qu'elle couchait avec un homme fiancé à une autre femme et que cet homme, dont le pénis était circoncis, n'avait aucune intention de rompre ses fiançailles pour l'épouser. Dans ce cas, ils n'avaient sans doute pas su qu'elle était enceinte. Ni qu'elle s'était ouvert les poignets dans sa baignoire ; ni qu'elle avait passé deux mois dans un hôpital à rêver à des façons meilleures et plus efficaces de se tuer. Il était même possible qu'elle eût cessé de leur écrire avant l'entrée en scène de Saint John, quand elle était encore assez confiante pour imaginer que tout finirait par s'arranger comme elle l'espérait.

A ce moment-là, le cerveau d'Hector galopait, se précipitait en tous sens, et quand la jeune femme derrière le comptoir lui apprit que son père était absent pour une semaine, étant parti pour affaires en Californie, Hector eut la conviction de savoir de quelle affaire il s'agissait. Red O'Fallon était allé à Los Angeles parler à la police de sa fille disparue. Il les pressait d'agir dans cette enquête qui se traînait déjà depuis trop de mois et, s'il n'était pas satisfait de leurs réponses, il allait engager un détective privé pour reprendre les recherches à zéro. Tant pis pour la dépense, avait-il sans doute dit à sa fille de Spokane avant de quitter la ville. Il fallait faire quelque chose avant qu'il ne soit trop tard.

Sa fille de Spokane expliqua qu'elle le remplaçait au magasin en son absence et que, si Hector voulait laisser son nom et son numéro de téléphone, elle les donnerait à son père dès son retour, le vendredi. Pas besoin, dit Hector, lui-même reviendrait le vendredi et alors, par simple politesse ou peut-être parce qu'il avait envie de faire bonne impression sur elle, il lui demanda si on l'avait laissée seule pour s'occuper de tout. L'affaire lui paraissait trop importante pour être gérée par une seule personne, commenta-t-il.

En principe ils étaient trois, répondit-elle, mais le vendeur s'était fait porter malade, ce matin-là, et le magasinier s'était fait virer la semaine précédente parce qu'il piquait des gants de base-ball pour les revendre à moitié prix aux gamins de son quartier. A vrai dire, elle se sentait un peu perdue, avoua-t-elle. Il y avait une éternité qu'elle n'avait plus travaillé dans la boutique, elle ne connaissait pas la différence entre un putter et un bois, et c'était à peine si elle arrivait à se servir de la caisse enregistreuse sans se tromper neuf ou dix fois de touche et semer la pagaille dans les comptes.

C'était très amical, très direct. Elle semblait trouver tout naturel de lui faire ses confidences et, au fil de la conversation, Hector apprit qu'elle venait de passer quatre ans loin de la ville pour faire des études d'institutrice à un endroit qu'elle appelait *State*, et qui se trouvait être l'université de l'Etat de Washington, à Pullman. Elle avait terminé en juin et elle était revenue vivre avec son père ; elle était sur le point de commencer sa carrière en classe de quatrième dans l'école primaire Horace-Greeley. Elle n'en croyait pas sa chance, disait-elle. C'était l'école qu'elle avait fréquentée quand elle était petite et où ses deux sœurs aînées et elle-même avaient toutes eu Mrs Neergaard en quatrième année. Mrs N. avait enseigné là pendant quarante-deux ans, et elle considérait comme une sorte de miracle que son ancienne institutrice ait pris sa retraite au moment précis où elle commençait à chercher un poste. Dans moins de six semaines, elle serait à la tête de cette classe dans laquelle elle s'était assise tous les jours, écolière âgée de dix ans, et n'était-ce pas étrange, demandait-elle, n'était-ce pas drôle, parfois, les hasards de la vie ?

Oui, très drôle, acquiesça Hector, très étrange. Il savait à présent qu'il parlait à Nora, la plus jeune des sœurs O'Fallon, et non à Deirdre, celle qui s'était mariée à dix-neuf ans et vivait à San Francisco. Après trois minutes en sa compagnie, Hector décida que Nora était très différente de sa sœur défunte. Sans doute, elle ressemblait à Brigid mais elle n'avait rien de son énergie sous tension ni de son côté au courant de tout, rien de son ambition, rien de son intelligence vive et pénétrante. Celle-ci était plus douce, plus à l'aise dans sa peau, plus naïve. Il se souvint que Brigid s'était un jour décrite comme la seule des sœurs O'Fallon qui eût réellement du sang dans les veines. Deirdre était pur vinaigre, avait-elle dit, et Nora était entièrement composée de lait tiède. C'était elle qui aurait dû s'appeler Brigid, avait-elle ajouté, en l'honneur de sainte Brigitte, patronne de l'Irlande, car si quelqu'un avait jamais eu pour destin de se consacrer à une vie de sacrifice et de bonnes œuvres, c'était bien sa petite sœur Nora.

Une fois encore, Hector faillit se détourner et partir et, une fois encore, quelque chose le retint. Une nouvelle idée lui était passée par la tête – une idée folle, quelque chose de si risqué, de tellement autodestructeur qu'il n'en revenait pas d'y avoir seulement pensé, et moins encore de se sentir de taille à la mettre en pratique.

Qui ne risque rien n'a rien, dit-il à Nora avec un sourire d'excuse et un haussement d'épaules ; la raison pour laquelle il était venu là ce matin, c'était qu'il voulait demander du travail à Mr O'Fallon. Il avait entendu parler de cette histoire avec le magasinier, et il se demandait si le poste était encore libre. C'est bizarre, remarqua Nora. Ça venait de se passer et ils n'avaient pas encore fait la démarche de mettre une annonce. Ils n'avaient pas l'intention de le faire avant que son père ne soit revenu de son voyage. Eh bien, les bruits circulent, fit Hector. Oui, sans doute, répondit Nora, mais de toute façon, pourquoi voudrait-il d'un emploi de magasinier ? C'était un boulot pour minus, pour gens qui ont le dos solide, peu de cervelle et pas d'ambition ; il pouvait sûrement trouver mieux. Pas nécessairement, dit Hector. Les temps étaient durs et, ces jours-ci, tout boulot payé était un bon boulot. Pourquoi ne pas lui donner sa chance ? Elle était seule dans le magasin et il se doutait qu'elle avait besoin d'aide. Si elle était satisfaite de son travail, elle pourrait peut-être dire un mot pour lui à son père ? Qu'en disait Miss O'Fallon ? L'affaire était conclue ?

Il y avait moins d'une heure qu'il était arrivé à Spokane et, déjà, Herman Loesser avait un emploi. En riant de l'audace de sa proposition, Nora lui serra la main, et aussitôt Hector ôta sa veste (le seul vêtement convenable qu'il possédât) et se mit au travail. Il s'était transformé en phalène et passa le restant de la journée à papillonner autour de la flamme brûlante d'une chandelle. Il savait qu'à tout moment ses ailes pouvaient prendre feu mais plus il s'approchait de ce feu, plus il avait le sentiment d'accomplir sa destinée. Comme il l'écrivit ce soir-là dans son journal : *Si je veux sauver ma vie, il faut que je vienne à un doigt de la détruire.*

Contre toute probabilité, Hector tint bon pendant près d'un an. D'abord comme magasinier dans l'arrière-boutique et ensuite comme premier employé et cogérant, sous l'autorité directe d'O'Fallon en personne. Nora avait dit que son père avait cinquante-trois ans, mais quand Hector lui fut présenté le lundi suivant, il lui trouva l'air plus âgé, sexagénaire, peut-être, voire centenaire. Les cheveux de l'ex-athlète n'étaient plus roux, son torse jadis musclé ne semblait plus en forme et il boitait par intermittence à cause d'un genou arthritique. Bien qu'il se pointât au magasin tous les matins à neuf heures précises, O'Fallon ne s'intéressait manifestement plus au travail et vers onze heures, onze heures et demie, il était en général reparti. Si sa jambe le lui permettait, il se rendait alors en voiture au *country club* et faisait un parcours de golf en compagnie de deux ou trois de ses compères. Sinon, il déjeunait tôt et longuement au Bluebell Inn, le restaurant situé juste en face de la boutique, de l'autre côté de la rue, et puis il rentrait chez lui où il passait l'après-midi dans sa chambre à lire les journaux et à boire à la bouteille du whisky irlandais Jameson qu'il faisait chaque mois venir en fraude du Canada.

Jamais il ne critiquait Hector ni ne se plaignait de son travail. Et jamais il ne lui faisait de compliments. O'Fallon exprimait sa satisfaction en ne disant rien et une fois de temps en temps, quand il était d'humeur expansive, il saluait Hector d'un minuscule hochement de tête. Pendant plusieurs mois, il n'y eut guère plus de contact entre eux. Hector en fut d'abord agacé et puis, avec le temps, il apprit à ne pas prendre cela personnellement. Cet homme vivait dans un domaine d'intériorité muette, d'infinie résistance au monde et il paraissait flotter d'un jour à l'autre sans autre but que de voir passer les heures le moins douloureusement possible. Il ne se mettait jamais en colère, il souriait rarement. Il était équitable et détaché, absent même lorsqu'il était présent, et il ne faisait pas preuve de plus de compassion ou de sympathie envers lui-même qu'envers n'importe qui.

Autant O'Fallon lui restait inaccessible et indifférent, autant Nora se montrait ouverte et concernée. C'était elle qui avait engagé Hector, après tout, et elle continuait à se sentir responsable de lui et le traitait alternativement comme son ami, comme son protégé et comme son entreprise de récupération humaine. Après que son père était rentré de Los Angeles et que le zona du premier employé s'était calmé, les services de Nora avaient cessé d'être nécessaires dans la boutique. Bien que très occupée à préparer la prochaine année scolaire, à rendre visite à d'anciennes condisciples et à jongler avec les attentions de plusieurs jeunes gens, elle réussit toujours, pendant le restant de l'été, à trouver le temps de faire un saut chez Red en début d'après-midi pour voir comment Hector se débrouillait. Ils n'avaient travaillé ensemble que pendant quatre jours, mais ça leur avait suffi pour instituer une tradition, celle de manger ensemble leurs sandwichs au fromage dans l'arrière-boutique pendant la demi-heure de pause du déjeuner. Elle continuait à s'amener avec les sandwichs et tous deux continuaient à passer cette demi-heure à parler de livres. Pour Hector, autodidacte débutant, c'était une occasion de s'instruire. Pour Nora, diplômée de fraîche date et prête à entamer une existence consacrée à instruire les autres, c'était une occasion de communiquer du savoir à un élève intelligent et avide. Hector découvrait Shakespeare, cet été-là, et Nora lisait les pièces avec lui, élucidant les mots qu'il ne comprenait pas, expliquant tel ou tel point d'histoire ou de convention théâtrale, explorant la psychologie et les motivations des personnages.

Durant l'une de leurs séances dans l'arrière-boutique, ayant trébuché sur la prononciation des mots *Thou ow'st* dans le troisième acte du *Roi Lear*, Hector avoua à Nora combien son accent l'embarrassait. Il ne parvenait pas à apprendre à parler cette foutue langue, dit-il, et il se sentirait toujours idiot quand il s'exprimerait devant des gens comme elle. Nora refusa de prêter l'oreille à ce pessimisme. Elle avait suivi un cours d'orthophonie à l'université, déclara-t-elle, et des remèdes concrets existaient, des exercices pratiques et des techniques de perfectionnement. S'il était prêt à relever le défi, elle promettait de le débarrasser de son accent, de faire disparaître de sa langue jusqu'au moindre vestige d'espagnol. Hector lui rappela que sa situation ne lui permettait pas de se payer de telles leçons. Qui a parlé d'argent ? répliqua Nora. S'il voulait travailler, elle voulait bien l'aider.

Après la rentrée des classes, en septembre, la nouvelle institutrice de quatrième année cessa d'être libre à l'heure du déjeuner. Elle et son élève se retrouvèrent donc en soirée pour travailler le mardi et le jeudi de sept à neuf heures dans le salon des O'Fallon. Hector se débattit avec les sons *i* long et court, avec le *th* et le *r* anglais. Voyelles muettes, inflexions labiales, consonnes explosives, fricatives, occlusives, phonèmes de toutes sortes. La plupart du temps, il n'avait pas la moindre idée de ce dont Nora parlait, mais les exercices semblaient efficaces. Sa langue commença à produire des sons qu'elle n'avait encore jamais réussi à former et, finalement, après neuf mois d'efforts et de répétitions, il avait progressé à un point tel qu'on pouvait de plus en plus difficilement situer d'où il venait. On ne l'aurait pas pris pour un Américain, sans doute, mais pas davantage pour un immigrant fruste et illettré. En venant à Spokane, il avait peut-être commis la plus grosse bêtise de sa vie mais, de tout ce qui lui arriva dans cette ville, les leçons de diction de Nora eurent probablement l'effet le plus profond et le plus durable. Chaque mot qu'il prononça pendant les cinquante années qui suivirent était influencé par elles, et elles demeurèrent en lui pour le restant de ses jours.

O'Fallon avait tendance à rester en haut dans sa chambre les mardis et jeudis soir, ou bien il sortait et allait jouer au poker avec des amis. Un soir du début d'octobre, le téléphone sonna au milieu d'une leçon et Nora alla répondre dans le vestibule. Elle échangea quelques mots avec l'opératrice et puis, d'une voix tendue d'excitation, elle cria à son père que Stegman était en ligne. Il appelait de Los Angeles, ajouta-t-elle, en PCV. Devait-elle accepter ou non ? O'Fallon répondit qu'il descendait tout de suite. Par discrétion, Nora ferma la porte coulissante entre le salon et le vestibule, mais O'Fallon était déjà un peu ivre et parla d'une voix assez forte pour qu'Hector pût distinguer une partie de ce qu'il disait. Pas tout, mais assez pour comprendre que les nouvelles n'étaient pas bonnes.

Dix minutes plus tard, la porte coulissante se rouvrait et O'Fallon entrait dans le salon. Il traînait des pieds chaussés d'une vieille paire de pantoufles de cuir et ses bretelles, tombées de ses épaules, lui pendaient à hauteur des genoux. Il n'avait plus ni col, ni cravate, et il lui fallut prendre appui sur la table basse en noyer pour assurer son équilibre. Pendant un moment, il s'adressa directement à Nora, qui était assise à côté d'Hector sur le canapé au centre de la pièce. Il ne prêtait pas plus d'attention à Hector que si l'élève de sa fille avait été invisible. Ce n'était pas qu'O'Fallon l'ignorât, ni qu'il prétendît qu'Hector n'était pas là. Simplement, il ne le remarquait pas. Et Hector, qui comprenait chaque nuance de la conversation, n'osait pas se lever pour s'en aller.

Stegman jetait l'éponge, annonça O'Fallon. Il y avait des mois qu'il travaillait sur cette affaire et il n'avait pas découvert une seule piste prometteuse. Il en avait assez, disait-il. Il ne voulait plus leur prendre leur argent.

Nora demanda à son père comment il avait réagi et O'Fallon répondit qu'il avait demandé à Stegman pourquoi diable, s'il avait tant de scrupules à leur prendre leur argent, il continuait à appeler en PCV. Et puis il lui avait dit qu'il était un incapable. S'il ne voulait pas de cette affaire, il s'adresserait à quelqu'un d'autre.

Non, papa, répliqua Nora, tu as tort. Si Stegman n'arrivait pas à la trouver, cela signifiait que personne ne le pourrait. C'était le meilleur détective privé de la côte ouest. Reynolds l'avait dit, et Reynolds était un homme auquel on pouvait se fier.

Qu'il aille se faire foutre, Reynolds, fit O'Fallon. Et Stegman aussi, qu'il aille se faire foutre. Ils pouvaient dire tout ce qu'ils voulaient, lui ne renoncerait pas.

Nora hochait la tête d'avant en arrière, les larmes aux yeux. Il était temps de regarder la réalité en face, dit-elle. Si Brigid avait été en vie quelque part, elle aurait écrit une lettre. Elle aurait téléphoné. Elle leur aurait fait savoir où elle était.

Couillonnade ! s'exclama O'Fallon. Il y avait quatre ans qu'elle n'avait plus écrit. Elle avait rompu avec la famille, c'était ça la réalité qu'il fallait regarder en face.

Pas avec la famille, protesta Nora. Avec lui. A elle, Brigid avait toujours écrit. Quand elle suivait ses cours à Pullman, il y avait une lettre toutes les trois ou quatre semaines.

Mais O'Fallon ne voulait pas le savoir. Il n'avait plus envie d'en discuter et si elle n'avait plus l'intention de le soutenir, il continuerait tout seul et elle pouvait aller au diable, avec ses maudites opinions. Et, en disant cela, il lâcha la table, vacilla dangereusement pendant un court instant dans l'effort de se remettre d'aplomb et puis sortit de la pièce en chancelant.

Hector n'était pas censé avoir assisté à cette scène. Il n'était que le magasinier, pas un ami intime, et il n'avait pas à écouter une conversation privée entre le père et la fille, aucun droit de rester assis dans la pièce où son patron titubait, ivre et débraillé. Si à cet instant Nora lui avait demandé de partir, l'affaire aurait été réglée définitivement. Il n'aurait pas entendu ce qu'il avait entendu, il n'aurait pas vu ce qu'il avait vu, et il n'en aurait plus jamais été question. Elle n'avait qu'une phrase à dire, une pauvre excuse à donner, et Hector se serait levé du canapé et aurait dit bonsoir. Mais Nora n'était pas douée pour la dissimulation. Elle avait encore les larmes aux yeux quand O'Fallon était sorti de la pièce et, dès lors que le sujet interdit était enfin apparu au grand jour, pourquoi se taire encore ?

Son père n'avait pas toujours été comme ça, dit-elle. Quand elles étaient jeunes, ses sœurs et elle, c'était un homme tout différent et on avait du mal à le reconnaître, du mal à se souvenir de ce qu'il était autrefois. Red O'Fallon, l'Éclair du Nord-Ouest. Patrick O'Fallon, époux de Mary Day. Papa O'Fallon, empereur des petites filles.

Mais si l'on pensait à ces six dernières années, ajouta Nora, si on pensait à ce qu'il avait subi, il n'y avait sans doute rien d'étonnant à ce que son meilleur ami fût un dénommé Jameson – ce type morose et silencieux qui vivait là-haut avec lui, enfermé dans toutes ces bouteilles de liquide ambré. Le premier choc avait été la perte de sa femme, morte d'un cancer à quarante-quatre ans. Comme si ça ne suffisait pas, poursuivait Nora, les malheurs s'étaient succédé, un cataclysme familial après l'autre, un coup de poing à l'estomac suivi d'un direct au visage, le vidant peu à peu de sa substance. Moins d'un an après les funérailles, Deirdre était tombée enceinte et, comme elle refusait le mariage forcé qu'il avait arrangé pour elle, O'Fallon l'avait chassée de chez eux. Ce geste avait dressé Brigid aussi contre lui, dit Nora. Sa sœur aînée était en dernière année à Smith College et elle habitait à l'autre bout du pays, mais lorsqu'elle avait appris ce qui s'était passé, elle avait écrit à son père qu'elle ne lui adresserait plus jamais la parole s'il n'acceptait pas le retour de Deirdre à la maison. O'Fallon se rebiffa. C'était lui qui finançait ses études, à Brigid, et pour qui se prenait-elle, à lui dire ce qu'il devait faire ? Elle avait payé elle-même son dernier semestre et, dès qu'elle avait eu son diplôme, elle était partie tout droit en Californie avec l'intention de devenir écrivain. Elle n'était même pas passée par Spokane pour dire bonjour. Elle était aussi têtue que leur père, disait Nora, et Deirdre était deux fois plus têtue que les deux réunis. Peu importait que Deirdre fût à présent mariée et mère d'un deuxième enfant. Elle refusait toujours de parler à son père, de même que Brigid. Entre-temps, Nora était partie étudier à Pullman. Elle était restée en contact régulier avec ses deux sœurs, mais Brigid était meilleure épistolière et il était rare qu'un mois se passe sans que Nora reçoive au moins une lettre d'elle. Et puis, à l'époque où Nora entamait sa troisième année, Brigid avait cessé d'écrire. Au début, il ne paraissait y avoir là rien d'inquiétant mais après trois ou quatre mois de silence, Nora avait écrit à Deirdre pour lui demander si elle avait reçu récemment des nouvelles de Brigid. Quand Deirdre répondit qu'elle n'en avait plus eu depuis six mois, Nora fut prise d'inquiétude. Elle en parla à son père et le pauvre O'Fallon, désespérément anxieux de se racheter, écrasé de remords à l'idée de ce qu'il avait fait à ses deux filles aînées, prit aussitôt contact avec la police de Los Angeles. L'affaire fut confiée à un inspecteur nommé Reynolds. L'enquête démarra rapidement et au bout de quelques jours plusieurs faits essentiels étaient déjà établis : Brigid avait cessé de travailler pour le magazine, elle s'était retrouvée à l'hôpital après une tentative de suicide, elle était enceinte, elle était partie de chez elle sans laisser d'adresse et elle avait en effet disparu. Si sombres que fussent ces informations et si bouleversante la perspective de ce qu'elles impliquaient, Reynolds paraissait sur le point de découvrir ce qui lui était arrivé. Ensuite, peu à peu, la piste s'était refroidie. Un mois était passé, et puis trois, et puis huit, et Reynolds n'avait plus rien à leur communiquer. Il assurait que ses hommes et lui parlaient à tous ceux qui avaient connu Brigid, qu'ils faisaient tout ce qu'il était possible de faire et pourtant, après avoir suivi sa trace jusqu'aux Fitzwilliam Arms, ils étaient, là, tombés sur un mur. Déçu par l'absence de progrès, O'Fallon décida, pour faire bouger les choses, de recourir aux services d'un détective privé. Reynolds recommanda un certain Frank Stegman et pendant quelque temps, O'Fallon reprit espoir. Il ne vivait plus que pour l'enquête, racontait Nora, et chaque fois que Stegman rapportait le plus petit renseignement nouveau, la plus infime suggestion d'une piste, son père prenait le premier train pour Los Angeles, un train de nuit si nécessaire, et puis frappait à la porte de Stegman dès l'aube du lendemain. Mais, à présent, Stegman se trouvait à court d'idées, il était prêt à abandonner. Hector l'avait entendu. C'était ça, ce coup de téléphone, disait-elle, et elle ne pouvait pas vraiment lui reprocher de vouloir renoncer. Brigid était morte. Elle le savait, Reynolds et Stegman le savaient, mais son père refusait encore de l'admettre. Il s'estimait responsable de tout ce qui était arrivé et s'il n'avait plus aucune raison d'espérer, s'il ne pouvait pas se raccrocher à l'illusion qu'on allait retrouver Brigid, il ne pourrait plus vivre avec lui-même. C'était aussi simple que ça, concluait Nora. Son père allait mourir. Le chagrin deviendrait trop grand pour lui, et il allait se décomposer et mourir.

A partir de ce soir-là, Nora continua à tout lui dire. Il paraissait logique qu'elle désirât faire partager à quelqu'un ses inquiétudes mais, de tous les gens du monde, de tous les candidats possibles entre lesquels elle aurait eu le choix, ce fut à Hector que revint cet emploi. Il devint le confident de Nora, le dépositaire de ce qu'elle savait à propos de son crime à lui, et lorsque, chaque mardi et chaque jeudi, assis à côté d'elle sur le canapé, il s'appliquait à sa leçon, il avait l'impression qu'un petit peu plus de son cerveau se désintégrait dans sa tête. La vie était un de ces rêves nés de la fièvre, il s'en apercevait, et la réalité un univers sans fondement, un monde de chimères et d'hallucinations, où tout ce que l'on imaginait se réalisait. Savait-il qui était Hector Mann ? Un soir, Nora lui posa bel et bien cette question. Stegman s'était ramené avec une nouvelle théorie, raconta-t-elle ; après s'être retiré de l'affaire deux mois plus tôt, le privé avait téléphoné à O'Fallon pendant le week-end pour lui demander une autre chance. Il avait découvert que Brigid avait publié un article sur Hector Mann. Onze mois après, Mann avait disparu, et Stegman se demandait si c'était par une simple coïncidence que Brigid avait disparu en même temps. Et s'il y avait un rapport entre ces deux affaires non élucidées ? Stegman ne pouvait pas garantir de résultat mais, au moins, il avait maintenant une base de travail et, avec la permission d'O'Fallon, il souhaitait poursuivre en ce sens. S'il parvenait à établir que Brigid avait continué à voir Mann après avoir écrit son article, on pourrait avoir une raison d'espérer.

Non, répondit Hector, il n'en avait jamais entendu parler. Qui était cet Hector Mann ? Nora, pour sa part, n'en savait pas grand-chose. Un acteur, dit-elle. Il avait fait un peu de cinéma muet quelques années auparavant, mais elle n'avait vu aucun de ses films. Elle n'avait pas eu le temps d'aller au cinéma pendant ses études. Non, fit Hector, il n'y allait pas souvent, lui non plus. Cela coûtait de l'argent, et il avait un jour lu quelque part que c'était mauvais pour les yeux. Nora se rappelait vaguement avoir entendu parler de lui mais, à l'époque, elle n'avait pas suivi l'affaire de près. Selon Stegman, il y avait presque deux ans que Mann avait disparu. Et pourquoi était-il parti ? voulut savoir Hector. Personne n'en était sûr, répondit Nora. Il s'était volatilisé un beau jour, et depuis on était sans nouvelles de lui. Il ne semblait pas y avoir beaucoup d'espoir, remarqua Hector. Un homme ne pouvait pas rester caché éternellement. Si on ne l'avait pas encore trouvé, cela signifiait sans doute qu'il était mort. Oui, sans doute, reconnut Nora, et Brigid devait être morte, elle aussi. Mais des bruits couraient, poursuivit-elle, et Stegman allait chercher à découvrir s'ils étaient fondés. Quel genre de bruits ? demanda Hector. On disait qu'il était peut-être reparti en Amérique du Sud, dit Nora. C'était de là qu'il était originaire. Brésil, Argentine, elle ne se souvenait plus du pays, mais c'était incroyable, n'en convenait-il pas ? Qu'y avait-il de si incroyable ? s'enquit Hector. Qu'Hector Mann vienne de la même partie du monde que lui. Et pourquoi pas ? Elle oubliait que l'Amérique du Sud, c'est vaste, dit Hector. Il y avait des Sud-Américains partout. Oui, Nora savait cela, elle en convint, mais tout de même, ne serait-ce pas incroyable, si Brigid était partie là-bas avec lui ? Rien que d'y penser, ça la rendait heureuse. Deux sœurs, deux Sud-Américains. Brigid d'un côté avec le sien, et elle d'un autre avec le sien.

Ça n'aurait pas été aussi terrible s'il avait eu moins d'affection pour elle, si une partie de lui n'était pas tombée amoureuse d'elle dès le jour de leur rencontre. Hector savait qu'elle lui était interdite, que le seul fait d'envisager la possibilité de la toucher eût été un péché impardonnable, et pourtant il continuait à retourner chez elle tous les mardis et jeudis soir, mourant un petit peu chaque fois qu'elle s'asseyait à côté de lui sur le canapé et lovait son corps de vingt-deux ans entre les coussins de velours bordeaux. Il eût été si simple de se pencher un peu pour lui caresser la nuque, de promener la main le long de son bras, de se tourner vers elle et de se mettre à embrasser les taches de rousseur sur son visage. Si insoutenables que fussent parfois leurs conversations (Brigid et Stegman, le déclin de son père, la quête d'Hector Mann), la résistance à ces tentations lui était plus pénible encore et il lui fallait mobiliser toutes ses forces pour ne pas passer le pas. Après deux heures de torture, il se retrouvait souvent en train d'aller directement de la leçon à la rivière, en marchant à travers la ville jusqu'à un quartier peu étendu de maisons délabrées et d'hôtels à un étage où l'on pouvait acheter à des femmes vingt ou trente minutes de leur temps. C'était une solution déprimante, mais il n'avait pas d'alternative. Moins de deux ans auparavant, les plus jolies femmes de Hollywood se disputaient le privilège de coucher avec Hector. A présent, il casquait pour ça dans les ruelles sombres de Spokane, gaspillant le salaire d'une demi-journée en quelques minutes de soulagement.

Il n'était jamais venu à l'esprit d'Hector que Nora pût éprouver un sentiment pour lui. Il était un type lamentable, un homme indigne de considération, et si Nora était disposée à lui accorder de son temps, c'était seulement parce qu'elle avait pitié de lui, parce que c'était une jeune personne passionnée qui se voyait en salvatrice des âmes perdues. Sainte Brigitte, ainsi sa sœur l'avait-elle appelée, la martyre de la famille. Hector était le sauvage nu au cœur de l'Afrique et Nora la missionnaire américaine qui s'était frayé un chemin à travers la brousse dans le but d'améliorer son sort. Il n'avait jamais rencontré personne d'aussi candide, d'aussi plein d'espoir, d'aussi ignorant des forces obscures à l'œuvre dans le monde. Par moments, il se demandait si elle n'était pas simplement idiote. A d'autres, elle lui semblait posséder une sagesse rare et singulière. A d'autres moments encore, lorsqu'elle tournait les yeux vers lui avec cette expression intense et obstinée, il lui semblait que son cœur allait se rompre. Tel fut le paradoxe de l'année qu'il passa à Spokane. Nora lui rendait l'existence intolérable, et pourtant Nora était sa seule raison de vivre, la seule chose qui l'empêchait de faire ses bagages et de partir.

La moitié du temps, il craignait de tout lui avouer. L'autre moitié du temps, il avait peur d'être pris. Stegman suivit la piste d'Hector Mann pendant trois mois et demi avant de renoncer à nouveau. Là où la police avait échoué, le détective privé en avait fait autant, mais cela ne signifiait pas que la situation d'Hector fût plus sûre. O'Fallon s'était rendu plusieurs fois à Los Angeles dans le courant de l'automne et de l'hiver, et il paraissait vraisemblable qu'à un moment ou à un autre de ces visites Stegman lui avait montré des photographies d'Hector Mann. Et si O'Fallon avait remarqué la ressemblance entre son laborieux magasinier et l'acteur disparu ? Au début de février, peu de temps après être rentré de son dernier voyage en Californie, O'Fallon commença à considérer Hector d'un œil nouveau. Il paraissait plus alerte, en un sens, plus curieux, et Hector ne pouvait s'empêcher de se demander si le père de Nora n'avait pas la puce à l'oreille. Après des mois de silence et de mépris à peine dissimulé, le vieux faisait soudain attention à l'humble porteur de caisses qui trimait dans son

arrière-boutique. En guise de salut, les hoche-
ments de tête indifférents étaient remplacés par
des sourires et, de temps à autre, sans raison
particulière, O'Fallon donnait à son employé
une tape sur l'épaule et lui demandait comment
ça allait. Plus remarquable encore, il s'était mis
à ouvrir la porte quand Hector arrivait chez lui
pour sa leçon du soir. Il lui serrait la main comme
à un hôte bienvenu et puis, non sans un certain
embarras mais avec une bonne volonté évidente, il restait là un moment à discuter de la
pluie et du beau temps avant de se retirer dans
sa chambre à l'étage. De la part de n'importe
qui d'autre, ce comportement aurait paru normal,
le strict minimum requis par les règles de l'étiquette, mais dans le cas d'O'Fallon c'était proprement confondant et Hector ne s'y fiait pas. Il
y avait trop de choses en jeu pour qu'il se laisse
prendre à des sourires polis et à quelques mots
d'amitié et plus cette amabilité factice durait,
plus Hector s'en inquiétait. A la mi-janvier, il
avait l'impression que ses jours à Spokane étaient
comptés. Un piège lui était tendu, et il devait se
tenir prêt à filer de la ville à tout moment, à s'enfuir dans la nuit et à ne jamais plus montrer là
son visage.

C'est alors que le second coup fut frappé. Au
moment même où Hector s'apprêtait à débiter
à Nora son discours d'adieu, O'Fallon l'intercepta
dans l'arrière-boutique, un après-midi, et lui
demanda si une augmentation l'intéresserait.
Goines m'a donné sa démission, expliqua-t-il.
Le cogérant partait à Seattle s'occuper de l'imprimerie de son beau-frère, et O'Fallon souhaitait le remplacer le plus rapidement possible. Il
savait qu'Hector n'avait pas l'expérience de la
vente mais il l'avait tenu à l'œil, dit-il, il avait

observé la façon dont il accomplissait son travail, et il ne pensait pas qu'il lui faudrait longtemps pour maîtriser ce nouveau boulot. Il aurait plus de responsabilités et des journées plus longues, mais son salaire serait doublé. Voulait-il y réfléchir, ou était-il prêt à accepter ? Hector était prêt à accepter. O'Fallon lui serra la main, le félicita pour cette promotion et puis lui donna congé pour le restant de la journée. Comme Hector allait sortir du magasin, O'Fallon le rappela, néanmoins. Ouvre le tiroir-caisse et prends un billet de vingt dollars, dit le patron. Et puis va au bout de la rue chez Pressler et achète-toi un costume neuf, quelques chemises blanches et une paire de nœuds papillons. Ce n'est plus dans l'arrière-boutique que tu travailleras désormais, il faut que tu présentes bien.

Pratiquement parlant, O'Fallon confiait à Hector la conduite de ses affaires. Il lui avait donné le titre de cogérant, mais en réalité le *co-* était de trop. Hector était chargé de faire marcher la boutique et O'Fallon, qui était officiellement le gérant de sa propre entreprise, ne gérait rien. Red passait trop peu de temps sur place pour se soucier de détails mineurs et lorsqu'il eut compris que cet étranger ambitieux et arriviste était capable d'assumer les responsabilités de son nouvel emploi, il ne prit plus que rarement la peine d'y passer. Il était si las des affaires, à ce moment-là, qu'il n'apprit même jamais le nom du nouveau magasinier.

Hector excella dans le rôle de gérant *de facto* de Red's Sporting Goods. Après la longue année d'isolement à la fabrique de tonneaux de Portland et l'enfermement solitaire dans l'arrière-boutique d'O'Fallon, il accueillait avec joie l'occasion de se retrouver en compagnie. Le magasin était comme un petit théâtre et le rôle qu'on lui avait confié était, pour l'essentiel, le même qu'il avait tenu dans ses films : Hector, le sous-fifre consciencieux, le fringant employé au nœud papillon. La seule différence, c'était qu'il s'appelait désormais Herman Loesser, et qu'il devait jouer sérieux. Pas de chute sur le cul, ici, pas de contorsions burlesques ni de coups sur la tête. Son emploi consistait à persuader, à vérifier les comptes et à vanter les vertus du sport. Mais personne n'avait dit qu'il devait faire tout cela avec un visage morose. Il avait de nouveau un public en face de lui et de nombreux accessoires sous la main, et dès qu'il eut assimilé la routine, ses vieux instincts de comédien lui revinrent en force. Il charmait les clients par sa faconde, les captivait par ses démonstrations de gants de base-ball et de techniques de pêche à la mouche et s'assurait leur fidélité par la bonne volonté avec laquelle il pratiquait des remises de cinq, dix et jusqu'à quinze pour cent sur les prix indiqués. Les bourses étaient plates en 1931, mais le sport constituait une distraction peu onéreuse, une bonne façon de ne pas penser à ce qu'on ne pouvait pas se payer, et Red's continuait à faire des affaires. Les gamins joueraient au ballon quelles que fussent les circonstances, et les hommes ne cesseraient jamais de lancer des lignes au bord des rivières ni de tirer des balles dans le corps des animaux sauvages. Et puis, à ne pas oublier, il y avait la question des tenues. Pas seulement pour les équipes des écoles et collèges des environs, mais aussi pour les deux cents membres du club de bowling du Rotary, les dix escouades de l'association de basket-ball du Secours catholique et les alignements de trois douzaines de tenues pour les joueurs amateurs de soft-ball. O'Fallon s'était emparé de ce marché une quinzaine d'années plus tôt et, chaque saison, les commandes continuaient de rentrer, aussi précises et régulières que les phases de la lune.

Un soir de la mi-avril, comme Hector et Nora arrivaient à la fin de leur leçon du mardi, Nora se tourna vers lui et lui annonça qu'on l'avait demandée en mariage. Cette déclaration, faite de but en blanc, n'avait aucun rapport avec rien de ce qui l'avait précédée et pendant une ou deux secondes Hector ne fut pas certain d'avoir bien entendu. Une révélation de ce genre était d'habitude accompagnée d'un sourire, peut-être même d'un rire, mais Nora ne souriait pas et ne paraissait pas du tout contente de lui faire cette confidence. Hector demanda le nom de l'heureux jeune homme. Nora secoua la tête, regarda le tapis et se mit à tripoter sa robe de coton bleu. Quand elle releva les yeux, des larmes y scintillaient. Ses lèvres frémirent mais, avant d'avoir pu dire quoi que ce fût, elle se leva d'un mouvement brusque, mit la main sur sa bouche et sortit précipitamment du salon.

Elle était partie avant qu'il eût pris conscience de ce qui arrivait. Il n'avait même pas eu le temps de l'appeler, et quand il entendit Nora monter l'escalier en courant et puis claquer derrière elle la porte de sa chambre, il comprit qu'elle ne redescendrait pas ce soir-là. La leçon était terminée. Il aurait dû partir, se disait-il, mais plusieurs minutes s'écoulèrent sans qu'il bougeât du canapé. Au bout d'un moment, O'Fallon entra dans le salon. Il était à peine plus de neuf heures, et Red était dans l'état qui lui était habituel en soirée, pas au point, cependant, de perdre l'équilibre. Il fixa Hector des yeux et resta un temps considérable à dévisager son cogérant, à le regarder de haut en bas avec un petit sourire qui lui tordait la partie inférieure de la bouche. Hector n'aurait pu dire si c'était un sourire de pitié ou de moquerie. Cela avait l'air des deux à la fois, d'une certaine façon, d'une sorte de dédain apitoyé, si une telle chose est possible, et Hector, embarrassé, y voyait comme un signe d'une hostilité sourde qu'O'Fallon n'avait plus manifestée depuis des mois. Finalement, il se leva et demanda : Nora va se marier ? Le patron eut un petit rire sarcastique. Comment diable le saurais-je ? fit-il. Pourquoi tu ne lui demandes pas toi-même ? Et puis, répondant à son propre rire par un grognement, O'Fallon se détourna et sortit de la pièce.

Le surlendemain soir, Nora s'excusa de son éclat. Elle se sentait mieux à présent, dit-elle, et la crise était passée. Elle avait refusé, et voilà tout. Affaire classée, plus de raison de s'en faire. Albert Sweeney était quelqu'un de bien, mais ce n'était qu'un gamin et elle était fatiguée des gamins, surtout des gosses de riches qui vivaient de l'argent de leurs pères. Si elle se mariait un jour, ce serait avec un homme, avec quelqu'un qui connaissait la vie et était capable de se prendre en charge. Hector lui fit remarquer qu'elle ne pouvait pas reprocher à Sweeney d'avoir un père riche. Ce n'était pas de sa faute et, d'ailleurs, quel mal y avait-il à être riche, de toute façon ? Rien, répondit Nora. Elle n'avait simplement pas envie de l'épouser, c'était tout. Le mariage, c'était pour toujours, et elle ne dirait pas oui tant que l'homme de sa vie ne se serait pas présenté.

Nora recouvra bientôt sa bonne humeur, mais les relations d'Hector avec O'Fallon semblaient entrées dans une phase nouvelle et déconcertante. Le moment décisif avait été l'épreuve de force dans le salon, avec le long regard et le rire bref et railleur ; à partir de ce soir-là, Hector se sentit de nouveau sous surveillance. Quand O'Fallon venait au magasin, désormais, il ne prenait aucune part aux transactions ni aux rapports avec les clients. Au lieu de donner un coup de main ou de s'occuper de la caisse quand les affaires marchaient fort, il s'installait dans un fauteuil devant l'étalage des raquettes de tennis et des gants de golf et lisait en silence les journaux du matin, en relevant de temps en temps les yeux, avec ce sourire caustique qui lui déformait le bas de la bouche. C'était comme s'il avait considéré son adjoint avec l'amusement que lui auraient inspiré un animal familier ou un jouet mécanique. Hector lui faisait gagner de bon argent et travaillait dix à onze heures par jour pour qu'il puisse mener une vie de semi-retraite, mais tous ces efforts semblaient ne rendre O'Fallon que plus sceptique, plus condescendant. Hector, méfiant, faisait semblant de ne rien remarquer. Ce n'était pas grave d'être considéré comme un sot trop zélé, raisonnait-il, et peut-être même de s'entendre appeler *muchacho* ou *el señor*, mais on ne pouvait pas se sentir proche d'un tel homme et, chaque fois qu'il entrait dans la pièce, on s'assurait d'avoir le dos tourné vers le mur.

Quand il vous invitait à son club de golf, néanmoins, en vous proposant de faire dix-huit trous avec lui par un dimanche matin radieux du début de mai, vous ne disiez pas non. Vous ne refusiez pas davantage lorsqu'il offrait de vous payer à déjeuner au Bluebell Inn, pas une fois mais deux en l'espace d'une seule semaine, en insistant les deux fois pour que vous commandiez les plats les plus coûteux du menu.

Du moment qu'il ignorait votre secret, du moment qu'il ne soupçonnait pas ce que vous faisiez à Spokane, vous pouviez tolérer le poids de sa surveillance constante. Vous la supportiez précisément parce que vous trouviez sa compagnie insupportable, parce que vous aviez pitié de l'épave qu'il était devenu, parce que chaque fois que vous entendiez la désolation cynique dont sa voix était imprégnée, vous saviez que vous étiez en partie responsable de l'y avoir mise.

Leur deuxième déjeuner au Bluebell Inn eut lieu un mercredi midi, à la fin de mai. Si Hector s'était attendu à ce qui allait arriver, il aurait sans doute réagi autrement, mais après vingt-cinq minutes de bavardage insignifiant, la question d'O'Fallon le prit au dépourvu. Ce soir-là, de retour dans sa pension à l'autre bout de la ville, Hector écrivit dans son journal que l'univers avait changé de forme pour lui en un instant. *J'ai tout raté. Je n'ai rien compris. La terre est le ciel, le soleil est la lune, les rivières sont des montagnes. J'ai regardé un monde qui n'existe pas.* Et puis, ayant encore frais en mémoire les événements de la mi-journée, il rapporta mot pour mot sa conversation avec O'Fallon :

Et alors, Loesser, lui avait soudain demandé O'Fallon, dis-moi quelles sont tes intentions.

Je ne comprends pas ce mot, répondit Hector. J'ai un superbe steak devant moi et j'ai bien l'intention de le manger. C'est ça que vous voulez savoir ?

Tu es un type intelligent, *chico*. Tu sais ce que je veux dire.

Je vous demande pardon, monsieur, mais ces intentions m'embrouillent. Je ne saisis pas.

Tes intentions à long terme.

Ah, oui, je vois. Vous voulez parler de l'avenir, de ce que j'envisage pour l'avenir. Je peux vous dire à coup sûr que mes seules intentions sont de continuer comme ça. De continuer à travailler pour vous. De faire de mon mieux pour le magasin.

Et quoi d'autre ?

Il n'y a rien d'autre, Mr O'Fallon. Je le dis de tout mon cœur. Vous m'avez donné une chance considérable, et je suis décidé à ne pas la gaspiller.

Et, à ton avis, qui m'a convaincu de te donner cette chance ?

Je n'en sais rien. J'ai toujours pensé que c'était votre décision, que c'était vous qui m'aviez donné cette chance.

C'était Nora.

Miss O'Fallon ? Elle ne m'en a rien dit. Je ne me doutais pas qu'elle était responsable. Je lui dois déjà tellement et maintenant, apparemment, ma dette envers elle est encore plus grande. Je me sens confus de ce que vous me dites.

Ça t'amuse de la voir souffrir ?

Miss Nora, souffrir ? Et pourquoi elle souffrirait ? C'est une jeune fille remarquable, pleine de vie, tout le monde l'admire. Je sais qu'elle a le cœur lourd des chagrins familiaux – tout comme vous, monsieur – mais à part les larmes qu'elle verse parfois pour sa sœur absente, je ne l'ai jamais vue que joyeuse et énergique.

Elle est forte. Elle fait bonne figure.

Ça me fait de la peine d'entendre ça.

Albert Sweeney l'a demandée en mariage le mois dernier, et elle a refusé. Pourquoi crois-tu qu'elle a fait ça ? Le père de ce garçon est Hiram Sweeney, le sénateur de l'Etat, le républicain le plus puissant du pays. Elle aurait pu vivre de ses rentes pendant les cinquante années à venir, et elle a refusé. Qu'est-ce que tu en penses, Loesser ?

Elle m'a dit qu'elle ne l'aimait pas.

C'est juste. Parce qu'elle en aime un autre. Et qui est cet autre, à ton avis ?

Il m'est impossible de répondre à cette question. Je ne sais rien des sentiments de Miss Nora, monsieur.

Tu n'es pas de la pédale, dis-moi, Loesser ?

Je vous demande pardon, monsieur ?

De la pédale. Une tante. Un homo.

Bien sûr que non.

Alors pourquoi tu ne fais pas quelque chose ?

Vous parlez par énigmes, Mr O'Fallon. Je ne saisis pas.

Je suis fatigué, fils. Je n'ai plus de raisons de vivre à présent, sauf une, et lorsque celle-là aura son avenir assuré, je ne demande plus qu'à clamecer en paix. Aide-moi, et je suis disposé à conclure un marché avec toi. Tu n'as qu'un mot à dire, *amigo*, et tout est à toi. Le magasin, l'affaire, tout le tremblement.

Vous proposez de me vendre votre affaire ? Je n'ai pas d'argent. Je ne suis pas en mesure d'accepter un tel marché.

Tu arrives dans la boutique l'été dernier en mendiant du boulot, et maintenant tu mènes la boutique. Tu es doué, Loesser. Nora avait raison en ce qui te concerne, et je ne compte pas la contrarier. J'ai fini de contrarier qui que ce soit. Ce qu'elle veut, elle l'aura.

Pourquoi parlez-vous tout le temps de Miss Nora ? Je pensais qu'il s'agissait d'une proposition d'affaire.

C'est bien ça. Mais pas à moins que tu ne me donnes cette satisfaction. Ce n'est pas comme si je te demandais une chose dont tu n'as pas envie. Je vois bien comment vous vous regardez, tous les deux. Tout ce que tu as à faire, c'est jouer ta partie.

Qu'est-ce que vous êtes en train de dire, Mr O'Fallon ?

Réponds toi-même à cette question.

Je ne peux pas, monsieur. Vraiment, je ne peux pas.

Nora, idiot. C'est de toi qu'elle est amoureuse.

Mais je ne suis rien, rien du tout. Nora ne peut pas m'aimer !

Tu peux bien le penser, et je peux bien le penser, mais nous nous trompons, tous les deux. Le cœur de cette petite est en train de se briser, et que je sois maudit si je me contente de la regarder souffrir encore. J'ai déjà perdu deux gosses, et ça n'arrivera plus.

Mais je ne peux pas épouser Nora. Je suis juif, ça n'est pas permis.

Quelle espèce de juif ?

Juif. Il n'y a qu'une espèce de juif.

Tu crois en Dieu ?

Qu'est-ce que ça peut faire ? Je ne suis pas comme vous. Je viens d'un monde différent.

Réponds à ma question. Tu crois en Dieu ?

Non, je n'y crois pas. Je crois que l'homme est la mesure de toutes choses. Les bonnes et les mauvaises.

Alors nous avons la même religion. Nous sommes pareils, Loesser. La seule différence, c'est que tu comprends mieux l'argent que moi. Ça veut dire que tu seras capable de prendre soin d'elle. C'est tout ce que je veux. Prends soin de Nora, et alors je peux mourir d'une bonne mort.

Vous me mettez dans une situation difficile, monsieur.

Tu ne sais pas ce que c'est, difficile, *hombre*. Tu lui fais ta demande avant la fin de ce mois, ou bien je te fous à la porte. Tu comprends ? Je te foutrai à la porte, et puis je te chasserai de ce foutu Etat à coups de pied au cul.

Hector lui épargna cette peine. Quatre heures après être sorti du Bluebell Inn, il ferma le magasin pour la dernière fois, rentra chez lui et commença à faire ses bagages. A un moment de la soirée, il emprunta l'Underwood de sa propriétaire et dactylographia une lettre d'une page adressée à Nora, qu'il signa dans le bas des initiales H. L. Il ne pouvait pas prendre le risque de lui laisser un échantillon de son écriture, mais il ne pouvait pas non plus s'en aller sans explication, sans inventer une histoire quelconque pour justifier son départ soudain et mystérieux.

Il lui raconta qu'il était marié. C'était le plus gros mensonge qu'il pût trouver mais, tout compte fait, c'était moins cruel que ne l'aurait été un rejet pur et simple. Sa femme était tombée malade à New York et il lui fallait se hâter d'y aller pour s'occuper de cette urgence. Nora serait frappée, bien sûr, mais une fois qu'elle aurait compris qu'il n'y avait jamais eu d'espoir pour eux, qu'Hector lui avait été depuis le début indisponible, elle pourrait se remettre de cette déception sans cicatrices durables. O'Fallon ne serait sans doute pas dupe, mais même si le vieux soupçonnait la vérité, il était peu probable qu'il en fasse part à Nora. Son affaire, c'était de protéger la sensibilité de sa fille, et quelle objection verrait-il à la disparition de ce rien du tout, ce gêneur qui s'était infiltré dans ses bonnes grâces ? Il serait content d'être débarrassé d'Hector et, peu à peu, quand la poussière retomberait, le jeune Sweeney reviendrait faire sa cour et Nora recouvrerait son bon sens. Dans sa lettre, Hector la remerciait pour ses nombreuses bontés envers lui. Il ne l'oublierait jamais, disait-il. Elle était un esprit lumineux, une femme exceptionnelle et le seul fait de l'avoir connue pendant le peu de temps qu'il avait passé à Spokane avait changé sa vie pour toujours. Tout était vrai, et pourtant tout était faux. Chaque phrase, un mensonge, et pourtant chaque mot avait été écrit avec conviction. Il attendit jusqu'à trois heures du matin et puis se rendit chez elle et glissa la lettre sous la porte d'entrée de la maison – exactement comme sa sœur morte, Brigid, en une démarche similaire, deux ans et demi auparavant, avait un soir glissé une lettre sous sa porte à lui.

Il essaya de se tuer le lendemain dans le Montana, raconta Alma, et trois jours plus tard il essaya de nouveau à Chicago. La première fois, il s'enfonça le revolver dans la bouche ; la seconde, il appuya le canon contre son œil gauche – mais ni la première, ni la seconde fois il ne parvint à passer à l'acte. Il avait pris une chambre dans un hôtel de South Wabash, en bordure de Chinatown, et après sa deuxième tentative manquée il sortit dans la chaleur étouffante de la nuit de juin à la recherche d'un endroit où se saouler. S'il pouvait se verser suffisamment d'alcool dans le corps, il pensait que ça lui donnerait le courage de sauter à l'eau et de se noyer avant la fin de la nuit. Tel était son plan, en tout cas, mais peu après son départ en quête de la bouteille, il tomba sur quelque chose de mieux que la mort, mieux que la simple damnation qu'il poursuivait. Elle s'appelait Sylvia Meers et, sous sa direction, Hector apprit qu'il pouvait continuer à se tuer sans avoir à en finir. Ce fut elle qui lui enseigna comment boire son propre sang, qui lui fit découvrir le plaisir de dévorer son propre cœur.

Il la rencontra dans un bar à gin de Rush Street, plantée devant le comptoir au moment où il allait commander son deuxième verre. Elle n'était pas bien belle mais le prix qu'elle demandait était si négligeable qu'Hector se surprit à accepter ses conditions. Il serait mort avant la fin de la nuit, de toute façon, et que pouvait-il y avoir de plus approprié que de passer ses dernières heures sur terre avec une putain ?

Elle l'emmena de l'autre côté de la rue, dans une chambre de l'hôtel White House, et lorsqu'ils eurent terminé leur affaire sur le lit, elle lui demanda si ça lui plairait de recommencer. Hector refusa en expliquant qu'il n'avait pas assez d'argent pour s'offrir une autre tournée, mais quand elle lui dit qu'il n'aurait pas à payer de supplément, il haussa les épaules, dit : Pourquoi pas ? et entreprit de la monter une deuxième fois. Ce bis s'acheva bientôt par une nouvelle éjaculation et Sylvia Meers sourit. Elle complimenta Hector pour sa performance, et puis elle lui demanda s'il croyait avoir de quoi recommencer une fois de plus. Pas tout de suite, répondit Hector, mais si elle lui accordait une demi-heure, il n'y aurait sans doute pas de problème. Ça ne me suffit pas, dit-elle. S'il pouvait y arriver en vingt minutes, elle lui ferait encore un cadeau, mais il fallait qu'il bande à nouveau dans dix minutes. Elle regarda la pendulette sur la table de chevet. Dix minutes à compter de maintenant, dit-elle, à partir du moment où l'aiguille des secondes passera sur le douze. Tel était le marché. Dix minutes pour se mettre en forme, et puis dix minutes pour terminer le travail. S'il perdait ses moyens à un moment quelconque de l'opération, il devrait lui rembourser la fois précédente. Telle serait la pénalité. Trois fois pour le prix d'une, ou alors il crachait pour la séance entière. Qu'est-ce que ce serait ? Voulait-il se tirer tout de suite, ou pensait-il pouvoir y arriver sous la contrainte ?

Si elle n'avait pas souri en posant cette question, Hector l'aurait prise pour une folle. Les putes n'offrent pas leurs services gratis, et elles ne lancent pas de défis à la virilité de leurs clients. Ça, c'était le fait des spécialistes du fouet et de celles qui haïssent les hommes en secret, celles qui font trafic de la souffrance ainsi que d'humiliations bizarres, mais Meers lui faisait l'effet d'une fille insouciante et enjouée, et elle avait moins l'air de se payer sa tête que d'essayer de le persuader de se prêter à un jeu. Non, pas exactement à un jeu, plutôt à une expérience, à un examen scientifique de l'endurance à la copulation de son membre deux fois épuisé. Peut-on ressusciter un mort, semblait-elle demander, et, si oui, combien de fois ? Deviner n'était pas admis. Pour arriver à des résultats concluants, l'étude devait être soumise aux plus strictes des conditions de laboratoire.

Hector lui rendit son sourire. Meers était étalée sur le lit, une cigarette à la main – confiante, détendue, parfaitement à l'aise dans sa nudité. Qu'y avait-il là-dessous, pour elle ? voulut-il savoir. Du fric, dit-elle, des tas de fric. En voilà une bien bonne, fit Hector. Elle lui offrait ça pour rien et en même temps elle parlait de s'enrichir. Quelle idiotie était-ce là ? Aucune idiotie, répliqua-t-elle, de l'astuce. Il y avait du fric à se faire, et s'il réussissait à bander de nouveau dans les neuf minutes, il était placé pour se le faire avec elle.

Elle éteignit sa cigarette et se mit à se promener les mains sur le corps, à se flatter les seins et à se lisser le ventre du plat des paumes, à suivre du bout des doigts l'intérieur de ses cuisses, venant caresser sa toison, sa vulve et son clitoris, s'ouvrant à lui, bouche entrouverte, la langue pointée entre les lèvres. Hector ne resta pas insensible à ces provocations classiques. Lentement mais sûrement, le mort sortait de sa tombe et quand elle vit ce qui se passait, Meers produisit un bruit de gorge, un petit chantonnement coquin, une seule note prolongée qui semblait combiner approbation et encouragement. Lazare respirait à nouveau. Elle se roula sur le ventre en marmonnant un chapelet de mots obscènes et en gémissant de feinte jouissance, et puis elle se souleva, le cul en l'air, et invita Hector à la pénétrer. Hector n'était pas tout à fait prêt mais lorsqu'il appuya son pénis contre les plis des lèvres écarlates, il se raidit assez pour y arriver. Il était quasiment vidé, à la fin, mais quelque chose sortit de lui en plus de la sueur, suffisamment en tout cas pour rendre la démonstration valable, et quand il glissa finalement hors d'elle et s'effondra sur les draps, elle se tourna vers lui et l'embrassa sur la bouche. Dix-sept minutes, dit-elle. Il l'avait fait trois fois en moins d'une heure, et c'était ça qu'elle cherchait. S'il le voulait, elle était d'accord pour faire de lui son partenaire.

Hector n'avait aucune idée de ce dont elle parlait. Elle s'expliqua, et comme il ne comprenait toujours pas ce qu'elle tentait de lui dire, elle le lui expliqua de nouveau. Il y avait des hommes, dit-elle, des richards de Chicago, des richards de tout le Middle West, qui étaient prêts à payer le prix fort pour voir des gens en train de baiser. Oh, fit-il, tu veux dire des films pornos, des films de cul. Non, répliqua Meers, rien de ces trucs bidon. Du spectacle vivant. De la baise réelle devant des gens réels.

Il y avait un moment qu'elle faisait ça, dit-elle, mais le mois d'avant son partenaire avait été arrêté à l'occasion d'un cambriolage loupé. Pauvre Al. Il buvait trop, de toute façon, il n'y arrivait plus que difficilement. Même s'il ne s'était pas foutu hors service, il aurait sans doute été temps de lui chercher un remplaçant. Au cours des deux dernières semaines, trois ou quatre autres candidats avaient survécu au test mais aucun de ces bonshommes ne pouvait se mesurer à Hector. Elle aimait bien son corps, déclarat-elle, elle aimait bien sentir sa queue, et elle trouvait qu'il avait un visage sensationnel.

Ah, non, protesta Hector. Il ne montrerait jamais son visage. Si elle voulait qu'il travaille avec elle, il faudrait qu'il porte un masque.

Ce n'était pas par pruderie. Ses films avaient eu du succès à Chicago et il ne pouvait prendre le risque qu'on le reconnût. Remplir sa part du contrat serait bien assez difficile, il ne voyait pas comment il pourrait y arriver s'il devait s'exécuter sous l'empire de la frayeur, si, chaque fois qu'il se présenterait devant un public, il devait s'inquiéter à l'idée que quelqu'un pût l'appeler par son nom. C'était sa seule condition, dit-il. Qu'elle le laisse dissimuler son visage, et elle pouvait compter sur lui.

Meers se montra dubitative. Pourquoi exhiber sa bite devant tout le monde et puis ne pas vouloir qu'on sache qui il était ? Si elle était un homme, insistait-elle, elle serait fière d'avoir ce qu'il avait. Elle aurait envie que tout le monde sache que ça lui appartenait.

Mais les gens ne seraient pas là pour le regarder lui, insista Hector. C'était elle, la star, et moins le public penserait à ce qu'il était, plus leur spectacle serait torride. Qu'on lui mette un masque, et il n'aurait plus de personnalité, plus de caractères distinctifs, rien qui puisse interférer avec les fantasmes des hommes qui les regarderaient. Ils n'avaient pas envie de le voir baiser Sylvia, dit-il, ils avaient envie d'imaginer qu'ils étaient eux-mêmes en train de la baiser. Rendu anonyme, il ne serait plus qu'un engin du désir masculin, représentatif de chacun des hommes présents. Sire Étalon le bien pourvu tringlant le corps insatiable de Dame Con. N'importe quel homme et, par conséquent, chacun d'entre eux. Mais une seule femme, conclut-il, toujours et à jamais une seule femme, et cette femme s'appelait Sylvia Meers.

Meers se laissa convaincre. C'était sa première leçon en tactique du spectacle et même si elle ne suivait pas tout ce qu'Hector lui disait, elle en aimait le ton, elle appréciait qu'il veuille lui laisser la vedette. Quand il en arriva à l'appeler Dame Con, elle rit aux éclats. Où avait-il appris à parler comme ça ? lui demanda-t-elle. Elle n'avait jamais rencontré un type capable de donner à quelque chose un air à la fois aussi cochon et aussi beau.

Le sordide se rétribue de lui-même, fit Hector, adoptant délibérément un langage qui la dépassait. Si un homme décide de s'enfoncer dans sa tombe, quelle meilleure compagnie pour lui qu'une femme au sang chaud ? Il meurt plus lentement, ainsi, et tant que leurs deux chairs sont jointes, il peut vivre du relent de sa propre corruption.

Meers rit de nouveau, elle n'avait rien compris aux propos d'Hector. Cela sonnait à son oreille comme des paroles bibliques, comme le discours des prêcheurs et des colporteurs de l'Evangile, mais Hector avait débité son petit poème avec tant de calme, avec un sourire si gentil et si amical qu'elle supposa qu'il plaisantait. Pas un instant elle ne se douta qu'il venait de lui confier ses secrets les plus intimes, qu'elle avait en face d'elle un homme qui, quatre heures plus tôt, assis sur le lit de sa chambre d'hôtel, avait appuyé contre sa tempe, pour la deuxième fois de la semaine, un revolver chargé. Hector s'en réjouit. Quand il vit l'incompréhension dans son regard, il se félicita de sa chance d'être tombé sur une poule aussi bornée, aussi terne. Si longtemps qu'il dût rester en sa compagnie, il savait qu'il serait toujours seul lorsqu'ils seraient ensemble.

Meers avait un peu plus de vingt ans, c'était une fille de fermiers du Dakota du Sud qui s'était enfuie de chez elle à seize ans, était arrivée à Chicago un an plus tard et avait commencé à faire le trottoir le mois où Lindbergh avait traversé l'Atlantique. Elle n'avait rien d'attirant, rien qui la différenciât de mille autres prostituées dans mille autres chambres d'hôtel au même instant. Blonde platinée, le visage rond, des yeux gris sans éclat et les joues parsemées de traces d'acné, elle faisait preuve d'une certaine crânerie de fille facile, mais elle n'avait aucune magie, aucun charme capable de susciter un intérêt durable. Elle avait le cou trop court par rapport au corps, de petits seins un peu affaissés

216

et déjà une légère accumulation de graisse super-
flue aux hanches et aux fesses. Alors qu'Hector
et elle mettaient au point les termes de leur
accord (un partage à soixante-quarante, qu'Hector trouvait plus que généreux), il se détourna
soudain, conscient qu'il ne pourrait pas aller jusqu'au bout s'il continuait à la regarder. Qu'est-ce
qui se passe, Herm, demanda-t-elle, tu te sens
pas bien ? Je me sens très bien, répondit Hector,
en gardant les yeux fixés sur une écaillure du
plâtre à l'autre bout de la chambre. Je ne me
suis jamais senti mieux de ma vie. Je suis si heureux que je pourrais ouvrir la fenêtre et me
mettre à crier comme un cinglé. Voilà comment
je me sens, poupée. Complètement fou, complètement fou de joie.

Six jours après, Hector et Sylvia effectuèrent
leur première séance en public. Entre cet enga-
gement initial, au début de juin, et leur dernière
exhibition, à la mi-décembre, Alma avait calculé
qu'ils s'étaient produits ensemble à peu près
quarante-sept fois. La plupart du temps, ils travaillaient à Chicago et dans ses environs, mais
certaines réservations venaient d'aussi loin que
Minneapolis, Detroit ou Cleveland. Les lieux
étaient variables, de boîtes de nuit en suites d'hôtel, d'entrepôts et de bordels en immeubles de
bureaux et résidences privées. Leur public le plus
nombreux consista en une centaine de spectateurs (lors d'une fête organisée par une confrérie
d'étudiants à Normal, Illinois) et le plus réduit en
un seul (à dix occasions différentes, répétées pour
le même homme). Le programme était modifié
selon les désirs des clients. Parfois, Hector et Sylvia montaient de petites scènes, avec costumes

et dialogues, et d'autres fois ils ne faisaient qu'entrer nus et baiser en silence. Les sketchs étaient fondés sur les plus conventionnelles des rêveries érotiques et marchaient le mieux, en général, devant des assemblées réduites ou moyennes. Le plus demandé était le numéro de l'infirmière et de son patient. Les gens semblaient aimer voir Sylvia enlever son uniforme blanc amidonné et ne manquaient jamais d'applaudir quand elle commençait à débarrasser le corps d'Hector de ses bandages de gaze. Il y avait aussi le scandale du confessionnal (qui se terminait avec le viol de la religieuse par le prêtre) et, plus raffinée, la conversation de deux libertins qui se rencontraient lors d'un bal dans la France prérévolutionnaire. Dans presque tous les cas, les spectateurs étaient exclusivement masculins. Les groupes les plus importants (soirées de célibataires, célébrations d'anniversaires) étaient en général très tapageurs, tandis que les plus petits ne faisaient pratiquement aucun bruit. Banquiers et avocats, hommes d'affaires et politiciens, athlètes, agents de change et représentants des grosses fortunes oisives : tous regardaient, fascinés, comme ensorcelés. Le plus souvent, deux ou trois d'entre eux au moins défaisaient leur braguette et commençaient à se masturber. Un couple marié de Fort Wayne, dans l'Indiana, qui avait loué les services du duo pour une représentation privée à domicile, alla jusqu'à se déshabiller pendant la séance et se mettre à faire l'amour. Meers ne s'était pas trompée, Hector s'en apercevait. On pouvait se faire beaucoup d'argent si l'on osait donner aux gens ce qu'ils désiraient.

Il avait loué un petit studio dans le North Side et, sur chaque dollar gagné, il donnait soixante-quinze cents à une œuvre de bienfaisance. Il glissait des billets de dix et de vingt dollars dans le tronc de l'église Saint-Anthony, envoyait des dons anonymes à la congrégation B'nai Avraham et distribuait sans compter sa monnaie aux mendiants aveugles et estropiés qu'il rencontrait sur les trottoirs de son quartier. Quarante-sept représentations, cela dut faire en moyenne un petit peu moins de deux par semaine. Il restait donc cinq jours libres et Hector en passait la plus grande partie en reclus, terré chez lui, à lire des livres. Son univers s'était scindé en deux, disait Alma ; son corps et son esprit ne se parlaient plus. Il était exhibitionniste et ermite, débauché fou et moine solitaire, et s'il parvint à survivre aussi longtemps qu'il le fit à ces contradictions internes, ce fut seulement parce qu'il engourdit volontairement sa conscience. Finie, la lutte pour le bien, fini de faire semblant de croire aux vertus du renoncement. Son corps avait pris les commandes et moins il pensait à ce que son corps faisait, mieux il réussissait à le faire. Alma avait remarqué que pendant cette période il avait cessé d'écrire dans son journal. Ne s'y trouvaient que de petites inscriptions sèches concernant l'heure et le lieu de ses rendez-vous avec Sylvia – une page et demie en six mois. Alma y voyait un signe de la peur qu'il avait de se regarder, le comportement d'un homme qui aurait caché tous les miroirs de sa maison.

La seule fois où il éprouva de la difficulté, ce fut la première, ou plutôt juste avant la première, quand il ne savait pas encore s'il serait à la hauteur. Heureusement, Sylvia avait réservé cette primeur à une assistance réduite à un seul homme. Cela rendait la chose à peu près supportable : se montrer en public de manière privée, en quelque sorte, avec une seule paire d'yeux fixée sur lui et non vingt, cinquante ou cent. Dans ce cas-ci, les yeux appartenaient à Archibald Pierson, un juge à la retraite âgé de soixante-dix ans, qui vivait seul dans une maison de style Tudor à Highland Park. Sylvia y était déjà allée une fois avec Al et quand Hector et elle montèrent en taxi le jour dit et se dirigèrent vers leur destination dans les faubourgs, elle le prévint qu'ils devraient sans doute s'exécuter deux fois, peut-être même trois. Le vieux avait le béguin pour elle. Il y avait des semaines qu'il l'appelait, dit-elle, désespérément anxieux de savoir quand elle reviendrait, et elle avait marchandé, faisant petit à petit monter le tarif jusqu'à deux cent cinquante le coup, le double de ce que ç'avait été la fois précédente. Je suis pas empotée quand il s'agit de négocier, annonça-t-elle avec fierté. Si on exploite bien cet imbécile, mon petit Hermie, il pourrait devenir notre ticket-repas.

Il s'avéra que Pierson était un petit vieillard timide et effarouché – mince comme une alène de cordonnier, avec une abondante tignasse blanche peignée avec soin et d'immenses yeux bleus. Il avait revêtu pour l'occasion une veste de smoking en velours vert et, tout en introduisant Hector et Sylvia dans le salon, il ne cessait de se racler la gorge et de lisser le devant de sa veste, comme s'il se sentait mal à l'aise en cet accoutrement de dandy. Il leur offrit des cigarettes, leur offrit à boire (ce qu'ils refusèrent, l'un et l'autre) et puis annonça qu'il avait l'intention, pour accompagner leur numéro, de faire passer un disque, le *Sextuor à cordes n° 1 en* si *bémol de Brahms*. Sylvia gloussa en entendant le mot *sextuor*, inconsciente du fait qu'il s'agissait du nombre d'instruments dans ce morceau, mais le juge ne fit pas de commentaire. Pierson complimenta alors Hector pour son masque – qu'Hector s'était glissé sur le visage avant d'entrer dans la maison – en disant qu'il trouvait cela fascinant, un trait de génie. Je crois que ceci va me plaire, dit-il. Je vous félicite pour le choix de votre partenaire, Sylvia. Celui-ci a infiniment plus d'allure que n'en avait Al.

Le juge aimait qu'on reste simple. Costumes provocants, dialogues suggestifs ou scènes artificiellement dramatiques ne l'intéressaient pas. Tout ce qu'il voulait, déclara-t-il, c'était regarder leurs corps, et, sitôt terminée la conversation préliminaire, il les envoya se déshabiller dans la cuisine. Pendant leur absence, il mit le gramophone en marche, éteignit les lampes et alluma une demi-douzaine de bougies dispersées dans la pièce. C'était du théâtre sans théâtre, une représentation brute de la vie même. Hector et Sylvia devaient entrer nus dans la pièce et puis se livrer à leurs ébats sur le tapis d'Orient. C'était tout. Hector ferait l'amour à Sylvia et à l'instant d'atteindre l'orgasme, il se retirerait d'elle et éjaculerait sur ses seins. Tout se ramenait à ça, disait le juge. L'essentiel était le jaillissement, et plus loin celui-ci irait en l'air, plus ça lui ferait plaisir.

Lorsqu'ils eurent enlevé leurs vêtements dans la cuisine, Sylvia s'approcha d'Hector et se mit à lui parcourir le corps de ses mains. Elle l'embrassa dans le cou, retira le masque pour embrasser son visage et puis prit au creux de sa main son pénis flasque et le caressa jusqu'à ce qu'il se raidisse. Hector était content d'avoir pensé au masque. Grâce à lui, il se sentait moins vulnérable, moins honteux de s'exposer à la vue du vieillard ; il était nerveux, néanmoins, et il accueillait avec reconnaissance la chaleur des caresses de Sylvia, il appréciait qu'elle s'efforçât de le débarrasser de son trac. Elle était la vedette, sans doute, mais elle savait que c'était à lui de faire ses preuves. Hector ne pouvait, comme elle, simuler ; il ne pouvait pas se contenter d'accomplir les gestes d'un plaisir feint en faisant semblant de jouir. Il avait quelque chose de réel à produire à la fin du numéro et s'il n'y allait pas avec une authentique conviction, il n'avait aucune chance d'y arriver.

Ils entrèrent dans le salon en se tenant par la main, deux sauvages nus dans une jungle de miroirs aux cadres dorés et d'écritoires Louis XV. Pierson était déjà installé dans son fauteuil à l'extrémité de la pièce : un grand fauteuil de cuir à oreilles qui paraissait l'engloutir et lui donnait l'air plus mince et plus sec encore qu'il ne l'était. Il avait à sa droite le phonographe, sur le plateau duquel tournait le sextuor de Brahms. A sa gauche, un meuble bas, en acajou, couvert de boîtes laquées, de statuettes de jade et autres coûteuses chinoiseries. C'était une pièce pleine de noms et d'objets inamovibles, une enclave de pensées. Rien n'aurait pu être plus incongru dans cet environnement que l'érection qu'Hector portait en lui – que le spectacle de verbes se déployant soudain à quelques pas du fauteuil du juge.

Si ce qu'il voyait lui donnait du plaisir, le vieillard n'en manifesta rien. Il se leva deux fois pendant la séance pour changer le disque, mais en dehors de ces brèves interruptions mécaniques, il resta de bout en bout dans la même position, assis sur son trône de cuir avec une jambe croisée sur l'autre et les mains sur le ventre. Il ne se toucha pas, ne déboutonna pas son pantalon, ne sourit pas, n'émit pas un son. Ce n'est qu'à la fin, à l'instant où Hector se retira de Sylvia et où l'éruption désirée se produisit, qu'un petit bruit tremblotant parut se coincer dans la gorge du juge. Presque un sanglot, pensa Hector – ou encore… presque rien du tout.

Ce fut la première fois, racontait Alma, mais ce fut aussi la cinquième fois, et la onzième, et la dix-huitième et six autres fois encore. Pierson devint leur client le plus fidèle, et c'est à de nombreuses reprises qu'ils retournèrent dans cette maison de Highland Park pour s'y rouler sur le tapis et ramasser leur argent. Hector se rendait compte que rien ne rendait Sylvia plus heureuse que cet argent ; en deux mois, leur numéro lui en avait fait gagner suffisamment pour qu'elle pût cesser de vendre ses charmes à l'hôtel White House. La totalité n'allait pas dans sa poche, mais même lorsqu'elle en avait remis cinquante pour cent à l'homme qu'elle appelait son protecteur, il lui restait un revenu deux ou trois fois supérieur à ce qu'il avait été auparavant. Sylvia était une péquenaude sans éducation, une parvenue quasi illettrée qui s'exprimait en une confusion de doubles néga-tifs et d'impropriétés hallucinantes, mais elle se révéla douée pour les affaires. C'était elle qui organisait les rendez-vous, qui négociait avec les clients et qui s'occupait de tous les aspects pratiques : transport jusqu'au lieu de travail et retour, location de costumes, recherche de nou-veaux contrats. Hector n'avait jamais à se préoc-cuper de ces détails. Sylvia lui téléphonait pour l'informer du lieu et du moment de leur pro-chaine exhibition, et il n'avait rien d'autre à faire qu'attendre qu'elle passe le prendre chez lui en taxi. Telles étaient les règles tacites, les frontières de leur relation. Ils travaillaient ensemble, ils baisaient ensemble, ils gagnaient de l'argent ensemble, mais ils ne se soucièrent jamais de devenir amis et, sauf quand ils répétaient un nouveau sketch, ils ne se voyaient que lorsqu'ils se produisaient.

Depuis le début, Hector se sentait en sécurité avec elle. Elle ne posait pas de questions, ne se montrait pas curieuse de son passé, et pendant les six mois de leur collaboration, il ne la vit jamais regarder un journal et moins encore parler de l'actualité. Une fois, de manière indirecte, il fit allusion en passant à cet acteur du cinéma muet qui avait disparu quelques années plus tôt. Comment s'appelait-il déjà ? demanda-t-il en faisant claquer ses doigts et en feignant de chercher la réponse, mais comme la réaction de Sylvia se limitait à l'un de ses regards absents et indifférents, Hector en conclut que cette histoire ne lui disait rien. A un moment donné, toutefois, quelqu'un dut lui parler. Hector ne sut jamais qui c'était, mais il soupçonnait le bon ami de Sylvia – son soi-disant protecteur, Biggie Lowe, un malabar de cent vingt kilos qui avait commencé à Chicago comme videur dans un dancing et était à présent le gérant de nuit de l'hôtel White House. C'était peut-être Biggie qui l'avait mise sur le coup, en lui bourrant le crâne d'histoires d'argent facile et de projets de chantage sans risque, ou peut-être Sylvia qui, agissant à son propre compte, tentait d'extorquer à Hector quelques dollars supplémentaires. D'une manière ou d'une autre, elle céda à l'avidité et dès qu'Hector s'aperçut de ce qu'elle avait en tête, il ne lui resta plus qu'à fuir.

Cela se passa à Cleveland, moins d'une semaine avant Noël. Ils s'y étaient rendus en train à l'invitation d'un riche fabricant de pneus, avaient fini de jouer la scène des libertins français devant une bonne trentaine d'hommes et de femmes (qui s'étaient réunis chez l'industriel pour participer à une orgie privée semi-annuelle), et étaient à présent installés sur le siège arrière de la limousine de leur hôte, en route vers l'hôtel où ils passeraient quelques heures à dormir avant de rentrer à Chicago le lendemain après-midi. On venait de leur payer un prix record pour leur travail : mille dollars pour une seule séance de quarante minutes. La part d'Hector se montait en principe à quatre cents dollars mais quand Sylvia compta l'argent du magnat du pneu, elle n'en donna à son partenaire que deux cent cinquante.

Ça, c'est vingt-cinq pour cent, dit Hector. Tu m'en dois encore quinze.

Je ne crois pas, répliqua Meers. C'est ça que tu reçois, Herm, et si j'étais toi, je remercierais ma bonne veine.

Ah ? Et qu'est-ce qui justifie ce changement soudain de politique, chère Sylvia ?

S'agit pas de politique, mon lapin. S'agit de dollars et de cents. Je sais où se cache un certain bonhomme, maintenant, et si tu veux pas que j'aille dégoiser dans toute la ville, tu te contentes de vingt-cinq. Plus de quarante. Ce temps-là, c'est fini.

Tu baises comme une princesse, ma chérie. Tu comprends mieux le sexe que toutes les femmes que j'ai connues mais, côté réflexion, tu as des manques, non ? Tu veux mettre au point un nouvel accord, c'est bien. Tu viens me trouver et on en parle. Mais tu ne changes pas les règles sans m'avoir consulté.

OK, Mr Hollywood. Alors laisse tomber ton masque. Si tu fais ça, je réfléchirai peut-être.

Je vois. Alors c'est là que tu veux en venir.

Quand un type ne veut pas qu'on voie son visage, il a un secret, pas vrai ? Et quand une fille découvre ce que c'est, ce secret, les règles du jeu changent. J'ai conclu un marché avec Herm. Mais y a pas de Herm, hein ? Il s'appelle Hector, et maintenant on repart à zéro.

Elle pouvait repartir à zéro aussi souvent qu'elle le voudrait, mais ce ne serait plus avec lui. Quand la limousine s'arrêta devant l'hôtel Cuyahoga quelques secondes plus tard, Hector proposa à Sylvia d'en reparler le lendemain matin. Il voulait dormir là-dessus, dit-il, y réfléchir un moment avant de prendre une décision, mais il était certain qu'ils pourraient trouver une solution qui les satisferait tous les deux. Il lui fit un baisemain, comme il le faisait toujours pour lui dire au revoir après une séance – le geste mi-moqueur, mi-chevaleresque qui était devenu leur au revoir habituel. A la grimace triomphante qui s'épanouit sur le visage de Sylvia quand il porta sa main à ses lèvres, Hector comprit qu'elle n'avait aucune idée de ce qu'elle avait fait. Elle ne l'avait pas contraint, par chantage, à lui laisser une plus grande part de leurs gains, elle venait de mettre fin à leur numéro.

Il monta dans sa chambre, au septième étage, et, pendant vingt minutes, il se tint debout devant le miroir, le canon du revolver pressé contre sa tempe. Il fut sur le point de tirer, racontait Alma, il en fut plus près que les deux fois précédentes, mais quand la volonté lui manqua une fois encore, il déposa le revolver sur la table et sortit de l'hôtel. Il était quatre heures et demie du matin. Il marcha jusqu'au dépôt des cars Greyhound, à dix blocs d'habitations vers le nord, et s'acheta un billet pour le prochain car – ou celui d'après. Celui de six heures partait vers Youngstown et l'est, et celui de six heures cinq allait dans la direction opposée. Le neuvième arrêt du car à destination de l'ouest était Sandusky. C'était la ville dans laquelle il n'avait jamais passé son enfance, et en se rappelant combien ce nom lui avait jadis semblé beau, Hector décida de s'y rendre à présent – juste pour voir à quoi ressemblait son passé imaginaire.

C'était le matin du 21 décembre 1931. Il y avait soixante miles de Cleveland à Sandusky et Hector dormit pendant presque tout le trajet, ne se réveillant qu'à l'arrivée du car au terminal, deux heures et demie plus tard. Il avait en poche un peu plus de trois cents dollars : les deux cent cinquante de Meers, cinquante autres qu'il avait glissés dans son portefeuille en quittant Chicago le 20 et la monnaie des dix qu'il avait changés pour acheter son billet de car. Il alla au buffet de la gare routière et commanda le *breakfast special* : œufs au jambon, pain grillé, frites maison, jus d'orange et café à volonté. A la moitié de sa troisième tasse, il demanda au serveur s'il y avait quelque chose à voir en ville. Il ne faisait que passer, dit-il, et il ne pensait pas revenir un jour dans le coin. Sandusky, c'est pas grand-chose, répondit l'homme. C'est qu'un petit patelin, vous savez, mais à votre place, j'irais voir Cedar Point. C'est là que se trouve le parc de loisirs. Vous avez les *roller coasters*, les *fun rides*, le *leapfrog railway*, l'hôtel Breakers, tout ce que vous voulez. C'est là que Knute Rockne a inventé la passe en avant, à propos, des fois que vous seriez un fan de football. C'est fermé pour l'hiver, mais ça pourrait valoir le coup d'œil.

L'homme lui dessina un petit plan sur une serviette en papier mais, au lieu de prendre à droite en sortant du dépôt des cars, Hector partit à gauche. Il arriva donc dans Camp Street au lieu de Columbus Avenue et puis, pour aggraver son erreur, il tourna vers l'ouest et non vers l'est dans West Monroe. Il marcha jusqu'à King Street avant de commencer à se douter qu'il se dirigeait dans le mauvais sens. Pas de péninsule en vue, et au lieu de manèges et de grandes roues, il avait sous les yeux une morne étendue d'usines à l'abandon et d'entrepôts vides. Il faisait gris et froid, on sentait dans l'air une menace de neige ; la seule créature vivante dans un rayon de cent mètres était un chien pelé à trois pattes.

Hector fit demi-tour et entreprit de revenir sur ses pas et à cet instant, racontait Alma, il se sentit submergé par une impression de nullité, par un épuisement si grand, si implacable qu'il dut prendre appui sur le mur d'un immeuble pour éviter de tomber. Un vent glacial venait du lac Erié et, même en sentant son souffle sur son visage, il n'aurait pu dire si c'était un vent réel ou un fruit de son imagination. Il ne savait plus quel mois on était, ni quelle année. Il ne se rappelait pas son nom. Des briques, des pavés, les bouffées de son haleine en suspens devant lui, et le chien à trois pattes tournant un coin en boitillant et disparaissant. C'était une image de sa propre mort, il en prit conscience plus tard, le portrait d'une âme en ruine, et longtemps après qu'il s'était ressaisi et avait repris sa marche, une partie de lui demeura là, debout dans une rue déserte de Sandusky, Ohio, à respirer avec difficulté pendant que l'existence s'écoulait de lui goutte à goutte.

Vers dix heures trente, il avait atteint Columbus Avenue et se frayait un chemin dans la foule des gens qui faisaient leurs emplettes de Noël. Il passa devant le cinéma Warner Bros., devant le salon de manucure d'Ester Ging et la cordonnerie Capozzi, vit entrer et sortir des gens chez Kresge, Montgomery Ward et Woolworth, entendit un père Noël solitaire de l'Armée du Salut qui agitait une clochette d'airain. Arrivé devant la Commercial Banking and Trust Company, il décida d'aller y changer quelques-uns de ses billets de cinquante en liasses de cinq, de dix et d'un dollar. C'était une transaction absurde, mais il ne se trouvait rien d'autre à faire à ce moment-là et, plutôt que de continuer à errer sans but, il se dit que ce ne serait sans doute pas une mauvaise idée de se mettre à l'abri du froid, ne fût-ce que pour quelques minutes.

A sa surprise, il trouva la banque pleine de monde. Par files de huit à dix personnes, des hommes et des femmes attendaient devant les guichets protégés par quatre barreaux des caissiers, alignés le long du mur ouest. Hector se plaça au bout de la queue la plus longue, qui se trouvait être la deuxième à partir de la porte. Peu après, une jeune femme se joignit à la queue immédiatement à sa gauche. Elle semblait avoir un peu plus de vingt ans, et elle était vêtue d'un épais manteau de laine avec un col de fourrure. Parce qu'il n'avait rien de mieux à faire, Hector se mit à l'étudier du coin de l'œil. Elle avait un visage admirable, intéressant, pensa-t-il, avec des pommettes hautes et un menton au dessin gracieux, et il aimait son expression pensive et l'air de se suffire à elle-même qu'il discernait dans ses yeux. Autrefois, il aurait aussitôt engagé la conversation, mais à présent il se contenta de la regarder, simplement, de rêver au corps caché sous le manteau et d'imaginer les pensées qui bouillonnaient dans cette jolie tête si peu banale. A un moment donné, elle jeta par inadvertance un regard vers lui et quand elle s'aperçut de l'avidité avec laquelle il la dévisageait, elle répondit à son regard par un bref sourire énigmatique. Hector inclina la tête et lui adressa à son tour un petit sourire et, un instant plus tard, l'expression de la jeune femme changea. Les yeux mi-clos, elle fronçait les sourcils d'un air perplexe et Hector devina qu'elle l'avait reconnu. Cela ne faisait aucun doute : elle avait vu ses films. Son visage lui était familier et, si elle ne se rappelait pas encore qui il était, il ne lui faudrait pas plus de trente secondes pour trouver la réponse.

La même chose lui était arrivée plusieurs fois depuis trois ans et, chaque fois, il avait réussi à se défiler avant que la personne pût se mettre à lui poser des questions. A l'instant précis où il allait recommencer, un furieux désordre éclata dans la banque. La jeune femme était debout dans la queue la plus proche de l'entrée et, parce qu'elle s'était légèrement tournée vers Hector, elle ne remarqua pas que la porte s'était ouverte derrière elle et qu'un homme avait surgi, le visage dissimulé par un mouchoir rouge et blanc. Il portait d'une main un sac de toile vide et de l'autre un pistolet chargé. On pouvait savoir que le pistolet était chargé, dit Alma, parce que le premier geste du voleur fut de tirer un coup de feu au plafond. Par terre, cria-t-il, tout le monde à plat par terre, et pendant que les clients terrifiés lui obéissaient, il tendit le bras et empoigna la première personne à sa portée. Tout cela fut une question de disposition, d'architecture, de topographie. La jeune femme à la gauche d'Hector était la personne la plus proche de l'entrée et par conséquent ce fut elle qui se retrouva enpoignée, l'arme braquée sur sa tempe. Personne ne bouge, avertit l'homme, personne ne bouge ou je fais sauter la cervelle à cette poule. D'un geste brusque, il la souleva du sol et la dirigea, mi-poussant, mi-traînant, vers le guichet du caissier. Son bras gauche lui entourait les épaules par-derrière, le sac de toile se balançait à son poing serré et ses yeux, au-dessus du mouchoir, étaient flous, affolés, incandescents de peur. Ce ne fut pas le fait d'une décision consciente si Hector agit alors comme il le fit : à l'instant où son genou touchait le sol, il se retrouva debout. Il n'avait pas l'intention d'être héroïque, et il n'avait certainement pas l'intention de se faire tuer mais, quoi qu'il ait pu éprouver d'autre à ce moment, il ne ressentait aucune crainte. De la colère, sans doute, et plus qu'un peu d'inquiétude à l'idée de mettre la jeune femme en danger, mais aucune crainte pour lui-même. L'important, c'était l'angle d'attaque. Une fois lancé, il n'aurait plus le temps de s'arrêter ni de changer de direction, mais s'il se précipitait sur l'homme à grande vitesse et s'il arrivait sur lui du bon côté – le côté du sac de toile –, l'homme ne pouvait que se détourner de la fille pour le menacer de son arme. C'était la seule réaction naturelle. Si une bête sauvage vous charge tout à trac, vous ne pensez plus qu'à la bête.

L'histoire racontée par Hector n'allait pas plus loin, dit Alma. Il pouvait parler de ce qui était arrivé jusqu'à cet instant, jusqu'à l'instant où il s'était mis à courir vers l'homme, mais il ne se souvenait pas d'avoir entendu de coup de feu, il ne se souvenait pas de la balle qui lui avait perforé la poitrine et l'avait jeté au sol, il ne se souvenait pas d'avoir vu Frieda se libérer du malfaiteur. Frieda, qui était mieux placée pour voir ce qui se passait, était si occupée à se dégager des bras de l'homme qu'une bonne partie des événements suivants lui échappa aussi. Elle vit Hector tomber, elle vit le trou ouvert dans son pardessus et le sang qui en sortait par saccades, mais elle perdit l'homme de vue et ne le vit pas tenter de s'enfuir. Le coup de feu lui résonnait encore aux oreilles et il y avait autour d'elle tant de gens en train de crier et de hurler qu'elle n'entendit pas les trois coups de feu supplémentaires que le garde de la banque tira dans le dos du voleur.

Tous deux étaient certains de la date, néanmoins. Elle était fixée dans leurs mémoires, et quand Alma avait consulté les microfilms dans les chambres fortes du *Sandusky Evening Herald*, du *Plain Dealer* de Cleveland et de plusieurs autres journaux locaux défunts ou survivants, elle avait pu reconstituer le reste de l'histoire. BAIN DE SANG DANS COLUMBUS AVENUE, LE PILLEUR DE BANQUES MEURT SOUS LES BALLES, LE HÉROS EMMENÉ D'URGENCE A L'HÔPITAL, proclamaient certaines des manchettes. L'homme qui avait failli tuer Hector était un dénommé Darryl Knox, alias Dingo Knox, un ancien garagiste âgé de vingt-six ans qui était recherché dans quatre Etats pour une série de pillages de banques et de hold-up à main armée. Tous les journalistes se réjouissaient de sa fin et attiraient l'attention sur l'habileté du garde – qui avait réussi à tirer le coup de feu décisif au moment où Knox passait la porte – mais ce qui les intéressait le plus, c'était la bravoure d'Hector, qu'ils portaient aux nues comme la plus belle démonstration de courage qu'on ait vue dans la région depuis bien des années. *La femme était perdue,* aurait déclaré un témoin. *Si ce type n'avait pas pris le taureau par les cornes, je préfère ne pas imaginer où elle serait maintenant.* La femme, c'était Frieda Spelling, vingt-deux ans, décrite successivement comme une artiste peintre, une diplômée récente de Bernard College *(sic)**, et la fille de feu Thaddeus P. Spelling, l'éminent banquier et philanthrope de Sandusky. Dans un article après l'autre, elle exprimait sa reconnaissance envers l'homme qui lui avait sauvé la vie. Elle avait eu si peur, disait-elle, elle s'était sentie si certaine de mourir. Elle priait pour qu'il se remette de ses blessures.

La famille Spelling s'offrit à couvrir les frais médicaux du héros, mais pendant les soixante-douze premières heures il parut douteux qu'il pût s'en tirer. Il était inconscient à son arrivée à l'hôpital et après un tel traumatisme et tant de sang perdu, on ne lui donnait qu'une chance minime d'échapper aux dangers du choc et de l'infection et de sortir de là vivant. Les médecins avaient enlevé son poumon gauche détruit et retiré les éclats de métal qui s'étaient logés dans les tissus entourant le cœur, après quoi ils l'avaient recousu. Pour le meilleur ou pour le pire, Hector avait trouvé sa balle. Il n'avait pas voulu que cela se passe de cette façon, disait Alma, mais ce qu'il n'avait pas réussi à se faire lui-même, un autre le lui avait fait, et l'ironie de l'affaire, c'était que Knox avait loupé son coup. Hector ne mourut pas de sa rencontre avec la mort. Il s'endormit simplement et quand il se réveilla après ce long somme, il oublia qu'il avait un jour voulu se tuer. La douleur était trop déchirante pour s'appesantir sur quoi que ce fût d'aussi compliqué. Il avait les poumons en

---

* Barnard College est un célèbre établissement universitaire de New York.

feu et ne pouvait penser à rien d'autre qu'à la façon de négocier son souffle, de continuer à respirer sans partir en flammes.

Au début, on n'avait qu'une idée très vague de son identité. On lui avait vidé les poches, on avait examiné le contenu de son portefeuille, et on n'avait trouvé ni permis de conduire, ni passeport, aucun papier d'identité de quelque espèce que ce fût. La seule indication d'un nom se trouvait sur une carte de membre de la branche nord de la bibliothèque publique de Chicago. H. Loesser, y lisait-on. Il n'y avait ni adresse, ni numéro de téléphone, rien qui permît de préciser où il vivait. Selon les articles de journaux publiés après la fusillade, la police de Sandusky s'efforçait de découvrir de plus amples informations sur lui.

Frieda, elle, savait qui il était – ou du moins elle croyait le savoir. Elle était allée au collège à New York et, en 1928, étudiante de dix-neuf ans, elle avait pu voir six ou sept des douze comédies d'Hector Mann. Ce n'était pas par intérêt pour le burlesque, mais les films d'Hector passaient en complément, avec les programmes de dessins animés et d'actualités projetés avant le grand film, et son personnage lui était devenu assez familier pour qu'elle le reconnût quand elle le voyait. Quand elle avait aperçu Hector dans la banque, trois ans après, l'absence de moustache l'avait d'abord déconcertée. Elle reconnaissait le visage sans pouvoir y rattacher un nom et avant qu'elle ait pu se rappeler qui se trouvait devant elle, Knox avait surgi et l'avait menacée de son arme. Vingt-quatre heures s'étaient écoulées avant qu'elle fût à nouveau en état d'y penser et alors, comme l'horreur d'avoir failli mourir commençait à s'atténuer un peu, la solution lui apparut en un éclair de certitude soudaine et irrésistible. Peu importait qu'il fût censé s'appeler Loesser. Elle avait été au courant de la disparition d'Hector en 1929 et, s'il n'était pas mort, ainsi que la plupart des gens semblaient le croire, il devait vivre sous un autre nom. Ce qui paraissait incompréhensible, c'était sa réapparition à Sandusky, Ohio, mais en vérité beaucoup de choses étaient incompréhensibles et puisque les lois de la physique stipulaient que toute personne au monde occupe un certain espace – ce qui signifiait que tout le monde devait nécessairement se trouver quelque part –, pourquoi ce quelque part ne pouvait-il être Sandusky, Ohio ? Trois jours plus tard, quand Hector sortit de son coma et commença à parler aux médecins, Frieda lui rendit visite à l'hôpital pour le remercier de ce qu'il avait fait. Il ne put pas dire grand-chose, mais le peu qu'il dit portait la trace indiscutable d'un accent étranger. Cette voix confirma son intuition et quand elle se pencha pour l'embrasser sur le front juste avant de s'en aller de l'hôpital, elle savait sans l'ombre d'un doute qu'elle devait la vie à Hector Mann.

6

L'atterrissage s'avéra moins difficile pour moi que le décollage. Je m'étais préparé à avoir peur, à me retrouver en proie à une frénésie d'incompétence bafouillante et de dysfonctionnement spirituel, mais quand le commandant nous annonça que nous allions entamer la descente, je me sentis curieusement stable, sans inquiétude. Il devait y avoir une différence entre la montée et la descente, raisonnai-je, entre la perte de contact avec la terre et le retour au sol ferme. L'une était un adieu, l'autre une salutation, et peut-être les commencements étaient-ils plus supportables que les fins, ou peut-être avais-je découvert (tout simplement) que les morts ne sont pas autorisés à hurler en nous plus d'une fois par jour. Je me tournai vers Alma et lui agrippai le bras. Elle était en train d'aborder les premières étapes des amours d'Hector et de Frieda, évoquant le soir où il capitula et lui avoua tout, et décrivant la surprenante réaction de Frieda à cette confession (la balle t'absout, dit-elle ; tu m'as rendu ma vie, maintenant je te rends la tienne), mais quand je posai la main sur son bras elle s'arrêta de parler, s'interrompant au milieu d'une phrase, au milieu d'une pensée. Elle sourit et puis se pencha vers moi pour m'embrasser – d'abord sur la joue, puis sur l'oreille, et puis en plein sur la bouche. Ils sont tombés très amoureux l'un de l'autre, dit-elle. Si nous n'y prenons pas garde, il va nous arriver la même chose.

Entendre ces mots dut également faire une différence – m'aider à avoir moins peur, moins tendance à la débâcle intérieure – mais quelle pertinence, finalement, dans le fait que ce mot *tomber* fût le verbe des deux phrases qui résumaient ma vie durant ces trois dernières années. Un avion tombe du ciel et tous les passagers sont tués. Une femme tombe amoureuse, et un homme tombe amoureux d'elle, et pas un instant tandis que l'avion descend, l'un ou l'autre ne pense à la mort. Dans le ciel, alors que la terre tournait autour de nous au cours du dernier virage, je compris qu'Alma me donnait la chance d'une nouvelle vie, que j'avais encore un avenir devant moi si j'avais le courage de marcher vers lui. J'écoutais la musique des moteurs qui changeaient de régime. Le bruit s'amplifia dans la cabine, les parois vibrèrent et puis, presque comme une pensée de dernière minute, les roues de l'avion touchèrent le sol.

Nous remettre en route prit un certain temps. Il y eut l'ouverture de la porte hydraulique, la traversée du terminal, un passage aux toilettes, la recherche d'un téléphone pour appeler le ranch, l'achat d'eau pour la route jusqu'à Tierra del Sueño (bois autant que tu peux, conseilla Alma ; les altitudes sont trompeuses, ici, et il ne faut pas se déshydrater), le ratissage du parking longue durée en quête du break Subaru d'Alma et un dernier arrêt pour faire le plein d'essence avant de prendre la route. C'était la première fois que je venais au Nouveau-Mexique. Dans des circonstances normales, j'aurais admiré bouche bée le paysage, montré du doigt des formations rocheuses et des cactus aux silhouettes démentes, demandé le nom de telle montagne ou de tel buisson rabougri, mais j'étais trop plongé dans l'histoire d'Hector pour y faire attention. Nous traversions, Alma et moi, l'une des régions les plus impressionnantes de l'Amérique du Nord et cependant, pour tout l'effet que cela nous faisait, nous aurions aussi bien pu être assis dans une pièce aux lumières éteintes et aux rideaux tirés. J'allais parcourir cette route plusieurs fois encore dans les jours à venir, mais je ne me rappelle quasi rien de ce que j'ai vu lors de ce premier voyage. Chaque fois que je pense à ce trajet dans la vieille bagnole jaune d'Alma, ne me reviennent que le bruit de nos voix – sa voix et ma voix, ma voix et sa voix – et la douceur de l'air soufflant sur moi par la vitre entrouverte. Le pays lui-même reste invisible. Il devait être là, mais je me demande maintenant si j'ai pris la peine de le regarder. Ou, si je l'ai regardé, si je n'étais pas trop distrait pour enregistrer ce que je voyais.

Il dut rester à l'hôpital jusqu'au début de février, racontait Alma. Frieda allait le voir tous les jours et quand les médecins le déclarèrent enfin assez fort pour sortir, elle persuada sa mère de lui permettre de le récupérer chez elles. Il était encore en mauvais état. Il lui fallut six mois de plus pour pouvoir bien se déplacer.

Et la mère de Frieda était d'accord ? Six mois, c'est terriblement long.

Elle était ravie. Frieda était une rebelle, à cette époque, une de ces filles bohèmes et libérées qui avaient grandi dans les années vingt, et elle n'avait que mépris pour Sandusky, Ohio. Les Spelling avaient survécu à la Crise avec quatre-vingts

pour cent de leur fortune intacte – ce qui signifie qu'ils appartenaient toujours à ce que Frieda
appelait volontiers *le cercle le plus fermé de la
haute bouboisie* du Middle West. C'était un monde
étroit de républicains encroûtés et de femmes
de peu de cervelle, dont les principales distractions consistaient en bals sans joie au *country
club* et en longs dîners abrutissants. Une fois
par an, Frieda serrait les dents et venait passer
les vacances de Noël à la maison, subissant ces
mondanités assommantes pour faire plaisir à sa
mère et à son frère marié, Frederick, qui habitait encore la ville avec sa femme et ses deux
enfants. Dès le 2 ou le 3 janvier, elle se hâtait
de repartir pour New York en se jurant de ne
plus revenir. Cette année-là, bien entendu, elle
ne se rendit à aucune réception – et elle ne
retourna pas à New York. Elle tomba amoureuse
d'Hector. Du point de vue de sa mère, toute
chose qui retenait Frieda à Sandusky était une
bonne chose.

Tu veux dire qu'elle ne voyait pas non plus
d'objection au mariage ?

Frieda était depuis longtemps ouvertement
révoltée. La veille de la fusillade, elle avait
annoncé à sa mère son intention de s'installer à
Paris, d'où elle n'aurait sans doute jamais remis
les pieds en Amérique. C'était pour ça qu'elle
était allée à la banque, ce matin-là – pour retirer
de l'argent de son compte afin d'acheter son
billet. Le mot *mariage* était le dernier auquel
Mrs Spelling se fût attendue dans la bouche de
sa fille. A la lumière de cette volte-face miraculeuse, comment ne pas embrasser Hector et ne
pas l'accueillir dans la famille ? Non seulement
la mère de Frieda n'y voyait pas d'objection, mais
c'est même elle qui a organisé le mariage.

Alors la vie d'Hector commence à Sandusky, après tout. Il choisit au hasard un nom de ville, l'agrémente de mille mensonges, et puis il transforme ces mensonges en réalité. C'est assez bizarre, tu ne trouves pas ? Chaïm Mandelbaum devient Hector Mann, Hector Mann devient Herman Loesser, et puis quoi ? Herman Loesser, qu'est-ce qu'il devient ? Savait-il seulement encore qui il était ?

Il a repris le prénom d'Hector. C'est comme ça que Frieda l'appelait. C'est comme ça que nous l'appelons tous. Après leur mariage, Hector est redevenu Hector.

Mais pas Hector Mann. Il n'aurait pas eu cette imprudence, tout de même ?

Hector Spelling. Il a pris le nom de famille de Frieda.

Ouah.

Non. Simplement pratique. Il n'avait plus envie d'être Loesser. Ce nom représentait tout ce qui était allé de travers dans sa vie, et du moment qu'il allait de nouveau en changer, pourquoi ne pas prendre celui de la femme qu'il aimait ? Ce n'est pas comme s'il était jamais revenu là-dessus. Il y a plus de cinquante ans qu'il est Hector Spelling.

Comment ont-ils abouti au Nouveau-Mexique ?

Ils sont partis dans l'Ouest en voyage de noces, et ils ont décidé de rester. Hector avait beaucoup de problèmes respiratoires, et l'air sec s'est révélé bon pour lui.

Il y avait des tas d'artistes par là, à cette époque. Mabel Dodge et sa bande à Taos, D. H. Lawrence, Georgia O'Keeffe. Ils ont eu quelque chose à voir avec eux ?

Rien du tout. Hector et Frieda vivaient dans une autre partie de l'Etat. Ils n'ont même jamais rencontré ces gens.

Ils se sont installés là en 1932. Hier, tu m'as dit qu'Hector avait recommencé à faire des films en 1940. Ça fait huit ans. Qu'est-ce qui s'est passé dans cet intervalle ?

Ils ont acheté un terrain de cent soixante hectares. Les prix étaient incroyablement bas en ce temps-là, et je crois que toute la propriété ne leur a coûté que quelques milliers de dollars. Bien que venant d'une famille riche, Frieda n'avait pas une grosse fortune personnelle. Sa mère proposait toujours de payer ses factures, mais Frieda refusait son aide. Trop fière, trop têtue, trop indépendante. Elle ne voulait pas se considérer comme un parasite. Elle et Hector n'avaient donc pas les moyens d'engager de grosses équipes d'ouvriers pour leur construire une maison. Pas d'architecte, pas d'entrepreneur – ils ne pouvaient pas se le permettre. Heureusement, Hector savait ce qu'il faisait. Il avait appris de son père à construire des charpentes, il avait fabriqué des décors de cinéma et toute cette expérience lui a permis de réduire les frais au minimum. Il a conçu lui-même la maison et puis Frieda et lui l'ont plus ou moins bâtie de leurs propres mains. Elle était très simple. Une maison de six pièces, en adobe. Pas d'étage, et la seule aide qu'ils ont eue pour la construire est venue d'une équipe de trois frères mexicains, des journaliers sans emploi qui habitaient aux abords du village. Pendant plusieurs années, ils n'ont même pas eu l'électricité. Ils avaient de l'eau, bien sûr, ils avaient besoin d'eau, mais il avait fallu quelques mois pour la trouver et pouvoir commencer à creuser un puits. C'était le premier pas. Après ça, ils ont choisi l'emplacement de la maison. Et puis ils ont dessiné les plans et commencé la construction. Tout ça a pris du temps. Ils ne sont pas simplement arrivés là pour s'installer. C'était un espace sauvage et désert, ils ont dû tout édifier à partir de rien.

Et ensuite ? Une fois que la maison était prête, qu'est-ce qu'ils ont fait ?

Frieda était peintre, elle s'est donc remise à la peinture. Hector lisait des livres et continuait son journal mais, surtout, il plantait des arbres. C'est devenu son occupation principale, son œuvre dans les quelques années qui suivirent. Il a défriché un quart d'hectare de terrain autour de la maison et puis, peu à peu, il a installé un système complexe de conduites souterraines pour l'irrigation. Cela a permis de faire du jardinage et, une fois que le jardin a commencé à prendre forme, il s'est occupé des arbres. Je ne les ai jamais tous comptés, mais il doit y en avoir deux ou trois cents. Peupliers et genévriers, saules et trembles, pins et chênes blancs. Avant cela, il n'y avait là que des yuccas et de la *sagebrush*. Hector y a fait pousser une petite forêt. Tu verras ça de tes yeux dans quelques heures ; pour moi, c'est l'un des plus beaux endroits du monde.

C'est bien la dernière chose à laquelle je me serais attendu de sa part. Hector Mann horticulteur.

Il était heureux. Sans doute plus heureux qu'à n'importe quelle autre période de sa vie, mais ce bonheur s'accompagnait d'un manque total d'ambition. Les seules choses qui l'intéressaient, c'était de prendre soin de Frieda et de s'occuper de son bout de terrain. Après tout ce qu'il avait vécu pendant quelques années, ça lui paraissait suffisant, plus que suffisant. Il était encore en train de faire pénitence, tu comprends. Simplement, il n'essayait plus de se détruire.

Maintenant encore, il parle de ces arbres comme de ce qu'il a accompli de mieux. Mieux que ses films, dit-il, mieux que tout ce qu'il a jamais fait.

Et pour l'argent, comment faisaient-ils ? Si la situation était aussi précaire, comment se débrouillaient-ils ?

Frieda avait des amis à New York, et beaucoup de ces amis avaient des relations. Ils lui ont trouvé du travail. Des illustrations de livres d'enfants, des dessins pour des magazines, des boulots en free-lance de toutes sortes. Ça ne rapportait pas beaucoup, mais ça leur a permis de rester à flot.

Elle devait avoir du talent, alors.

C'est de Frieda qu'il s'agit, David, pas d'une quelconque aristo poseuse. Elle était très douée, avec une réelle passion pour la création artistique. Elle m'a confié un jour qu'elle ne pensait pas avoir l'étoffe d'un grand peintre, et puis elle a ajouté que si elle n'avait pas rencontré Hector à ce moment-là, elle aurait sans doute gaspillé sa vie à essayer d'en devenir un. Elle n'a plus peint depuis des années, mais elle dessine comme un dieu. Des lignes fluides, sinueuses, un sens formidable de la composition. Quand Hector a recommencé à faire du cinéma, c'est elle qui dessinait le story-board, les décors, les costumes, et elle a contribué à donner aux films leur caractère. Elle a fait partie intégrante de toute l'entreprise.

Je ne comprends toujours pas. Ils menaient cette existence austère en plein désert. Où ont-ils trouvé l'argent pour se mettre à faire des films ?

La mère de Frieda est morte. Sa fortune s'élevait à plus de trois millions de dollars. Frieda en a hérité la moitié et l'autre moitié est allée à son frère, Frederick.

Ce qui explique le financement.

Ça faisait beaucoup d'argent à l'époque.

C'est encore beaucoup d'argent aujourd'hui, mais l'argent n'est pas tout dans cette histoire. Hector avait fait le serment de ne plus jamais travailler dans le cinéma. Tu m'as dit cela il y a quelques heures, et maintenant le voilà tout à coup en train de diriger des films. Qu'est-ce qui l'a fait changer d'avis ?

Frieda et Hector avaient un fils. Thaddeus Spelling II, du nom du père de Frieda. Taddy pour la famille, ou Tad, ou Têtard – on lui donnait toutes sortes de petits noms. Il est né en 1935 et mort en 1938. Piqué par une abeille un matin dans le jardin de son père. On l'a trouvé étendu par terre, tout bouffi et enflé, et le temps de le conduire chez le docteur à trente miles de là, il était déjà mort. Imagine l'effet que ça leur a fait.

Je peux l'imaginer. S'il y a une chose que je peux imaginer, c'est bien ça.

Excuse-moi. J'ai été idiote de dire ça.

Ne t'excuse pas. Simplement, je sais de quoi tu parles. Pas besoin de gymnastique mentale pour comprendre la situation. Tad et Todd. On ne peut pas être plus proche, hein ?

Tout de même…

Non. Continue à raconter, c'est tout…

Hector s'est effondré. Les mois passaient et il ne faisait plus rien. Il restait assis dans la maison ; il regardait le ciel par la fenêtre de la chambre à coucher ; il examinait le dos de ses mains. Ce n'était pas moins dur pour Frieda, mais il était plus fragile qu'elle, tellement sans défense. Elle était assez forte pour savoir que la mort de leur fils était un accident, qu'il était mort parce qu'il était allergique aux abeilles, mais Hector y voyait une forme de châtiment divin. Il avait été trop heureux. La vie lui avait été trop douce, et à présent le destin lui avait donné une leçon.

Les films ont été l'idée de Frieda, n'est-ce pas ? Quand elle a hérité de cet argent, elle a persuadé Hector de se remettre au travail.

Plus ou moins. Il allait droit à la dépression nerveuse, et elle a compris qu'il fallait qu'elle s'en mêle, qu'elle fasse quelque chose. Pas seulement pour le sauver, lui, mais pour sauver son mariage, pour sauver sa propre vie.

Et Hector s'est laissé convaincre.

Pas tout de suite. Quand elle a menacé de le quitter, finalement, il a cédé. Sans grande réticence, ajouterais-je. Il avait une envie désespérée de recommencer. Depuis dix ans, il rêvait d'angles de prise de vues, d'éclairages, d'idées de scénarios. C'était la seule chose qu'il eût envie de faire, la seule chose au monde qui eût un sens à ses yeux.

Et sa promesse ? Comment a-t-il justifié la rupture de sa promesse ? Après tout ce que tu m'as dit de lui, je ne vois pas comment il a pu faire ça.

Il l'a fait en chinoisant – et puis il a conclu un pacte avec le diable. Si un arbre tombe dans la forêt et si personne ne l'entend tomber, cela fait-il du bruit ou non ? Hector avait beaucoup lu à cette époque, il connaissait toutes les astuces et tous les arguments des philosophes. Si quelqu'un fait un film et si personne ne le voit, est-ce que ce film existe, ou non ? C'est comme ça qu'il se justifiait. Il ferait des films qui ne seraient jamais vus du public, des films faits pour le pur plaisir de faire des films. C'était un acte d'un nihilisme étourdissant, et pourtant il a respecté le marché sans faiblir. Imagine ça : savoir que tu es bon à quelque chose, tellement bon que le monde serait en admiration devant toi si on pouvait voir ton œuvre, et garder le secret, rester caché au monde. Il fallait une grande concentration et beaucoup de rigueur pour agir comme Hector l'a fait – et aussi un grain de folie. Hector et Frieda sont tous les deux un peu fous, je suppose, mais ils ont réussi quelque chose d'exceptionnel. Emily Dickinson, si elle travaillait dans l'obscurité, essayait néanmoins de publier ses poèmes. Van Gogh essayait de vendre ses tableaux. Pour autant que je sache, Hector est le premier artiste à créer son œuvre avec l'intention consciente, préméditée, de la détruire. Il y a Kafka, bien sûr, qui a chargé Max Brod de brûler ses manuscrits mais, arrivé au moment décisif, Brod n'a pas pu s'y résoudre. Frieda, elle, le fera. Il n'y a aucun doute là-dessus. Le lendemain de la mort d'Hector, elle emportera ses films dans le jardin et les brûlera, tous – chaque épreuve, chaque négatif, chaque image qu'il ait jamais tournée. C'est garanti. Et toi et moi, nous serons les seuls témoins.

De combien de films est-il question ?

Quatorze. Onze films de quatre-vingt-dix minutes ou plus, et trois autres qui font moins d'une heure.

J'imagine qu'il ne donnait plus dans la comédie, je me trompe ?

Compte rendu de l'anti-monde, *La Ballade de Mary White*, *Voyages dans le scriptorium*, *Embuscade à Standing Rock*. Voilà quelques-uns de ses titres. N'ont pas l'air très drôles, hein ?

Non, pas ce qu'on appellerait le marathon du rire standard. Mais pas trop sombres, j'espère.

Ça dépend de ta définition du mot. Je ne les trouve pas sombres. Sérieux, oui, et souvent très étranges, mais pas sombres.

Quelle définition donnerais-tu d'étranges ?

Les films d'Hector sont très intimes, terre-à-terre, leur ton est dépourvu d'ostentation. Mais il y a toujours un élément fantastique qui les parcourt, une sorte de poésie bizarre. Il a enfreint des tas de règles. Il a fait des choses que les réalisateurs de cinéma ne sont pas censés faire.

Comme, par exemple ?

Les voix off, d'une part. La narration est considérée comme une faiblesse dans le cinéma, un signe que l'image ne fonctionne pas, mais Hector y recourt abondamment dans beaucoup de ses films. Dans l'un d'entre eux, *L'Histoire de la lumière*, il n'y a pas un mot de dialogue. C'est intégralement de la narration, du début à la fin.

Qu'est-ce qu'il a encore fait de mal ? Mal exprès, je veux dire.

Il se trouvait en dehors du circuit commercial et cela signifiait qu'il pouvait travailler sans contraintes. Hector a profité de sa liberté pour explorer des sujets auxquels les autres réalisateurs n'avaient pas le droit de toucher, surtout dans les années quarante et cinquante. Des corps nus. Des rapports sexuels réalistes. Un accouchement. La miction, la défécation. Des scènes un peu choquantes au premier abord, et puis le choc s'atténue assez vite. Ce sont des composantes naturelles de la vie, après tout, mais on n'a pas l'habitude de les voir représentées dans un film, alors on sursaute, pendant quelques instants l'attention se réveille. Hector n'en faisait pas une affaire. Dès qu'on comprend ce qui est possible dans son œuvre, ces prétendus tabous et ces moments particulièrement explicites se fondent dans la texture d'ensemble du récit. D'une certaine manière, ces scènes étaient pour lui une sorte de protection – au cas où quelqu'un aurait tenté de filer avec un des films. Il lui fallait la certitude que ces films ne pourraient pas être montrés au public.

Et tes parents étaient d'accord avec ça.

C'était une démarche collective, chacun mettait la main à la pâte. Hector écrivait les films, les dirigeait et les montait. Mon père les éclairait et les tournait, et une fois le tournage achevé, ma mère et lui étaient chargés du travail de laboratoire. Ils développaient les séquences, coupaient les négatifs, mixaient le son et s'occupaient de tout jusqu'à ce que la version définitive soit dans la boîte.

Sur place, au ranch ?

Hector et Frieda ont fait de leur propriété un petit studio de cinéma. Ils ont commencé les travaux en mai 1939 et terminé en mars 1940, et ce qu'ils ont réalisé, c'est un univers autonome, un centre privé de création cinématographique. Il y avait une double salle de tournage dans un bâtiment, avec, en plus, des espaces pour un atelier de menuiserie, un atelier de couture, des loges et un local de rangement pour les décors et les costumes. Un autre bâtiment était consacré à la postproduction. Ils ne pouvaient pas prendre le risque d'envoyer leurs films à un labo commercial, et ils ont donc construit leur propre labo. Il occupait une aile. Dans l'autre se trouvaient les installations de montage, la salle de projection et une chambre forte en sous-sol pour les épreuves et les négatifs.

Tout cet équipement n'a pas dû être bon marché.

L'installation leur a coûté plus de cent cinquante mille dollars. Mais ils en avaient les moyens, et la plupart des choses n'ont dû être achetées qu'une fois. Plusieurs caméras, mais une seule table de montage, une paire de projecteurs et une tireuse optique. Une fois en possession de ce dont ils avaient besoin, ils ont travaillé avec des budgets strictement maîtrisés. L'héritage de Frieda portait des intérêts et ils touchaient le moins possible au capital. Ils travaillaient à échelle réduite. Il fallait bien, s'ils voulaient tirer le maximum de cet argent et le faire durer.

Et Frieda était responsable des décors et des costumes.

Entre autres. Elle assistait Hector au montage et, pendant la réalisation des films, elle remplissait toute une série de fonctions : scripte, perchiste, aide-opérateur – tout ce qui était nécessaire ce jour-là, à ce moment-là.

Et ta mère ?

Ma Faye. Ma belle Faye chérie. Elle était actrice. Elle est venue au ranch en 1945 pour jouer dans un film et elle est tombée amoureuse de mon père. Elle avait à peine plus de vingt ans. Elle a joué dans tous les films qu'ils ont faits ensuite, en général le premier rôle féminin, mais elle s'est rendue utile sur d'autres fronts aussi. Elle a cousu des costumes, peint des décors, conseillé Hector pour ses scénarios, travaillé avec Charlie au labo. C'était ça, l'aventure. Personne ne faisait juste une chose. Ils étaient tous dans le coup, et ils faisaient tous des journées incroyablement longues. Des mois et des mois de préparations laborieuses, des mois et des mois de postproduction. Faire des films, c'est une entreprise lente et complexe, et ils étaient si peu nombreux à essayer de faire tant de choses qu'ils avançaient pouce par pouce. Il leur fallait généralement deux ans pour venir à bout d'un projet.

Je comprends pourquoi Hector et Frieda avaient envie de vivre là – ou, du moins, je le comprends en partie, je m'efforce de le comprendre – mais ta mère et ton père, ça m'épate encore. Charlie Grund était un caméraman de talent. J'ai étudié la question, je sais ce qu'il a fait avec Hector en 1928, et ça me paraît inconcevable qu'il ait renoncé à sa carrière.

Mon père venait de divorcer. Il avait trente-cinq ans, bientôt trente-six, et il n'avait pas encore atteint l'échelon supérieur à Hollywood. Après quinze ans de métier, il travaillait pour des films de série B – quand il avait du travail. Des westerns, des enquêtes de Boston Blackie, des feuilletons pour enfants. Il avait un talent immense, Charlie, c'est vrai, mais c'était un silencieux, un type qui n'avait jamais l'air très à l'aise, et les gens prenaient souvent cette timidité pour de l'arrogance. Les boulots intéressants lui échappaient toujours et au bout de quelque temps ça s'est mis à le miner, à ronger sa confiance en lui. Quand sa première femme l'a quitté, il a connu l'enfer pendant quelques mois. Il buvait, il s'apitoyait sur son sort, il négligeait son travail. Et c'est à ce moment-là qu'Hector lui a fait signe – alors qu'il était dans ce trou.

Ça n'explique toujours pas pourquoi il a accepté de faire ça. Personne ne fait des films sans souhaiter que des gens les voient. On ne fait pas ça. Quel est l'intérêt de mettre de la pellicule dans la caméra, tant qu'on y est ?

Ça lui était égal. Je sais que pour toi c'est difficile à croire, mais le travail seul comptait pour lui. Le résultat était secondaire, presque sans importance. Il y a des tas de gens dans le cinéma qui sont comme ça – surtout les gens sans statut, les manuels, les troufions. Ils aiment bien combiner des trucs. Ça leur plaît de mettre la main aux appareils et de leur faire accomplir des choses pour eux. Il ne s'agit pas d'art, ni d'idées. Il s'agit de travailler à un projet et de le mener à bien. Mon père a eu ses hauts et ses bas dans le monde du cinéma, mais c'était un bon cinéaste et Hector lui a donné la possibilité de faire des films sans avoir à se soucier des affaires. S'il s'était agi de n'importe qui d'autre, je ne crois pas qu'il y serait allé. Mais mon père aimait beaucoup Hector. Il disait toujours que l'année où il a travaillé pour lui à Kaleidoscope était la plus belle de sa vie.

Ça a dû lui faire un choc quand Hector l'a appelé. Plus de dix ans se passent, et puis tout à coup voilà un mort au bout du fil.

Il a cru que quelqu'un lui faisait une blague. La seule autre possibilité, c'était qu'il parlait à un fantôme et comme il ne croyait pas aux fantômes, mon père a dit à Hector d'aller se faire voir et il a raccroché. Hector a dû le rappeler trois fois avant qu'il accepte de l'écouter.

Quand était-ce ?

Fin trente-neuf. Novembre ou décembre, je ne sais plus, juste après l'invasion de la Pologne par les Allemands. Au début de février, mon père vivait au ranch. La nouvelle maison d'Hector et Frieda était prête, à ce moment-là, et il s'est installé dans l'ancienne, la petite maison qu'ils avaient construite au début. C'est là que j'habitais avec mes parents quand j'étais petite, et c'est là que j'habite maintenant – dans ces six pièces en adobe, à l'ombre des arbres d'Hector –, c'est là que j'écris mon livre dément, interminable.

Et les autres personnes qui venaient au ranch ? On faisait appel à des acteurs, tu me l'as dit, et ton père doit avoir eu besoin d'une aide technique. Ce n'est pas possible de faire un film rien qu'à quatre. Même moi, je sais ça. Ils pouvaient sans doute assurer seuls la préparation et la postproduction, mais pas la production proprement dite. Et à partir du moment où on a des gens venus de l'extérieur, comment s'en tirer ? Comment les empêcher de parler ?

On leur dit qu'on travaille pour quelqu'un d'autre. On prétend qu'on a été engagé par un millionnaire excentrique de Mexico, un type tellement amoureux du cinéma américain qu'il s'est fait construire son propre studio dans un désert américain et a chargé des Américains de faire des films pour lui – des films que personne d'autre que lui ne verra jamais. C'est la convention. Si tu viens au Blue Stone Ranch pour participer à un film, tu le fais en toute connaissance de cause : le fruit de ton travail ne sera vu que par une seule personne.

C'est insensé.

Sans doute, mais des tas de gens ont marché.

Faut être rudement désespéré pour croire un truc pareil.

Tu n'as pas beaucoup fréquenté d'acteurs, hein ? Ce sont les gens les plus désespérés du monde. Quatre-vingt-dix pour cent d'entre eux sont sans emploi et si tu leur offres un boulot convenablement payé, ils ne posent pas beaucoup de questions. Tout ce qu'ils souhaitent, c'est une chance de travailler. Hector ne courait pas après les grands noms. Les stars ne l'intéressaient pas. Il voulait des professionnels compétents, c'est tout, et comme il écrivait ses scénarios pour un petit nombre de personnages – parfois pas plus de deux ou trois rôles –, il les trouvait sans difficulté. Quand, ayant terminé un film, il était prêt à passer au suivant, il pouvait faire son choix dans une nouvelle moisson d'acteurs.

A l'exception de ma mère, il n'a jamais employé deux fois le même.

Bon, passons sur tous les autres. Mais toi ? Quand as-tu entendu pour la première fois le nom d'Hector Mann ? Tu le connaissais sous le nom d'Hector Spelling. Quel âge avais-tu quand tu t'es rendu compte qu'Hector Spelling et Hector Mann étaient le même homme ?

Je l'ai toujours su. Nous avions la série complète des films de Kaleidoscope au ranch, et je dois les avoir vus cinquante fois quand j'étais petite. Dès que j'ai appris à lire, j'ai remarqué que c'était Hector Mann et non pas Spelling. J'ai interrogé mon père, et il m'a dit qu'Hector avait joué sous un nom de scène quand il était jeune et que maintenant qu'il ne jouait plus il avait cessé de le porter. Cette explication me paraissait tout à fait plausible.

Je pensais que ces films étaient perdus.

Ils ont failli l'être. Normalement, ils auraient dû l'être. Mais juste avant que Hunt se déclare en faillite, un jour ou deux avant que les huissiers viennent saisir ses biens et poser les scellés, Hector et mon père se sont introduits par effraction dans les bureaux de Kaleidoscope et ont volé les films. Les négatifs ne s'y trouvaient pas, mais ils sont partis avec des copies des douze comédies. Hector les a confiées à la garde de mon père et, deux mois plus tard, il avait disparu. Quand mon père est venu s'installer au ranch, en 1940, il a apporté les films avec lui.

Qu'en a pensé Hector ?

Je ne comprends pas. Qu'aurait-il dû en penser ?

C'est ce que je te demande. Il était content ou mécontent ?

Content. Bien sûr, il était content. Il était fier de ces petits films et il était heureux de les récupérer.

Alors pourquoi a-t-il attendu si longtemps avant de les renvoyer dans le vaste monde ?

Qu'est-ce qui te fait penser qu'il a fait ça ?

Je ne sais pas, je supposais…

Je croyais que tu avais compris. C'était moi. C'est moi qui ai fait ça.

Je m'en doutais.

Alors pourquoi n'as-tu rien dit ?

Il me semblait que je n'en avais pas le droit. Si c'était censé être un secret.

Je n'ai pas de secret pour toi, David. Tout ce que je sais, je voudrais que tu le saches aussi. Tu ne vois toujours pas ? J'ai envoyé ces films à l'aveuglette, et c'est toi qui les as trouvés. Tu es la seule personne au monde qui les a tous trouvés. Ça fait de nous de vieux amis, non ? On ne s'est peut-être rencontrés qu'hier, mais il y a des années qu'on travaille ensemble.

C'est un coup incroyable que tu as réussi. Partout où je suis allé, j'ai parlé aux conservateurs, et aucun d'entre eux n'avait la moindre idée de qui tu étais. En Californie, j'ai déjeuné avec Tom Luddy, le directeur de Pacific Film Archive. Ils avaient été les derniers à recevoir un de ces mystérieux envois. Quand le leur est arrivé, il y avait déjà quelques années que tu avais commencé et ils étaient au courant. Tom m'a dit qu'il n'avait même pas pris le temps d'ouvrir le paquet. Il l'a apporté directement au FBI pour qu'on y recherche des empreintes digitales, mais ils n'en ont pas trouvé dans la boîte – pas une seule. Tu n'avais laissé aucune trace.

J'ai porté des gants. Du moment que je me donnais la peine de garder le secret, je n'allais pas me trahir avec un détail pareil.

Tu es une futée, Alma.

Tu parles, que je suis futée. Je suis la fille la plus futée dans cette voiture, et je te défie de prouver le contraire.

Mais comment pouvais-tu te justifier d'agir derrière le dos d'Hector ? C'était à lui de prendre cette décision, pas à toi.

J'ai commencé par lui en parler. C'était mon idée, mais je ne l'ai pas mise à exécution tant qu'il ne m'avait pas donné le feu vert.

Qu'est-ce qu'il a dit ?

Il a haussé les épaules. Et puis il m'a lancé un petit sourire. Peu importe, il a dit. Fais ce que tu veux, Alma.

Donc il ne t'a pas empêchée, mais il ne t'a pas aidée non plus. Il n'a rien fait.

C'était en novembre quatre-vingt-un, il y a presque sept ans. Je venais de revenir au ranch pour l'enterrement de ma mère, et ç'a été un mauvais moment pour nous tous, le commencement de la fin, en un sens. Je ne l'ai pas bien pris. Je le reconnais. Elle n'avait que cinquante-neuf ans quand nous l'avons mise en terre, et je n'y étais pas préparée. Pulvérisée. C'est le seul mot qui me vient à l'esprit. Pulvérisée de chagrin. Comme si, en moi, tout était devenu poussière. Les autres étaient si vieux à cette époque. Je les ai regardés et tout à coup je me suis rendu compte qu'ils étaient finis, que la grande expérience était terminée. Mon père avait quatre-vingts ans, Hector quatre-vingt-un, et la prochaine fois que je relèverais les yeux, ils auraient tous disparu. Ça m'a fait un effet terrible. Tous les matins, j'allais dans la salle de projection regarder ma mère dans ses vieux films, et quand j'en ressortais il faisait noir dehors et je pleurais comme une Madeleine. Au bout de deux semaines à ce régime, j'ai décidé de rentrer chez moi. J'habitais

Los Angeles à ce moment-là, je travaillais pour une société de production indépendante, et ils avaient besoin de moi. J'étais prête à partir. J'avais déjà téléphoné à la compagnie d'aviation pour réserver mon billet et puis, à la dernière minute – littéralement, le dernier soir que je passais au ranch –, Hector m'a demandé de rester.

Il t'a donné une raison ?

Il m'a dit qu'il était prêt à parler et qu'il avait besoin que quelqu'un l'aide. Il ne pouvait pas faire ça seul.

Tu veux dire que c'est lui qui a eu l'idée du livre ?

Tout est venu de lui. Moi, je n'y aurais jamais pensé. Et même, si j'y avais pensé, je ne lui en aurais pas parlé. Je n'aurais pas osé.

Il avait perdu courage. C'est la seule explication. Ou bien il avait perdu courage, ou bien il devenait sénile.

C'est ce que j'ai pensé aussi. Je me trompais, pourtant, et tu te trompes maintenant. Hector a changé d'avis à cause de moi. Il m'a dit que j'avais le droit de connaître la vérité et que si je voulais bien rester là et l'écouter, il promettait de me raconter toute l'histoire.

Bon, ça, je l'accepte. Tu fais partie de la famille et, maintenant que tu es adulte, tu mérites de connaître les secrets de famille. Mais comment une confession privée devient-elle un livre ? Qu'il te confie ce qui lui pèse, c'est une chose ; un livre, par contre, ça s'adresse au monde et, dès lors qu'il raconte son histoire au monde, sa vie perd tout son sens.

Seulement s'il est encore en vie quand le livre sera publié. Mais ce ne sera pas le cas. J'ai promis de ne le montrer à personne avant qu'il soit mort. Lui m'a promis la vérité, et moi je lui ai promis ça.

Et il ne t'est jamais venu à l'esprit qu'il pourrait être en train de se servir de toi ? Toi, tu écris ton livre, d'accord, et si tout va bien, ce livre sera reconnu comme un livre important mais, en même temps, Hector, lui, va survivre grâce à toi. Pas à cause de ses films – qui n'existeront même plus – mais à cause de ce que tu auras écrit sur lui.

C'est possible. Tout est possible. Mais ses motivations ne me regardent pas vraiment. Même s'il peut avoir été poussé par la peur, par la vanité, par quelque bouffée de regret de dernière minute, il m'a raconté la vérité. Il n'y a que ça qui compte. C'est difficile de raconter la vérité, David, et nous avons vécu bien des choses ensemble, Hector et moi, depuis sept ans. Il a tout mis à ma disposition – tous ses journaux, toutes ses lettres, tous les documents sur lesquels il a pu remettre la main. Actuellement, je ne pense même pas à la publication. Que ce livre sorte ou non, l'écrire aura été l'expérience la plus importante de ma vie.

Quelle place tient Frieda dans tout ça ? Elle vous a aidés, ou non ?

Ça a été dur pour elle, mais elle a fait de son mieux pour jouer le jeu. Je ne crois pas qu'elle soit d'accord avec Hector, mais elle n'a pas envie de lui faire obstacle. C'est compliqué. Avec Frieda, tout est compliqué.

Au bout de combien de temps as-tu décidé d'envoyer les vieux films d'Hector ?

Dès le début. Je ne savais toujours pas si je pouvais faire confiance à Hector et je lui ai proposé ça pour le mettre à l'épreuve, pour voir s'il était honnête avec moi. S'il avait refusé, je ne pense pas que je serais restée. J'avais besoin qu'il me sacrifie quelque chose, qu'il me donne un signe de sa bonne foi. Il l'a compris. Nous n'en avons jamais parlé explicitement, mais il a compris. C'est pour ça qu'il n'a rien fait pour s'y opposer.

Ça ne prouve pas encore qu'il est honnête avec toi. Tu remets ses vieux films en circulation. Où est le mal ? On se souvient de lui, maintenant. Un prof cinglé, dans le Vermont, écrit même un livre sur lui. Mais tout ça ne change rien à l'histoire.

Chaque fois qu'il m'a raconté quelque chose, je suis allée le vérifier. Je suis allée à Buenos Aires, j'ai suivi à la trace les ossements de Brigid O'Fallon, j'ai déniché les vieux articles de journaux sur la fusillade à la banque de Sandusky, j'ai parlé à plus d'une douzaine d'acteurs qui ont travaillé au ranch dans les années quarante et cinquante. Il n'y a pas de divergences. Certaines personnes étaient introuvables, évidemment, et j'ai découvert que d'autres étaient mortes. Jules Blaustein, par exemple. Et je n'ai toujours rien sur Sylvia Meers. Mais je suis allée à Spokane et j'ai parlé à Nora.

Elle vit encore ?

Elle est bien vivante. En tout cas, elle l'était il y a trois ans.

Et ?

Elle a épousé un certain Faraday en 1933, et elle a eu quatre enfants. Ces enfants lui ont donné onze petits-enfants, et à l'époque de ma visite, l'un de ces petits-enfants allait faire d'eux des arrière-grands-parents.

Ah, c'est bien. Je ne sais pas pourquoi je dis ça, mais ça me fait plaisir de l'entendre.

Elle a enseigné en quatrième pendant quinze ans, et puis on l'a nommée directrice de l'école. Elle l'est restée jusqu'à sa retraite, en 1976.

Autrement dit, Nora a continué à être Nora.

Elle avait plus de soixante-dix ans quand je suis allée là-bas, mais j'avais l'impression qu'elle était encore telle qu'Hector me l'avait décrite.

Et Herman Loesser ? Elle se souvenait de lui ?

Elle a pleuré quand j'ai prononcé son nom.

Que veux-tu dire, *pleuré* ?

Je veux dire que ses yeux se sont remplis de larmes, et que les larmes ont roulé sur ses joues. Elle a pleuré. De la même façon que nous pleurons, toi et moi. De la même façon que tout le monde pleure.

Bon Dieu !

Elle était si surprise et si gênée qu'elle a dû se lever et sortir de la pièce. Quand elle est revenue, elle m'a pris la main et elle s'est excusée. Ça faisait longtemps qu'elle l'avait connu, m'a-t-elle dit, mais elle n'avait jamais réussi à le chasser de ses pensées. Depuis cinquante-quatre ans, elle pensait à lui tous les jours.

Tu inventes.

Je n'invente rien. Si je n'avais pas été là, je ne le croirais pas moi-même. Mais ça s'est passé comme ça. Tout s'est passé exactement comme Hector l'a raconté. Chaque fois que je crois qu'il m'a menti, il se trouve qu'il disait la vérité. C'est ça qui rend son histoire tellement impossible, David. C'est qu'il m'a dit la vérité.

7

Il n'y avait pas de lune dans le ciel ce soir-là. Quand, en sortant de la voiture, j'ai posé les pieds sur le sol, je me rappelle m'être dit : Le rouge à lèvres d'Alma est rouge, la voiture est jaune et il n'y a pas de lune dans le ciel ce soir. Dans l'obscurité, derrière l'habitation principale, je distinguais vaguement les silhouettes des arbres d'Hector – de grandes masses d'ombre agitées par le vent.

En ouverture des *Mémoires d'outre-tombe* se trouve un passage où il est question d'arbres. Je me surpris à y penser pendant que nous nous dirigions vers la porte, à tenter de me remémorer ma traduction du troisième paragraphe du livre de deux mille pages de Chateaubriand, celui qui commence par ces mots : *Ce lieu me plaît : il a remplacé pour moi les champs paternels* et se termine par les phrases suivantes : *Je suis attaché à mes arbres ; je leur ai adressé des élégies, des sonnets, des odes. Il n'y a pas un seul d'entre eux que je n'aie soigné de mes propres mains, que je n'aie délivré du ver attaché à sa racine, de la chenille collée à sa feuille ; je les connais tous par leurs noms, comme mes enfants : c'est ma famille, je n'en ai pas d'autre, j'espère mourir au milieu d'elle.*

Je ne m'attendais pas à le voir le soir même. Quand Alma avait téléphoné de l'aéroport, Frieda l'avait prévenue qu'Hector serait sans doute endormi à l'heure où nous arriverions au ranch. Il s'accrochait encore, avait-elle dit, mais elle ne pensait pas qu'il serait capable de me parler avant le lendemain matin – à supposer qu'il parvînt à tenir jusque-là.

Onze années plus tard, je me demande encore ce qui serait arrivé si je m'étais arrêté, si je m'étais retourné avant d'atteindre le seuil. Si, au lieu d'entourer de mon bras les épaules d'Alma et de marcher droit vers la maison, je m'étais immobilisé un instant, j'avais regardé l'autre moitié du ciel et y avais aperçu une grande lune ronde nous inondant de sa lumière. Serait-il encore vrai de dire qu'il n'y avait pas de lune dans le ciel ce soir-là ? Puisque je n'ai pas pris la peine de me retourner pour regarder derrière moi, alors, oui, ce serait encore vrai. Si je n'ai pas vu la lune, alors la lune n'a jamais été là.

Je ne suggère pas que je n'en ai pas pris la peine. J'ai gardé les yeux ouverts, j'ai tenté d'absorber tout ce qui se passait autour de moi, mais il est certain que beaucoup de choses aussi m'ont échappé. Que ça me plaise ou non, je ne puis écrire qu'à propos de ce que j'ai vu et entendu – et de rien d'autre. Il s'agit moins ici d'un aveu d'échec que d'une déclaration de méthodologie, d'une affirmation de principes. Si je n'ai pas vu la lune, alors la lune n'a jamais été là.

Moins d'une minute après notre arrivée dans la maison, Frieda m'emmenait à la chambre d'Hector, à l'étage. Je n'avais eu de temps que pour le plus hâtif des coups d'œil autour de moi, la plus immédiate des premières impressions – ses cheveux blancs coupés court, la fermeté de sa poignée de main, la fatigue dans ses yeux – et avant d'avoir pu dire aucune des choses que j'aurais dû dire (merci de me recevoir, j'espère qu'il se sent mieux), j'appris d'elle qu'Hector était éveillé. Il aimerait vous voir maintenant, dit-elle, et soudain je regardais son dos tandis qu'elle me précédait dans l'escalier. Pas le temps d'observer quoi que ce fût dans la maison – sinon de remarquer qu'elle était grande et meublée avec simplicité, et qu'il y avait aux murs de nombreux dessins et tableaux (peut-être de Frieda, peut-être non) – ni de penser à l'incroyable personnage qui avait ouvert la porte, un homme si minuscule que je ne l'avais même pas aperçu avant qu'Alma ne se soit penchée pour l'embrasser sur la joue. Frieda entra dans la pièce un instant plus tard et, bien que je me souvienne de l'étreinte des deux femmes, je ne me rappelle pas si Alma se trouvait près de moi pendant que je montais l'escalier. C'est toujours à ce moment-là que je perds sa trace, me semble-t-il. Je la cherche en vain dans ma mémoire, je ne parviens pas à la situer. Le temps d'arriver en haut de l'escalier, Frieda a disparu, elle aussi, inévitablement. Cela ne peut pas s'être passé ainsi, mais c'est ainsi que je m'en souviens. Chaque fois que je me vois entrer dans la chambre d'Hector, j'y entre toujours seul.

Ce qui m'étonna le plus fut, je crois, le simple fait qu'il eût un corps. Jusqu'au moment où je l'ai vu, couché là, dans son lit, je ne suis pas certain d'avoir jamais véritablement cru en lui. Pas comme à quelqu'un d'authentique, en tout cas, pas comme je croyais à Alma ou à moi-même, à Helen ou même à Chateaubriand. J'étais stupéfait de constater qu'Hector avait des mains et des yeux, des ongles et des épaules, un cou et une oreille gauche – qu'il était tangible, que ce n'était pas un être imaginaire. Il occupait mes pensées depuis si longtemps qu'il me paraissait douteux qu'il pût exister ailleurs.

Les mains osseuses, couvertes d'éphélides ; les doigts noueux et les veines épaisses et saillantes ; la peau avachie sous le menton ; la bouche entrouverte. Il était étendu sur le dos quand j'entrai dans la chambre, les bras allongés au-dessus de la couverture, éveillé mais immobile, contemplant le plafond dans une sorte de transe. Quand il se tourna vers moi, je vis néanmoins que ses yeux étaient les yeux d'Hector. Joues parcheminées, front ridé, cou plissé, cheveux blancs en touffes – et pourtant je reconnaissais ce visage, le visage d'Hector. Soixante ans avaient passé depuis qu'il avait cessé de porter la moustache et le complet blanc, mais il n'avait pas tout à fait disparu. Il avait vieilli, il avait vieilli infiniment, et pourtant une partie de lui était toujours là.

Zimmer, dit-il. Asseyez-vous près de moi, Zimmer, et éteignez la lumière.

Il avait la voix faible et encombrée de mucosités, un grondement sourd fait de soupirs et de semi-articulations, assez fort toutefois pour que je puisse distinguer ce qu'il disait. Le *r* à la fin de mon nom roulait un petit peu et en me penchant pour éteindre la lampe sur sa table de chevet, je me demandai s'il ne serait pas plus facile pour lui que nous poursuivions en espagnol. Après avoir éteint, je me rendis compte qu'il y avait une autre lampe allumée dans un coin éloigné de la chambre – un lampadaire surmonté d'un large abat-jour en vélin – et qu'une femme était assise dessous dans un fauteuil. Elle se leva à l'instant où je l'apercevais et je

dois avoir sursauté un peu – non seulement
parce que j'étais surpris, mais aussi parce qu'elle
était minuscule, aussi minuscule que l'homme
qui nous avait ouvert la porte, en bas. Ils ne
devaient guère, ni l'un ni l'autre, mesurer plus
d'un mètre vingt. Je crus entendre Hector rire
derrière moi (un souffle ténu, à peine un rire,
un chuchotement) et puis la femme me salua en
silence d'un hochement de tête et sortit de la
chambre.

Qui était-ce ? demandai-je.

Ne vous alarmez pas, dit Hector. Elle s'appelle
Conchita. Elle fait partie de la famille.

Je ne l'avais pas vue, c'est tout. Ça m'a surpris.

Son frère Juan habite ici, lui aussi. Ce sont de
petites personnes. D'étranges petites personnes
qui ne peuvent pas parler. Nous sommes dépen-
dants d'eux.

Voulez-vous que j'éteigne l'autre lampe ?

Non, c'est bien comme ceci. Moins dur pour
les yeux. Je suis content.

Je m'assis sur la chaise à côté du lit et me
penchai en avant, tâchant de me placer aussi
près de sa bouche que possible. La lumière
venant de l'autre bout de la pièce n'était pas
plus forte que celle d'une bougie, mais elle éclairait suffisamment pour que je puisse voir le
visage d'Hector, le regarder dans les yeux. Une
vague lueur s'étendait au-dessus du lit, une atmosphère jaunâtre mêlée d'ombres et d'obscurité.

C'est toujours trop tôt, dit Hector, mais je n'ai
pas peur. Un homme comme moi doit être écrasé.
Merci d'être là, Zimmer. Je n'espérais pas votre
venue.

Alma a été très convaincante. Il y a longtemps
que vous auriez dû me l'envoyer.

Vous m'avez secoué, monsieur. Au début, je ne pouvais pas accepter ce que vous avez fait. Maintenant je crois que je suis content.

Je n'ai rien fait.

Vous avez écrit un livre. J'ai lu et relu ce livre, et à chaque fois je me suis reposé la question : Pourquoi m'avez-vous choisi ? Qu'est-ce qui vous poussait, Zimmer ?

Vous m'avez fait rire. C'est tout, il n'y a jamais rien eu d'autre. Vous avez forcé quelque chose en moi à s'ouvrir et, après ça, vous êtes devenu mon prétexte pour continuer à vivre.

Votre livre ne dit pas cela. Il fait honneur à mes vieux films avec la moustache, mais vous n'y parlez pas de vous.

Je n'ai pas l'habitude de parler de moi-même. Ça me met mal à l'aise.

Alma a fait allusion à un immense chagrin, à une douleur indicible. Si je vous ai aidé à supporter cette douleur, c'est peut-être ce que j'ai fait de mieux.

J'aurais voulu être mort. Après avoir entendu ce qu'Alma m'a raconté cet après-midi, j'ai compris que vous étiez passé par là, vous aussi.

Alma a eu raison de vous raconter ça. Je suis un homme ridicule. Dieu m'a joué bien des tours, et plus vous en savez là-dessus, mieux vous comprendrez mes films. Je me réjouis d'entendre ce que vous en direz, Zimmer. Votre opinion est très importante pour moi.

Je ne connais rien au cinéma.

Mais vous étudiez les œuvres des autres. J'ai lu ces livres-là aussi. Vos traductions, vos écrits sur les poètes. Ce n'est pas par hasard que vous avez consacré des années à Rimbaud. Vous comprenez ce que signifie le fait de tourner le dos à quelque chose. J'admire un homme capable de penser ainsi. Cela rend votre opinion très importante pour moi.

Vous vous êtes débrouillé sans l'opinion de personne jusqu'à présent. Pourquoi ce besoin soudain de savoir ce que d'autres pensent ?

Parce que je ne suis pas seul. D'autres personnes vivent ici, aussi, et je ne dois pas penser à moi seul.

A ce qu'on m'a dit, vous avez toujours travaillé ensemble, votre femme et vous.

Oui, c'est vrai. Mais il faut aussi penser à Alma.

La biographie ?

Oui, le livre qu'elle écrit. Après la mort de sa mère, j'ai compris que je lui devais ça. Alma possède si peu de choses ; il m'a semblé juste de renoncer à certaines de mes idées sur moi-même afin de lui donner une chance dans la vie. J'avais commencé à me conduire en père. Ce n'est pas ce qui pouvait m'arriver de pire.

Je croyais que Charlie Grund était son père.

C'est vrai. Mais je suis son père, moi aussi. Alma est l'enfant de cet endroit. Si elle peut faire de ma vie un livre, alors tout commencera peut-être à aller bien pour elle. A défaut d'autre chose, c'est une histoire intéressante. Une histoire idiote, sans doute, mais non dépourvue de passages intéressants.

Vous me dites que vous ne vous souciez plus de vous-même, que vous avez abandonné ?

Je ne me suis jamais soucié de moi-même. Pourquoi cela m'ennuierait-il qu'on me livre en exemple ? Cela fera peut-être rire. Ce serait un bon dénouement – faire rire, de nouveau. Vous avez ri, Zimmer. Peut-être d'autres se mettront-ils à rire avec vous.

Nous n'étions qu'à peine en train de nous échauffer, d'atteindre au cœur de la conversation

267

mais, avant que j'aie pu trouver comment répondre à cette dernière phrase d'Hector, Frieda entra dans la chambre et me toucha l'épaule.

Je crois que nous devrions le laisser se reposer, maintenant, dit-elle. Vous pourrez reprendre cette conversation demain.

Je trouvai démoralisant d'être coupé comme cela, mais je ne me sentis pas le droit de m'insurger. Frieda m'avait laissé moins de cinq minutes auprès de lui et, déjà, il m'avait séduit, il avait gagné mon affection bien au-delà de ce que j'aurais cru possible. Si un mourant pouvait exercer un tel pouvoir, me disais-je, on pouvait imaginer ce qu'il devait avoir été lorsqu'il avait tous ses moyens.

Je sais qu'il m'a dit quelque chose avant que je sorte de sa chambre, mais je ne me souviens pas de ce que c'était. Quelque chose de simple, une politesse, mais les mots précis m'échappent aujourd'hui. *A suivre*, je crois, ou bien *à demain, Zimmer*, une formule banale qui ne signifiait rien de bien important – sinon, sans doute, qu'il croyait encore avoir un avenir, si bref que dût être cet avenir. Comme je me levais de mon siège, il a tendu la main et m'a saisi le bras. Ça, je m'en souviens. Je me souviens du contact de sa main, froide, pareille à une serre, et je me souviens de m'être dit : Ceci est en train de se passer. Hector Mann est vivant, et sa main me touche en ce moment. Et puis je me souviens que je me suis dit de me souvenir du contact de cette main. S'il ne vivait pas jusqu'au matin, ce serait la seule preuve que je l'avais vu vivant.

Après l'intensité de ces quelques premières minutes, il y eut une période de calme qui dura plusieurs heures. Frieda resta à l'étage, assise dans le fauteuil que j'avais occupé pendant ma visite à Hector, et Alma et moi, nous descendîmes à la cuisine ; c'était une vaste pièce bien éclairée, avec des murs de pierre, un feu ouvert et tout un tas de vieux appareils, qui paraissaient dater du début des années soixante. Je m'y sentais bien, et je me sentais bien, assis devant la longue table en bois à côté d'Alma, conscient qu'elle me touchait le bras à l'endroit même où Hector m'avait touché un instant plus tôt. Deux gestes différents, deux souvenirs différents – l'un par-dessus l'autre. Ma peau était devenue un palimpseste de sensations fugitives, et chaque couche portait la trace de ce que j'étais.

Le dîner consista en plats chauds et froids assemblés au petit bonheur : soupe aux lentilles, saucisse sèche, fromage, salade et une bouteille de vin rouge. Le repas était servi par Juan et Conchita, ces *étranges petites personnes qui ne pouvaient pas parler* et, si je ne nie pas qu'ils me mettaient un peu mal à l'aise, j'étais trop préoccupé d'autres sujets pour faire vraiment attention à eux. Ils étaient jumeaux, m'expliqua Alma, et ils avaient commencé à travailler pour Hector et Frieda à dix-huit ans, il y avait plus de vingt ans de cela. Je remarquai leurs corps miniatures parfaitement formés, leurs visages rudes de paysans, leurs sourires pleins d'entrain et leur apparente bonne volonté, mais je trouvais plus intéressant de regarder Alma leur parler avec les mains que de les regarder s'adresser à elle. J'étais intrigué de voir Alma parler si couramment le langage des signes, lancer des phrases du bout de ses doigts dansants et pirouettants, et parce que c'étaient les doigts d'Alma, c'étaient eux que je désirais regarder. Il se faisait tard, après tout, et bientôt nous irions nous coucher. Malgré tout ce qui se passait d'autre à ce moment, c'était le sujet auquel je pensais le plus volontiers.

Tu te souviens des trois frères mexicains ? me demanda Alma.

Ceux qui ont aidé à construire la première maison ?

Les frères Lopez. Il y avait aussi quatre filles dans la famille, et Juan et Conchita sont les plus jeunes enfants de la troisième sœur. Les frères Lopez ont construit la plupart des décors pour les films d'Hector. Ensemble, ils ont eu onze fils, et mon père a enseigné la technique à six ou sept des garçons. Ils formaient l'équipe. Les pères construisaient les décors et les fils chargeaient les caméras ou poussaient le chariot de travelling, ils étaient preneurs de son, accessoiristes, machinistes et électriciens. Ça a duré des années. Je jouais avec Juan et Conchita quand nous étions petits. Ce sont les premiers amis que j'ai eus au monde.

Au bout d'un moment, Frieda descendit et se joignit à nous à la table de la cuisine. Devant l'évier, Conchita lavait une assiette (debout sur un tabouret, travaillant avec une efficacité d'adulte dans son corps d'enfant de sept ans) et à l'instant où elle aperçut Frieda, elle lui lança un long regard interrogateur, comme si elle attendait ses instructions. Frieda fit oui de la tête et Conchita déposa l'assiette, s'essuya les mains avec un torchon à vaisselle et sortit de la pièce. Rien n'avait été dit, mais il était évident qu'elle montait s'asseoir auprès d'Hector, qu'elles le veillaient chacune à son tour.

Selon mes calculs, Frieda Spelling avait soixante-dix-neuf ans. Après avoir entendu Alma la décrire, je m'attendais à quelqu'un de farouche – à une femme brutale, intimidante, un personnage plus grand que nature – mais la personne qui s'assit auprès de nous ce soir-là était réservée, discrète, presque renfermée. Ni rouge à lèvres, ni maquillage, aucun effort pour se coiffer, et néanmoins féminine, encore belle d'une beauté épurée, incorporelle. A la regarder, je commençai à me rendre compte qu'elle était de ces rares individus chez qui l'esprit l'emporte en fin de compte sur la matière. L'âge ne diminue pas ces gens-là. Il les fait vieillir, mais il n'altère pas ce qu'ils sont et, plus ils vivent longtemps, plus pleinement et implacablement ils s'incarnent eux-mêmes.

Excusez la désorganisation, professeur, dit-elle. Vous arrivez à un moment difficile. Hector a eu une matinée pénible et pourtant, quand je lui ai dit qu'Alma et vous étiez en route, il a insisté pour rester éveillé. J'espère que ce n'était pas trop pour lui.

Nous avons eu une bonne conversation, dis-je. Je crois qu'il est heureux que je sois venu.

Heureux n'est peut-être pas le mot juste, mais quelque chose, quelque chose de très intense. Vous avez fait sensation dans cette maison, professeur. Je suis sûre que vous en êtes conscient.

Avant que j'aie pu lui répondre, Alma s'interposa et changea de sujet. As-tu pris contact avec Huyler ? demanda-t-elle. Sa respiration fait un bruit inquiétant, tu sais. C'est bien pire qu'hier.

Frieda soupira et puis se passa les mains sur le visage – épuisée par le manque de sommeil, par l'excès d'agitation et de soucis. Je ne vais pas appeler Huyler, dit-elle (en parlant à elle-même plus qu'à Alma, comme si elle répétait un argument dont elle avait déjà débattu une dizaine de fois), parce que la seule chose que dira Huyler c'est : *Amenez-le à l'hôpital*, et Hector ne veut pas aller à l'hôpital. Il en a assez, de l'hôpital. Il m'a fait promettre, et je lui ai donné ma parole. Plus d'hôpital, Alma. Alors à quoi bon appeler Huyler ?

Hector a une pneumonie, répliqua Alma. Il n'a qu'un poumon, et il ne peut presque plus respirer. C'est pour ça que tu dois appeler Huyler.

Il veut mourir à la maison, dit Frieda. Il me répète ça toutes les heures depuis deux jours, et je ne le contrarierai pas. Je lui ai donné ma parole.

Je le conduirai moi-même à Saint-Joseph si tu es trop fatiguée, proposa Alma.

Pas sans sa permission, dit Frieda. Et nous ne pouvons pas lui parler maintenant parce qu'il dort. On essaiera demain matin, si tu veux, mais je ne ferai pas ça sans sa permission.

Pendant que les deux femmes poursuivaient leur conversation, je vis en levant les yeux Juan, perché sur un tabouret devant la cuisinière, en train de préparer des œufs brouillés dans une poêle. Quand ils furent prêts, il les transféra dans une assiette qu'il apporta là où Frieda s'était assise. Les œufs chauds et jaunes dans la porcelaine bleue dégageaient des volutes de vapeur – comme si l'odeur de ces œufs était devenue visible. Frieda les contempla un instant, l'air de ne pas comprendre ce qu'ils faisaient là. Ç'aurait pu être un tas de cailloux, ou un ectoplasme tombé de l'espace, ce n'était pas un aliment, et même si elle reconnaissait en eux un aliment, elle n'avait aucune intention de les porter à sa bouche. Elle se servit un verre de vin mais, après en avoir bu une petite gorgée, elle reposa le verre. Très délicatement, elle l'éloigna d'elle et puis, de l'autre main, elle éloigna les œufs.

Ça tombe mal, dit-elle. J'espérais pouvoir parler avec vous, faire un peu connaissance, mais ça n'a pas l'air de devoir être possible.

Il y a toujours demain, fis-je.

Peut-être, répondit-elle. En ce moment, je ne pense qu'à maintenant.

Tu devrais te coucher, Frieda, intervint Alma. Depuis quand n'as-tu plus dormi ?

Je ne me souviens plus. Avant-hier, je crois. La nuit avant ton départ.

Eh bien, je suis rentrée, maintenant, et il y a David, aussi. Tu n'as plus besoin de tout prendre sur toi.

Je ne le fais pas, protesta Frieda, je ne l'ai pas fait. Les deux petits m'ont été d'une grande aide, mais je dois être là pour lui parler. Il est trop faible pour s'exprimer encore par signes.

Repose-toi, dit Alma. Moi, je resterai avec lui. Nous pouvons faire ça ensemble, David et moi.

J'espère que ça ne t'ennuie pas, reprit Frieda, mais je me sentirais beaucoup mieux si tu restais ici, dans la maison, cette nuit. Mr Zimmer peut dormir chez toi, mais je préférerais t'avoir en haut avec moi. Au cas où il arriverait quelque chose. Tu veux bien ? J'ai déjà fait préparer par Conchita le lit de la grande chambre d'amis.

C'est parfait, dit Alma, mais David n'a pas besoin de dormir là-bas. Il peut rester avec moi.

Ah ? fit Frieda, complètement prise au dépourvu. Et qu'en dit Mr Zimmer ?

Mr Zimmer approuve ce projet, répondis-je.

Ah ? répéta-t-elle et, pour la première fois depuis qu'elle était entrée dans la cuisine, Frieda sourit. Je trouvai ce sourire formidable, plein d'étonnement et de stupeur et, tandis qu'elle regardait alternativement le visage d'Alma et le mien, son sourire s'épanouit encore. Mon Dieu, dit-elle, vous allez vite en besogne, vous deux ! Qui se serait attendu à *ça* ?

Personne, m'apprêtais-je à répondre mais, avant que j'aie pu articuler une syllabe, le téléphone sonna. C'était une interruption bizarre et, parce qu'elle survenait si vite après que Frieda avait prononcé le mot *ça*, il semblait y avoir une connexion entre les deux événements, comme si le téléphone avait sonné en réaction immédiate au mot. Cela modifia l'atmosphère du tout au tout, éteignant la lueur d'amusement qui avait éclairé le visage de Frieda. Elle se leva et, pendant que je la regardais se diriger vers le téléphone (qui était fixé au mur à côté de la porte ouverte, à quatre ou cinq pas sur sa droite), il me vint à l'esprit que le but de ce coup de téléphone était de l'avertir qu'elle n'avait pas le droit de sourire, que sourire n'était pas autorisé dans une maison où régnait la mort. C'était une idée folle, mais cela ne signifie pas que mon intuition était fausse. J'avais été sur le point de dire : *Personne*, et quand Frieda décrocha le combiné et demanda qui appelait, il s'avéra qu'il n'y avait personne en ligne. Allô, répéta-t-elle, qui est à l'appareil ? et comme sa question restait sans réponse, elle la posa encore une fois, et puis elle raccrocha. Elle tourna vers nous un visage angoissé. Personne, dit-elle. Sacré bon Dieu de merde, personne !

Hector mourut quelques heures plus tard, entre trois et quatre heures du matin. Nous dormions, Alma et moi, quand c'est arrivé, nus sous la couverture dans le lit de la chambre d'amis.

Nous avions fait l'amour, parlé, refait l'amour, et je ne sais pas trop quand nos corps avaient fini par nous lâcher. Alma avait traversé deux fois tout le pays en deux jours, elle avait conduit pendant des centaines de miles pour aller et revenir des aéroports, et elle fut pourtant capable de s'extraire du tréfonds du sommeil quand Juan frappa à notre porte. Moi pas. Je dormis en dépit du bruit et de l'agitation, et je finis par tout rater. Après des années d'insomnie et de mauvaises nuits, j'avais enfin dormi profondément, et ce fut la seule nuit où j'aurais dû veiller.

Je n'ouvris pas les yeux avant dix heures. Assise au bord du lit, Alma me caressait le visage en chuchotant mon nom d'une voix calme mais pressante, et même après que je me fus sorti des brumes et redressé sur un coude, elle ne m'apprit la nouvelle qu'au bout d'encore une bonne dizaine de minutes. Il y eut d'abord des baisers, suivis d'un échange très intime à propos de l'état de nos sentiments, et puis elle me tendit une tasse de café qu'elle me laissa le temps de boire jusqu'au fond avant de commencer. Je l'ai toujours admirée d'avoir eu la force et la discipline d'agir ainsi. En ne me parlant pas tout de suite d'Hector, elle me faisait savoir qu'elle ne nous laisserait pas nous noyer dans le reste de l'histoire. Nous avions entamé notre propre histoire, désormais, et celle-ci comptait pour elle autant que l'autre – celle qui était sa vie, toute sa vie jusqu'à l'instant de notre rencontre.

Elle était contente que j'aie dormi, me dit-elle. Cela lui avait donné la possibilité de se retrouver seule un moment et de verser quelques larmes, de dépasser le pire avant que la journée ne commence. La journée serait rude, poursuivit-elle, rude et mémorable pour nous deux. Frieda était sur le sentier de la guerre – elle fonçait sur tous les fronts, s'apprêtant à tout brûler aussi vite qu'elle pourrait.

Je croyais que nous avions vingt-quatre heures, remarquai-je.

C'est ce que je croyais aussi. Mais Frieda assure que ce doit être fait *endéans* les vingt-quatre heures. Nous avons eu une bagarre terrible là-dessus avant son départ.

Son départ ? Tu veux dire qu'elle n'est plus au ranch ?

Ç'a été une scène incroyable. Dix minutes après la mort d'Hector, Frieda était au téléphone, en conversation avec quelqu'un à la Vista Verde Mortuary d'Albuquerque. Elle leur a demandé d'envoyer une voiture dès que possible. Ils sont arrivés ici vers sept heures, sept heures et demie, ce qui signifie qu'ils doivent être presque rendus maintenant. Elle a l'intention de faire incinérer Hector aujourd'hui.

Elle peut faire ça ? Il ne faut pas passer d'abord par tout un tas de formalités ?

Tout ce dont elle a besoin, c'est d'un certificat de décès. Dès qu'un médecin aura examiné le corps et déclaré qu'Hector est mort de mort naturelle, elle sera libre de faire ce qu'elle veut.

Elle doit avoir eu ça en tête depuis toujours. Elle ne t'en avait simplement pas avertie.

C'est monstrueux. Nous serons là, dans la salle de projection, en train de regarder les films d'Hector, et le corps d'Hector sera dans un four, en train de se réduire à un tas de cendres.

Et puis elle reviendra et les films aussi seront réduits en cendres.

Nous n'avons que quelques heures. Ce ne sera pas suffisant pour les regarder tous, mais on pourra sans doute en passer deux ou trois si on commence tout de suite.

Ce n'est pas énorme, hein ?

Elle était prête à les brûler tous ce matin. Au moins j'ai réussi à la persuader de ne pas faire ça.

A t'entendre, on croirait qu'elle a perdu la tête.

Son mari est mort, et la première chose qu'elle doit faire, c'est détruire son œuvre, détruire tout ce qu'ils ont fait ensemble. Si elle se donnait le temps de penser, elle ne serait plus capable d'agir. Bien sûr qu'elle a perdu la tête. Elle a fait cette promesse voici près de cinquante ans et, aujourd'hui, le jour est venu où elle doit la tenir. Si j'étais à sa place, j'aurais envie d'en finir le plus vite possible. En finir – et puis m'effondrer. C'est pour ça qu'Hector ne lui a accordé que vingt-quatre heures. Il voulait qu'on n'ait pas le temps de reconsidérer.

Alma se leva alors et, pendant qu'elle faisait le tour de la chambre en remontant les stores vénitiens, je sortis du lit et m'habillai. Il restait cent choses à dire, mais il nous faudrait attendre d'avoir vu les films. Au fur et à mesure qu'Alma relevait les stores devant les fenêtres, le soleil inondait la chambre d'une lumière éblouissante de pleine matinée. Elle était vêtue d'un blue-jean, je m'en souviens, et d'un tricot de coton blanc. Ni chaussures, ni chaussettes, et les ongles de ses superbes petits orteils étaient peints en rouge. Ça n'aurait pas dû se passer de cette manière. J'avais compté sur Hector, compté qu'il resterait en vie pour moi, qu'il me donnerait une succession de lentes journées contemplatives au ranch sans rien d'autre à faire que regarder ses films et rester assis à ses côtés dans l'obscurité de sa chambre de vieillard. J'avais de la peine à choisir entre les déceptions, à décider quelle frustration était la pire : de ne plus jamais pouvoir parler avec lui – ou de savoir que ses films seraient brûlés avant que j'aie pu les voir tous.

Nous passâmes devant la porte d'Hector en descendant, et quand je regardai à l'intérieur je vis les petits serviteurs occupés à défaire le lit. La chambre était entièrement vide à présent. Les objets qui avaient encombré le dessus de la commode et de la table de chevet avaient disparu (flacons de médicaments, verres, livres, thermomètre, serviettes) et, à part les couvertures et les oreillers pêle-mêle sur le plancher, plus rien ne suggérait qu'un homme était mort là sept heures à peine plus tôt. Je les aperçus à l'instant où ils allaient enlever le drap du dessous. Ils étaient debout de part et d'autre du lit, les mains en suspens, prêts à rabattre à l'unisson les deux coins supérieurs. L'effort devait être coordonné à cause de leur petite taille (leurs têtes ne dépassaient guère du matelas) et, pendant que le drap se gonflait momentanément au-dessus du lit, je vis qu'il était souillé de taches et de colorations diverses, les dernières traces intimes de la présence d'Hector en ce monde. Nous mourons tous en perdant de la pisse et du sang, en chiant sur nous comme des nouveaunés, en suffoquant dans notre morve. Une seconde plus tard, le drap s'aplatissait à nouveau et les deux sourds-muets revenaient le long du lit en marchant de la tête vers le pied tandis que le drap se pliait en deux et tombait sans bruit sur le sol.

Alma nous avait préparé des sandwichs et des boissons à emporter dans la salle de projection. Pendant qu'elle allait charger le panier à pique-nique dans la cuisine, je déambulai au rez-de-chaussée en regardant les œuvres d'art aux murs. Il devait y avoir une trentaine de tableaux et de dessins rien que dans le salon, et une bonne dizaine encore dans le couloir : des abstractions lumineuses et ondulantes, des paysages, des portraits, des croquis au crayon et à la plume. Rien n'était signé mais tout paraissait l'œuvre d'une seule personne, ce qui signifiait que Frieda devait être l'artiste. Je tombai en arrêt devant un petit dessin accroché au-dessus du tourne-disque. Je n'aurais pas le temps de tout regarder et je décidai donc de me concentrer sur ce dessin et d'ignorer le reste. C'était une vue plongeante d'un jeune enfant, pas plus de deux ans, étendu sur le dos, les yeux fermés, manifestement endormi dans son petit lit. Le papier avait jauni et ses bords s'effritaient et en voyant combien il avait l'air ancien, j'eus la certitude que l'enfant représenté était Tad, le fils d'Hector et Frieda. Les bras et les jambes nus et détendus ; le torse nu ; un lange de coton maintenu par une épingle de sûreté ; les barreaux du lit juste suggérés au-dessus du sommet du crâne. Le dessin donnait une impression de rapidité, de spontanéité – un tourbillon de traits vibrants, sûrs d'eux, qui avait sans doute été exécuté en moins de cinq minutes. Je tentai d'imaginer la scène, de remonter jusqu'à l'instant où la pointe du crayon était entrée en contact avec le papier. Une mère est assise auprès de son enfant pendant que celui-ci fait la sieste. Elle est en train de lire mais quand, relevant la tête, elle aperçoit le bambin dans cette pose abandonnée – la tête basculée en arrière, un peu penchée d'un côté –, elle attrape un crayon dans sa poche et se met à le dessiner. Comme elle n'a pas de papier, elle utilise la dernière page de son livre, qui, par chance, est blanche. Quand le dessin est fini, elle arrache la page et la range – ou bien elle la laisse en place et l'oublie. Et si elle l'oublie, des années s'écouleront avant qu'elle ne reprenne le livre et ne redécouvre le dessin disparu. Alors seulement, elle détachera de la reliure la feuille fragile, l'encadrera et la mettra au mur. Rien ne me permettait de savoir quand cela pouvait s'être passé. Etait-ce il y avait quarante ans ou était-ce le mois dernier ? Quoi qu'il en fût, quand elle avait retrouvé ce dessin représentant son fils, l'enfant était déjà mort – mort sans doute depuis des années, depuis plus d'années, peut-être, que n'en comptait ma vie.

Revenue de la cuisine, Alma me prit par la main et m'entraîna du salon vers un corridor attenant, aux murs de stuc blanchis à la chaux et au sol de dalles rouges. Il y a quelque chose que je voudrais te faire voir, dit-elle. Je sais que nous avons peu de temps, mais ça ne prendra qu'une minute.

Au bout du couloir, après être passés devant deux ou trois portes, nous nous arrêtâmes devant la dernière. Alma déposa son panier et sortit de sa poche un trousseau de clefs. Il devait bien y en avoir quinze ou vingt, mais elle trouva sans hésitation celle qu'elle voulait et la glissa dans la serrure. Le cabinet de travail d'Hector, dit-elle. Il y passait plus de temps qu'en aucun autre endroit. Le ranch était son univers, mais cet univers avait son centre ici.

La pièce était pleine de livres. C'est la première chose que je remarquai en y entrant – la quantité de livres qui se trouvaient là. Trois des quatre murs étaient garnis d'étagères du sol au plafond, et chaque pouce de ces étagères était bourré de livres. Il y en avait aussi, éparpillés et empilés, sur les sièges et sur les tables, sur le tapis, sur le bureau. Des livres reliés et des livres de poche, des livres neufs et de vieux livres, des livres en anglais, en espagnol, en français et en italien. Le bureau, au centre de la pièce, était une longue table en bois – jumelle de celle de la cuisine – et parmi les titres que je me rappelle avoir vus, il y avait *Mon dernier soupir*, de Luis Buñuel. Parce que le livre était posé ouvert et retourné juste devant le fauteuil, je me demandai si Hector n'était pas en train de le lire le jour où il était tombé et s'était cassé la jambe – le dernier jour qu'il avait passé dans son cabinet. Comme j'allais m'en saisir pour voir où il en était resté, Alma me reprit la main et me guida vers les étagères dans un coin, au fond de la pièce. Je crois que tu vas trouver ceci intéressant, me dit-elle. Elle désignait une rangée de livres à plusieurs centimètres au-dessus de sa tête (exactement au niveau de mes yeux), et je vis que tous avaient pour auteurs des écrivains français : Baudelaire, Balzac, Proust, La Fontaine. Un peu à gauche, fit Alma, et en déplaçant mon regard vers la gauche tout en recherchant au passage, au dos des volumes, ce qu'elle voulait me montrer, je repérai soudain le vert et or familier des deux tomes de l'édition Pléiade des *Mémoires d'outre-tombe*.

Cela n'aurait pas dû me paraître tellement important, et pourtant j'en fus ému. Chateaubriand n'était pas un écrivain obscur, mais je me sentais ému de savoir qu'Hector avait lu ce livre, qu'il était entré dans ce labyrinthe de souvenirs où j'errais depuis dix-huit mois. C'était un point de contact de plus, en quelque sorte, un chaînon de plus dans la série des rencontres fortuites et des sympathies curieuses qui m'avaient attiré vers lui depuis le début. Je pris le premier volume sur l'étagère et l'ouvris. Je savais que nous devions nous dépêcher, Alma et moi, mais je ne pouvais pas résister au besoin de caresser de mes mains quelques-unes de ces pages, de toucher quelques-uns des mots qu'Hector avait lus dans le silence de cette pièce. Le livre s'ouvrit de lui-même vers le milieu et je vis qu'une phrase était soulignée d'un léger trait de crayon. *Les moments de crise produisent un redoublement de vie chez les hommes.* En d'autres termes, les hommes ne commencent à vivre pleinement que lorsqu'ils ont le dos au mur.

En hâte, nous sortîmes dans la chaleur de cette matinée d'été, emportant nos sandwichs et nos boissons fraîches. Vingt-quatre heures plus tôt, nous roulions parmi les vestiges d'une tempête en Nouvelle-Angleterre. A présent, dans le désert, nous marchions sous un ciel sans nuages en respirant un air léger au parfum de genévrier. Je voyais à notre droite les arbres d'Hector et, tandis que nous longions le bord du jardin, des cigales stridulaient dans les herbes hautes. Eclats de couleurs : achillée, herbe aux puces, gaillet. Je me sentais extraordinairement alerte, animé par une sorte de détermination démente, dans un état où se mêlaient la peur, l'attente et le bonheur – comme si j'avais trois cerveaux qui, tous trois, fonctionnaient en même temps. Un mur géant de montagnes se dressait dans le lointain ; un faucon tournoyait au-dessus de nous ; un papillon bleu se posa sur un rocher. Nous n'avions pas parcouru cent mètres depuis la maison que déjà je sentais la sueur s'amasser sur mon front. Alma me montra du doigt un long bâtiment bas en adobe, avec un seuil de ciment craquelé envahi par des mauvaises herbes. Les acteurs et techniciens avaient dormi là pendant la production des films, me dit-elle, mais désormais les fenêtres étaient fermées par des planches et on avait coupé l'eau et l'électricité. Les bâtiments de la postproduction se trouvaient encore à une cinquantaine de mètres, mais c'est un autre, plus lointain, qui attira mon attention. Le studio d'enregistrement était un énorme édifice, un vaste cube de blancheur étincelant au soleil, et il me parut bizarre dans cet environnement, plus semblable à un hangar d'avion ou à un dépôt de camions qu'à un lieu destiné au tournage de films. Impulsivement, je serrai la main d'Alma et puis je glissai mes doigts entre les siens et les nouai ensemble. Par quoi allons-nous commencer ? demandai-je.

La Vie intérieure de Martin Frost.

Pourquoi celui-là et pas un autre ?

Parce que c'est le plus court. Nous pourrons le voir de bout en bout, et si Frieda n'est pas rentrée quand nous aurons fini, nous passerons au plus court après celui-là. Je n'ai pas trouvé de meilleur moyen de nous y prendre.

C'est de ma faute. J'aurais dû venir ici il y a un mois. Tu ne peux pas savoir à quel point je m'en veux.

Les lettres de Frieda n'étaient pas très engageantes. A ta place, j'aurais hésité aussi.

Je ne pouvais pas admettre qu'Hector fût vivant. Et puis, quand j'ai pu l'admettre, je n'ai pas pu admettre qu'il fût mourant. Ces films attendent depuis des années. Si j'avais réagi tout de suite, j'aurais pu les voir tous. J'aurais pu les regarder deux ou trois fois, les apprendre par cœur, les digérer. Maintenant nous nous dépêchons dans l'espoir d'en voir un seul. C'est absurde.

Ne t'accable pas, David. J'ai passé des mois à essayer de les convaincre que tu devais venir au ranch. Si quelqu'un est en faute, c'est moi. C'est moi qui ai tardé. C'est moi qui m'en veux.

Alma ouvrit la porte avec une autre de ses clefs et à l'instant où nous franchissions le seuil et entrions dans le bâtiment, la température baissa de dix degrés. La climatisation fonctionnait et, sauf si on la laissait allumée tout le temps (ce dont je doutais), cela signifiait qu'Alma était déjà venue là dans la matinée. Cela paraissait insignifiant mais lorsque j'y eus pensé pendant quelques secondes, je ressentis un immense élan de pitié pour elle. Elle avait vu Frieda partir avec le corps d'Hector à sept heures ou sept heures et demie et alors, au lieu de monter m'éveiller, elle était allée dans le bâtiment de la postproduction pour mettre la climatisation en marche. Et puis, pendant deux heures et demie, elle était restée là toute seule à pleurer Hector pendant que la température baissait peu à peu, incapable de me faire face avant d'avoir sangloté tout son saoul. Nous aurions pu passer ces heures à regarder un film, mais elle ne s'était pas sentie prête à commencer et, par conséquent, une partie de la journée nous avait glissé entre les doigts. Alma n'était pas une dure. Elle avait plus de courage que je ne l'avais pensé, mais ce n'était pas une dure et, en marchant à sa suite dans la fraîcheur du corridor, je compris enfin à quel point cette journée allait être terrible pour elle, à quel point elle l'avait déjà été.

Des portes à notre gauche, des portes à notre droite, pas le temps d'en ouvrir une, pas le temps d'entrer pour jeter un coup d'œil dans les salles de montage ou dans le studio de mixage du son, pas même le temps de demander si le matériel se trouvait encore là. Au bout du couloir, nous tournâmes à gauche, parcourûmes un autre couloir aux murs de parpaings nus (bleu pâle, je m'en souviens) et puis nous entrâmes, en franchissant des doubles portes, dans la petite salle de projection. Il y avait trois rangées de fauteuils rembourrés à sièges relevables – environ huit à dix par rangée – et le sol descendait en pente légère vers l'écran. Fixé au mur, sans scène ni rideaux devant lui, celui-ci consistait en un rectangle de plastique blanc opaque parsemé de trous minuscules et luisant d'un éclat oxydé. Derrière nous, la cabine faisait saillie dans le mur du fond. Il y avait de la lumière à l'intérieur et quand je me retournai pour la regarder, la première chose que je remarquai fut qu'il y avait deux projecteurs – et que chacun était chargé d'un rouleau de film.

A part quelques dates et chiffres, Alma ne me donna guère d'indications sur ce que nous allions voir. *La Vie intérieure de Martin Frost* était le quatrième film réalisé par Hector au ranch, me dit-elle, et après la fin du tournage, en mars 1946, il y avait encore travaillé seul pendant cinq mois avant de dévoiler la version définitive en projection privée le 12 août. Sa durée était de quarante et une minutes. Comme tous les films d'Hector, il avait été tourné en noir et blanc, mais *Martin Frost* était un peu différent des autres dans la mesure où on aurait pu le qualifier de comédie (ou de film comportant des éléments comiques) et où c'était, par conséquent, la seule des réalisations de sa dernière période qui eût un rapport avec les courts métrages burlesques des années vingt. Elle l'avait choisi pour sa relative brièveté, me dit-elle, mais cela ne voulait pas dire que ce n'était pas un bon début. Sa mère avait joué son premier rôle pour Hector dans ce film, et si ce n'était pas la plus ambitieuse de leurs œuvres communes, c'était sans doute la plus charmante. Alma se détourna un instant. Et puis, après un profond soupir, elle se retourna vers moi et ajouta : Faye était si vivante en ce temps-là, si éclatante. Je ne me lasse jamais de la regarder.

J'attendais qu'elle poursuive, mais ce fut son seul commentaire, sa seule remarque ressemblant à l'expression d'une opinion subjective. Après un autre bref silence, elle ouvrit le panier à pique-nique et en sortit un cahier et un stylo bille – lequel était équipé d'une petite torche pour écrire dans le noir. Au cas où tu aurais envie de prendre des notes, me dit-elle. En me remettant ces objets, elle se pencha en avant et m'embrassa sur la joue – un petit bécot, un bisou d'écolière – et puis elle s'écarta et se dirigea vers la porte. Vingt secondes après, j'entendis frapper un coup léger. Je levai les yeux et l'aperçus, dans la cabine vitrée, qui me faisait signe. Je lui fis signe à mon tour – peut-être même lui ai-je envoyé un baiser – et puis, comme je me carrais dans mon siège au milieu du premier rang, Alma baissa les lumières. Elle ne redescendit pas avant la fin du film.

Il me fallut un moment pour y entrer, pour comprendre ce qui se passait. L'action était filmée avec un réalisme si imperturbable et une attention si scrupuleuse envers les détails de la vie quotidienne que je restai d'abord insensible à la magie qui imprégnait le cœur du récit. Le film commençait comme n'importe quelle comédie sentimentale et, pendant les douze ou quinze premières minutes, Hector s'en tenait aux conventions éprouvées du genre : la rencontre imprévue entre l'homme et la femme, le malentendu qui les sépare, le revirement soudain et l'explosion du désir, la plongée dans le délire, l'émergence de difficultés, l'affrontement avec le doute et la victoire sur le doute – le tout devant conduire (du moins je le pensais) à un dénouement triomphal. Mais alors, arrivé à peu près au tiers du récit, je compris que je me trompais. En dépit des apparences, le cadre du film n'était pas Tierra del Sueño ni le territoire du Blue Stone Ranch. C'était le dedans de la tête d'un homme – et la femme qui était entrée dans cette tête n'était pas une vraie femme. C'était un esprit, une figure née de l'imagination de l'homme, un être éphémère envoyé pour devenir sa muse.

Si le film avait été tourné en n'importe quel autre lieu, j'aurais sans doute été moins lent à saisir. La proximité immédiate du paysage me déconcertait et, pendant les deux premières minutes, je dus lutter contre l'impression d'avoir affaire à une sorte de cinéma familial élaboré et de haut niveau. La maison du film était la maison d'Hector et Frieda ; le jardin était leur jardin ; la route était leur route. Les arbres d'Hector étaient là, eux aussi – plus jeunes et moins fournis qu'à présent, sans doute, mais néanmoins ces mêmes arbres devant lesquels j'étais passé en venant au bâtiment de la postproduction moins de dix minutes auparavant. Il y avait la chambre à coucher où j'avais dormi cette nuit-là, le rocher sur lequel j'avais vu se poser le papillon, la table de cuisine que Frieda avait quittée pour répondre au téléphone. Jusqu'à ce que le film commence à se dérouler sur l'écran devant moi, tout cela avait été réel. A présent, les images en noir et blanc de la caméra de Charlie Grund en avaient fait les éléments d'une œuvre de fiction. J'étais censé les lire comme des ombres, mais mon cerveau mit du temps à s'ajuster. Je ne cessais de les voir tels qu'ils étaient, non comme ce qu'ils représentaient.

Le générique défila en silence, sans arrière-plan musical, sans signaux sonores pour préparer le spectateur à ce qui allait suivre. Une succession de cartons blancs sur fond noir annonçait les points essentiels. *La Vie intérieure de Martin Frost*. Scénario et mise en scène : Hector Spelling. Avec Norbert Steinhaus et Faye Morrison. Caméra : C. P. Grund. Décors et costumes : Frieda Spelling. Le nom de Steinhaus ne me disait rien et quand l'acteur apparut sur l'écran quelques instants plus tard, j'eus la certitude de ne l'avoir encore jamais vu. C'était un grand type dégingandé d'une bonne trentaine d'années, avec des yeux vifs et observateurs et un léger début de calvitie. Pas particulièrement beau ni héroïque mais sympathique, humain, avec un visage suffisamment expressif pour suggérer une certaine activité mentale. Je me sentais à l'aise à le voir et je croyais sans résistance à son jeu, mais j'avais plus de difficulté avec la mère d'Alma. Non qu'elle ne fût une bonne actrice ni que je me sentisse lâché (elle était ravissante et excellente dans son rôle) mais, simplement, parce que c'était la mère d'Alma. Il n'y a aucun doute que cela contribua à l'impression de dislocation et à la confusion que j'éprouvai au début du film. J'avais devant les yeux la mère d'Alma – une jeune mère d'Alma, de quinze ans plus jeune que ne l'était Alma – et je ne pouvais m'empêcher de chercher en elle des traces de sa fille, des indices d'une ressemblance entre elles. Faye Morrison était plus sombre et plus grande qu'Alma, indiscutablement plus belle qu'Alma, mais leurs corps avaient la même silhouette et l'expression de leurs yeux, leurs ports de tête et le ton de leurs voix comportaient également des similitudes. Je ne veux pas suggérer qu'elles étaient pareilles, mais il y avait assez de parallèles, assez d'échos génétiques pour que j'imagine que je regardais Alma sans sa tache de naissance, Alma avant notre rencontre, Alma jeune fille, à vingt-deux ou vingt-trois ans – vivant par le truchement de sa mère une version alternative de sa vie.

Le film commence par une longue exploration méthodique de l'intérieur de la maison. La caméra longe les murs, survole le mobilier du salon et finit par s'arrêter devant la porte. *La maison était vide*, annonce une voix off et, l'instant d'après, Martin Frost entre, portant d'une main une valise et de l'autre un sac de provisions. Tandis qu'il referme la porte derrière lui d'un coup de pied, la voix off reprend son récit. *Je venais de consacrer trois ans à écrire un roman et je me sentais fatigué, j'avais besoin de repos. Quand les Spelling décidèrent de passer l'hiver à Mexico, ils me proposèrent de m'installer chez eux. Hector et Frieda étaient de bons amis et tous deux savaient combien ce livre m'avait vidé. Je pensai qu'une quinzaine de jours dans le désert me feraient sans doute du bien et je pris donc ma voiture un beau matin pour me rendre de San Francisco à Tierra del Sueño. Je n'avais aucun projet. Tout ce que je voulais, c'était être là et ne rien faire, vivre la vie d'une pierre.*

Tout en écoutant le récit de Martin, nous le voyons errer çà et là dans la maison. Il dépose ses provisions dans la cuisine mais, à l'instant où le sac touche le plan de travail, la scène passe sans transition au salon, où nous le découvrons en train d'examiner les livres rangés sur les étagères. Au moment où il tend la main vers l'un d'entre eux, on saute à l'étage où, dans la chambre à coucher, Martin ouvre et ferme les tiroirs de la commode pour y ranger ses affaires. Un tiroir se referme avec un bruit mat et, l'instant d'après, assis sur le lit, Martin teste la souplesse du matelas. Ce montage fractionné, orchestré avec efficacité, combine gros plans et plans moyens en une succession d'angles de prise de vues légèrement décalés, tempos variés et petites surprises visuelles. Normalement, on s'attendrait à entendre de la musique en accompagnement d'une séquence de ce type, mais Hector se passe d'instruments et leur préfère les bruits naturels : grincements des ressorts du lit, pas de Martin sur le sol carrelé, froissement du sac en papier. La caméra s'arrête sur les aiguilles d'une pendule et, tandis que nous écoutons les derniers mots du monologue introductif *(Tout ce que je voulais, c'était être là et ne rien faire, vivre la vie d'une pierre)*, l'image devient floue. Silence. Pendant quelques instants, on croirait que tout s'est arrêté – la voix, les bruits, les images – et puis, de façon très abrupte, on passe à l'extérieur. Martin se promène dans le jardin. Un plan général est suivi d'un plan rapproché ; le visage de Martin, et puis un lent inventaire de ce qui l'entoure : arbres et buissons, le ciel, un corbeau se posant sur la branche d'un peuplier. Quand la caméra revient sur lui, Martin est accroupi, en train d'observer une procession de fourmis. On entend le vent souffler dans les arbres – un sifflement prolongé, mugissant, tel le bruit du ressac. Martin redresse la tête en se protégeant les yeux du soleil et, de nouveau, on passe à une autre partie du paysage : un rocher sur lequel rampe un lézard. La caméra s'élève de quelques pouces et, en haut de l'image, on aperçoit un nuage qui avance derrière le rocher. *Mais allez savoir*, reprend Martin. *Quelques heures de silence, quelques bouffées d'air du désert et, tout à coup, une idée d'histoire me tournait en tête. C'est toujours comme ça, dirait-on, avec les histoires. A un moment, il n'y a rien. L'instant d'après, en voilà une, installée en vous.*

La caméra se déplace, allant d'un gros plan du visage de Martin à un plan d'ensemble des arbres. Le vent souffle à nouveau et tandis que, sous son assaut, les feuilles et les branches tremblent, le son s'amplifie, monte, telle une respiration, en une houle de percussions, une aérienne clameur de soupirs. Le plan dure trois ou quatre secondes de plus que ce que nous aurions prévu. L'effet en est étrangement éthéré mais, à l'instant où nous commençons à nous demander ce que pourrait signifier cette curieuse insistance, nous sommes ramenés dans la maison. Rudement, sans transition. Assis devant une table dans l'une des chambres de l'étage, Martin tape furieusement à la machine. Nous écoutons le cliquetis des touches et le regardons travailler à son récit sous divers angles et à des distances variées. *Ce ne serait pas long*, dit-il. *Vingt-cinq ou trente pages, quarante tout au plus. Je ne savais pas combien de temps il me faudrait pour l'écrire, mais j'avais décidé de rester dans la maison jusqu'à ce que ce soit fini. Telle était désormais mon intention. J'écrirais mon histoire, et je ne partirais qu'après l'avoir finie.*

L'image se fond au noir. Quand l'action reprend, c'est le matin. Un gros plan du visage de Martin le montre endormi, la tête reposant sur un oreiller. Le soleil entre à flots par les fentes des persiennes et, pendant que nous regardons Martin ouvrir les yeux et s'éveiller à grand-peine, la caméra recule, révélant quelque chose qui ne peut être vrai, qui défie les lois du bon sens. Martin n'a pas passé la nuit seul. Il y a une femme au lit avec lui, et tandis que la caméra poursuit son mouvement de recul dans la pièce, nous voyons cette femme en train de dormir sous les couvertures, pelotonnée sur le flanc et tournée vers Martin – sur le torse de qui son bras gauche repose négligemment –, ses longs cheveux noirs éparpillés sur un deuxième oreiller. Emergeant peu à peu de sa torpeur, Martin remarque le bras nu étendu en travers de sa poitrine, prend conscience du fait que ce bras est attaché à un corps et se dresse dans le lit avec l'expression de quelqu'un qui vient de recevoir un choc électrique.

Bousculée par ces mouvements soudains, la jeune femme grogne, s'enfonce la tête dans l'oreiller et puis ouvre les yeux. D'abord, elle ne paraît pas s'apercevoir de la présence de Martin. Encore ensommeillée, luttant encore pour revenir à elle, elle se laisse rouler sur le dos et bâille. En écartant les bras, elle effleure de sa main droite le corps de Martin. Rien ne se passe pendant une seconde ou deux et puis, très lentement, elle s'assied, contemple le visage embarrassé et horrifié de Martin, et hurle. L'instant d'après, elle repousse les couvertures, saute du lit et se rue à travers la chambre dans une frénésie de peur et de gêne. Elle est nue. Sans un voile, sans un fil, sans la moindre suggestion d'une ombre protectrice. Sensationnelle dans sa nudité, avec ses seins et son ventre nus bien en face de la caméra, elle fonce vers l'objectif, attrape sa robe de chambre sur le dos d'une chaise et enfonce précipitamment ses bras dans les manches.

Il faut un bon moment pour éclaircir le malentendu. Martin, non moins ennuyé et agité que sa mystérieuse compagne de lit, se lève et enfile son pantalon, après quoi il lui demande qui elle est et ce qu'elle fait là. La question semble la choquer. Non, réplique-t-elle, qui est-*il*, et qu'est-ce qu'*il* fait là ? Martin n'en croit pas ses oreilles. Qu'est-ce que vous racontez ? demande-t-il. Je suis Martin Frost — non que ça vous regarde — et si vous ne me dites pas immédiatement qui vous êtes, je vais appeler la police. Inexplicablement, cette déclaration la surprend. Vous êtes Martin Frost ? demande-t-elle. Le vrai Martin Frost ? C'est ce que je viens de vous dire, fait Martin, dont l'humeur empire à chaque seconde, faut-il que je le répète ? C'est juste que je vous connais, explique la jeune femme. Pas que je vous connaisse réellement, mais je sais qui vous êtes. Vous êtes un ami d'Hector et Frieda.

Quel rapport entre elle et Hector et Frieda ? veut savoir Martin, et quand elle lui apprend qu'elle est la nièce de Frieda, il lui demande pour la troisième fois comment elle s'appelle. Claire, finit-elle par lâcher. Claire comment ? Elle hésite un instant et puis : Claire… Claire Martin. Martin renâcle, écœuré. C'est quoi, ça, demande-t-il, quel genre de blague ? Je n'y peux rien, dit Claire. C'est mon nom.

Et qu'est-ce que vous fichez ici, Claire *Martin* ? Frieda m'a invitée.

Devant l'air incrédule de Martin, elle prend son sac sur une chaise. Après avoir farfouillé dedans quelques secondes, elle en sort une clef et la montre à Martin. Vous voyez ? dit-elle.

Frieda me l'a envoyée. C'est la clef de la porte d'entrée.

De plus en plus irrité, Martin plonge la main dans sa poche et en retire une clef identique qu'il montre à Claire d'un geste coléreux – en la lui fourrant sous le nez. Alors pourquoi Hector m'a-t-il envoyé celle-ci ? demande-t-il.

Parce que… répond Claire en s'écartant de lui, parce que… c'est Hector. Et Frieda m'a envoyé celle-ci parce que c'est Frieda. Ils font tout le temps des trucs comme ça.

Il y a une logique indiscutable dans cette réponse de Claire. Martin connaît assez ses amis pour savoir qu'ils sont parfaitement capables de ce genre d'embrouille. Prêter leur maison à deux personnes en même temps, c'est une de ces choses auxquelles on peut s'attendre de la part des Spelling.

L'air abattu, Martin se met à aller et venir dans la chambre. Ça ne me plaît pas, dit-il. Je suis venu ici pour être seul. J'ai du travail, et vous avoir là… eh bien, ce n'est plus être seul.

Ne vous inquiétez pas, dit Claire. Je ne vous gênerai pas. Je suis ici pour travailler, moi aussi.

Il se trouve que Claire est étudiante. Elle prépare un examen de philosophie, dit-elle, et elle a beaucoup de livres à lire, le programme d'un semestre à bûcher en quelques semaines. Martin reste sceptique. Qu'est-ce qu'une jolie fille peut avoir à foutre de la philosophie ? a-t-il l'air de dire, et puis il la soumet à un interrogatoire sur ses études, lui demandant quelle est son université, comment s'appelle le professeur chargé de ce cours, les titres des livres qu'elle doit lire, et ainsi de suite. Claire fait semblant de ne pas remarquer l'intention insultante qui sous-tend ces questions. Elle étudie à Berkeley, Californie, dit-elle. Son professeur s'appelle Norbert Steinhaus et le cours est intitulé *De Descartes à Kant : fondements du questionnement philosophique moderne.*

Je vous promets d'être très discrète, dit-elle. Je vais emporter mes affaires dans une autre chambre, et vous ne saurez même pas que je suis là.

Martin se trouve à court d'arguments. Bon, dit-il, cédant à regret, je ne vous embêterai pas et vous ne m'embêterez pas non plus. C'est d'accord ?

C'est d'accord. Ils scellent même leur accord d'une poignée de main et, tandis que Martin sort de la chambre pour aller travailler à son histoire, la caméra pivote et se rapproche lentement du visage de Claire. C'est un plan simple mais irrésistible, notre première occasion de la voir au repos et, grâce à la patience et à la fluidité avec lesquelles ce mouvement est exécuté, nous sentons que la caméra tente moins de nous révéler Claire que d'entrer en elle pour lire ses pensées, que de la caresser. Elle suit du regard Martin qui sort de la chambre et, un instant après que la caméra est venue s'arrêter devant elle, on entend cliquer le pêne de la porte qui se referme. L'expression de Claire ne change pas. Au revoir, Martin, dit-elle. Elle parle à voix basse, presque dans un murmure.

Pendant le reste de la journée, Martin et Claire travaillent, chacun de son côté. Assis devant le bureau dans le cabinet de travail, Martin tape à la machine, regarde par la fenêtre, tape de nouveau, en marmonnant tout seul lorsqu'il relit les mots qu'il a écrits. Claire, qui, en blue-jean et sweat-shirt, a l'air d'une étudiante, est étendue sur le lit avec *The Principles of Human Knowledge* (le *Traité sur les principes de la connaissance*), de George Berkeley. A un certain moment, nous remarquons que le nom du philosophe est imprimé en lettres capitales sur le devant du sweat-shirt : BERKELEY – et c'est aussi le nom de son université. Est-ce censé signifier quelque chose, ou n'est-ce qu'une sorte de jeu de mots visuel ? Tandis que la caméra revient d'une chambre à l'autre, on entend Claire lire à haute voix : *Et il semble non moins évident que les différentes sensations ou idées qui impressionnent les sens, quelque mêlées ou combinées qu'elles soient entre elles, ne peuvent exister que dans un cerveau qui les perçoit.* Et puis : *Deuxièmement, on objectera qu'il y a une grande différence entre le feu réel et l'idée du feu, entre une brûlure rêvée ou imaginée et une brûlure réelle.*

En fin d'après-midi, on entend frapper à la porte. Claire continue à lire mais quand un deuxième coup, plus fort, succède au premier, elle pose son livre et invite Martin à entrer. La porte s'ouvre de quelques pouces et Martin passe la tête. Je suis désolé, dit-il. Je n'ai pas été très aimable ce matin. Je n'aurais pas dû réagir comme ça. Il s'excuse avec raideur, en bafouillant, si embarrassé et hésitant que Claire ne peut s'empêcher de sourire d'amusement, peut-être même d'un soupçon de pitié. Il lui reste un chapitre à lire, dit-elle. Pourquoi ne se retrouveraient-ils pas au salon dans une demi-heure pour prendre un verre ? Bonne idée, approuve Martin. Du moment qu'ils sont coincés là ensemble, autant se comporter en gens civilisés.

L'action reprend au salon. Martin et Claire ont ouvert une bouteille de vin ; Martin semble nerveux, pas très sûr de ce qu'il doit penser de cette étrange et attirante lectrice de philosophie. S'essayant maladroitement à l'humour, il montre son sweat-shirt du doigt et demande : Berkeley, c'est parce que vous lisez Berkeley ? Quand vous vous mettrez à Hume, vous porterez un t-shirt Hume ?

Claire rit. Non, non, dit-elle, les deux mots se prononcent différemment. *Berk*-ley et *Bark*-ley. Le premier, c'est l'université, le second, c'est l'homme. Vous le savez très bien. Tout le monde sait ça.

C'est la même orthographe, dit Martin. Par conséquent, c'est le même mot.

C'est la même orthographe, admet Claire, mais ce sont deux mots différents.

Claire va poursuivre, mais elle s'arrête, comprenant soudain que Martin la fait marcher. Elle a un large sourire. Elle tend son verre à Martin et lui demande de la resservir. Vous avez écrit une nouvelle à propos de deux personnages qui portent le même nom, et me voilà qui vous fais un cours sur les principes du nominalisme. Ça doit être le vin. Je n'ai plus les idées très nettes.

Ah, vous avez lu cette histoire, dit Martin. Vous devez être l'une des six personnes dans l'univers qui connaissent son existence.

J'ai lu tout ce que vous avez écrit, proteste Claire. Les deux romans et le recueil de nouvelles.

Mais je n'ai publié qu'un roman.

Vous venez de finir le deuxième, non ? Vous avez donné à Hector et Frieda une copie du manuscrit. Frieda me l'a prêtée, et je l'ai lue la semaine dernière. *Voyages dans le scriptorium*. Je trouve que c'est ce que vous avez fait de mieux.

Maintenant, toutes les réserves que Martin a pu avoir à l'endroit de Claire ont pratiquement disparu. Claire n'a pas seulement du cran et de l'esprit, elle n'est pas seulement agréable à regarder, c'est aussi quelqu'un qui connaît et comprend son œuvre. Il se ressert de vin. Claire discourt sur la structure de son dernier roman et, en écoutant ses commentaires incisifs mais flatteurs, Martin se laisse aller contre le dossier de son fauteuil et sourit. C'est la première fois depuis le début du film que le maussade et toujours sérieux Martin Frost baisse sa garde. En d'autres termes, dit-il, Miss Martin approuve. Oh, oui, fait Claire, absolument. Miss Martin approuve Martin. Ce jeu sur leurs noms les ramène à l'énigme Berkley/Bark-ley et Martin prie à nouveau Claire de lui expliquer le mot imprimé sur son sweat-shirt. Lequel est-ce, demande-t-il, l'homme ou le collège ? Les deux, répond Claire. C'est ce qu'on veut que ce soit.

A ce moment, un petit éclair de malice s'allume dans son regard. Quelque chose vient de lui passer par la tête – une idée, une impulsion, une inspiration soudaine. Ou bien, dit-elle en posant son verre sur la table et en se levant du canapé, ça ne signifie rien du tout.

En guise de démonstration, elle ôte son sweat-shirt et le jette calmement par terre. Elle ne porte dessous qu'un soutien-gorge noir garni de dentelles – pas vraiment le genre de sous-vêtement qu'on s'attendrait à découvrir sur une si sérieuse étudiante des idées. Mais ceci aussi est une idée, bien entendu, et à présent qu'elle l'a mise en action d'un geste aussi audacieux que décidé, Martin ne peut que rester bouche bée. Jamais, dans ses rêves les plus fous, il n'aurait osé imaginer que les choses se passeraient aussi vite.

Eh bien, finit-il par articuler, voilà une façon d'éliminer la confusion.

Simple logique, répond Claire. Une preuve philosophique.

Et pourtant, reprend Martin après encore une longue pause, en éliminant une espèce de confusion, vous en créez une autre.

Oh, Martin, dit Claire, soyez sans confusion. J'essaie d'être aussi claire que je peux.

La limite est ténue entre le charme et l'agression, entre le fait de se jeter à la tête de quelqu'un et celui de laisser la nature aller son chemin. Dans cette scène, qui se termine sur les derniers mots prononcés *(j'essaie d'être aussi claire que je peux)*, Claire réussit à se tenir en équilibre entre les deux. Elle séduit Martin, mais elle s'y prend avec tant de finesse et de bonne humeur qu'il ne nous vient pas à l'esprit de nous interroger sur ce qui la motive. Elle le veut parce qu'elle le veut. Telle est la tautologie du désir, et plutôt que de continuer à discuter des nuances innombrables de pareille proposition, elle passe directement à l'acte. Enlever son sweat-shirt ne représente pas une vulgaire déclaration d'intention. C'est un instant sublime d'intelligence et, dès cet instant, Martin sait qu'il a rencontré son égale.

Ils se retrouvent au lit. C'est le même lit dans lequel ils se sont rencontrés le matin mais, cette fois, ils ne sont pas pressés de se séparer, de fuir tout contact et de s'habiller en hâte. Ouvrant la porte à la volée, ils entrent, s'embrassant en marchant, et lorsqu'ils tombent sur le lit en un fouillis indistinct de bras, de jambes et de bouches, nous n'avons aucun doute quant à l'issue de tant d'étreintes et de halètements. En 1946, les conventions du cinéma auraient exigé que la scène s'arrêtât là. Une fois que l'homme et la femme commençaient à s'embrasser, le réalisateur était censé se détourner de la chambre à coucher et filmer un envol de moineaux, le ressac sur une grève, un train fonçant dans un tunnel – l'une ou l'autre des images classiquement utilisées pour représenter la passion charnelle, l'assouvissement du désir – mais le Nouveau-Mexique n'était pas Hollywood et Hector pouvait laisser sa caméra tourner aussi longtemps qu'il le désirait. Les vêtements sont enlevés, la peau nue apparaît, et Martin et Claire se mettent à faire l'amour. Alma avait eu raison de me prévenir de l'existence de passages érotiques dans les films d'Hector, mais elle s'était trompée en pensant que j'en serais choqué. Je trouvai la scène assez discrète, presque poignante dans la banalité de ses intentions. La lumière est faible, les corps sont mouchetés d'ombres et le tout ne dure pas plus de quatre-vingt-dix à cent secondes. Hector cherche moins à nous exciter ou à nous titiller qu'à nous faire oublier que nous regardons un film, et lorsque Martin en arrive à parcourir de ses lèvres le corps de Claire (en passant sur ses seins, le long de la courbe de sa hanche droite, à travers sa toison et jusqu'à la tendre face interne de sa jambe), nous souhaitons l'oublier. Cette fois encore, pas une note de musique. Les seuls bruits qu'on entend sont ceux des respirations, des froissements de draps et de couvertures, des ressorts du lit et des rafales de vent entre les branches des arbres dans l'invisible obscurité du dehors.

Le lendemain matin, Martin reprend son récit. Pendant que se déroule un montage témoignant du passage de cinq ou six jours, il nous parle des progrès de son histoire et de son amour grandissant pour Claire. On le voit seul devant sa machine à écrire, on voit Claire seule avec ses livres, on les voit ensemble à différents endroits de la maison. Ils se préparent à manger dans la cuisine, s'embrassent sur le canapé du salon, se promènent dans le jardin. A un moment, Martin, accroupi par terre à côté de son bureau, plonge un pinceau dans un pot de peinture et trace lentement les lettres H-U-M-E sur un t-shirt blanc. Plus tard, Claire, vêtue de ce t-shirt, est assise à l'indienne sur le lit, plongée dans un livre du philosophe suivant sur sa liste, David Hume. Ces brèves vignettes sont émaillées de gros plans de divers objets, détails abstraits sans rapport apparent avec ce que Martin est en train de dire : une casserole d'eau bouillante, une bouffée de fumée de cigarette, une paire de rideaux blancs voletant dans l'embrasure d'une fenêtre entrouverte. Vapeur, fumée, vent – un catalogue de choses dépourvues de forme et de substance. Martin décrit une idylle, un moment de bonheur prolongé et parfait, et pourtant, avec cette procession d'images quasi oniriques qui continue à s'avancer sur l'écran, la caméra nous prévient de ne pas nous fier à la surface des choses, de douter du témoignage de nos propres yeux.

Un après-midi, Martin et Claire déjeunent dans la cuisine. Martin est en train de raconter une histoire *(Alors je lui ai dit : Si tu ne me crois pas, je vais te montrer. Et j'ai mis la main à la poche, et…)* quand le téléphone sonne. Martin se lève pour répondre et, sitôt qu'il est sorti du cadre, la caméra change d'angle et se rapproche de Claire. Nous la voyons changer d'expression, passer d'une joyeuse camaraderie à la préoccupation, peut-être même à l'inquiétude. C'est Hector, qui appelle de Cuernavaca et, bien que nous n'entendions pas ce qu'il dit, les répliques de Martin sont assez explicites pour que nous comprenions le sens de la conversation. Il semble qu'un front froid se dirige vers le désert. La chaudière a été détraquée et si les températures baissent autant qu'on s'y attend, Martin devra la faire vérifier. S'il y a le moindre problème, l'homme de la situation est Jim, Jim Fortunato, chauffagiste et plombier.

Il ne s'agit que d'une affaire pratique et pourtant Claire, en écoutant cet échange, paraît de plus en plus inquiète. Quand enfin Martin parle d'elle à Hector *(je racontais justement à Claire le pari que nous avons fait la dernière fois que j'étais ici)*, Claire se lève et sort précipitamment de la pièce. Martin a l'air surpris de ce départ soudain, mais cette surprise n'est rien comparée à celle qui la suit un instant plus tard. *Comment, qui est Claire ?* s'exclame-t-il. *Claire Martin, la nièce de Frieda*. Nul besoin d'entendre la réponse d'Hector pour la connaître. D'un regard au visage de Martin, on comprend qu'Hector vient de lui dire qu'il n'a jamais entendu parler d'elle, qu'il ne sait pas du tout qui est Claire.

A ce moment-là, Claire est déjà dehors, elle s'éloigne en courant de la maison. En une série de plans brefs et rapides, on voit Martin sortir en trombe et la prendre en chasse. Il appelle Claire, mais Claire continue à courir et dix secondes encore se passent avant qu'il réussisse à la rattraper. Tendant le bras et la saisissant au coude, par-derrière, il la fait pivoter sur elle-même et l'oblige à s'arrêter. Tous deux sont hors d'haleine. Poitrines haletantes, poumons avides d'air, ni l'un ni l'autre n'est en mesure de parler.

Enfin, Martin demande : Qu'est-ce qui se passe, Claire ? Dis-moi, qu'est-ce qui se passe ? Comme elle ne lui répond pas, il se penche vers elle et lui crie en pleine face : Tu dois me le dire !

Je t'entends, répond Claire d'une voix calme. Tu n'as pas besoin de crier, Martin.

Je viens d'apprendre que Frieda a un frère, dit Martin. Ce frère a deux enfants, et il se trouve que tous deux sont des garçons. Ça fait deux neveux, Claire, mais pas de nièce.

Je ne savais pas que faire d'autre, explique Claire. Il fallait que je trouve un moyen de t'inspirer confiance. Après un jour ou deux, je pensais que tu aurais compris tout seul – et alors ça n'aurait plus eu d'importance.

Compris quoi ?

Jusqu'ici, Claire a paru embarrassée, plus ou moins contrite, moins honteuse de son mensonge que déçue d'avoir été dévoilée. Mais lorsque Martin avoue son ignorance, son expression change. Elle semble véritablement étonnée. Tu ne saisis pas, Martin ? demande-t-elle. Il y a une semaine que nous sommes ensemble et tu viens me dire que tu n'as pas encore saisi ?

Il va sans dire qu'il ne comprend pas – et nous non plus. La belle et intelligente Claire s'est transformée en énigme et plus elle en dit, moins nous pouvons la suivre.

Qui es-tu ? interroge Martin. Qu'est-ce que tu fous ici ?

Oh, Martin ! s'exclame Claire, soudain au bord des larmes. Peu importe qui je suis.

Bien sûr que si. Ça importe énormément.

Non, mon amour, ça ne fait rien.

Comment peux-tu dire ça ?

Ça ne fait rien parce que tu m'aimes. Parce que tu me veux. C'est *ça* qui importe. Tout le reste n'est rien.

L'image s'efface sur un gros plan de Claire et avant qu'une autre lui succède, on entend au loin le léger cliquètement de la machine à écrire de Martin. Au fur et à mesure que l'écran s'éclaire à nouveau en un lent fondu enchaîné, le bruit de la machine semble se rapprocher, comme si nous passions de l'extérieur à l'intérieur de la maison, montions l'escalier et avancions vers la porte de la chambre de Martin. Quand la nouvelle image se précise, l'écran entier est occupé par un plan immense, cadré au plus près, des yeux de Martin. La caméra reste un instant immobile et puis, tandis que la narration en voix off se poursuit, elle commence à reculer, révélant le visage de Martin, les épaules de Martin, les mains de Martin sur les touches de la machine à écrire et, pour finir, Martin assis à son bureau. Sans interrompre son mouvement de recul, la caméra sort de la chambre et s'éloigne dans le corridor. *Malheureusement*, dit Martin, *Claire avait raison. Je l'aimais, et j'avais envie d'elle. Mais comment peut-on aimer quelqu'un dont on se méfie ?* La caméra s'arrête devant la porte de Claire. Comme commandée par télépathie, la porte s'ouvre – et nous sommes entrés, nous avançons sur Claire, qui est assise devant le miroir d'une table de toilette, en train de se maquiller. Elle a le corps moulé dans une combinaison de satin noir, les cheveux mollement relevés en chignon, la nuque exposée. *Claire ne ressemblait à aucune femme*, reprend Martin. *Elle était plus forte que les autres, plus libre que les autres, plus intelligente que les autres. J'avais attendu toute ma vie de la rencontrer et pourtant, à présent que nous étions ensemble, j'avais peur. Que me cachait-elle ? Quel secret terrible refusait-elle de me confier ? Je me sentais partagé entre l'idée que j'aurais dû partir – faire mes bagages et partir avant qu'il ne soit trop tard – et celle qu'elle me mettait à l'épreuve. Si j'échoue, pensais-je, je la perdrai.*

Crayon à sourcils, mascara, fard pour les joues, poudre, rouge à lèvres. Pendant que Martin, en pleine confusion, prononce son monologue introspectif, Claire poursuit devant le miroir sa métamorphose d'une espèce de femme en une autre. Le garçon manqué impulsif disparaît et à sa place surgit une tentatrice éblouissante, sophistiquée, une vraie star de cinéma. Claire se lève et enfile une robe de cocktail noire très moulante et une paire de chaussures à talons aiguilles, et c'est tout juste si nous la reconnaissons encore. Elle est ravissante : pleine de sang-froid et d'assurance, l'image même du pouvoir féminin. Un léger sourire aux lèvres, elle se regarde une dernière fois dans le miroir et puis sort de la chambre.

Le couloir. Claire frappe à la porte de Martin et dit : Le dîner est prêt, Martin. Je t'attends en bas.

La salle à manger. Claire, assise à table, attend Martin. Elle a déjà servi l'entrée ; la bouteille de vin est débouchée ; les bougies sont allumées. Martin entre en silence. Claire le salue d'un sourire chaleureux et amical, mais Martin n'y fait pas attention. Il paraît sur ses gardes, mal à l'aise, incertain de l'attitude qu'il devrait adopter.

Tout en dévisageant Claire avec méfiance, il se dirige vers la place qui a été dressée pour lui, tire la chaise et commence à s'asseoir. La chaise a l'air solide et pourtant, à l'instant où il y pose son poids, elle se brise en mille morceaux. Martin dégringole.

C'est un incident hilarant, tout à fait inattendu. Claire éclate de rire, mais Martin ne trouve pas ça drôle du tout. Etalé, le cul par terre, il fulmine, éperdu d'amour-propre blessé et de ressentiment, et plus Claire continue à rire de lui (elle ne peut s'en empêcher, c'est tout bonnement trop comique), plus il a l'air ridicule. Sans un mot, il se remet lentement debout, chasse à coups de pied les débris de la chaise et en met une autre à sa place. Il s'assied avec prudence, cette fois, et quand il est enfin assuré que ce siège est assez solide pour lui, il devient attentif au repas. Ça a l'air bon, dit-il. C'est une tentative désespérée de raffermir sa dignité, de ravaler sa gêne.

Ces quelques mots semblent faire à Claire un plaisir immodéré. Le visage à nouveau éclairé par un sourire, elle se penche vers lui et lui demande : Comment avance ton histoire, Martin ?

Maintenant, Martin tient dans la main gauche un quartier de citron qu'il se prépare à presser sur ses asperges. Au lieu de répondre tout de suite à la question de Claire, il appuie du pouce et du majeur sur le citron – et s'envoie du jus dans l'œil. Il glapit. Cette fois encore, Claire éclate de rire et, cette fois encore, notre héros grincheux ne trouve pas ça drôle. Il plonge sa serviette dans son verre d'eau et se met à se tamponner l'œil, espérant atténuer la douleur. Il a l'air abattu, totalement humilié par ce nouvel étalage de maladresse. Quand il dépose enfin sa serviette, Claire répète sa question.

Alors, Martin, demande-t-elle, comment avance ton histoire ?

Martin est à bout. Refusant de répondre à la question de Claire, il la regarde droit dans les yeux et interroge : Qui es-tu, Claire ? Qu'est-ce que tu fais ici ?

Très calme, Claire lui renvoie un sourire. Non, dit-elle, réponds d'abord à ma question. Comment avance ton histoire ?

Martin paraît sur le point de craquer. Exaspéré par les dérobades de Claire, il se borne à la regarder sans un mot.

Je t'en prie, Martin, c'est très important.

En s'efforçant de contrôler sa colère, Martin marmonne, sarcastique, en aparté – s'adressant moins à Claire qu'à lui-même, comme pensant à haute voix : Tu as vraiment envie de savoir ?

Oui, j'ai vraiment envie de savoir.

Bon... Bon, je vais te dire comment elle avance. Elle (il réfléchit un instant)... elle (il réfléchit encore)... A vrai dire, elle avance plutôt bien.

Plutôt bien... ou très bien ?

Euh (il réfléchit)... très bien. Je dirais qu'elle avance très bien.

Tu vois ?

Je vois quoi ?

Oh, Martin. Bien sûr que tu vois.

Non, Claire, je ne vois rien. Je ne vois rien du tout. Si tu veux la vérité, je suis complètement perdu.

Pauvre Martin. Tu ne devrais pas être si dur avec toi-même.

Martin lui adresse un sourire piteux. Ils ont atteint une sorte d'impasse et, pour le moment, il n'y a plus rien à dire. Claire s'est mise à manger. Elle y prend un plaisir manifeste et savoure à petites bouchées attentives les mets qu'elle a préparés. Mmm, dit-elle. Pas mauvais. Qu'est-ce que tu en penses, Martin ?

Martin s'empare de sa fourchette mais, à l'instant où il va la porter à sa bouche, il jette un coup d'œil à Claire, distrait par le doux gémissement de plaisir qui émane de la gorge de la jeune femme et, son attention étant ainsi brièvement détournée, son poignet se tourne de quelques degrés. Tandis que la fourchette poursuit sa progression vers sa bouche, un mince filet de vinaigrette dégoutte de l'ustensile et vient glisser sur le devant de sa chemise. Martin ne s'en aperçoit pas tout de suite mais lorsqu'il ouvre la bouche et pose à nouveau le regard sur le morceau d'asperge en situation critique, il voit soudain ce qui se passe. Avec un brusque mouvement de recul, il lâche sa fourchette. Bon Dieu, s'écrie-t-il, je remets ça !

La caméra se tourne vers Claire (qui éclate de rire pour la troisième fois) et puis s'approche d'elle pour un gros plan. Ce plan est similaire à celui sur lequel s'achevait la scène de la chambre à coucher, au début du film, mais alors que le visage de Claire restait immobile pendant qu'elle regardait Martin sortir, il est maintenant animé, débordant de joie, exprimant une allégresse qui semble presque transcendante. *Elle était si vivante en ce temps-là*, avait dit Alma, *si éclatante*. Aucun moment du film ne rend mieux que celui-ci cette impression de plénitude et de vie. Pendant quelques secondes, Claire devient quelque chose d'indestructible, une incarnation de pure splendeur humaine. Et puis l'image disparaît, se fond dans un arrière-plan d'un noir absolu et, bien que le rire de Claire reste audible pendant quelques instants encore, il finit par disparaître, lui aussi, brisé en une série d'échos, de respirations entrecoupées ou de réverbérations plus lointaines encore.

Un grand calme suit, et pendant vingt secondes l'écran est dominé par une seule image nocturne : la lune dans le ciel. Des nuages passent, le vent fait frémir les arbres au-dessous mais, pour l'essentiel, il n'y a rien devant nous que cette lune. C'est une transition délibérément contrastée et en très peu de temps nous avons oublié les jeux comiques de la scène précédente. *Ce soir-là*, dit Martin, *j'ai pris l'une des décisions les plus importantes de ma vie. J'ai décidé de ne plus poser de questions. Claire me demandait un acte de foi et, au lieu de continuer à la harceler, j'ai décidé de fermer les yeux et de sauter. Je n'avais aucune idée de ce qui m'attendait en bas, mais cela ne signifiait pas que ça ne valait pas le risque. Et, donc, je me suis laissé tomber... et une semaine plus tard, alors que je commençais à penser que rien ne pourrait jamais mal tourner, Claire est allée se promener.*

Martin est assis devant sa table dans son bureau de l'étage. Il se détourne de sa machine à écrire pour regarder par la fenêtre et quand l'angle s'inverse afin de nous présenter son point de vue, nous suivons un long plan où Claire, vue d'en haut, marche seule dans le jardin. Le front froid est arrivé, dirait-on. Claire porte une écharpe et un gros manteau, elle a les mains enfoncées dans ses poches et le sol est saupoudré d'une mince couche de neige. Quand la caméra revient à Martin, il est encore en train de regarder par la fenêtre, incapable de détacher ses yeux de la jeune femme. Nouvelle inversion et nouveau plan de Claire, seule dans le jardin. Elle fait quelques pas de plus et puis, sans avertissement, elle s'effondre sur le sol. Cette chute fait un effet terrible. Ni trébuchement, ni vertige, pas de lent fléchissement des genoux. Entre un pas et le suivant, Claire plonge dans une inconscience totale et à voir la façon soudaine et impitoyable dont ses forces l'abandonnent, on peut la croire morte.

Descendue en zoom de la fenêtre, la caméra amène au premier plan le corps inerte de Claire. Martin entre dans le cadre : il court, essoufflé, hors de lui. Il tombe à genoux et entoure tendrement de ses mains la tête de Claire, cherchant un signe de vie. Nous ne savons plus à quoi nous attendre. L'histoire vient de changer de registre et, une minute après avoir ri aux éclats, nous voici en pleine tension mélodramatique. Au bout d'un moment, Claire ouvre les yeux mais nous avons le temps de comprendre qu'il s'agit moins d'un rétablissement que d'un sursis à l'exécution, un augure d'événements à venir. Elle lève les yeux vers Martin et sourit. C'est un sourire de l'esprit, en quelque sorte, un sourire intérieur, le sourire de quelqu'un qui ne croit plus au lendemain. Martin l'embrasse et puis il se penche, la ramasse dans ses bras et l'emporte vers la maison. *Elle semblait aller mieux*, dit-il. *Un simple petit évanouissement, pensions-nous. Mais le matin suivant, Claire s'est éveillée avec une forte fièvre.*

L'image suivante nous montre Claire au lit. Près d'elle, telle une infirmière, Martin prend sa température, lui donne de l'aspirine, lui tamponne le front avec un linge humide, lui fait prendre des cuillerées de bouillon. *Elle ne se plaignait pas*, poursuit-il. *Sa peau était brûlante au toucher, mais elle semblait garder le moral. Après quelque temps, elle m'a chassé de la chambre. Retourne à ton histoire, m'a-t-elle dit. Je préférerais rester ici auprès de toi, ai-je répliqué, mais alors Claire a ri et, avec une moue comique, elle m'a dit que si je ne retournais pas travailler immédiatement, elle allait sauter du lit, se déshabiller et courir nue au jardin. Et ça ne serait pas bon pour elle, qu'en pensais-je ?*

Un instant plus tard, Martin, assis à son bureau, tape sur sa machine une nouvelle page de son histoire. Le son est particulièrement intense ici

– touches cliquetant à un rythme endiablé, fortes bouffées *staccato* d'activité – et puis le volume diminue, se réduit presque au silence, et la voix de Martin revient. Retour à la chambre. Nous voyons se succéder, un par un, des gros plans très détaillés, natures mortes représentant le petit univers autour du lit de Claire : un verre d'eau, la tranche d'un livre fermé, un thermomètre, le bouton du tiroir de la table de nuit. *Mais le lendemain matin*, dit Martin, *la fièvre avait empiré. Je lui ai dit que je prenais un jour de congé, que ça lui plût ou non. Je suis resté plusieurs heures assis auprès d'elle et, vers le milieu de l'après-midi, elle a paru aller mieux.*

La caméra recule d'un coup, nous offrant une vue d'ensemble de la chambre et voilà Claire, assise dans son lit, qui semble avoir retrouvé toute sa vitalité. Sur un ton faussement sérieux, elle lit tout haut à Martin un passage de Kant : *… les objets que nous voyons ne sont pas en eux-mêmes ce que nous voyons… de sorte que, si nous abandonnons notre sujet ou la forme subjective de nos sens, toutes les qualités, toutes les relations des objets dans l'espace et le temps, voire le temps et l'espace eux-mêmes disparaîtront.*

La situation semble redevenue normale. Claire étant en voie de guérison, Martin retourne dès le lendemain à son histoire. Il travaille avec régularité pendant deux ou trois heures et puis s'interrompt pour aller voir comment va Claire. Quand il entre dans la chambre, elle dort profondément, blottie sous un monceau d'édredons et de couvertures. Il fait froid dans cette chambre – froid au point que Martin voit devant lui son haleine lorsqu'il exhale. Hector l'a mis en garde à propos de la chaudière, mais Martin a manifestement oublié de s'en occuper. Trop de choses folles se sont passées depuis ce coup de téléphone, et le nom de Fortunato lui est sans doute sorti de l'esprit.

Il y a une cheminée dans la pièce, néanmoins, et une petite provision de bois à côté du foyer. Martin entreprend de préparer un feu en faisant le moins de bruit possible, afin de ne pas gêner Claire. Les flammes ayant pris, il arrange les bûches à l'aide d'un tisonnier et l'une d'elles tombe malencontreusement de sous les autres. Le bruit perce le sommeil de Claire. Elle remue, gémit doucement en s'agitant sous les couvertures et puis ouvre les yeux. Devant le feu, Martin se retourne. Je ne voulais pas t'éveiller, dit-il. Pardonne-moi.

Claire sourit. Elle paraît faible, physiquement vidée, à peine consciente. Salut, Martin, murmure-t-elle. Comment va mon bel amour ?

Martin s'approche du lit, s'assied et pose la main sur le front de Claire. Tu es brûlante, dit-il.

Ce n'est pas grave, répond-elle. Je me sens bien.

C'est le troisième jour, Claire. Je crois qu'on devrait appeler un médecin.

Pas besoin. Donne-moi simplement quelques-unes de ces aspirines. Dans une demi-heure, je serai en pleine forme.

Martin secoue le flacon et en fait tomber trois aspirines qu'il lui donne avec un verre d'eau. Pendant que Claire avale les comprimés, il dit : Ça ne suffit pas. Je crois vraiment qu'un médecin devrait t'examiner.

Claire donne le verre vide à Martin, qui le repose sur la table. Raconte-moi ce qui se passe dans ton histoire, demande-t-elle. Ça, ça me fera du bien.

Tu devrais te reposer.

Je t'en prie, Martin. Rien qu'un petit peu.

Ne voulant pas la décevoir et, en même temps, craignant de la fatiguer, Martin réduit son résumé à quelques phrases. Il fait nuit, maintenant, dit-il. Nordstrum est sorti de la maison. Anna est en route, mais il ne le sait pas. Si elle n'arrive pas rapidement, il va tomber dans le piège.

Elle va arriver ?

C'est sans importance. Ce qui compte, c'est qu'elle vient vers lui.

Elle est tombée amoureuse de lui, n'est-ce pas ?

A sa façon, oui. Elle met sa vie en danger pour lui. C'est une forme d'amour, tu ne crois pas ?

Claire ne répond pas. La question de Martin l'a bouleversée, et elle est trop émue pour réagir. Ses yeux se remplissent de larmes ; sa bouche tremble ; une expression d'intense ravissement illumine son visage. C'est comme si elle était parvenue à une nouvelle compréhension d'elle-même, comme si son corps entier était soudain devenu radieux. Ce sera encore long ? demande-t-elle.

Deux ou trois pages, dit Martin. Je suis presque à la fin.

Ecris-les maintenant.

Elles peuvent attendre. Je les ferai demain.

Non, Martin, fais-les maintenant. Tu dois les faire maintenant.

La caméra s'attarde un instant ou deux sur le visage de Claire – et puis, comme propulsé par la force de son exigence, Martin se trouve de nouveau à son bureau, en train de taper à la machine. Ici commence une séquence de chassés-croisés entre les deux personnages. On passe de Martin à Claire, de Claire à Martin et, en l'espace de dix plans simples, nous saisissons enfin, nous comprenons enfin ce qui se passe. Martin revient alors dans la chambre et, en dix plans de plus, il finit par comprendre, lui aussi.

1. Claire se tord de douleur dans le lit, elle souffre intensément, elle lutte contre l'envie d'appeler à l'aide.

2. Martin arrive au bas d'une page, il la sort de la machine et en introduit une autre. Il se remet à taper.

3. La cheminée, dans la chambre ; le feu est presque éteint.

4. Gros plan des doigts de Martin en train de taper.

5. Gros plan du visage de Claire. Elle paraît plus faible, elle ne lutte plus.

6. Gros plan du visage de Martin. Devant sa machine, en train d'écrire.

7. Gros plan de la cheminée. Quelques braises rougeoient.

8. Plan moyen de Martin. Il tape le dernier mot de son histoire. Une pause brève. Et puis il enlève la page de la machine.

9. Plan moyen de Claire. Un léger frisson la parcourt – et puis elle semble mourir.

10. Debout à côté de son bureau, Martin rassemble les pages du manuscrit. Il sort de la pièce en tenant à la main son histoire terminée.

11. Martin entre dans la chambre en souriant. Il jette un coup d'œil vers le lit et, aussitôt, son sourire disparaît.

12. Plan moyen de Claire. Martin s'assied auprès d'elle, pose la main sur son front et ne sent aucune réaction. Il appuie l'oreille contre sa poitrine – toujours pas de réaction. Pris de panique, il jette de côté son manuscrit et se met à frictionner à deux mains le corps de Claire, en une tentative désespérée de la réchauffer. Elle reste inerte ; sa peau est froide ; elle ne respire plus.

13. Le foyer. Les braises mourantes. Il n'y a plus de bûches.

14. Martin saute du lit. Attrapant au passage le manuscrit, il tourne sur lui-même et se rue vers le foyer. Il a l'air possédé, fou d'inquiétude. Il ne reste qu'une chose à faire — et il faut la faire tout de suite. Sans hésitation, Martin froisse la première page de son histoire et la jette dans le foyer.

15. Gros plan du foyer. La boulette de papier atterrit sur les cendres et s'enflamme. On entend Martin qui froisse une autre page. L'instant d'après, la deuxième boulette atterrit sur les cendres et prend feu.

16. Gros plan du visage de Claire. Ses paupières palpitent.

17. Plan moyen de Martin, accroupi devant le feu. Il attrape la feuille suivante, la froisse, et la jette aussi. Nouvel éclat soudain de flammes.

18. Claire ouvre les yeux.

19. Maintenant, aussi vite qu'il le peut, Martin continue à faire de ses pages des boulettes qu'il lance sur le feu. L'une après l'autre, toutes se mettent à brûler, en s'éclairant les unes les autres au fur et à mesure que les flammes s'intensifient.

20. Claire s'assied. Elle cligne des yeux, confuse ; elle bâille ; elle s'étire ; elle ne présente aucune trace de maladie. Elle a été ramenée d'entre les morts.

Reprenant peu à peu ses esprits, Claire commence à regarder autour d'elle et quand elle voit, devant la cheminée, Martin, frénétique, occupé à chiffonner son manuscrit et à le jeter au feu, elle paraît atterrée. Qu'est-ce que tu fais ? demande-t-elle. Mon Dieu, Martin, qu'est-ce que tu fais ?

Je te rachète, dit-il. Trente-sept pages pour ta vie, Claire. C'est la meilleure affaire que j'aie jamais faite.

Mais tu ne peux pas faire ça. Ce n'est pas permis.

Possible. Mais je le fais, tu vois ? J'ai changé les règles.

Claire est consternée, prête à fondre en larmes. Oh, Martin, gémit-elle. Tu ne sais pas ce que tu as fait.

Impavide en dépit des objections de Claire, Martin continue à donner son histoire en pâture au feu. Arrivé à la dernière page, il se tourne vers elle, les yeux étincelants de triomphe. Tu vois, Claire ? dit-il. Ce ne sont que des mots. Trente-sept pages – et rien que des mots.

Il s'assied sur le lit et Claire le serre dans ses bras. C'est un geste d'une violence et d'une passion surprenantes et, pour la première fois depuis le début du film, Claire paraît avoir peur. Elle a envie de lui, et elle n'en a pas envie. Elle est en extase ; elle est horrifiée. Elle a toujours été la plus forte, celle qui avait le courage et la confiance mais, à présent que Martin a résolu l'énigme de son ensorcellement, elle semble perdue. Que vas-tu faire ? demande-t-elle. Dis-moi, Martin, qu'est-ce que nous allons bien pouvoir faire ?

Sans laisser à Martin le temps de lui répondre, la caméra passe à l'extérieur. On voit la maison à une quinzaine de mètres de distance, isolée, loin de tout. La caméra s'incline vers le haut, se déplace vers la droite et vient s'arrêter sur les branches d'un grand peuplier. Tout est immobile. Il n'y a pas de vent ; pas un souffle d'air dans la ramure ; pas une feuille ne bouge. Dix secondes se passent, quinze secondes et puis, tout à coup, l'écran devient noir et c'est la fin du film.

8

Quelques heures plus tard, l'épreuve de *Martin Frost* fut détruite. Je devrais sans doute considérer que j'ai de la chance d'avoir vu ce film, de m'être trouvé là pour la dernière projection d'un film au Blue Stone Ranch, mais d'un certain côté je regrette qu'Alma ait allumé le projecteur ce matin-là, je préférerais n'avoir jamais été exposé à la moindre image de ce petit film élégant et envoûtant. C'eût été sans importance si je ne l'avais pas aimé, si j'avais pu l'écarter comme quelque chose de mauvais, comme une narration ratée, mais ce que j'avais vu n'était manifestement ni mauvais, ni raté et, connaissant désormais ce qui allait disparaître, j'étais conscient d'avoir parcouru plus de deux mille miles pour participer à un crime. Quand la *Vie intérieure* partit en flammes avec le reste de l'œuvre d'Hector en cet après-midi de juillet, cela me fit l'effet d'une tragédie, de la fin de ce sacré bon Dieu de monde de merde.

Ce film est le seul que j'aie jamais vu. Nous n'eûmes pas le temps d'en regarder un autre et, étant donné que je n'ai vu qu'une seule fois *Martin Frost*, c'est une bonne chose qu'Alma ait pensé à m'équiper de ce carnet et de ce stylo. Il n'y a pas de contradiction dans ce que je dis là. Je peux bien regretter d'avoir vu ce film, la réalité, c'est que je l'ai vu et que, dès lors que les mots et les images s'étaient insinués en moi, je me suis senti reconnaissant d'avoir un moyen de les retenir. Les notes que j'ai prises ce matin-là m'ont aidé à me rappeler des détails qui autrement m'auraient échappé, à conserver le film vivant dans ma mémoire après tant d'années. Je ne regardais guère la page en écrivant – en griffonnant cette sorte de sténo télégraphique désordonnée que j'avais mise au point quand j'étais étudiant – et si une grande partie de ce que j'ai écrit est pratiquement illisible, je suis tout de même parvenu à en déchiffrer quatre-vingt-dix à quatre-vingt-quinze pour cent. La transcription m'a pris des semaines de laborieux efforts mais, lorsque j'ai eu en ma possession une copie honnête du dialogue et après avoir découpé l'histoire en scènes numérotées, il m'est devenu possible de retrouver le contact avec le film. Il me faut pour cela entrer dans une sorte de transe (ce qui signifie que ça ne marche pas toujours) mais, si je me concentre suffisamment et si je me mets dans l'état d'esprit qui convient, les mots peuvent en vérité susciter pour moi des images, et c'est comme si je regardais de nouveau *La Vie intérieure de Martin Frost* – ou, en tout cas, de petits extraits, enfermés dans la salle de projection qu'est mon crâne. L'an dernier, quand j'ai commencé à caresser l'idée d'écrire ce livre, je suis allé à plusieurs reprises consulter un hypnotiseur. Il ne s'est pas passé grand-chose la première fois, mais les trois séances suivantes ont donné des résultats étonnants. En écoutant les enregistrements sur cassette de ces séances, j'ai pu combler certains blancs, me rappeler un certain nombre de choses qui commençaient à disparaître. Pour le meilleur ou pour le pire, les philosophes avaient raison, semble-t-il. Rien de ce qui nous arrive ne se perd.

La projection se termina quelques minutes après midi. Nous avions faim à ce moment-là, Alma et moi, nous avions tous deux besoin d'une petite pause et, au lieu de nous plonger immédiatement dans un autre film, nous sommes donc sortis dans le couloir avec notre panier. Drôle d'endroit pour un pique-nique – assis par terre sur le linoléum poussiéreux, mastiquant nos sandwichs au fromage sous les vacillements d'une rangée de tubes fluorescents – mais nous ne voulions pas perdre du temps à chercher un meilleur endroit au-dehors. Nous avons parlé de la mère d'Alma, des autres réalisations d'Hector, du mélange bizarrement satisfaisant de fantasque et de sérieux dans le film qui venait de s'achever. Le cinéma peut nous amener à croire n'importe quoi, dis-je, mais cette fois j'avais vraiment marché. Quand Claire était revenue à la vie dans la scène finale, j'avais eu le frisson, l'impression d'assister à un miracle authentique. Martin avait brûlé son histoire afin de sauver Claire de la mort, mais c'était aussi Hector sauvant Brigid O'Fallon, Hector brûlant ses propres films, et plus les choses revenaient ainsi en boucle sur elles-mêmes, plus j'étais entré profondément dans le film. Dommage que nous ne puissions pas le regarder une deuxième fois, dis-je. Je n'étais pas certain d'avoir assez bien observé le vent, d'avoir fait assez attention aux arbres.

Je dois avoir péroré plus longtemps qu'il n'eût fallu car Alma venait à peine d'annoncer le titre du film que nous devions voir ensuite (*Compte rendu de l'anti-monde*) qu'une porte claqua dans le bâtiment. Nous étions en train de nous relever

– en train de chasser les miettes de nos vêtements, de boire au thermos une dernière gorgée
de thé froid, de nous apprêter à rentrer dans la
salle. Nous entendîmes un bruit de chaussures
de tennis sur le linoléum. Un instant plus tard,
Juan apparut au bout du couloir et en le voyant
arriver vers nous au petit trot – en courant plus
qu'il ne marchait –, nous comprîmes tous deux
que Frieda était revenue.

Pendant un petit moment, ce fut comme si je
n'étais plus là. Juan et Alma se parlaient en
silence, communiquant à grand renfort de signes
des mains, de grands gestes des bras et de
remuements emphatiques de la tête. Je ne comprenais pas ce qu'ils se disaient mais, tandis que
les répliques allaient et venaient de l'un à l'autre,
je voyais Alma de plus en plus bouleversée. Ses
gestes devinrent brusques, violents, presque
agressifs dans son refus de ce que Juan lui apprenait. Juan leva les mains en un geste de reddi-
tion (tu ne dois pas m'en vouloir, semblait-il dire,
je ne suis que le messager), mais Alma répliqua
de nouveau avec colère et les yeux du petit
homme se voilèrent d'hostilité. Il se frappa la
paume du poing et, se tournant vers moi, me
pointa le doigt au visage. Ce n'était plus une
conversation. C'était une dispute, et le sujet de
cette dispute, soudain, c'était moi.

Je continuai à les observer, à essayer de comprendre ce dont ils parlaient, mais je ne parvenais pas à percer le code, à interpréter ce que
je voyais. Et puis Juan s'en alla et, tandis qu'il
filait dans le couloir sur ses petites jambes tra-
pues, Alma m'expliqua ce qui se passait. Frieda
est rentrée depuis dix minutes, dit-elle. Elle veut
commencer tout de suite.

Elle a été rudement rapide, remarquai-je.

Hector ne sera pas incinéré avant cinq heures de l'après-midi. Elle n'avait pas envie de traîner tout ce temps dans Albuquerque et elle a décidé de rentrer. Elle a l'intention d'aller chercher les cendres demain matin.

De quoi discutiez-vous alors, Juan et toi ? Je n'avais aucune idée de ce dont il s'agissait, mais il m'a montré du doigt. Je n'aime pas qu'on me montre du doigt.

On parlait de toi.

Je m'en doute. Mais en quoi les projets de Frieda me concernent-ils ? Je ne suis qu'un visiteur.

Je pensais que tu avais compris.

Je ne comprends pas le langage des signes, Alma.

Tu as tout de même vu que j'étais en colère.

Bien sûr. Mais je ne sais toujours pas pourquoi.

Frieda ne veut plus de toi ici. Elle dit que tout ça, c'est trop privé, et que ce n'est pas le moment de recevoir des inconnus.

Tu veux dire qu'elle me met à la porte du ranch ?

Pas en ces termes. Mais ça se résume à ça. Elle veut que tu partes demain. L'idée est de te déposer à l'aéroport en allant à Albuquerque demain matin.

Mais c'est elle qui m'a invité. Elle ne s'en souvient pas ?

Hector était vivant alors. Maintenant il ne l'est plus. La situation a changé.

Bon, elle n'a peut-être pas tort. Je suis venu pour voir des films, pas vrai ? S'il n'y a plus de films à voir, je n'ai sans doute aucune raison de rester. J'ai pu en voir un. Maintenant je peux regarder les autres partir en flammes, et puis je m'en irai.

Justement. Elle ne veut pas non plus que tu assistes à ça. D'après ce que Juan vient de me dire, ça ne te concerne pas.

Oh. Je vois pourquoi tu t'es mise en colère.

Ça n'a rien à voir avec toi, David. C'est de moi qu'il s'agit. Elle sait que j'ai envie que tu sois là. Nous en avions parlé ce matin, et maintenant elle ne tient pas sa promesse. Je suis si furieuse que je pourrais lui foutre mon poing sur la gueule.

Et où suis-je censé me cacher pendant que tout le monde sera au barbecue ?

Chez moi. Elle a dit que tu pouvais rester chez moi. Mais je vais lui parler. Je vais la faire changer d'avis.

Ne t'en donne pas la peine. Si elle ne veut pas de moi, je ne peux pas me prévaloir de mon bon droit ni faire des histoires, hein ? Je n'ai aucun droit. Je suis chez Frieda, et il faut que je fasse ce qu'elle veut.

Alors je n'irai pas non plus. Elle peut brûler ces maudits films avec Juan et Conchita.

Bien sûr que tu vas y aller. C'est le dernier chapitre de ton livre, Alma, et tu dois être là pour voir comment ça se passe. Tu dois tenir le coup jusqu'au bout.

Je voulais que tu sois là aussi. Ce ne sera pas pareil si tu n'es pas près de moi.

Quatorze épreuves et leurs négatifs, ça va faire un sacré feu. Beaucoup de fumée, beaucoup de flammes. Avec un peu de chance, je verrai ça des fenêtres de ta maison.

En réalité, j'ai bien vu le feu, mais j'ai vu plus de fumée que de flammes et, parce que les fenêtres de la petite maison d'Alma étaient ouvertes, j'en ai senti plus que je n'en ai vu. Le celluloïd dégage en brûlant une odeur âcre et mordante, et les substances chimiques volatiles ont dérivé dans l'atmosphère longtemps après dissipation de la fumée. Selon le récit qu'Alma m'en a fait ce soir-là, il leur fallut plus d'une heure, à eux quatre, pour remonter les films de la cave où ils étaient rangés. Ils les ficelèrent alors sur des chariots qu'ils poussèrent sur le sol rocailleux jusqu'à un emplacement situé juste derrière le studio d'enregistrement. A l'aide de journaux et de kérosène, ils allumèrent des feux dans deux fûts à essence – l'un pour les épreuves et l'autre pour les négatifs. Le vieux fonds de films en nitrate brûlait facilement mais les films d'après 1951, imprimés sur des supports plus stables et moins inflammables à base de triacétate, ne s'embrasaient qu'avec difficulté. Il fallait les dérouler de leurs bobines et les introduire un à un dans les feux, me raconta Alma, et cela prit du temps, beaucoup plus de temps qu'ils ne l'avaient prévu. Ils avaient pensé qu'ils en auraient terminé vers trois heures, mais en réalité ils travaillèrent jusqu'à six heures du soir.

Je passai ces heures seul dans la maison d'Alma, en m'efforçant d'accepter mon exil sans dépit. J'avais fait bon visage devant Alma, mais en vérité j'étais tout aussi furieux qu'elle. L'attitude de Frieda me paraissait impardonnable. On n'invite pas quelqu'un chez soi pour annuler l'invitation dès qu'il est là. Et si on le fait, on s'en explique, au moins, et pas par l'intermédiaire d'un serviteur sourd-muet qui transmet le message à une autre personne en vous montrant du doigt. Je savais que Frieda était déboussolée, qu'elle vivait une journée de tempête et de chagrins cataclysmiques et pourtant, quel que fût mon désir de lui trouver des excuses, je ne pouvais m'empêcher de me sentir blessé. Que faisais-je là ? Pourquoi avait-on chargé Alma de me ramener du Vermont sous la menace de son revolver si on n'avait pas envie de me voir ? C'était Frieda qui m'avait écrit ces lettres, après tout. C'était elle qui m'avait demandé de venir au Nouveau-Mexique pour voir les films d'Hector. Alma m'avait raconté qu'il lui avait fallu des mois pour les persuader de m'inviter. J'avais présumé qu'Hector était opposé à cette idée et qu'Alma et Frieda avaient finalement réussi à le convaincre. A présent que j'avais passé dix-huit heures au ranch, je commençais à soupçonner que je m'étais trompé.

N'eût été la façon insultante dont on me traitait, je n'aurais sans doute plus pensé à tout cela. Après notre conversation dans le bâtiment de la postproduction, nous avions remballé les restes de notre pique-nique, Alma et moi, et nous avions gagné sa maisonnette en adobe, construite sur une légère élévation de terrain à trois cents mètres environ de l'habitation principale. Alma avait ouvert la porte et là, à nos pieds, juste au-delà du seuil, mon sac de voyage nous attendait. Je l'avais laissé le matin dans la chambre d'amis de l'autre maison et à présent quelqu'un (sans doute Conchita) l'avait apporté sur l'ordre de Frieda et l'avait déposé par terre chez Alma. J'y vis un geste arrogant, impérieux. Je fis de nouveau semblant d'en rire (eh bien, dis-je, voilà qui m'évite la peine de faire ça moi-même), mais sous ma remarque désinvolte, je bouillais de rage. Alma me quitta pour rejoindre les autres et pendant quinze à vingt minutes j'errai dans la maison, allant et venant d'une chambre à l'autre, essayant de dominer ma colère. Bientôt, j'entendis au loin les chariots qui brinquebalaient avec des raclements de métal contre la pierre et le bruit intermittent des boîtes de films empilées qui vibraient et s'entrechoquaient. L'autodafé allait commencer. J'allai dans la salle de bains, me déshabillai et ouvris à fond les robinets de la baignoire.

Plongé dans l'eau chaude, je laissai un moment mes pensées aller à la dérive, en récapitulant lentement les faits tels que je les comprenais. Et puis, en les tournant et les retournant, en les considérant sous tous les angles, je tâchai d'accorder ces faits aux événements qui s'étaient produits depuis une heure : le dialogue belliqueux de Juan et Alma, la réaction virulente d'Alma au message de Frieda *(elle ne tient pas sa promesse... je pourrais lui foutre mon poing sur la gueule)*, mon expulsion du ranch. C'était un mode de raisonnement purement spéculatif, mais lorsque je repensais à ce qui s'était passé la veille (l'affabilité de l'accueil d'Hector, son empressement à me faire voir ses films) et qu'ensuite j'y comparais ce qui s'était passé depuis, je commençais à me demander si Frieda n'avait pas été depuis le début hostile à ma visite. Je n'oubliais pas que c'était elle qui m'avait invité à Tierra del Sueño mais elle avait peut-être écrit ces lettres à son corps défendant, cédant aux exigences d'Hector après des mois de disputes et de désaccords. Si tel était le cas, mon bannissement de son domaine ne représentait pas un revirement soudain. C'était simplement quelque chose qu'elle pouvait se permettre à présent qu'Hector était mort.

Jusque-là, je les avais considérés comme des partenaires à parts égales. Alma m'avait parlé assez longuement de leur couple et pas un instant il ne m'était venu à l'esprit qu'ils pouvaient avoir des motivations différentes, que leurs idées pouvaient n'être pas en parfaite harmonie. Ils avaient conclu un pacte en 1939, s'engageant à produire des films qui ne seraient jamais montrés au public, et tous deux avaient adopté le principe selon lequel la totalité de ce qu'ils réaliseraient ensemble serait en fin de compte détruite. Telles étaient les conditions du retour d'Hector au cinéma. L'interdiction semblait brutale et, pourtant, seul le sacrifice de l'unique chose qui aurait donné un sens à son œuvre – le plaisir de la partager avec d'autres – lui permettait de justifier sa décision de réaliser cette œuvre. Les films, du coup, représentaient une sorte de pénitence, l'aveu que son rôle dans le meurtre accidentel de Brigid O'Fallon était un péché à jamais impardonnable. *Je suis un homme ridicule. Dieu m'a joué bien des tours.* A une espèce de châtiment en avait succédé une autre et, selon la logique embrouillée et autotorturante de sa décision, Hector avait continué à rembourser sa dette à un Dieu auquel il refusait de croire. La balle qui lui avait déchiré la poitrine dans la banque de Sandusky lui avait rendu possible le mariage avec Frieda. La mort de son fils avait rendu possible le retour au cinéma. Ni l'un ni l'autre de ces drames ne l'avaient néanmoins absous de sa responsabilité dans ce qui s'était passé au cours de la nuit du 14 janvier 1929. Ni la douleur physique due au coup de feu de Knox, ni la douleur mentale due à la mort de Taddy n'avaient été assez terribles pour le délivrer. Faire des films, oui. Employer à les faire tout son talent et toute son énergie. Les faire comme si sa vie en dépendait et puis, au terme de cette vie, s'assurer qu'ils seront détruits. Il est interdit de laisser derrière soi la moindre trace.

Frieda avait donné son accord à tout cela, mais ce ne pouvait pas être pareil pour elle. Elle n'avait pas commis de crime ; elle ne traînait pas le poids d'une conscience coupable ; elle n'était pas poursuivie par le souvenir d'avoir mis une jeune morte dans la malle d'une voiture et enseveli son corps dans les montagnes de Californie. Frieda était innocente et cependant elle avait accepté les conditions d'Hector, renoncé à ses ambitions personnelles pour se consacrer à la création d'une œuvre dont le but essentiel était le néant. Cela m'aurait paru compréhensible si elle avait regardé Hector de loin – avec indulgence pour ses obsessions, sans doute, et avec pitié pour ses manies, en refusant toutefois de se laisser impliquer dans les mécanismes de l'entreprise proprement dite. Mais Frieda était la complice d'Hector, son plus ardent soutien, et elle était depuis le début dans l'aventure jusqu'aux coudes. Non seulement elle avait persuadé Hector de revenir au cinéma (sous la menace de le quitter s'il ne le faisait pas), mais elle avait encore financé l'opération de ses deniers. Elle avait cousu les costumes, dessiné les story-boards, monté les films, créé les décors. On ne travaille pas ainsi à quelque chose sans plaisir, sans une certaine conscience de la valeur de ses efforts – mais quelle joie avait-elle bien pu éprouver à passer tant d'années au service de rien ? Au moins Hector, enfermé dans son combat psycho-religieux entre désir et abnégation, pouvait-il trouver un réconfort dans l'idée qu'il y avait un but à ce qu'il faisait. Il ne faisait pas des films afin de les détruire – mais malgré cela. C'étaient deux actions distinctes et la meilleure part, c'était qu'il n'aurait pas à être présent quand la deuxième adviendrait. Il serait déjà mort lorsque ses films iraient au feu, et cela ne lui ferait plus rien. Pour Frieda, par contre, les deux actions devaient n'en constituer qu'une seule, les deux étapes d'un processus unique de création et de destruction. Tout du long, c'était elle qui avait été destinée à craquer l'allumette et à réduire leur travail à néant, et cette idée devait avoir pris possession d'elle au fil des années au point de dominer tout le reste. Petit à petit, c'était devenu un principe esthétique en soi. Alors même qu'elle continuait à travailler avec Hector, elle devait avoir eu le sentiment qu'il ne s'agissait plus de faire des films. Il s'agissait de fabriquer quelque chose afin de le détruire. C'était ça, l'œuvre, et tant que toute trace de l'œuvre n'aurait pas été détruite, l'œuvre n'existerait pas. Elle ne commencerait à exister qu'au moment de son anéantissement – et alors, tandis que la fumée s'élèverait dans le jour brûlant du Nouveau-Mexique, elle disparaîtrait.

Cette idée me paraissait à la fois glaçante et belle. Je comprenais la séduction qu'elle avait dû exercer sur Frieda, et cependant, dès que je m'autorisai à la considérer du point de vue de Frieda, à éprouver toute la puissance de cette négation extatique, je compris aussi pourquoi elle voulait être débarrassée de moi. Ma présence souillait la pureté de l'instant. Les films devaient mourir d'une mort vierge, à l'abri de tous regards venus du monde extérieur. Il était assez regrettable que l'on m'eût permis d'en voir un ; à présent que les dernières volontés d'Hector allaient être mises à exécution, elle pouvait insister pour que la cérémonie se déroule telle qu'elle l'avait toujours imaginée. Les films étaient nés dans le secret, ils devaient disparaître dans le secret. Les étrangers n'étaient pas admis et même si Alma et Hector avaient combiné à la dernière minute une tentative de m'introduire dans le cercle le plus intime, je n'avais jamais été aux yeux de Frieda qu'un étranger. Alma faisait partie de la famille et par conséquent elle avait été sacrée témoin officiel. Elle était l'historien de la cour, pour ainsi dire, et lorsque le dernier représentant de la génération de ses parents serait mort, les derniers souvenirs d'eux qui survivraient seraient ceux qu'elle aurait consignés dans son livre. J'aurais dû être le témoin du témoin, l'observateur indépendant appelé à confirmer l'exactitude des déclarations du témoin. C'était un petit rôle à jouer dans un drame si important, et Frieda m'avait supprimé du scénario. A son avis, j'avais été inutile depuis le début.

Je restai assis dans la baignoire jusqu'à ce que l'eau soit refroidie et puis je m'enveloppai d'une paire de serviettes et m'attardai encore dix ou vingt minutes – à me raser, m'habiller, me coiffer. Je me trouvais bien, là, dans la salle de bains d'Alma, debout parmi les tubes et les pots rangés sur les étagères de l'armoire à pharmacie ou encombrant le dessus de la petite commode en bois près de la fenêtre. La brosse à dents rouge dans son support au-dessus du lavabo, les rouges à lèvres dans leurs étuis dorés ou en plastique, le fard pour les cils et le crayon à sourcils, la boîte de tampons, les aspirines, le fil dentaire, l'eau de Chanel n° 5, le flacon pharmaceutique de nettoyant antibactérien. Chacun de ces objets était un signe d'intimité, me parlait de solitude et de réflexion personnelle. Elle mettait les comprimés dans sa bouche, elle se passait les crèmes sur la peau, les peignes et les brosses dans les cheveux et, chaque matin, elle venait dans cette pièce et se tenait en face du même miroir où je me regardais à ce moment. Que savais-je d'elle ? Presque rien, et pourtant j'étais certain de ne pas vouloir la perdre, d'être prêt à me battre pour la revoir après que je serais parti du ranch le lendemain. Mon problème, c'était l'ignorance. Il ne faisait pas de doute à mes yeux qu'il y avait de l'orage dans la maisonnée, mais je ne connaissais pas assez Alma pour pouvoir apprécier la vraie mesure de sa colère à l'endroit de Frieda et, faute de pouvoir faire cela, je ne savais pas à quel point ce qui se passait aurait dû m'inquiéter. La veille au soir, je les avais observées toutes deux à la table de la cuisine, et il n'y avait alors aucune trace de conflit. Je me rappelais la sollicitude du ton d'Alma, la délicatesse avec laquelle Frieda avait demandé à Alma de passer la nuit dans la grande maison, l'impression d'un lien familial. Il n'était pas inhabituel que des gens aussi proches s'invectivent, se disent dans la chaleur de l'instant des choses qu'ils regretteront ensuite – mais l'éclat d'Alma m'avait paru particulièrement intense, frémissant d'une violence menaçante qui était rare (dans mon expérience) chez les femmes. *Je suis si furieuse que je pourrais lui foutre mon poing sur la gueule.* Combien de fois avait-elle dit ce genre de choses ? Avait-elle tendance à utiliser des expressions aussi véhémentes et hyperboliques ou ceci représentait-il un tour nouveau de ses relations avec Frieda, un débordement soudain après des années d'animosité silencieuse ? Si j'en avais su davantage, ma question n'aurait pas été nécessaire. J'aurais compris que les paroles d'Alma devaient être prises au sérieux, que leur extravagance même montrait que la situation commençait déjà à se détériorer.

En ayant terminé dans la salle de bains, je repris mes déambulations sans but dans la maison. C'était une petite maison, une construction compacte et robuste, de conception un peu maladroite dont, en dépit de ses dimensions réduites, Alma ne semblait habiter qu'une partie. Une pièce du fond servait uniquement de rangement : il y avait des cartons empilés contre un mur et la moitié d'un autre et une douzaine d'objets abandonnés gisaient sur le sol – une chaise bancale, un tricycle rouillé, une machine à écrire mécanique vieille de cinquante ans, une télé noir et blanc portable avec une antenne cassée, un tas d'animaux en peluche, un dictaphone et plusieurs pots de peinture entamés. Dans une autre pièce, il n'y avait rien du tout. Ni meubles, ni matelas, ni même une ampoule électrique. Une grande toile d'araignée alambiquée pendait d'un coin du plafond. Trois ou quatre mouches y étaient prises au piège mais leurs corps étaient si desséchés, si réduits à d'impondérables grains de poussière que je pensai que l'araignée devait avoir abandonné sa toile et s'être installée ailleurs.

Restaient la cuisine, le living, la chambre et le bureau. J'avais envie de me plonger dans le livre d'Alma, mais il me semblait que je n'en avais pas le droit sans sa permission. Elle avait écrit plus de six cents pages à ce moment-là, mais ces pages étaient encore à l'état de brouillon et à moins qu'un auteur ne vous demande explicitement de commenter un travail en cours, la curiosité est interdite. Alma m'avait montré le manuscrit (*voilà le monstre*, avait-elle dit), mais elle ne m'avait pas parlé de le lire et je ne voulais pas commencer ma vie avec elle en trahissant sa confiance. Je tuai donc le temps en passant en revue tout ce qui se trouvait dans les quatre pièces qu'elle habitait, en examinant les provisions dans le réfrigérateur, les vêtements dans le placard de la chambre et les collections de livres, de disques et de cassettes vidéo dans le living. J'appris qu'elle buvait du lait écrémé et beurrait son pain avec du beurre non salé, que sa couleur préférée était le bleu (surtout dans des tons sombres) et que ses goûts littéraires et musicaux étaient éclectiques – une femme selon mon cœur. Dashiell Hammett et André Breton ; Pergolèse et Mingus ; Verdi, Wittgenstein et Villon. Dans un coin, je trouvai tous les livres que j'avais publiés du vivant de Helen – les deux volumes de critiques, les quatre recueils de poèmes traduits – et je me rendis compte que je ne les avais jamais vus tous les six ensemble ailleurs que chez moi. Sur une autre étagère se trouvaient des livres de Hawthorne, Melville, Emerson et Thoreau. Je pris une édition de poche d'un choix de nouvelles de Hawthorne et trouvai *La Marque sur le visage*, que je lus devant la bibliothèque, assis sur le carrelage frais, en essayant d'imaginer ce qu'Alma avait ressenti à cette lecture lorsqu'elle était jeune. Au moment précis où j'arrivais à la fin *(Les circonstances momentanées étaient trop fortes pour lui ; il ne put regarder au-delà de l'ombreuse étendue du temps…)*, je sentis ma première bouffée de kérosène, entrée par une fenêtre à l'arrière de la maison.

L'odeur me rendit un peu fou ; je me remis aussitôt debout et recommençai à marcher. J'allai dans la cuisine, bus un verre d'eau et puis poussai jusqu'au bureau d'Alma, où je tournai en rond pendant dix à quinze minutes en luttant contre la tentation de lire son manuscrit. Si je ne pouvais rien faire pour empêcher la destruction des films d'Hector, je pouvais du moins tenter de comprendre ce qui se passait. Aucune des réponses qu'on m'avait données jusque-là n'approchait d'une explication. Je m'étais efforcé de mon mieux de suivre le raisonnement, de pénétrer le mode de pensée qui avait abouti à une situation aussi sinistre et impitoyable mais, à présent que les feux avaient été allumés, tout cela me parut soudain absurde, vain, horrible. Les réponses se trouvaient dans le livre, les raisons se trouvaient dans le livre, les origines de l'idée qui avait abouti à ceci se trouvaient dans le livre. Je m'assis au bureau d'Alma. Le manuscrit était rangé à gauche de l'ordinateur – une énorme pile de pages sur lesquelles était posée une pierre qui les empêchait de s'envoler. J'enlevai la pierre et lus, dessous : *La Vie ultérieure d'Hector Mann*, par Alma Grund. Je tournai la page et la première chose qui me sauta aux yeux fut, en épigraphe, une citation de Luis Buñuel. C'était un passage de *Mon dernier soupir*, le livre que j'avais vu le matin même dans le cabinet de travail d'Hector. *A quelque temps de là je proposai de brûler le négatif de mon film sur la place du Tertre, à Montmartre. Je l'aurais fait sans hésitation, je le jure, si on avait accepté. Aujourd'hui encore je le ferais. J'imagine volontiers dans mon petit jardin un bûcher où flamberaient tous les négatifs, toutes les copies de mes films. Cela me serait complètement égal.*

On rejetta cette proposition.

Cela rompit le charme, en quelque sorte. J'avais vu certains des films de Buñuel dans les années soixante et soixante-dix, mais je connaissais mal son autobiographie et il me fallut un petit moment pour méditer ce que je venais de lire. Je relevai les yeux et le fait d'avoir détourné mon attention du manuscrit d'Alma – si brièvement que ce fût – me donna le temps de me reprendre, de m'arrêter avant d'aller plus loin. Je remis la première page à sa place et puis dissimulai le titre sous la pierre. Pour ce faire, je m'avançai sur mon siège en modifiant ma position juste assez pour apercevoir un objet que je n'avais pas encore remarqué : un petit cahier vert posé sur le bureau, à mi-distance entre le manuscrit et le mur. Il avait le format d'un cahier d'écolier et, à voir l'aspect fatigué de sa couverture et les bosselures et déchirures de son dos toilé, je supposai qu'il était très vieux. Assez vieux pour être l'un des journaux d'Hector, me dis-je – et il s'avéra que c'était bien ça.

Je passai les quatre heures suivantes dans le living, installé au fond d'un antique fauteuil club avec le cahier sur mes genoux, à le lire deux fois de bout en bout. Il comptait en tout quatre-vingt-seize pages couvrant à peu près un an et demi – de l'automne 1930 au printemps 1932 –, et commençait par la description d'une des leçons d'anglais d'Hector avec Nora pour s'achever sur un passage concernant une promenade nocturne à Sandusky plusieurs jours après qu'il s'était confessé à Frieda. Si j'avais nourri le moindre doute quant à l'histoire qu'Alma m'avait racontée, la lecture de ce journal le dissipa. Hector par lui-même était ce même Hector dont elle m'avait parlé dans l'avion, la même âme torturée qui avait fui le Nord-Ouest, avait failli se tuer dans le Montana, à Chicago et à Cleveland, s'était soumise à l'avilissement de six mois d'association avec Sylvia Meers, avait reçu une balle en pleine poitrine dans une banque de Sandusky et avait survécu. Il avait une petite écriture en pattes de mouche, avec de nombreuses phrases barrées et surchargées au crayon, des fautes d'orthographe et des taches d'encre et, parce qu'il utilisait les deux côtés des pages, ce qu'il avait écrit n'était pas toujours facile à déchiffrer. Mais j'y arrivai. Petit à petit, je crois que j'en saisis presque tout et, chaque fois que je décryptais un nouveau paragraphe, les faits correspondaient à ceux du récit d'Alma, les détails s'accordaient. Je recopiai dans le carnet qu'elle m'avait donné quelques-uns des passages significatifs, en les transcrivant mot pour mot afin de garder un témoignage des termes exacts utilisés par Hector. Entre autres, sa dernière conversation avec Red O'Fallon au Bluebell Inn, la scène lamentable avec Meers sur la banquette arrière de la voiture avec chauffeur, et ceci, qui date de l'époque où il vivait à Sandusky (hébergé chez les Spelling après sa sortie de l'hôpital), et qui concluait le carnet :

31. 3. 32. Promené le chien de F., ce soir. Une bestiole noire et remuante dénommée Arp, en l'honneur de l'artiste. Un dada. La rue était déserte. Brouillard partout, presque impossible de voir où j'étais. Peut-être un peu de pluie aussi, mais des gouttes si fines qu'on aurait dit de la vapeur. Impression de ne plus toucher terre, de marcher dans les nuages. On approchait d'un réverbère et soudain tout s'est mis à trembler, à miroiter dans l'obscurité. Un univers de points, cent millions de points de lumière réfractée. Très étrange, très beau : statues de brouillard illuminé. Arp reniflait en tirant sur sa laisse. On a continué à marcher, atteint le coin de la rue, tourné. Encore un réverbère et puis, arrêté un instant parce qu'Arp levait la patte, j'ai eu l'attention attirée par quelque chose. Une lueur au bord du trottoir, un éclat de clarté clignotant dans l'ombre. Ça avait une teinte bleuâtre – un

bleu profond, le bleu des yeux de F. Je me suis
accroupi pour regarder ça de plus près et j'ai vu
que c'était une pierre, sans doute un genre de
pierre précieuse. Une pierre de lune, me suis-je
dit, ou un saphir, ou peut-être un simple morceau de verre taillé. Assez petit pour une bague,
ou bien un pendentif tombé d'un collier ou
d'un bracelet, une boucle d'oreille perdue. Ma
première idée a été de l'offrir à la nièce de F.,
Dorothée, la fille de Fred. Quatre ans. La petite
Dotty. Elle vient souvent à la maison. Adore sa
grand-mère, adore jouer avec Arp, adore F. Un
charmant lutin, toquée de breloques et d'orne-
ments, toujours en train de se déguiser dans les
tenues les plus farfelues. Je me suis dit : Je vais
offrir cette pierre à Dotty. J'ai donc voulu la
ramasser, mais à l'instant où mes doigts sont
entrés en contact avec la pierre, je me suis aperçu
que ce n'était pas du tout ce que je croyais.
C'était mou, et ça se brisa sous mes doigts, se
désintégrant en une chose humide et gluante.
Ce que j'avais pris pour une pierre était un cra-
chat humain. Quelqu'un qui passait par là
s'était raclé la gorge au bord du trottoir et sa
salive avait formé une boule, une sphère lisse,
composée de bulles, avec des facettes innombrables. Transpercée par la lumière, teintée par les
reflets de cette lumière en ce bleu somptueux,
elle avait pris l'aspect d'un objet solide. A l'instant où je me rendais compte de mon erreur,
ma main a sursauté comme si je m'étais brûlé.
J'en étais malade, submergé de dégoût. J'avais
les doigts couverts de salive. Pas grave quand
c'est la vôtre, sans doute, mais révoltant quand
elle sort de la bouche d'un inconnu. J'ai pris
mon mouchoir et je me suis essuyé du mieux
que j'ai pu. Quand j'ai eu fini, je n'ai pas pu

me résoudre à remettre mon mouchoir dans ma poche. En le tenant à bout de bras, je suis allé au coin de la rue le jeter dans la première poubelle venue.

Trois mois après que ces mots avaient été écrits, Hector et Frieda se sont mariés dans le salon de la maison Spelling. Ils sont partis en voyage de noces au Nouveau-Mexique, y ont acheté un terrain et ont décidé de s'y installer. Je comprenais à présent pourquoi ils avaient donné à leur domaine ce nom de Blue Stone Ranch. Hector avait vu cette pierre et il savait qu'elle n'existait pas, que l'existence qu'ils allaient se créer là était fondée sur une illusion.

La destruction par le feu fut achevée vers six heures, mais Alma ne revint pas chez elle avant près de sept. Bien qu'il fît encore jour, le soleil commençait à descendre et je me rappelle comment la maison s'est remplie de lumière juste avant qu'Alma ne franchît le seuil : d'immenses rayons plongeant par les fenêtres, une inondation d'ors et de pourpres resplendissants qui gagnait tous les recoins de la pièce. Ce n'était que mon deuxième coucher de soleil dans le désert, et je n'étais pas préparé à une attaque aussi radieuse. Je déménageai dans le canapé, tournant le dos à cet éblouissement, et quelques minutes après m'être installé à ce nouvel endroit, j'entendis tourner la poignée de la porte derrière moi. Un flot de lumière s'ajouta à celle qui avait envahi la pièce : un torrent de soleil rouge, liquéfié, une grande marée de luminosité. Je pivotai en me protégeant les yeux d'une main, et Alma se tenait là, dans l'ouverture de la porte, presque invisible, une silhouette spectrale à la chevelure nimbée de lumière, un être en feu.

Et puis elle referma la porte, et je pus voir son visage, regarder ses yeux pendant qu'elle traversait le salon et s'approchait du canapé. Je ne sais pas à quoi je m'attendais de sa part à cet instant. Des larmes, peut-être, ou de la colère, ou quelque manifestation excessive d'émotion, mais Alma me parut d'un calme remarquable, moins bouleversée qu'épuisée, vidée de toute énergie. Elle contourna le canapé par la droite sans se soucier, apparemment, du fait qu'elle me montrait la tache de naissance sur le côté gauche de son visage, et je me rendis compte que c'était la première fois qu'elle faisait cela. Je ne savais pas trop, néanmoins, si je devais considérer ce fait comme un progrès ou y voir un défaut d'attention, un symptôme de fatigue. Elle s'assit près de moi sans un mot et posa la tête sur mon épaule. Elle avait les mains sales ; son t-shirt était barbouillé de suie. Je l'entourai de mes deux bras et la gardai ainsi un bon moment, ne voulant pas la bousculer en l'interrogeant, l'obliger à parler si elle n'en avait pas envie. Finalement, je lui demandai si ça allait, et quand elle répondit : Oui, ça va, je compris qu'elle n'avait aucun désir d'approfondir la question. Elle était désolée que c'eût été si long, dit-elle, mais à part quelques explications qu'elle me donna pour justifier cette durée (c'est alors qu'elle me parla des fûts à essence, des chariots, etc.), nous effleurâmes à peine le sujet pendant le restant de la soirée. Après que ce fut fini, me dit-elle, elle avait raccompagné Frieda à la grande maison. Elles avaient discuté de l'organisation du lendemain et puis elle avait mis Frieda au lit avec un somnifère. Elle serait bien rentrée tout de suite à ce moment-là, mais le téléphone de la petite maison était détraqué (parfois il marchait, parfois non) et pour plus de sûreté elle avait téléphoné de la grande maison afin de me réserver un billet sur l'avion du matin pour Boston. L'avion quittait Albuquerque à huit heures quarante-sept. Il fallait deux heures et demie pour se rendre à l'aéroport et comme il serait impossible à Frieda de se lever assez tôt pour nous y amener à temps, la seule solution avait été de commander une voiture qui viendrait me chercher. Elle avait souhaité me conduire elle-même, m'accompagner en personne, mais elles étaient attendues au salon funéraire à onze heures, Frieda et elle, et comment aurait-elle pu, avant onze heures, faire deux courses à Albuquerque ? Mathématiquement, ça ne collait pas. Même si elle partait dès cinq heures avec moi, elle n'aurait pas le temps d'en revenir et d'y retourner en moins de sept heures et demie. Comment pourrais-je faire ce que je ne peux pas faire ? demandait-elle. Ce n'était pas une question rhétorique. C'était une constatation la concernant, une proclamation de détresse. Comment diable pourrais-je faire ce que je ne peux pas faire ? Et alors, appuyant son visage contre ma poitrine, elle fondit soudain en larmes.

Je la portai dans la baignoire et, pendant une demi-heure, assis par terre auprès d'elle, je lui lavai le dos, les bras et les jambes, les seins, le visage et les mains, les cheveux. Il fallut un certain temps pour qu'elle cessât de pleurer mais, peu à peu, le traitement parut produire l'effet désiré. Ferme les yeux, lui dis-je, ne bouge pas, ne dis rien, fonds-toi dans l'eau et laisse-toi aller. La bonne volonté avec laquelle elle suivait mes conseils m'impressionnait, ainsi que l'absence totale de gêne que lui inspirait sa nudité. C'était la première fois que je voyais son corps en pleine lumière, et elle se comportait comme si déjà il m'appartenait, comme si nous avions dépassé le stade où de telles choses posaient encore problème. Elle s'abandonnait dans mes bras, cédant à la tiédeur de l'eau, cédant sans condition à l'idée que j'étais celui qui prenait soin d'elle. Il n'y avait personne d'autre. Elle vivait seule dans cette petite maison depuis sept ans et nous savions tous deux qu'il était temps pour elle de s'en aller. Tu vas venir dans le Vermont, lui dis-je. Tu vivras là-bas avec moi jusqu'à ce que tu aies fini ton livre, et tous les jours je te donnerai ton bain. Je travaillerai à mon Chateaubriand, tu travailleras à ta biographie, et quand nous ne serons pas au travail, nous baiserons. Nous baiserons dans tous les coins de la maison. On fera des festivals de baise de trois jours dans le jardin et dans les bois. On baisera à ne plus pouvoir se relever, et puis on se remettra au travail, et quand nos travaux seront terminés, on partira du Vermont, on s'en ira ailleurs. Où tu voudras, Alma. Je suis prêt à envisager toutes les possibilités. Rien n'est hors de question.

C'était culotté de dire des choses pareilles en pareilles circonstances, pour faire une proposition aussi choquante et d'une si extrême vulgarité, mais le temps manquait et je ne voulais pas partir du Nouveau-Mexique sans savoir où nous en étions. Je prenais donc le risque, afin de forcer la décision, de présenter mon plaidoyer dans les termes les plus crus et les plus imagés que je pouvais trouver. Alma ne cilla pas, c'est à son honneur. Elle avait les yeux fermés quand j'avais commencé et elle les tint fermés jusqu'à la fin de mon petit discours mais, à un moment donné, je remarquai qu'un sourire lui tiraillait les commissures des lèvres (je crois que cela avait commencé la première fois que j'avais utilisé le verbe *baiser*) et plus je lui parlais, plus ce sourire semblait s'élargir. Lorsque je me tus, elle ne dit rien, toutefois, et garda les yeux fermés. Eh bien ? demandai-je. Qu'est-ce que tu en penses ? Ce que je pense, répondit-elle lentement, c'est que si j'ouvrais les yeux maintenant, tu ne serais peut-être pas là.

Oui, fis-je, je vois ce que tu veux dire. D'autre part, si tu ne les ouvres pas, tu ne sauras jamais si j'y suis ou non, pas vrai ?

Je crois que je n'ai pas le courage.

Bien sûr que si. Et, d'ailleurs, tu oublies que j'ai les mains dans la baignoire. Je te touche la colonne et le creux du dos. Si je n'étais pas là, je ne pourrais pas faire ça.

Tout est possible. Tu pourrais être quelqu'un d'autre. Quelqu'un qui se ferait passer pour David. Un imposteur.

Et qu'est-ce qu'un imposteur ficherait avec toi dans cette salle de bains ?

Me bourrer le crâne de fantasmes cruels, me faire croire que je peux avoir ce que je désire. Ce n'est pas souvent que quelqu'un dit exactement ce qu'on voudrait qu'il dise. Peut-être que c'est moi qui ai dit ces mots.

Peut-être. Ou peut-être que quelqu'un les a dits parce que ce qu'il désire est la même chose que ce que tu désires.

Mais pas exactement. Ce n'est jamais *exactement* la même chose. Comment pourrait-il dire exactement les mots que j'avais en tête ?

Avec sa bouche. C'est de là que viennent les mots. De la bouche de quelqu'un.

Où est-elle, cette bouche, alors ? Fais-la-moi sentir. Serrez-la contre la mienne, monsieur. Si elle me fait l'effet qu'elle est censée faire, alors je saurai que c'est ta bouche et pas la mienne. Alors, peut-être, je commencerai à te croire.

Les yeux toujours fermés, Alma leva les bras en l'air, tendus vers moi, à la façon des petits enfants – quand ils veulent qu'on les cajole, qu'on les porte – et je me penchai pour l'embrasser, en écrasant ma bouche contre la sienne et en séparant ses lèvres avec ma langue. J'étais à genoux – les bras dans l'eau, les mains contre son dos, les coudes coincés entre les parois de la baignoire – et comme Alma me saisissait par la nuque pour me tirer vers elle, je perdis l'équilibre et tombai sur elle. Nos deux têtes plongèrent sous l'eau un instant et quand nous refîmes surface, Alma avait rouvert les yeux. L'eau du bain giclait par-dessus les bords, nous cherchions tous deux notre souffle et pourtant, sans prendre le temps d'avaler plus qu'une goulée d'air, nous nous remîmes en position et commençâmes à nous embrasser pour de bon. Ce fut le premier de plusieurs baisers, le premier de nombreux baisers. Je ne pourrais rendre compte des manipulations qui suivirent, des manœuvres complexes qui me permirent de sortir Alma du bain tout en gardant mes lèvres scellées aux siennes, en parvenant à maintenir le contact avec sa langue, mais il vint un moment où elle était sortie de l'eau et où je la frictionnais avec une serviette. Ça, je m'en souviens. Je me souviens aussi qu'une fois sèche, elle m'a débarrassé de ma chemise mouillée et a détaché la ceinture qui tenait mon pantalon. Je la vois encore faire cela, et je me vois, moi aussi, en train de recommencer à l'embrasser, je nous vois tous les deux nous effondrant sur une pile de serviettes et faisant l'amour par terre.

Il faisait sombre dans la maison quand nous sortîmes de la salle de bains. Quelques miroitements dans les fenêtres de façade, un mince nuage aux reflets de cuivre étiré sur l'horizon, résidus du crépuscule. Nous nous rhabillâmes, nous prîmes un ou deux petits coups de tequila dans le salon et puis nous allâmes à la cuisine nous bricoler quelque chose à manger. Tacos surgelés, petits pois surgelés, purée de pommes de terre – encore un assemblage sur le pouce, à la fortune du pot. Peu importait. Le repas expédié en neuf minutes, nous retournâmes au salon et nous offrîmes une nouvelle tournée. A partir de ce moment-là, nous n'avons parlé que de l'avenir, Alma et moi, et quand nous nous sommes mis au lit à dix heures, nous faisions encore des projets, nous discutions encore de ce que serait notre vie quand elle m'aurait rejoint sur ma petite montagne du Vermont. Nous ne savions pas quand elle pourrait y arriver, mais nous pensions qu'il ne lui faudrait pas plus d'une semaine ou deux pour mettre ses affaires en ordre au ranch, trois à la rigueur. Entre-temps, nous nous parlerions au téléphone et quand il serait trop tôt ou trop tard pour appeler, nous nous enverrions des fax. Quoi qu'il pût advenir, disions-nous, nous resterions en contact quotidien.

Je quittai le Nouveau-Mexique sans avoir revu Frieda. Alma avait espéré qu'elle viendrait à la petite maison me dire au revoir, mais je n'y comptais pas. Elle m'avait déjà rayé de sa liste et, compte tenu de l'heure matinale de mon départ (la voiture devait venir me prendre à cinq heures et demie), il me semblait peu probable qu'elle voulût se priver de sommeil à cause de moi. Lorsqu'il apparut qu'elle ne viendrait pas, Alma en rendit responsable le somnifère qu'elle avait pris en se couchant. Je la trouvais optimiste. Selon mon interprétation de la situation, Frieda ne serait venue en aucun cas – même si j'étais parti à midi.

Sur le moment, rien de tout cela ne paraissait bien important. Le réveil sonna à cinq heures et, ne disposant que d'une demi-heure pour me préparer et sortir, je n'aurais pas eu une pensée pour Frieda si son nom n'avait pas été prononcé. L'important, pour moi, ce matin-là, c'était de m'éveiller auprès d'Alma, de boire mon café avec elle sur le seuil de la maison, de pouvoir encore la toucher. Tout sonné et ébouriffé, tout abruti de bonheur, tout ébloui d'amour, de peau et de perspectives de vie nouvelle. Si j'avais été plus alerte, j'aurais compris ce que je quittais, mais je me sentais trop las et trop bousculé pour autre chose que les gestes les plus simples : une dernière étreinte, un dernier baiser, et puis la voiture s'arrêta devant le seuil et il était temps que je parte. Nous rentrâmes dans la maison pour récupérer mon sac et en ressortant, Alma ramassa au passage un livre sur la table près de la porte et me le tendit (pour lire dans l'avion, me dit-elle), et puis il y eut une ultime dernière étreinte, un ultime dernier baiser, et j'étais en route pour l'aéroport. Ce n'est qu'arrivé à mi-chemin que je me rendis compte qu'Alma avait oublié de me donner le Xanax.

N'importe quel autre jour, j'aurais demandé au chauffeur de faire demi-tour et de me ramener au ranch. Je faillis le faire et puis, pensant aux humiliations qu'entraînerait cette décision – je manquerais l'avion, je m'exposerais comme couard, je réaffirmerais mon statut de pleutre névrosé –, je réussis à dominer ma panique. J'avais déjà volé aux côtés d'Alma sans l'aide de la drogue. Il s'agissait à présent de voir si je pouvais y arriver seul. Dans la mesure où il me fallait des distractions, le bouquin qu'elle m'avait donné se révéla d'un grand secours. Gros de six cents pages, pesant près de trois livres, il me tint compagnie durant tout le temps que je passai en l'air. Une encyclopédie des fleurs sauvages au titre sans fioritures – *Plantes de l'Ouest* –, composée par une équipe de sept auteurs (dont six étaient décrits comme de savants spécialistes de la flore sauvage, le septième étant le conservateur d'un herbier constitué dans le Wyoming) et publiée, avec une belle pertinence, par une certaine Société occidentale de science botanique, en association avec les services spécialisés d'un fonds universitaire coopératif de l'ouest des Etats-Unis. En règle générale, je ne m'intéressais guère à la botanique. Je n'aurais pas pu nommer plus de quelques dizaines de plantes et d'arbres mais, avec ses neuf cents photographies en couleur et ses descriptions dans une prose précise des habitats et caractéristiques de plus de quatre cents espèces, cet ouvrage de référence capta mon attention pendant plusieurs heures. Je ne sais pas pourquoi je le trouvais aussi absorbant, sans doute parce que je venais de quitter ce pays à la végétation piquante, privée d'eau, et que je voulais en voir davantage, que je n'en avais pas eu mon content. La plupart des photographies avaient été prises en très gros plan, sans autre arrière-plan que le ciel. Parfois, l'image comprenait un peu de l'herbe environnante, un peu de terre ou, plus rare encore, un rocher ou une montagne au loin. Les gens, la moindre allusion à une activité humaine brillaient par leur absence. Il y avait des milliers d'années que le Nouveau-Mexique était habité, mais à voir les photos de ce livre, on avait l'impression que rien ne s'y était jamais passé, que son histoire entière avait été effacée. Plus d'habitants préhistoriques des falaises, plus de ruines archéologiques, plus de conquérants espagnols, plus de jésuites, plus de Pat Garret ni de Billy the Kid, plus de *pueblos* indiens, plus de constructeurs de la bombe atomique. Il n'y avait que le sol et ce qui couvrait le sol, cette maigre végétation de tiges et de hampes et de petites fleurs épineuses surgie du sol parcheminé : une civilisation réduite à une énumération d'herbes sauvages. En elles-mêmes, les plantes n'offraient pas grand-chose au regard, mais la musique de leurs noms me paraissait impressionnante et après avoir examiné les images et lu les mots qui les accompagnaient (*feuille en lame aux contours ovés à lancéolés… les akènes sont aplatis, striés et rugueux, avec des aigrettes de poils capillaires),* je m'interrompis momentanément pour noter dans mon carnet certains de ces noms. Je commençai sur un verso vierge, aussitôt après les pages sur lesquelles j'avais copié les extraits du journal d'Hector, lesquelles, à leur tour, faisaient suite à la description de *La Vie intérieure de Martin Frost*. Les mots avaient une savoureuse épaisseur saxonne et je prenais plaisir à me les répéter, à sentir sur ma langue leurs résonances fermes et éclatantes. Quand je regarde cette liste aujourd'hui, je n'y vois plus qu'un quasi-charabia, une collection aléatoire de syllabes provenant d'un langage disparu – peut-être le langage parlé autrefois sur Mars.

Bardane. Laiteron. Aigremoine. Herbe aux poux. Bergerette. Crépide hérissée. Porcelle tachée. Séneçon jacobée. Chardon-marie. Lampourde épineuse. Herbe à la punaise. Moutarde tanaisie. Pastel des teinturiers. Coquelourde. Ansérine. Cuscute. Pois vivace. Jonc des crapauds. Lamier embrassant. Lamier pourpre. Brome dressé. Pique à l'âne. Fétuque queue de rat*.

Le Vermont me parut différent à mon retour. Je n'étais parti que pendant trois jours et deux nuits, et pourtant tout était devenu plus petit en mon absence : renfermé, sombre, moite. Autour de ma maison, les verts de la forêt me semblaient artificiels, d'une impossible luxuriance, comparés aux ors et aux fauves du désert. L'air était chargé d'humidité, le sol cédait sous le pied et, où que je me tourne, j'apercevais de sauvages proliférations végétales, de surprenants exemples de pourrissement : brindilles et morceaux d'écorce sursaturés en décomposition sur les sentiers, échelles de champignons aux troncs des arbres, taches de moisissure sur les murs de la maison. Au bout d'un moment, je compris que je portais sur tout cela le regard d'Alma, en essayant de tout voir avec une lucidité nouvelle afin de me préparer au jour où elle viendrait s'installer chez moi. Le vol jusqu'à Boston s'était bien passé, bien mieux que je n'aurais osé l'espérer, et j'étais descendu de l'avion avec le sentiment d'avoir accompli quelque chose d'important. Dans l'ordre de l'universel, ce n'était pas grand-chose, sans doute, mais dans l'ordre du particulier, au lieu microscopique où les batailles privées sont

* Voir Note sur la traduction, 4, p. 383.

gagnées ou perdues, cela comptait comme une singulière victoire. Je me sentais plus fort qu'en aucun moment des trois dernières années. Presque entier, me disais-je, presque prêt à redevenir réel.

Pendant quelques jours, je fus d'une activité débordante, qui s'exerçait sur plusieurs plans à la fois : je travaillais à la traduction de Chateaubriand, je fis réparer chez le carrossier mon 4x4 défoncé, et je nettoyai la maison de fond en comble – sols récurés, meubles cirés, livres époussetés. Je savais que rien ne pouvait déguiser la laideur fondamentale de l'architecture, mais je pouvais au moins rendre les pièces présentables, leur donner un lustre qu'elles n'avaient pas auparavant. La seule difficulté fut de décider que faire des caisses qui se trouvaient dans la chambre inoccupée – que j'avais l'intention de transformer en cabinet de travail pour Alma. Il lui faudrait un endroit où finir son livre, un endroit où se retirer quand elle aurait besoin de solitude, et cette chambre était la seule qui fût disponible. La maison n'offrait qu'un espace de rangement limité et, faute d'un grenier ou d'un garage, la seule possibilité que je voyais était la cave. Le problème, avec cette solution, était le sol en terre battue. Chaque fois qu'il pleuvait, la cave se remplissait d'eau et le moindre carton posé là risquait d'être détrempé. Pour éviter cette calamité, j'achetai quatre-vingt-dix parpaings et huit grands rectangles de contreplaqué. En empilant les parpaings trois par trois, je réussis à construire une plateforme bien au-dessus du niveau de la pire des inondations dont j'avais reçu la visite. Par précaution supplémentaire contre l'humidité, j'emballai chacune des caisses dans un sac-poubelle en plastique épais fermé hermétiquement à l'aide de bande adhésive. Ç'aurait dû être satisfaisant, mais il me fallut deux jours encore pour trouver le courage de les descendre à la cave. Tout ce qui restait de ma famille se trouvait là-dedans. Les robes et les jupes de Helen. Sa brosse à cheveux et ses bas. Son grand manteau d'hiver à capuche fourrée. Le gant de base-ball et les albums de bandes dessinées de Todd. Les puzzles et les bons-hommes en plastique de Marco. Le poudrier doré au miroir fendu. Houty Touty l'ours en peluche. Le bouton de la campagne de Walter Mondale. Je n'avais plus l'usage de ces objets, mais je n'avais jamais été capable de les jeter, je n'avais même jamais envisagé de les donner à une œuvre. Je ne voulais pas que les robes de Helen habillent une autre femme, ni que les cas-quettes Red Sox de nos fils coiffent les têtes d'autres gamins. Descendre ces objets à la cave, c'était comme les enterrer. Ce n'était pas la fin, sans doute, mais c'était le commencement de la fin, la première borne sur la route de l'oubli. Dur à faire, mais pas moitié aussi dur que ça l'avait été de prendre cet avion pour Boston. Lorsque j'eus fini de vider la chambre, j'allai à Brattleboro choisir des meubles pour Alma. Je lui achetai un bureau en acajou, un fauteuil en cuir qui se balançait d'avant en arrière quand on poussait un bouton placé sous le siège, un clas-seur en chêne et une jolie carpette multicolore. C'était ce qu'il y avait de mieux dans le maga-sin, le haut de gamme de l'équipement de bureau. La facture s'élevait à plus de trois mille dollars, que je payai comptant.

Elle me manquait. Si impétueux qu'eût été notre plan, je n'avais jamais éprouvé le moindre doute ni le moindre repentir. J'allais de l'avant, dans un bonheur aveugle, en attendant le moment où elle pourrait enfin venir dans l'Est et chaque fois qu'elle me manquait trop, j'ouvrais la porte du congélateur et je regardais le revolver. Le revolver prouvait qu'Alma était déjà venue – et puisqu'elle était venue une fois, il n'y avait aucune raison de croire qu'elle ne reviendrait pas. Au début, je ne m'appesantissais pas sur l'idée que le revolver était encore chargé et puis, après deux ou trois jours, elle se mit à me tracasser. Je n'y avais pas touché de tout ce temps mais un après-midi, pour plus de sûreté, je le sortis du congélateur et l'emportai dans le bois, où je tirai les six balles dans le sol. Elles firent un bruit de pétards chinois, comme des sacs en papier qui éclatent. De retour dans la maison, je rangeai le revolver dans le tiroir supérieur de la table de chevet. Il ne pouvait plus tuer, mais cela ne signifiait pas qu'il fût moins puissant ni moins dangereux. Il incarnait le pouvoir d'une pensée et chaque fois que je le regardais, je me rappelais à quel point cette pensée avait été près de me détruire.

Le téléphone chez Alma était capricieux et je ne parvenais pas toujours à l'atteindre quand je l'appelais. Branchement défectueux, disait-elle, un mauvais contact quelque part dans l'installation, c'est-à-dire que même si, après avoir composé son numéro, j'entendais les petits cliquetis rapides et les tonalités suggérant que la communication s'établissait, la sonnerie ne fonctionnait pas nécessairement de son côté. La plupart du temps, par contre, on pouvait compter sur son téléphone pour les appels vers l'extérieur. Le jour de mon retour dans le Vermont, j'avais fait plusieurs tentatives sans parvenir à l'atteindre et quand Alma avait fini par m'appeler à onze heures du soir (neuf heures dans ma montagne), nous avions décidé de nous en tenir désormais à cet arrangement : ce serait elle qui m'appellerait et non le contraire. Après cela, chaque fois que nous nous parlions, nous terminions notre conversation en fixant l'heure du prochain appel et, trois soirs de suite, cela marcha aussi parfaitement qu'un tour de magicien. Nous disions sept heures, par exemple, et à sept heures moins dix je m'installais dans la cuisine, je me versais un petit verre de tequila pure (nous continuions à boire de la tequila ensemble, même à distance) et, à sept heures précises, à l'instant où la grande aiguille de l'horloge murale arrivait en haut du cadran, le téléphone sonnait. J'étais devenu dépendant de la précision de ces appels. La ponctualité d'Alma était un signe de foi, elle témoignait du principe selon lequel deux personnes se trouvant en deux lieux différents du monde pouvaient néanmoins ne faire qu'une par l'esprit en presque tout.

Et puis, le quatrième soir (le cinquième depuis mon départ de Tierra del Sueño), Alma ne m'appela pas. Je pensai qu'elle devait avoir des problèmes avec son téléphone et, par conséquent, je n'agis pas tout de suite. Je restai assis à ma place, attendant patiemment que le téléphone sonne, mais quand le silence se fut prolongé pendant vingt minutes encore, et puis une demi-heure, je commençai à m'inquiéter. Si son appareil ne marchait pas, elle aurait dû envoyer un fax afin de m'expliquer pourquoi je n'avais pas de nouvelles. Son fax était branché sur une autre ligne et il n'y avait jamais eu de pépins avec ce numéro. Bien que sachant que ça ne servait à rien, je décrochai mon appareil pour appeler Alma tout de même – avec le résultat négatif prévisible. Et puis, me disant qu'elle pouvait avoir été retenue par quelque affaire avec Frieda, je fis le numéro de la grande maison, mais le résultat fut identique. Je rappelai, pour m'assurer que j'avais bien formé le numéro, et de nouveau il n'y eut pas de réponse. En dernier ressort, j'envoyai un petit mot par fax : *Où es-tu, Alma ? Est-ce que tout va bien ? Je suis inquiet. Je t'en prie, écris (faxe) si le téléphone ne marche pas. Je t'aime, David.*

Il n'y avait qu'un appareil dans ma maison, et il se trouvait dans la cuisine. Si je montais dans la chambre, je craignais de ne pas entendre la sonnerie si Alma m'appelait plus tard dans la nuit – ou, si je l'entendais, de ne pas avoir le temps de descendre pour répondre. Je ne savais que faire de moi-même. Je traînaillai dans la cuisine pendant plusieurs heures avec l'espoir que quelque chose se passe et enfin, alors qu'il était plus d'une heure du matin, j'allai au salon m'allonger sur le canapé. C'était le même assemblage bosselé de ressorts et de coussins dont j'avais fait un lit de fortune pour Alma la première nuit que nous avions passée ensemble – un bon endroit pour nourrir des pensées morbides. C'est ce que je fis jusqu'à l'aube, en m'infligeant la torture d'accidents de voiture imaginaires, d'incendies, d'urgences médicales, de chutes mortelles dans un escalier. A un moment donné, les oiseaux s'éveillèrent et se mirent à chanter dans les branches, dehors. Peu après, contre toute attente, je m'endormis.

Je n'avais jamais pensé que Frieda ferait à Alma ce qu'elle m'avait fait, à moi. Hector avait souhaité que je demeure au ranch et que je voie ses films ; et puis il était mort, et Frieda avait empêché que cela se passe. Hector avait souhaité qu'Alma écrive sa biographie. A présent qu'il était mort, pourquoi ne m'était-il pas venu à l'esprit que Frieda s'arrangerait pour empêcher la publication du livre ? Les situations étaient presque identiques et, pourtant, je n'avais pas vu la ressemblance, les similitudes entre les deux m'avaient totalement échappé. Peut-être les nombres étaient-ils sans commune mesure. Regarder les films ne m'aurait pris que quatre ou cinq jours ; il y avait près de sept années qu'Alma travaillait à son livre. L'idée ne m'était jamais passée par la tête que quelqu'un pouvait avoir la cruauté de faire main basse sur un travail de sept années pour le réduire en lambeaux. Je n'avais tout simplement pas le courage d'envisager une telle idée.

Si j'avais vu ce qui arrivait, je n'aurais pas laissé Alma seule au ranch. Je l'aurais obligée à emballer son manuscrit, je l'aurais poussée dans le taxi et je l'aurais emmenée avec moi à l'aéroport ce dernier matin. Même si je n'avais pas agi à ce moment-là, il aurait encore été possible de faire quelque chose avant qu'il ne fût trop tard. Nous avions eu quatre conversations téléphoniques depuis mon retour dans le Vermont et le nom de Frieda avait été prononcé au cours de chacune d'elles. Mais je n'avais pas eu envie de parler de Frieda. Cette partie de l'histoire était terminée pour moi désormais, et seul l'avenir m'intéressait. Je parlais intarissablement à Alma de la maison, de la chambre que je lui préparais, des meubles que j'avais commandés. J'aurais dû lui poser des questions, la presser de me donner des détails sur l'état d'esprit de Frieda, mais Alma semblait prendre plaisir à m'entendre évoquer ces détails domestiques. Elle en était aux premiers pas de son déménagement

– empaquetage de ses vêtements dans des cartons, choix des choses à emporter et de celles qui resteraient sur place (elle me demandait notamment avec quels livres de ma bibliothèque les siens auraient fait double usage) – et la dernière chose qu'elle prévoyait, c'était d'avoir des ennuis.

Trois heures après mon départ pour l'aéroport, Alma et Frieda étaient allées à Albuquerque chercher l'urne au salon funéraire. Plus tard, le même jour, dans un coin de jardin abrité du vent, elles avaient répandu les cendres d'Hector parmi les rosiers et les parterres de tulipes. C'était l'endroit où Taddy avait été piqué par l'abeille et Frieda avait paru très bouleversée pendant toute la cérémonie, tenant le coup pendant une minute ou deux et puis cédant à de longues crises de larmes silencieuses. Pendant notre conversation téléphonique de ce soir-là, Alma me confia qu'elle n'avait jamais vu Frieda aussi vulnérable, aussi dangereusement près de s'effondrer. Le lendemain matin, elle se rendit tôt à la grande maison et s'aperçut que Frieda était déjà éveillée : assise par terre dans le cabinet de travail d'Hector, elle passait au crible des montagnes de papiers, de photographies et de dessins qu'elle avait étalés en cercle autour d'elle. C'était au tour des scénarios, dit-elle à Alma, et ensuite elle ferait une recherche systématique de tous les autres documents liés à la production des films : story-boards, esquisses de costumes, plans de décors, schémas d'éclairages, notes pour les acteurs. Il fallait tout brûler, dit-elle, on ne pouvait épargner le moindre fragment de matériel.

Déjà, donc, un jour à peine après mon départ du ranch, les limites de la destruction avaient été modifiées, repoussées pour faire place à une interprétation plus large de la volonté d'Hector. Il ne s'agissait plus seulement des films. Etaient concernés tous les indices susceptibles de prouver que ces films avaient existé.

Il y eut des feux les deux jours suivants, mais Alma n'y prit aucune part, laissant à Juan et à Conchita les fonctions d'assistants tandis qu'elle s'occupait de ses affaires. Le troisième jour, les décors furent traînés hors des réserves du studio d'enregistrement et brûlés. Les accessoires furent brûlés, les costumes furent brûlés, les carnets d'Hector furent brûlés. Même celui que j'avais lu chez Alma fut brûlé, et cependant nous restions encore incapables de comprendre où tout cela menait. Ce journal avait été rédigé au début des années trente, longtemps avant qu'Hector ne se remît à faire des films. Il n'avait de valeur qu'en tant que source de renseignements pour la biographie d'Alma. Cette source détruite, même si le livre finissait par paraître, l'histoire qu'il racontait ne serait plus crédible. Nous aurions dû le comprendre mais, quand nous nous étions parlé au téléphone, ce soir-là, Alma n'y avait fait allusion qu'en passant. L'information importante de la journée concernait les films muets d'Hector. Des copies étaient déjà en circulation, bien entendu, mais Frieda craignait que, si on découvrait ces films au ranch, quelqu'un fasse le lien entre Hector Spelling et Hector Mann, et elle avait donc décidé de les brûler aussi. C'était une tâche abominable, avait-elle dit à Alma, et pourtant il fallait la mener à bout. Si une partie du travail restait inachevée, tout le reste perdrait son sens.

Nous étions convenus de nous parler à nouveau le lendemain soir à neuf heures (sept heures pour elle). Alma devait passer à Soroco une bonne partie de l'après-midi – courses à faire au supermarché, affaires personnelles à régler – et, même s'il fallait une heure et demie pour revenir de là à Tierra del Sueño, nous avions compté qu'elle serait rentrée chez elle vers six heures. Son appel ne venant pas, mon imagination se mit aussitôt à remplir les blancs et lorsque je m'étendis sur le canapé à une heure du matin, j'étais convaincu qu'Alma n'était jamais arrivée chez elle, qu'il lui était arrivé quelque chose de monstrueux.

Il s'avéra que j'avais à la fois raison et tort. Tort de penser qu'elle n'était pas rentrée chez elle, raison pour tout le reste – quoique pas de la façon que j'avais imaginée. Alma avait arrêté sa voiture devant sa maison quelques minutes avant six heures. Elle ne fermait jamais sa porte à clef et ne fut donc pas autrement inquiète de la trouver ouverte, mais de la fumée s'élevait de la cheminée et cela lui parut bizarre, tout à fait incompréhensible. C'était une journée torride de la mi-juillet et, même si Juan et Conchita étaient venus rapporter du linge propre ou emporter les poubelles, pourquoi diable avaient-ils allumé un feu ? Laissant ses achats dans le coffre de sa voiture, Alma entra droit dans la maison. Accroupie devant la cheminée du salon, Frieda était en train de froisser des feuilles de papier et de les jeter dans le feu. Geste pour geste, c'était une réplique fidèle de la dernière scène de *Martin Frost* : Norbert Steinhaus brûlant son manuscrit en une tentative désespérée de ramener à la vie la mère d'Alma. Des parcelles de papier carbonisé flottaient dans la pièce, voletant autour de Frieda tels des papillons noirs blessés. Les bords des ailes luisaient un instant d'une lueur orange et puis devenaient d'un gris blanchâtre. La veuve d'Hector était si absorbée dans sa tâche, si anxieuse de terminer ce qu'elle avait commencé qu'elle ne redressa même pas la tête quand Alma passa la porte. Les pages indemnes gisaient sur ses genoux, petite liasse de feuilles de huit pouces et demi sur onze, une vingtaine, peut-être, ou une trentaine, peut-être une quarantaine. Si c'était tout ce qui restait, alors les six cents autres pages avaient déjà disparu.

Selon ses propres termes, Alma *devint frénétique, éclata en une tirade enragée, un débordement insensé de cris et de hurlements.* Elle chargea à travers le salon et, comme Frieda se relevait pour se défendre, elle la poussa de côté. C'était tout ce dont elle se souvenait, dirait-elle. Une poussée violente et, déjà, elle courait vers son bureau et l'ordinateur au fond de la maison. Le manuscrit brûlé n'était qu'un tirage. Le livre se trouvait dans l'ordinateur, et si Frieda n'avait pas trafiqué le disque dur, ni trouvé les disquettes de sauvegarde, alors rien ne serait perdu.

Un instant d'espoir, une bouffée d'optimisme en passant le seuil de la pièce, et puis plus d'espoir. En entrant dans son cabinet de travail, la première chose que vit Alma fut un espace vide là où s'était trouvé l'ordinateur. La table était nue : plus d'écran, plus de clavier, plus d'imprimante, plus de boîte en plastique bleu contenant les vingt et une disquettes étiquetées et les cinquante-trois fichiers de recherches. Frieda avait tout enlevé. Juan avait sûrement été dans le coup avec elle, et si Alma comprenait bien la situation, il était déjà trop tard pour agir en quoi que ce fût. L'ordinateur devait avoir été écrasé, les disquettes coupées en petits morceaux. Et même si cela n'avait pas encore été fait, par où allait-elle commencer à les chercher ?

Le ranch couvrait plus de cent soixante hectares. Il suffisait de choisir un endroit quelconque, de creuser un trou, et le livre disparaîtrait à jamais.

Elle ne savait plus très bien combien de temps elle était restée dans son bureau. Plusieurs minutes, pensait-elle, mais peut-être plus, peut-être jusqu'à un quart d'heure. Elle se rappelait s'être assise à sa table, le visage dans les mains. Elle avait envie de pleurer, dirait-elle, de se laisser aller à une crise de hurlements et de sanglots ininterrompus, et pourtant elle était encore trop sonnée pour pleurer et elle ne fit donc que rester assise là à s'écouter respirer entre ses mains. A un moment donné, elle prit conscience du silence qui régnait dans la maison. Elle supposa que cela signifiait que Frieda était partie – qu'elle était sortie et retournée dans l'autre maison. C'était aussi bien, pensa Alma. Aucune discussion, aucune explication ne déferait ce qui était fait et, en vérité, elle ne voulait jamais plus adresser la parole à Frieda. Etait-ce bien vrai ? Oui, décida-t-elle, c'était vrai. Dans ce cas, le moment était venu de partir de là. Elle pouvait faire sa valise, monter en voiture et se trouver un motel quelque part près de l'aéroport. Le lendemain matin, elle serait dans l'avion de Boston.

C'est alors qu'Alma se releva de devant sa table et sortit de son bureau. Il n'était pas encore sept heures, mais elle me connaissait assez pour savoir que je serais à la maison – en train de tourner en rond autour du téléphone, dans la cuisine, et de me servir une tequila en attendant son appel. Elle n'attendrait pas l'heure convenue. Des années de sa vie venaient de lui être volées, le monde explosait dans sa tête et il fallait qu'elle me parle tout de suite, qu'elle commence à parler à quelqu'un avant que les larmes n'arrivent et qu'elle ne parvienne plus à articuler les mots. Le téléphone se trouvait dans sa chambre, juste à côté du cabinet de travail. Elle n'avait qu'à tourner à droite en sortant et, dix secondes après, elle aurait été assise sur son lit en train de composer mon numéro. Mais en arrivant au seuil du bureau, elle hésita un instant et tourna à gauche. Des étincelles avaient volé dans tout le salon et, avant de se lancer dans une longue conversation avec moi, elle devait s'assurer que le feu était éteint. C'était une décision raisonnable, l'attitude qui convenait en ces circonstances. Elle fit donc ce détour par l'autre côté de la maison et, un instant plus tard, l'histoire de cette soirée devint une histoire différente, la soirée devint une soirée différente. C'est ça, l'horreur, pour moi : pas seulement de n'avoir pu prévenir ce qui est arrivé, mais surtout de savoir que si Alma avait commencé par m'appeler, cela aurait pu ne pas arriver. Frieda serait tout de même restée étendue sans vie par terre dans le salon, mais aucune des réactions d'Alma n'aurait été pareille, rien de ce qui s'est passé après qu'elle a découvert le corps ne se serait passé de la même façon. Ayant parlé avec moi, elle se serait sentie un peu plus forte, un peu moins affolée, un peu plus prête à absorber le choc. Si elle m'avait raconté qu'elle avait bousculé Frieda, par exemple, en me décrivant comment elle l'avait poussée du plat de la main sur la poitrine avant de se précipiter vers son bureau, j'aurais sans doute pu l'avertir des conséquences possibles. Les gens perdent l'équilibre, lui aurais-je dit, ils basculent en arrière, ils tombent, ils se heurtent la tête contre des objets. Va au salon, va voir. Va voir si Frieda est encore là, et Alma serait allée au salon sans raccrocher le téléphone. J'aurais pu lui parler tout de suite après qu'elle aurait découvert le corps et ça l'aurait calmée, ça lui aurait donné l'occasion de s'éclaircir les idées, ça l'aurait incitée à prendre le temps de réfléchir à deux fois à la chose terrible qu'elle s'apprêtait à faire. Mais Alma a hésité sur le seuil, a pris à gauche et non à droite et quand elle a trouvé le corps de Frieda effondré par terre, elle a oublié de m'appeler. Non, je ne crois pas qu'elle ait oublié, je ne veux pas suggérer qu'elle a oublié – mais l'idée prenait déjà forme dans sa tête et elle n'a pas pu se résoudre à décrocher le téléphone. Au lieu de m'appeler, elle est allée à la cuisine, elle s'est installée avec une bouteille de tequila et un stylo bille, et elle a passé le reste de la nuit à m'écrire une lettre.

Je dormais sur le canapé quand le fax commença à arriver. Il était six heures du matin dans le Vermont mais c'était encore la nuit au Nouveau-Mexique et la machine m'éveilla à la troisième ou quatrième sonnerie. Il y avait moins d'une heure que j'avais sombré dans un coma d'épuisement, et la première sonnerie ne me parvint que pour modifier le rêve que j'étais en train de faire – un cauchemar où il était question de réveille-matin, d'échéance incompressible, et de l'obligation de me réveiller pour prononcer une conférence intitulée *Les Métaphores de l'amour*. Je ne me rappelle pas souvent mes rêves, mais je me rappelle celui-là, exactement comme je me rappelle tout ce qui m'est arrivé d'autre après que j'ai ouvert les yeux. Je m'assis, comprenant enfin que le bruit ne venait pas du réveil dans ma chambre. Le téléphone sonnait dans la cuisine, mais le temps de me remettre sur mes pieds et de traverser le salon en titubant, la sonnerie s'était tue. J'entendis cliqueter la machine, signalant qu'une télécopie allait arriver, et quand j'entrai dans la cuisine, une première partie de la lettre s'enroulait déjà au sortir de la fente. On n'avait pas encore de télécopieurs sur papier ordinaire, en 1988. C'étaient des rouleaux de papier – mince pelure avec un revêtement électronique spécial – et quand on recevait une lettre, elle semblait surgie du passé : une moitié de la Torah, ou un message envoyé de quelque champ de bataille étrusque. Alma avait passé plus de huit heures à composer sa lettre, en s'arrêtant et en reprenant par intermittence, saisissant son stylo et le déposant, de plus en plus ivre au fur et à mesure que la nuit se passait, et pour finir l'accumulation se montait à plus de vingt pages. Je lus le tout debout sur place, en tirant sur le rouleau pendant qu'il sortait lentement de la machine. La première partie racontait les événements que je viens de résumer : le livre d'Alma livré aux flammes, l'ordinateur disparu, le corps de Frieda découvert dans le salon. La seconde partie se terminait avec ces paragraphes :

Je n'y peux rien. Je n'ai pas la force de porter un poids pareil. J'essaie et j'essaie de l'entourer de mes bras, mais c'est trop gros pour moi, David, c'est trop lourd, je ne peux même pas le soulever du sol.

C'est pour ça que je ne t'appellerai pas ce soir. Tu me diras que c'était un accident, que ce n'était pas de ma faute, et je tendrai à te croire. J'aurai envie de te croire mais la vérité, c'est que j'ai poussé fort, beaucoup plus fort qu'on ne peut pousser une vieille femme de quatre-vingts ans, et que je l'ai tuée. Peu importe ce qu'elle m'a fait. Je l'ai tuée, et si je te laisse me persuader du contraire maintenant, ça ne pourra que me détruire plus tard. Il n'y a aucune échappatoire. Pour m'arrêter, je devrais renoncer à la vérité et, une fois que j'aurais fait ça, tout ce qu'il y a de bon en moi commencerait à mourir. Il faut que j'agisse maintenant, vois-tu, pendant que j'en ai encore le courage. Merci à l'alcool. Guinness Gives You Strength, comme disaient les panneaux publicitaires londoniens. La tequila donne du courage.

On part de quelque part, et si loin de cet endroit qu'on pense avoir voyagé, on s'y retrouve toujours à la fin. Je croyais que tu pouvais me sauver, que je parviendrais à t'appartenir, mais je n'ai jamais appartenu qu'à eux. Merci pour le rêve, David. Alma la laide a trouvé un homme, et il lui a donné l'illusion d'être belle. Si tu as pu faire ça pour moi, pense à ce que tu pourrais faire pour une femme qui n'aurait qu'un visage.

Dis-toi que tu as de la chance. C'est bien que ça se termine avant que tu n'aies découvert qui je suis vraiment. Je suis venue chez toi ce premier soir avec une arme, tu t'en souviens ? N'oublie jamais ce que ça signifie. Seule une cinglée ferait une chose pareille, et on ne peut pas se fier aux gens cinglés. Ils viennent fureter dans la vie des autres, ils écrivent des livres sur des choses qui ne les regardent pas, ils achètent des pilules. Dieu soit loué pour les pilules. C'est vraiment par hasard que tu les as oubliées, l'autre jour ? Elles sont restées dans mon sac pendant tout le temps que tu as passé ici. Je voulais tout le temps te les donner, et j'oubliais tout le temps – jusqu'au moment où tu es monté dans le taxi. Il ne faut pas m'en vouloir. Il se trouve que j'en ai plus besoin que toi. Mes vingt-cinq petites amies violettes. Xanax vigueur maxi, nuit de sommeil ininterrompu garantie.

Pardon. Pardon. Pardon. Pardon. Pardon.
Je tentai de l'appeler après ça, mais elle ne répondit pas au téléphone. La communication s'était établie, cette fois-ci – j'entendais la sonnerie retentir à l'autre bout –, mais Alma ne décrocha pas. Je laissai sonner quarante ou cinquante fois, espérant obstinément que le bruit briserait sa concentration, la distrairait, détournerait ses pensées des somnifères. Cinq sonneries de plus auraient-elles fait une différence ? Dix sonneries de plus l'auraient-elles empêchée de passer à l'acte ? Finalement, je décidai de raccrocher, trouvai un bout de papier et lui envoyai à mon tour un fax. *Je t'en prie, réponds-moi,* écrivis-je. *Je t'en prie, Alma, décroche et réponds-moi.* Je la rappelai une seconde plus tard, mais cette fois la ligne devint silencieuse après six ou sept sonneries. Je ne compris pas tout de suite, et puis je me rendis compte qu'elle devait avoir arraché le fil du mur.

9

Un peu plus tard dans la semaine, je l'enterrai à côté de ses parents, dans un cimetière catholique, à vingt-cinq miles au nord de Tierra del Sueño. Alma n'avait jamais fait devant moi allusion à de la famille et comme aucun Grund ni aucun Morrison ne vint réclamer son corps, je pris sur moi le coût des funérailles. Il y eut des décisions sinistres à prendre, des choix monstrueux concernant les mérites relatifs de l'embaumement et de l'incinération, la pérennité de différents bois, le prix des cercueils. Et puis, ayant opté pour l'inhumation, je dus résoudre d'autres questions telles que vêtements, nuances du rouge à lèvres et du vernis à ongles, coiffure. Je ne sais pas comment je parvins à faire tout cela, mais je suppose que je m'y pris de la même façon que tout le monde le fait : mi-présent, mi-absent, mi-sensé, mi-insensé. Tout ce que je me rappelle, c'est d'avoir refusé l'idée de l'incinération. Plus de feux, dis-je, plus de cendres. On l'avait déjà découpée pour pratiquer l'autopsie, je ne permettrais pas qu'on la brûle.

La nuit du suicide d'Alma, j'avais appelé de chez moi le bureau du shérif. Un adjoint du nom de Victor Guzman avait été envoyé au ranch pour enquêter, mais bien qu'il y fût arrivé avant six heures du matin, Juan et Conchita avaient déjà disparu. Alma et Frieda étaient mortes toutes les deux, la lettre qui m'avait été faxée se trouvait encore dans le télécopieur, mais les deux petits étaient introuvables. Quand je repartis du Nouveau-Mexique cinq jours plus tard, Guzman et les autres adjoints les cherchaient encore.

L'avocat de Frieda se chargea de sa dépouille, suivant les instructions figurant dans son testament. Le service eut lieu sous les arbres du Blue Stone Ranch – dans le petit bois de saules et de trembles plantés par Hector – mais je me gardai bien d'y assister. Je haïssais Frieda désormais, et l'idée de me rendre à cette cérémonie me soulevait le cœur. Je ne rencontrai pas l'avocat ; Guzman lui avait parlé de moi, néanmoins, et quand il me téléphona au motel pour m'inviter aux funérailles de Frieda, je lui dis que j'étais occupé. Après quoi il continua à discourir pendant plusieurs minutes, parlant de la pauvre Mrs Spelling et de la pauvre Alma et répétant que tout cela était terrible, et puis, *en stricte confidence*, en reprenant à peine son souffle entre les phrases, il m'informa que le patrimoine valait plus de neuf millions de dollars. Le ranch serait mis en vente sitôt que le testament serait homologué, me dit-il, et le produit, de même que les fonds résultant de la vente des actions et obligations de Mrs Spelling, devait aller à un organisme sans but lucratif de New York. Lequel ? demandai-je. Le Museum of Modern Art, réponditil. La totalité des neuf millions serait consacrée à un fonds anonyme pour la préservation des films anciens. Etrange, ajouta-t-il, ne trouvezvous pas ? Non, dis-je, pas étrange. Cruel et révoltant, sans doute, mais pas étrange. Si on aimait les plaisanteries de mauvais goût, on pouvait rire de celle-ci pendant des années.

Je désirais retourner au ranch une dernière fois et pourtant, quand j'arrêtai la voiture devant le portail, je n'eus pas le cœur de le franchir. J'avais espéré trouver quelques photographies d'Alma, chercher dans sa maison l'une ou l'autre babiole à ramener avec moi dans le Vermont, mais la police avait installé là une de ces barrières à banderoles jaunes dont on entoure les lieux d'un crime et je me dégonflai soudain. Il n'y avait aucun flic pour me barrer le chemin, et je n'aurais eu aucune difficulté à enjamber la barrière pour entrer dans la propriété – mais je ne pouvais pas, je ne pouvais pas – et je fis faire demi-tour à la voiture et repartis. Je passai mes dernières heures à Albuquerque à commander une pierre pour la tombe d'Alma. Je pensai d'abord limiter l'inscription au strict minimum : ALMA GRUND 1950-1988. Et puis, après avoir signé le contrat et payé le travail d'avance, je rentrai dans le bureau et déclarai que j'avais changé d'avis. Je voulais ajouter un mot, dis-je. Il fallait inscrire ALMA GRUND 1950-1988 ÉCRIVAIN. En dehors des vingt pages de la lettre de suicide qu'elle m'avait adressée le dernier soir de sa vie, je n'avais jamais lu un mot écrit par elle. Mais Alma était morte à cause d'un livre et la justice exigeait qu'on se souvînt d'elle comme de l'auteur de ce livre.

Je rentrai chez moi. Il ne m'arriva rien pendant le vol pour Boston. Nous traversâmes quelques turbulences au-dessus du Middle West, je mangeai du poulet et bus un verre de vin, je regardai par la fenêtre – mais il n'arriva rien. Des nuages blancs, une aile argentée, le ciel bleu. Rien.

Il n'y avait plus d'alcool dans ma maison quand j'y rentrai, et il était trop tard pour aller m'en acheter une bouteille. Je ne sais pas si c'est ça qui m'a sauvé ; j'avais oublié que j'avais terminé la tequila au cours de la dernière nuit que j'avais passée là et, sans espoir de trouver de quoi me plonger dans l'oubli à moins de trente miles de West T., où tout était fermé, je dus me coucher sobre. Le matin, j'avalai deux tasses de café et me remis au travail. J'avais prévu de me disloquer, de retomber dans mes vieilles habitudes de chagrin inconsolable et de délabrement alcoolique et pourtant, sous la lumière de ce matin d'été dans le Vermont, quelque chose en moi résista à la tentation de me détruire. Chateaubriand arrivait précisément à la fin de sa longue méditation sur la vie de Napoléon et je le retrouvai au vingt-quatrième livre des *Mémoires*, sur l'île de Sainte-Hélène avec l'empereur destitué. *Déjà il comptait six années d'exil ; il lui avait fallu moins de temps pour conquérir l'Europe. Il restait presque toujours renfermé, et lisait Ossian de la traduction italienne de Cesarotti.* [...] *Quand Bonaparte sortait, il parcourait des sentiers scabreux que bordaient des aloès et des genêts odoriférants* [...] *ou il se cachait dans les gros nuages qui roulaient à terre.* [...] *A l'époque actuelle tout est décrépit dans un jour ; qui vit trop, meurt vivant. En avançant dans la vie, nous laissons trois ou quatre images de nous, différentes les unes des autres ; nous les revoyons ensuite dans la vapeur du passé comme des portraits de nos différents âges.*

Je ne savais trop si je me jouais la comédie de l'homme assez fort pour continuer à travailler – ou si j'étais simplement engourdi. Jusqu'à la fin de l'été, j'eus l'impression de vivre dans une autre dimension, éveillé à ce qui m'entourait et cependant éloigné de tout, comme si mon corps était enveloppé dans de la gaze transparente. Je consacrais de longues heures au Chateaubriand, tôt levé et couché tard, et j'avançais avec régularité de semaine en semaine, augmentant peu à peu mon quota journalier de trois à quatre pages achevées de l'édition Pléiade. J'avais l'air de progresser, j'avais le sentiment de progresser, mais ce fut aussi la période où je devins sujet à d'étranges absences, à des distractions qui semblaient m'assaillir dès que je m'éloignais de ma table de travail. J'oubliai pendant trois mois successifs de payer la note du téléphone, ignorant toutes les lettres de menaces qui arrivaient par la poste, et je ne réglai cette facture que lorsqu'un homme apparut un beau jour dans mon jardin pour déconnecter la ligne. Deux semaines plus tard, pendant une expédition de courses à Brattleboro qui comprenait une visite à la poste et une autre à la banque, je réussis à jeter dans la boîte aux lettres mon portefeuille, que j'avais pris pour une pile de lettres. Ces incidents me mettaient mal à l'aise mais pas une fois je ne pris le temps de me demander pourquoi ils se produisaient. Poser cette question, c'eût été me mettre à genoux pour ouvrir la trappe sous le tapis, et je ne pouvais pas me permettre de regarder dans ces ténèbres-là. Presque chaque soir, après avoir cessé le travail et fini de dîner, je veillais tard dans la cuisine, occupé à transcrire les notes que j'avais prises pendant la projection de *La Vie intérieure de Martin Frost*.

Je n'avais connu Alma que huit jours. Pendant cinq de ces jours, nous avions été séparés, et quand je calculais le temps que nous avions passé ensemble pendant les trois autres, le grand total se montait à cinquante-quatre heures. Dix-huit de ces heures avaient été perdues à dormir. Sept autres avaient été gaspillées en séparations d'un genre ou d'un autre : les six heures durant lesquelles j'étais resté seul dans la petite maison, mes cinq à dix minutes auprès d'Hector, les quarante et une minutes passées à regarder le film. Cela ne laissait que vingt-neuf heures pendant lesquelles j'avais véritablement pu la voir et la toucher, m'inclure dans le cercle de sa présence. Nous avions fait l'amour cinq fois. Nous avions mangé six repas ensemble. Je lui avais donné un bain. Alma était entrée dans ma vie pour en ressortir si vite qu'il me semblait parfois que je l'avais inventée. C'était ce qu'il y avait de pire dans la confrontation avec sa mort. Je n'avais pas assez de choses à me rappeler et je parcourais et reparcourais sans cesse les mêmes chemins, j'additionnais sans cesse les mêmes chiffres, pour arriver aux mêmes sommes misérables. Deux voitures, un avion, six verres de tequila. Trois lits dans trois maisons pendant trois nuits différentes. Quatre conversations téléphoniques. J'avais les idées si confuses que je ne savais comment porter son deuil, sinon en me maintenant en vie. Des mois plus tard, quand j'eus terminé ma traduction et déménagé loin du Vermont, je compris qu'Alma avait fait cela pour moi. En huit brèves journées, elle m'avait ramené d'entre les morts.

Peu importe ce qui m'est arrivé après cela. Ce livre est un livre de fragments, une compilation de chagrins et de rêves à demi remémorés et, pour raconter cette histoire, je dois m'en tenir aux événements de l'histoire elle-même. Je dirai simplement que je vis désormais dans une grande ville, quelque part entre Boston et Washington DC, et que ce livre constitue ma première tentative d'écriture depuis *Le Monde silencieux d'Hector Mann*. J'ai enseigné quelque temps, j'ai trouvé un autre travail qui me satisfaisait davantage et puis j'ai abandonné l'enseignement pour de bon. Je devrais dire aussi (pour ceux qui se soucient de telles choses) que je ne vis plus seul.

Il y a onze ans que je suis revenu du Nouveau-Mexique et, en tout ce temps, je n'ai jamais parlé à personne de ce qui m'y était arrivé. Pas un mot d'Alma, pas un mot d'Hector et Frieda, pas un mot du Blue Stone Ranch. Qui aurait cru une histoire pareille si j'avais prétendu la raconter ? Je n'avais aucune preuve, rien qui pût en attester la vérité. Les films d'Hector étaient détruits, le livre d'Alma était détruit et la seule chose que j'aurais pu montrer à quiconque était ma pathétique petite série de griffonnages, ma trilogie de notes du désert : le découpage de *Martin Frost*, les extraits du journal d'Hector et un inventaire de plantes extraterrestres qui n'avait rien à voir avec quoi que ce fût. Mieux valait me taire, pensais-je, et laisser le mystère Hector Mann demeurer irrésolu. D'autres personnes écrivaient sur son œuvre désormais et quand les comédies muettes sortirent en vidéo en 1992 (un coffret de trois cassettes), l'homme au complet blanc commença lentement à rassembler des adeptes. C'était un petit retour, bien sûr, un événement minuscule au pays des divertissements industriels et des budgets de marketing de milliards de dollars, mais néanmoins satisfaisant et c'est avec plaisir que je tombais sur des articles citant Hector comme un maître mineur du genre ou (je cite l'article de Stanley Vaubel

dans *Sight and Sound*) *le dernier grand prati-
cien de l'art du burlesque muet.* Cela suffisait
sans doute. Quand un *fan club* fut constitué en
1994, on m'invita à devenir membre honoraire.
En tant qu'auteur de la première et unique étude
approfondie de l'œuvre d'Hector, j'étais considéré comme l'esprit fondateur du mouvement,
qui espérait ma bénédiction. Au dernier recen-
sement, ils étaient plus de trois cents membres
à payer leur cotisation à la Confrérie internatio-
nale des Hector Manniacs, dont certains vivaient
dans des pays aussi lointains que la Suède ou
le Japon. Chaque année, leur président m'invite
à leur rassemblement annuel, à Chicago, et quand
j'ai fini par accepter d'y assister, en 1997, j'ai eu
droit à une *standing ovation* à la fin de mon
intervention. Pendant les questions et réponses
qui suivirent, quelqu'un me demanda si, en faisant mes recherches pour écrire le livre, je
n'avais découvert aucune information concernant la disparition d'Hector. Non, répondis-je,
malheureusement pas. J'avais cherché pendant
des mois, mais je n'avais pas réussi à dénicher
le moindre indice nouveau.

J'ai eu cinquante et un ans en mars 1998. Six
mois plus tard, le premier jour de l'automne,
une semaine exactement après avoir participé
à une table ronde consacrée au cinéma muet à
l'American Film Institute de Washington, j'ai fait
ma première crise cardiaque. La seconde s'est
produite le 26 novembre, en plein dîner de
Thanksgiving chez ma sœur à Baltimore. La première avait été assez bénigne, ce qu'on appelle
un infarctus léger, l'équivalent d'un bref solo *a
cappella*. La seconde m'a déchiré le corps, telle
une symphonie chorale pour deux cents chan-
teurs et grand orchestre de cuivres, et m'a presque

tué. Jusqu'alors, j'avais refusé de considérer que cinquante et un ans, c'était vieux. Sans doute n'était-ce plus particulièrement jeune, mais pas non plus l'âge où un homme est censé se préparer à sa fin et faire sa paix avec le monde. On m'a gardé plusieurs semaines à l'hôpital et les propos tenus par les médecins m'ont paru suffisamment décourageants pour me faire réviser mon opinion. Pour employer une expression qui m'a toujours plu, j'ai découvert que je vivais des jours empruntés.

Je ne pense pas avoir eu tort de taire mes secrets pendant tant d'années, et je ne pense pas avoir tort, à présent, de les raconter. Les circonstances ont changé et, dès lors, j'ai aussi changé d'avis. De l'hôpital, on m'a renvoyé chez moi à la mi-décembre, et au début de janvier j'écrivais les premières pages de ce livre. Nous sommes maintenant fin octobre, et en touchant à la fin de mon entreprise, je note avec une sorte d'austère satisfaction que nous touchons aussi aux dernières semaines du siècle – le siècle d'Hector, ce siècle qui a commencé dix-huit jours avant sa naissance et que personne ne pourra raisonnablement s'attrister de voir s'achever. Suivant l'exemple de Chateaubriand, je ne tenterai pas de publier maintenant ce que j'ai écrit. J'ai laissé des instructions à mon notaire, qui saura où trouver le manuscrit et qu'en faire lorsque je ne serai plus là. J'ai la ferme intention de vivre jusqu'à cent ans, mais dans l'éventualité où je ne parviendrais pas aussi loin, toutes les dispositions nécessaires ont été prises. Quand ce livre sera publié, cher lecteur, vous pourrez avoir la certitude que l'homme qui l'a écrit est mort depuis longtemps.

Il y a des pensées qui brisent l'esprit, des pensées d'une force et d'une laideur telles qu'elles vous corrompent sitôt que vous commencez à les concevoir. J'avais peur de ce que je savais, peur de sombrer dans l'horreur de ce que je savais, et par conséquent je n'ai pas mis cette pensée en mots avant qu'il ne fût trop tard pour que les mots me fussent d'aucune utilité. Je n'ai rien de tangible à offrir, aucune preuve concrète qui tiendrait devant un tribunal, mais après m'être joué et rejoué pendant onze ans les événements de cette nuit, j'ai acquis la quasi-certitude qu'Hector n'est pas mort de mort naturelle. Il était faible quand je l'ai vu, oui, faible et assurément à quelques jours de sa fin, mais il avait l'esprit lucide et, quand il m'a serré le bras à la fin de notre conversation, ses doigts se sont imprimés dans ma peau. C'étaient les doigts d'un homme qui avait l'intention de rester en vie. Il allait se maintenir en vie jusqu'à ce que notre affaire soit accomplie, et quand je suis descendu après que Frieda m'avait fait sortir de la chambre, je m'attendais tout à fait à le revoir le lendemain. Pensez à la succession des événements – pensez à la cadence à laquelle les catastrophes se sont accumulées après cela. Nous sommes allés nous coucher, Alma et moi, et pendant que nous dormions, Frieda est entrée sur la pointe des pieds dans la chambre d'Hector et l'a étouffé à l'aide d'un oreiller. Je suis convaincu qu'elle a agi par amour. Il n'y avait pas de colère en elle, aucun sentiment de trahison ni de vengeance – rien que la dévotion d'une fanatique à une cause juste et sainte. Hector ne peut lui avoir opposé beaucoup de résistance. Elle était plus forte que lui et, en raccourcissant sa vie de quelques jours seulement, elle le sauvait de la folie de m'avoir invité au ranch. Après des années de courage constant, Hector avait cédé au doute et à l'indécision, avait fini par remettre en question tout ce qu'il avait fait de sa vie au Nouveau-Mexique, et dès l'instant de mon arrivée à Tierra del Sueño, l'œuvre si belle qu'il avait construite avec Frieda allait être réduite à néant. La vraie folie n'a commencé que lorsque j'ai mis les pieds au ranch. J'ai été le catalyseur de tout ce qui s'est passé pendant que j'étais là, l'ultime ingrédient qui a déclenché l'explosion fatale. Frieda devait se débarrasser de moi, et la seule façon dont elle pouvait le faire, c'était en se débarrassant d'Hector.

Je pense souvent à ce qui s'est passé le lendemain. Une si grande partie s'articule sur ce qui n'a jamais été dit, sur de petits blancs, de petits silences, sur l'étrange passivité qui semblait irradier d'Alma à certains moments critiques. Quand je me suis éveillé le matin, elle était assise près de moi sur le lit, en train de me caresser le visage d'une main. Il était dix heures – cela faisait longtemps que nous aurions dû nous trouver dans la salle de projection en train de visionner les films d'Hector – et pourtant elle ne me pressait pas. J'ai bu la tasse de café qu'elle avait posée sur la table de chevet, nous avons bavardé un moment, nous nous sommes serrés dans les bras l'un de l'autre et avons échangé des baisers. Plus tard, quand elle est revenue à la petite maison après la destruction des films, elle paraissait relativement peu émue par la scène dont elle venait d'être témoin. Je n'oublie pas qu'elle s'est effondrée en sanglots, mais sa réaction était beaucoup moins intense que ce que j'avais imaginé. Elle n'a pas fulminé, elle ne s'est pas mise en colère, elle n'a pas maudit Frieda pour avoir allumé les feux avant d'y être contrainte par le testament d'Hector. Nous en avions assez parlé depuis deux jours pour que je sache qu'Alma était contre l'anéantissement des films. Elle était impressionnée par la grandeur du renoncement, à mon avis, mais elle croyait aussi qu'Hector avait tort, et elle m'avait raconté qu'elle en avait bien des fois discuté avec lui au cours des années. S'il en était ainsi, alors pourquoi n'a-t-elle pas paru plus bouleversée quand, finalement, les films ont été brûlés ? Sa mère jouait dans ces films, son père avait tourné ces films, et pourtant c'est à peine si elle a dit un mot après que les feux s'étaient éteints. J'ai réfléchi pendant des années à son silence et la seule théorie qui me paraît tenir debout, la seule qui explique de façon satisfaisante l'indifférence qu'elle a manifestée ce soir-là, c'est qu'elle savait que les films n'avaient pas été anéantis. Alma était une femme intelligente et pleine de ressources. Déjà, elle avait fait des copies des premiers films d'Hector et les avait envoyées à une demi-douzaine d'archives dans le monde entier. Pourquoi n'aurait-elle pas pu faire dupliquer aussi ses derniers films ? Elle avait pas mal voyagé pendant qu'elle travaillait à son livre. Qu'est-ce qui l'aurait empêchée d'emporter en douce quelques négatifs chaque fois qu'elle partait du ranch, et de les confier quelque part à un labo pour en tirer de nouvelles copies ? La chambre forte n'était pas gardée, elle avait les clefs de toutes les portes, il ne lui aurait pas été difficile de prendre les films et de les remettre en place sans qu'on s'en aperçût. Si c'était cela qu'elle avait fait, elle devait avoir caché les copies quelque part, en attendant la mort de Frieda avant de les révéler au public. Il aurait fallu des années, sans doute, mais Alma était patiente, et comment eût-elle pu savoir que sa vie allait s'achever la même nuit que celle de Frieda ? On peut objecter qu'elle m'aurait mis dans le secret, qu'elle n'aurait pas gardé pour elle une chose pareille, mais elle avait peut-être l'intention de m'en parler quand elle m'aurait rejoint dans le Vermont. Elle ne faisait pas allusion aux films dans sa longue lettre décousue, mais Alma était dans un état de grande angoisse cette nuit-là, tremblante, en plein délire de terreur et d'autocondamnation apocalyptique, et je ne crois pas qu'elle était encore vraiment de ce monde lorsqu'elle s'est mise à m'écrire cet avis de suicide. Elle a oublié de me le dire. Elle voulait me le dire, et puis elle a oublié. S'il en est ainsi, alors les films d'Hector ne sont pas perdus. Ils n'ont que disparu et, tôt ou tard, quelqu'un surviendra qui ouvrira par hasard la porte de la chambre où Alma les a cachés, et l'histoire reprendra du début.

Je vis dans cet espoir.

NOTE
SUR LA TRADUCTION

1

D'une manière générale, la transposition de certains termes en usage aux Etats-Unis me paraîtrait presque aussi absurde que le serait le transfert de l'histoire en Europe. C'est pourquoi, par exemple, j'utilise le mot *collège* pour désigner les établissements universitaires de premier cycle et je compte les prix – s'il y en a – en dollars, les poids en livres et les distances en miles ou en pieds lorsqu'il s'agit de mesures spécifiquement américaines (une subjectivité certaine s'exerce là de ma part, je le reconnais).

2

En ce qui concerne les titres des films d'Hector Mann, je les ai donnés en anglais (accompagnés, à la première occurrence, de leur traduction entre parenthèses) lorsqu'il s'agissait des films muets de la première période, qui ont eu une carrière publique et dont les titres peuvent donc être considérés comme classiques, "officiels". Par contre, pour tous les films de la deuxième période, considérant que leurs titres n'ont jamais eu ce caractère officiel, je me suis permis de n'en donner que la traduction française.

3

La traduction en anglais faite par David Zimmer des *Mémoires d'outre-tombe* est trop belle pour que les lecteurs français soient privés d'une chance de l'apprécier :

En exergue : *Man has not one and the same life. He has many lives, placed end to end, and that is the cause of his misery.* (Livre III, chap. XVI, fin du 2e §.)

Pages 87 à 90 : *As it is impossible for me to foresee the moment of my death and as at my age the days granted to men are only days of grace, or rather of suffering, I feel compelled to offer a few words of explanation.*

On September fourth, I will be seventy-eight years old. It is full time for me to leave a world which is fast leaving me, and which I shall not regret.

Sad necessity, which has forever held its foot against my throat, has forced me to sell my Memoirs. *No one can imagine what I have suffered in being obliged to pawn my tomb, but I owed this last sacrifice to my solemn promises and the consistency of my conduct.* [...] *My plan was to bequeath them to Madame de Chateaubriand. She would have sent them out in the world or suppressed them, as she saw fit. Now more than ever, I believe the latter solution would have been preferable.* [...]

These Memoirs *have been composed at different times and in different countries. For that reason, it has been necessary for me to add prologues that describe the places which were before my eyes and the feelings which were in my heart when the thread of my narrative was resumed. The changing forms of my life are thus intermingled with one another. It has sometimes happened to me in my moments of prosperity to have to speak of my days of hardship; and in my times of tribulation to retrace the periods of my happiness. My youth entering into my old age, the gravity of my later years tinging and saddening the years of my innocence, the rays of my sun crossing and blending together from the moment of its rising to the moment of its setting, have produced in my stories a kind of confusion—or, if you will, a kind of mysterious unity. My cradle recalls something of my tomb, my tomb something of my cradle; my sufferings become pleasures, my pleasures sufferings; and, now that I have completed the perusal of these* Memoirs, *I am no longer certain if they are the product of a youthful mind or a head gray with age.*

I cannot know if this mixture will be pleasing or displeasing to the reader. There is nothing I can do to remedy it. It is the result of my changing fortunes, the inconsistency of my lot. Its storms have often left me with no table to write on but the rock on which I have been shipwrecked.

I have been urged to allow some portions of these Memoirs *to appear in my lifetime, but I prefer to speak from the depths of my tomb. My narrative will thus be accompanied by those voices which have something sacred about them because they come from the sepulchre. If I have suffered enough in this world to be turned into a happy shadow in the next, a ray from the Elysian Fields will throw a protective light on these last pictures of mine. Life sits heavily on me; perhaps death will suit me better.*

These Memoirs *have held a special importance for me. Saint Bonaventure was granted permission to go on writing his book after he was dead. I cannot hope for such a favor, but if nothing else I should like to be resurrected at some midnight hour in order to correct the proofs of mine.* [...]

If any part of my labors has been more satisfying to me than the others, it is that which relates to my youth–the most hidden corner of my life. In it I have had to reawaken a world known only to myself, and as I wandered around in that vanished realm, I have encountered only silence and memories. Of all the people I have known, how many are still alive today?

[...] *If I should die outside of France, I request that my body not be brought back to my native country until fifty years have elapsed since its first inhumation. Let my remains be spared a sacrilegious autopsy; let no one search my lifeless brain and extinguished heart to discover the mystery of my being. Death does not reveal the secrets of life. The idea of a corpse traveling by post fills me with horror, but dry and moldering bones are easily transported. They will be less weary on that final voyage than when I dragged them around this earth, burdened down by the weight of my troubles.* (Début de l'avant-propos.)

Pages 90-91 : *Casting a smiling look in my direction, she gave me the same gracious salute that I had received from her on the day of my presentation. I shall never forget that look of hers, which was soon to be no more. When Marie-Antoinette smiled, the shape of her mouth was so clear that (horrible thought) the memory of that smile enabled me to recognize the jaw of this daughter of kings when the head of the unfortunate woman was discovered in the exhumations of 1815.* (Livre V, chap. VIII.)

Page 265 : [...] *I am attached to my trees. I have addressed elegies, sonnets and odes to them. There is not one amongst them that I have not tended with my own hands, that I have not freed from the worm that had attacked its root or the caterpillar that had clung to its leaves. I know them all by their names, as if they were my children. They are my family. I have no other, and I hope to be near them when I die.* (Livre I, chap. I.)

Page 372 : *He had already been in exile for six years; he had needed less time to conquer Europe. He rarely left the house anymore and spent his days reading Ossian in Cesarotti's Italian translation.* [...] *When Bonaparte went out, he walked along rugged paths flanked by aloes and scented broom* [...] *or hid himself in the thick clouds that rolled along the ground.* [...] *At this moment in history, everything withers in a day; whoever lives too long dies alive. As we move through life, we leave behind three or four images of ourselves, each one different from the others; we see them through the fog of the past, like portraits or our different ages.* (Livre XXIV, chap. XI.)

4

Enfin, pour les noms de plantes que David Zimmer recopie dans son carnet pendant son vol vers Boston, après avoir passé plusieurs heures à en rechercher les correspondances françaises, je me suis demandé s'il fallait les traduire ; est-il logique, dans la mesure où il parle de leur "savoureuse épaisseur saxonne", de remplacer ces mots par des équivalents français – latins, pour la plupart – et parfois approximatifs ? D'autant que, c'est vrai, ces noms anglais, si imagés, si vivants, ont une saveur extraordinaire, jugez-en :

Bur chervil. Spreading dogbane. Labriform milkweed. Skeletonleaf bursage. Common sagewort. Nodding beggarsticks. Plumeless thistle. Squarrose knapweed. Hairy fleabane. Bristly hawksbeard. Curlycup gumweed. Spotted catsear. Tansy ragwort. Riddell groundsel. Blessed milkthistle. Poverty sumpweed. Spineless horsebrush. Spiny cocklebur. Western sticktight. Smallseed falseflax. Flixwood tansymustard. Dyer's woad. Clasping pepperweed. Bladder campion. Nettleleaf goosefoot. Dodder. Prostrate spurge. Twogrooved milkvetch. Everlasting peavine. Silky crazyweed. Toad rush. Henbit. Purple deadnettle. Spurred anoda. Panicle willowweed. Velvety gaura. Ripgut brome. Mexican sprangletop. Fall panicum. Rattail fescue. Sharppoint fluvellin. Dalmatian toadflax. Bilobed speedwell. Sacred datura.

Néanmoins, à la réflexion, j'ai imaginé le désarroi du lecteur francophone tombant sans préavis sur ce long paragraphe peut-être inintelligible pour lui. C'est pourquoi je me suis finalement décidée à remplacer cette énumération par celle, beaucoup plus courte, de ceux des noms dont j'ai pu trouver la traduction qui présentaient un intérêt en tant que *mots*.

CHRISTINE LE BŒUF

BABEL

Extrait du catalogue

COÉDITION ACTES SUD – LEMÉAC

Ouvrage réalisé par l'Atelier graphique Actes Sud. Achevé d'imprimer en mars 2003 par l'imprimerie Hérissey à Evreux pour le compte d'Actes Sud, Le Méjan, place Nina-Berberova, 13200 Arles.
N° d'éditeur : 5004
Dépôt légal 1re édition : mai 2003
N° impr. : 94685
(Imprimé en France)